死亡刻痕

CARVE THE MARK

［美］维罗尼卡·罗斯——著
Veronica Roth
吴华——译

天地出版社 | TIANDI PRESS

图书在版编目（CIP）数据

死亡刻痕 /（美）维罗尼卡·罗斯著; 吴华译. —
成都：天地出版社，2017.1（2020年9月重印）
ISBN 978-7-5455-2461-1

Ⅰ.①死… Ⅱ.①维… ②吴… Ⅲ.①长篇小说－美
国－现代 Ⅳ.①I712.45

中国版本图书馆CIP数据核字（2016）第311102号

著作权登记号　图字：21-2017-92

SIWANG KEHEN

死亡刻痕

出品人　杨　政
作　者　[美] 维罗尼卡·罗斯
译　者　吴　华
责任编辑　陈文龙　张璐路
封面设计　挺有文化
内文排版　蒋宏工作室
责任印制　葛红梅

出版发行　天地出版社
（成都市槐树街2号　邮政编码：610014）
（北京市方庄芳群园3区3号　邮政编码：100078）
网　址　http://www.tiandiph.com
电子邮箱　tianditg@163.com
经　销　新华文轩出版传媒股份有限公司

印　刷　河北鹏润印刷有限公司
版　次　2017年1月第1版
印　次　2020年9月第3次印刷
开　本　880mm×1230mm　1/32
印　张　14.25
字　数　336千字
定　价　52.00元
书　号　ISBN 978-7-5455-2461-1

咨询电话：（028）87734639（总编室）
购书热线：（010）67693207（营销中心）

议会驻地
潮涌轨道层
奥格拉
缇比斯
考兰特
伊萨德
拓拉
太阳
欧尔叶
佐德
皮塔
茶威
P1104
外围次要行星，简称“外次”

C O N T E N T S

目 录

第三部分

第四部分

1...

第一章　阿珂斯

绒语花总是盛放在最漫长的黑夜。当花苞绽开、花瓣舒展、花束渐渐变成深红色时，整个城镇便陷入了欢庆——这是因为绒语花是国家的命脉，而且，阿珂斯想着，人们之所以没有被极寒逼疯，也是拜它所赐。

这天正是芳信祭的日子，阿珂斯穿戴整齐，等着家人一起出门。捂着大衣都有点儿出汗了，于是他想到院子里凉快凉快。围绕着大火炉，层层坐落着人家，凯雷赛特家就是其中之一。这些房子不论远近，墙壁都成弧形向内倾侧——兴许是为了图好运。

一打开房门，冰冷的空气就刺痛了阿珂斯的眼睛。他连忙扯下护目镜戴好，皮肤上的热量立即在玻璃镜片上蒙了一层薄雾。他戴着手套，笨拙地摸到金属拨火棍，戳了戳熔炉排风罩。那下面的硫黄石没点着时就像一块块黑瘤，烧起来之后才爆出不同颜色的火花，这是因为它们混杂的粉尘各不相同。

硫黄石互相摩擦撞击，燃起了血一样鲜红的火光。它们并不是用来温暖谁或照亮什么的——它们只是提醒着生命潮涌的存在，仿佛阿珂斯身体里的嗡鸣还不足以佐证似的。这潮涌在所有活物的体内流淌，并以各种各样的色彩渲染在天空之中，就像那些硫黄石，就像那些各回各家的浮艇上的灯光。在这片世外仙源，人们认为脚下的星球不过是积雪满盈空旷大地，还从未真正踏上过追寻生命潮涌的征程。

阿珂斯的哥哥埃加探出头来：“喂，想冻死吗？快来，老妈差不多准备好了。”

去神庙的时候，他们的母亲总是会花上更长时间来准备。毕竟，身为一名神谕者，所有人都会直勾勾地盯着她看。

阿珂斯丢下拨火棍，走进屋子里，摘掉护目镜，把面罩拉到了脖子以下。

他的父亲和姐姐奇西正站在前门那里，给自己裹上最暖和的大衣——衣料都是一样的，库娅皮，因为必须活剥，一般都是灰白色的，还带着冠羽。

“那么，都准备好了，是吗？阿珂斯也是？很好。”母亲把自己的大衣扣好，看了看孩子父亲的旧靴子。“看你的鞋有多脏，奥瑟。在某个地方，你老父亲的骨灰都会为它扬撒殆尽的。”

“我知道，所以我才着急忙慌地把它们搞脏呀。”父亲咧嘴一笑。

“很好，”母亲几乎是啧啧有声，“它们这副模样我挺喜欢的。”

“凡是我爸不喜欢的，你都喜欢。”

“那是因为就没有他喜欢的。”

“我们能不能趁着还挺暖和的时候赶紧到浮艇上去？”埃加的声音里微微有些抱怨，“欧力在纪念碑那儿等我们呢。”

母亲穿戴完毕，戴上了面罩。他们沿着加热的过道一脚高一脚低地往外走，全都穿着皮毛大衣，戴着护目镜和连指手套。一艘扁圆形的浮艇正悬浮在及膝深的雪丘上方，等着他们。母亲抬手一碰，船舱的门就开了，大家便鱼贯而入。埃加和奇西得两人四手把阿珂斯塞进去，因为他个子还太小，没法儿自己钻。接着便是系上安全带，没什么好说的。

阿珂斯

“出发神庙！”父亲大喊着，凭空一挥拳。每当去神庙，他就会来这么一下，好像是为了庆祝无聊演讲和冗长的投票日似的。

“要是我们能把你这激情用瓶子装起来卖给荼威人该多好。大部分人我一季年才能见到一次，还只是因为那儿有吃有喝。”母亲拖着长音说道，脸上带着一丝若有若无的微笑。

“这不就是办法嘛，”埃加说道，“用全季无休的食物诱惑他们呗。”

“真是少年才智。”母亲用大拇指按下了点火开关。

浮艇猛地上升往前冲去，大家东倒西歪地挤成一团。埃加把阿珂斯撞出去好远，所有人都笑个不停。

前方，海萨的灯光影影绰绰。这是个依山而建的城市，军事基地位于山脚，神庙则在山顶上，其他的建筑就在这两者之间。他们要去的神庙是一座巨大的石屋，中央的穹顶由几百上千块五颜六色的琉璃镶嵌而成，这样当阳光洒在上面时，海萨的制高点就会显现出一片橘红色的光芒——不过事实上，这里日照稀少，它几乎从不闪耀发光。

浮艇攀山而上，飘过多石的海萨城。它与它所在的星国——荼威——一样古老。所有人都以此名呼之，敌人除外。这个字眼有点儿太过圆润，世外仙源的居民们念起来挺容易呛到。那些狭窄的屋子，一多半都淹没在吹积雪堆之中，户户人去屋空。今晚，所有人都会到神庙去。

“今天有没有看到什么有趣的东西？”父亲一边问母亲，一边操纵浮艇，绕开直指向天、转个不停的风力计。

阿珂斯从父亲的语调里听得出来，他是在问母亲是否看到了幻象。星系中的每个星国都拥有三位神谕者，一位新起，一位当值，一位退隐。阿珂斯不太明白这三个词是什么意思，不过他所知道的是，生命潮涌在母亲耳边低吟未来之事，他们认识的人大多因此对母亲心怀敬畏。

“前几天我看到了你姐姐——”母亲开口道，“不过她是否想知道这些，我可说不准。”

“她只是觉得未来该按照重要性的不同区别对待。”

母亲的目光挨个扫过阿珂斯、埃加和奇西。

“我看，这就是嫁到军人家庭的结果，”母亲最终说道，“你们希望一切都规整受控，甚至包括我的天赋赐礼。”

“想必你也注意到了，我是我们家族的例外，我选择成为一个农夫，而不是什么上校。”父亲说，“我姐姐也没别的意思，她只不过是有些神经紧张，仅此而已。”

“是噢。”母亲说，好像根本不是“仅此而已”。

奇西哼起歌来，这旋律阿珂斯很熟悉，但想不起来在哪儿听过。他的姐姐正望向窗外，没注意到父母在拌嘴。没过几秒钟，大人们的争吵也停了，浮艇里只能听见奇西哼歌的声音。奇西有种独特的魅力——父亲老爱这么说——让人平静泰然。

神庙亮灯了，从里到外灯火通明，一串串比阿珂斯的拳头大不了多少的提灯挂在拱形的入口。浮艇到处都是，宽大的舱壁上绕着斑斓的灯带，或是扎堆停在山腰，或是挤在穹顶周围寻找着陆的地方。母亲熟悉神庙周围所有的秘密地带，于是指引着父亲把浮艇开到餐厅旁边的一处暗角里。这下大家全都斜着挤在一侧，母亲也不得不双手撬开侧门才行。

他们沿着一条黑暗的石头甬道往下走，古旧的地毯磨损得厉害，几乎能透亮。接着便经过低矮的、蜡烛照着的纪念碑——追念的是那些为抵御枭狄进犯而牺牲的苿威人。那是阿珂斯出生以前的事了。

经过纪念碑的时候，阿珂斯放慢了脚步，打量着那些闪烁的烛火。突然，埃加从后面猛抓住他的肩膀，吓了他一大跳。阿珂斯反应过来是谁干的，立刻就脸红了，哥哥则戳戳他的脸：“就算这儿黑咕隆咚我也知道你的脸有多红！”

“闭嘴！”阿珂斯说。

“埃加，”母亲责备道，“别捉弄人。”

她总得反反复复地说这句话：阿珂斯好像总是会对什么东西脸红。

“只是闹着玩儿嘛……”

他们踏上了通往神庙中心的走道，先知大殿门外已经聚集了一大群人，大家都跺着脚甩掉防水外靴，扭来扭去地脱下外套，把风帽压塌了的头发抖蓬松，冲着冻僵的手指头呵气。凯雷赛特一家把他们的大衣、靴子、护目镜、手套和面罩全都堆在一个幽暗的壁龛里，就在那扇紫色窗子的下面——雕花玻璃上是荼威字母“生命潮涌”。他们刚回到先知大殿，阿珂斯就听到了一个熟悉的声音。

“小埃！”埃加最好的朋友欧力·雷德纳里斯从门廊上冲了过来。她干干瘦瘦、笨手笨脚，还总是莽莽撞撞、蓬头垢面的。阿珂斯从来没见她穿过裙子，不过这会儿她却穿着一件深紫红色的，肩上还缀着纽扣，有点儿像军装。

欧力的手指关节因为冷而微微发红，她一跃在埃加面前站住，说：“你可来啦。我姑妈正对议会大放厥词，我已经听了两遍了，简直快要炸了。”阿珂斯曾经领教过一回欧力姑妈的激昂演说，批评议会——星系的政府机构——只关注极北荼威的冰花产量，而轻视盐沼枭狄的入侵，称那不过是“民事纷争”。她见解分明，阿珂斯却觉得待在那些喋喋不休的大人周围很不自在。他根本不知道该说些什么才好。

“你们好呀，奥瑟、萨法、奇西、阿珂斯，芳信快乐！快来，我们进去吧，小埃！”欧力一口气说完了这些话，连个磕绊也不打。

埃加看了看父亲，父亲则摆摆手说：“那你就去吧，我们一会儿再碰面。”

“要是被我们撞见你嘴上叼着烟，像上一季那样，”母亲说，“那你就给我们把它吞下去。”

埃加挑了挑眉毛。他从不会因为什么事而感到不好意思，也从不脸红。即便是学校里的孩子们嘲笑他的嗓音——比大多数男孩都尖厉的嗓音，或是笑话他家里有钱——这在海萨可不是什么值得艳羡的事，埃加都不会脸红，也不会回嘴。他就是有这种天赋，能把这些东西屏蔽在外，除非他乐意，否则什么也漏不进来。

埃加一把抓住阿珂斯的胳膊肘，拉着他跟在欧力后面，奇西则一如往常，留在父母身边。三个小孩你追我赶地一路跑进了先知大殿。

欧力一声惊叹，而阿珂斯看见大殿里面的样子时，反应也几乎和她一样。从穹顶最高处到最外侧的墙壁，几百盏提灯向四面八方铺陈挂满；每一盏提灯都用缄语花染成了红色，仿若一顶巨大的华盖笼罩在头顶。埃加冲着阿珂斯咧嘴笑的时候，牙齿都映成了红色。大殿中央平时是空的，不过此刻陈列着一块宽度有一个人身高那么宽的冰墙，里面冰着几十朵含苞待放的缄语花。

还有好多阿珂斯拇指那么大的硫黄提灯，映衬着冰墙，照着其中等待绽放的缄语花。光是白色的，这是为了让人们能看清缄语花自身的颜色——比所有灯盏都要红。也有人说，那种红色，像血一样浓重。

人们挨挨挤挤地在四周转悠，都穿着节日盛装：只露出头和手的宽松长袍，用不同颜色的精致玻璃扣子系紧；镶着柔软的澳尔特皮边的及膝坎肩，以及两绕的围巾。这些衣服都是深而浓的颜色，和外套相互映衬，只是绝没有灰色和白色。阿珂斯的夹克是深绿色的，是哥哥穿过的，肩部还有点儿大，埃加的夹克则是棕色的。

欧力领着他们径直走向放食物的地方，她那苦瓜脸的姑妈正在给经过的人发放盘子，看也没看欧力一眼。阿珂斯觉得，欧力不喜欢她的姑妈和姑父，所以才总是和凯雷赛特一家人待在一起，几乎是住在他们家了，不过他也不知道欧力的父母出了什么事。埃加往嘴里塞了个面包卷，呛得他喷出不少面包屑。

“小心点儿，”阿珂斯说，“吃面包噎死可不是什么高雅端庄的事。”

“至少我能为我喜欢的东西去死。”埃加说着，把整个面包卷都吞了下去。

阿珂斯忍不住笑了。

欧力用胳膊钩住埃加的脖子，把他的脑袋拉近了说：“现在先别看，但一会儿你盯住左边来的人。”

“啥？”埃加一开口喷出更多面包屑，阿珂斯却觉得自己的脖子微微发热。他赶忙瞥了一眼，看见在埃加的左侧有几个大人，他们沉默不语地站着，眼睛却盯着自己这边。

“你得习惯这个，阿珂斯，”埃加说道，“这是常有的事。”

“他们才该好好习惯一下吧，”阿珂斯说，“我们生来就住在这儿，生来就拥有命运，这到底有什么好看的？”

人人皆有未来，但并非人人皆有命运——至少，他们的母亲是这样说的。只有那些“受眷顾”的家族中的一部分人拥有命运，这些人出生时，由各个星国的神谕者旁观见证，一致通过。母亲说过，当那些揭示命运的幻象降临时，它们是可以把她从沉睡中唤醒的，因为这样的人拥有极强的力量。

埃加、奇西和阿珂斯都拥有命运，不过他们并不知道那究竟是什么。尽管他们的母亲就是能够看见命运的神谕者，她却总是说，自己不必对他们坦陈，因为世界自会替她揭晓一切。

人们普遍认为，命运是可以决定世界走向的。不过，阿珂斯要是花太久时间想这事，他会恶心想吐的。

欧力耸耸肩："姑妈说议会最近在滚动新闻里对神谕者表示了不满，所以大概人人都会这样想了。"

"不满？"阿珂斯问，"为什么？"

埃加没理会他们俩的谈话："快来，我们得占个好位置。"

欧力高兴起来："好耶，快走！我可不想像上一季似的挤在一堆屁股中间观礼了！"

"我想你这一季已经长得比屁股高了，"埃加说，"差不多有后背那么高了吧。"

"噢，好吧，我都能遵我姑妈的命穿上这条裙子了，想必确实可以盯着一堆后背了。"欧力翻翻眼睛说。

这回，阿珂斯首当其冲地钻进了人群里，闪过装满酒的玻璃杯和大人猛挥的手，来到先知大殿的最前面，刚好就在那冰墙和含苞的缄语花旁边。时间上也刚好——他们的母亲正站在冰墙边，已经脱掉了鞋子，尽管那儿冰冷彻骨。她曾经说过，贴近大地时能更好地发挥神谕者的能力。

就在几秒钟之前，他还在和埃加笑闹不停，但此刻，人群静了下来，阿珂斯的内心也静了下来。

埃加往阿珂斯身边凑了凑，在他耳边小声说："你感觉到了吗？生命潮涌发疯似的嗡嗡作响，这儿，我的胸膛，都要震起来了。"

阿珂斯本来没注意到，但埃加是对的——他确实感觉到自己的胸膛震动不已，仿佛血流在歌唱。他还没来得及回答，他们的母亲就开口讲话了。她的声音不大，也没必要龙鸣狮吼的，因为这些话人们早就烂熟于心了。

“生命潮涌流经星系中的每个星国，给我们光明，以纪念它的存在。”这个时候，所有人都抬头往上，透过那红色的玻璃穹顶，看着天空中显现的潮涌光束。每季的这个时候，它总是呈现出深红色，就像缄语花一样。生命潮涌流淌洞穿每个人、每个有生命的事物，潮涌光束就是它可视化的旁证。它蜿蜒铺陈整个星系，把所有星国捆束在一起，如同一条绳上的蚂蚱。

“潮涌流经一切生命，”萨法继续念诵，“为生命的繁衍营造空间；潮涌流经所有呼吸的个体，由思想过滤出不同的模样；潮涌流经每一朵冰中绽放之花——”

人们全都挤了过来——不只是阿珂斯、埃加和欧力，而是整座大殿里的所有人。他们摩肩接踵、挨挨挤挤，好看看那些冰墙里的缄语花会有什么动静。

“潮涌流经每一朵冰中绽放之花，”萨法重复了一遍，“给它们以盛开于暗夜的力量；潮涌以极致力量赋予缄语花——我们的时间标记，我们的降赐死亡与和平的盛放。”

有好一会儿，大殿陷入一片寂静，不过并不怪异，好像本该如此。仿佛所有人都在轻声低吟，一起哼唱，感知着那推动整个星系运转的奇异力量——正如硫黄石碎屑的摩擦推动了它们的燃烧。

接着——万籁之中一点动：花瓣轻转，花茎窃窃，缄语花所在的那一小块地方闪过一阵战栗。没有人发出一丝声音。

阿珂斯仰起脸瞥了一眼穹顶上的提灯华盖，就那么一瞬间的工夫，他就差点儿错过了——所有的花都绽开了，红色的花瓣一齐伸展，露出浅色的花心，慵懒地搭在花茎上。冰墙一下子溢满了色彩。

人人都屏住呼吸鼓起掌来，阿珂斯也和大伙儿一样拍着手，直到手掌都有点儿发麻了。这时，父亲走了上来，拉起母亲的手轻吻了一下。对其他人来说，她是不可触碰的——萨法·凯雷赛特，神谕者，天赋赐礼给了她看到未来幻象的能力——他们的父亲却可以，他用指尖拂过她微笑时显露的酒窝，把碎发塞进她戴着的发网里，或是在捏好面包团之后，在她肩上留下沾着黄色面粉的手印。

他们的父亲不能看到未来，却可以用他的手指修理物件，比如破掉的盘子、影幕上的裂缝、旧衬衣上磨坏的褶边。有时候他会给你一种错觉，那就是当人们陷入麻烦时，他能使一切各归各位。所以，当父亲走过来，把阿珂斯抱起来晃悠时，他难得地没有觉得难为情。

“小小孩！”父亲喊着，把阿珂斯抛到自己肩膀上驮着，“噢——也不小啦！再想这样恐怕也难办啦！”

“那不是因为我长大了，是因为您老了。”阿珂斯答道。

“这话说的！竟然出自我自己的儿子之口，”父亲说道，“这种犀利言辞应该得到何种惩罚呢？我想想看——”

“别别——”

但已经晚了。父亲把阿珂斯向后一甩，让他滑下去，抓住他的两个脚踝，让他头朝下地荡来荡去。阿珂斯连忙拉住自己的衬衣和夹克，却忍不住大笑起来。奥瑟把他放低，直到安全地贴近地面了才松开手。

“叫你口无遮拦，长点儿记性！”父亲凑近他说道。

“口无遮拦让您头昏脑涨了吗？”阿珂斯说着，无辜地冲他眨眨眼睛。

“没错，”奥瑟咧嘴一笑，“芳信快乐。”

阿珂斯也笑了：“芳信快乐。”

第一章
阿珂斯

§

那天夜里他们撑到很晚，埃加和欧力都趴在餐厅的桌子上睡着了。母亲把欧力抱到客厅里的长沙发上安顿好，这些日子她有一半时间都是在这儿睡的；父亲则叫醒了埃加。每个人都各回各屋去休息了，只剩下阿珂斯和母亲。他们俩总是最后才睡的人。

母亲打开墙上的影幕，上面显示出议会的滚动新闻。议会由九个星国构成，它们都是星系里最大的或是最重要的成员。严格意义上说，每个星国都是独立存在的，但议会统理贸易、武器、交通及纷争谈判，在杂乱无序的宇宙中强制执行法律法规。议会新闻提及一个个星国：缇比斯的水资源短缺，欧尔叶的医学新疗法，皮塔轨道上抛锚的劫掠船只……

母亲打开了一罐干药草。一开始，阿珂斯还以为她是要调制安神剂，好帮助他们早点儿入睡。但她走到壁橱那里，取下了放在顶层架子上的缄语花——那是不许孩子们乱动的。

“我想，今晚我们的课程应该算是特训。”萨法说道。在阿珂斯的头脑中，每当她教他关于冰花的东西，他就是这样去认知的——是萨法，她的教名，而不是“老妈”。自打两季前开始，她就开玩笑地把这种深夜酿花讲习会称为“课程”。但此刻她的声音在阿珂斯听来多了几分严肃，很难说是以母亲的身份在讲话。

“去拿个砧板来，然后替我切一点儿哈瓦根。”她说着戴上一副手套，“我们之前用过缄语花，对吧？”

“配催眠剂的时候用过。”阿珂斯一边说，一边照母亲的吩咐做。他站在她的左边，拿着砧板和刀，还有沾着灰的哈瓦根——它呈一种病恹恹的白色，上面覆盖着细小的绒毛。

“还有逍遥制剂，”母亲加上一句，“我一定跟你说过，有朝一日开派对的时候会用到它的。得等你再长大一点儿才行。”

“您说过的，”阿珂斯回答，“那时您也说过‘得等你再长大一点儿才行’。”

她歪着嘴笑了起来。大多数时候，这就是你能从阿珂斯的母亲那儿得到的最好回应。

“要配制‘长大一点儿版本’的逍遥制剂，你所用到的原料也能用于配制毒药。”她说着，神情黯然，“只要把缄语花的用量加倍，把哈瓦根的用量减半就行，明白了吗？”

“为什么——”阿珂斯正要发问，母亲已经换了话题。

“那么，”她拈了一瓣缄语花的花瓣放在自己的砧板上，花瓣仍然鲜红，但已经枯萎缩小成拇指那么大了。“你今晚都在想些什么呢？”

“没想什么呀，”阿珂斯说，“芳信祭上人们都盯着我们看，好像是。”

“他们是被‘命运眷顾’弄得着迷了。早晚有一天他们就不会再那样了，”她叹了口气，“但是，恐怕你得……你们得永远被他们盯着看。”

阿珂斯很想问一问，那个“你们”是指谁，但上课的时候他总是小心翼翼：问错一个问题，她可能戛然而止，问对一个问题，他会弄懂他想都没想过的事。

“那您呢？”阿珂斯问道，“我的意思是，您今晚都在想些什么？”

“啊……”母亲的手法十分轻柔，刀子“嗒嗒嗒”轻落在砧板上。阿珂斯的手法也进步了，不过还是会不小心切出大块的来。“今晚萦绕我思绪的是诺亚维克家族。”她说。

她光着脚，因为冷，脚趾向内弯曲着——神谕者的脚。

“他们统治着盐沼枭狄，”她说，“我们敌人的地盘。”

盐沼枭狄是一个民族，而不是星国，以凶狠、暴戾著称。他们每取一性命，就会在胳膊上文刻一道线，并且在还是孩子的时候就开始学习格斗和兵法。他们也生活在极北荼威——与阿珂斯和他的家人生活在同一星国——但他们从不称之为“荼威”，也不以“荼威人”自称。他们的领地在一大片极羽草的另一边，阿珂斯家的窗子上就不时有那样的极羽草拂过。

阿珂斯的祖母死于一次盐沼枭狄的进犯，当时她只有一把面包刀自卫——反正父亲讲的故事里就是这么说的。而整个海萨至今仍遍布枭狄暴行留下的痕迹：矮石墙上雕刻着的罹难者的姓名，勉强糊起来、没换掉的窗玻璃——上面依稀可见破碎的裂痕。

他们就在极羽草原的那边，很多时候仿若触手可及。

“诺亚维克也是‘命运眷顾’的家族，就像你和你的哥哥姐姐一样，你知道这个吗？”萨法继续说道，“神谕者并非总能看到那个家族的命运，只是在我有生之年刚好发生了。一旦诺亚维克家族拥有了命运，他们就会以此对枭狄政府施压，好牢牢地抓住统治权，维护一直以来的统治地位。”

“我不太明白怎么会有那样的事情。我是说，一个家族突然就拥有命运了。”

“嗯，像我们这样能看到未来的人，是不会去控制那些命运眷顾者的。”母亲说道，“我们会看到几百种未来，几百种可能性，命运却是仅属于特定一人，仅发生于特定一种未来之中的，因此极为罕见。是命运决定了眷顾哪些家族——可不是反过来那样。”

阿珂斯从来没有这样思考过。大家每每谈起神谕者，就会说他们把命运赋予谁了，就像发礼物似的，发给了某些特别的、重要的人或家族。但听母亲如此说来，人们是本末倒置了。是命运赋予了家族举足轻重的地位。

“所以，您看到他们的命运了，诺亚维克家族的。”

萨法点点头说：“只看到了儿子和女儿的命运，利扎克和希亚。男孩年长一些，女孩和你同岁。”

阿珂斯听说过这两个名字，那都是些荒谬的传闻。关于这兄妹二人的故事口口相传，越传越离谱，像是挖下敌人的眼珠放在果酱罐里，从手腕到肩膀文满了记录杀人次数的刻痕——这个倒可能还靠谱一点儿。

“有的时候，我们能轻易看懂人们成为自己的原因，”母亲轻声说道，“利扎克和希亚，暴君的儿女，他们的父亲是拉兹迈，他们的母亲则是一个杀死手足的女人。暴虐如感染一般，代代相传。”她的头向前垂下，身体也随之前后摆动。“我看到了，全都看到了。”

阿珂斯抓住她的手，紧紧捧住。

“我很抱歉，阿珂斯。”她说。但阿珂斯并不能确定，她是为吐露太多而抱歉，还是为别的什么事。不过都无所谓。

母子二人伫立片刻，听着滚动新闻絮絮不停的声音。不知为什么，这最黑暗的长夜，仿佛更阴沉了。

第二章 阿珂斯

“那是在半夜，”奥斯诺说着，挺起胸脯，“我发现膝盖上有块儿擦伤，火辣辣的……等我把毯子丢过去时，它就消失了。”

教室的四壁有两面是弯曲的，中央有一座装满硫黄石的大炉子。老师上课的时候总喜欢绕着炉子踱步，靴子踩在地上，发出“咔嗒咔嗒”的声音。有时候阿珂斯会默默地计数，看看她在教室里走了多少圈，那个数字可委实不小。

火炉四周摆放着金属椅子，前端连接着玻璃影幕，可以调整角度，就像手提电脑似的。这会儿，影幕已经亮了，准备好播放今天的课程，但是老师还没来。

“那就给我们看看呀。”另一个同学蕾哈说道。她总是戴着一条绣有荼威地图的围巾，绝对是个爱国分子，而且她从不轻信别人说的话。每当谁信誓旦旦地说了什么，她就会皱起满是雀斑的鼻子，直到那人自证其说。

奥斯诺拿起一把小刀，对着自己的大拇指割了下去。血从伤口里冒了出来，但紧接着——就连坐在教室对面的阿珂斯也看得清清楚楚——他的皮肤开始闭合，就像拉拉链似的。

每个人在长大成人、身体有了变化的时候，都会获得一份天赋赐礼。也就是说，鉴于阿珂斯还只有十四季岁，他还没有体验过天赋赐礼降临的重大时刻。天赋赐礼有时候是家族遗传的，有时候不是，有时候大有裨益，有时候又百无一用。显然，奥斯诺的天赋赐礼很能派上用场。

“真是奇妙啊，”蕾哈说，“我真等不及我的天赋赐礼到来的那一刻了。当时你有什么感觉吗？”

奥斯诺是班里个子最高的男孩——他跟人讲话的时候总是站得很近，你能很直接地感受到这一点。不过，他上一次和阿珂斯讲话是在一季之前了，当时奥斯诺的母亲经过时说了一句：“作为一个命运眷顾的孩子，他挺不够格的，不是吗？”

那时候奥斯诺的回答是：“他挺好相处的。”

但阿珂斯并不“好相处”——人们对那些性情安静、不爱说话的人总是如此评价。

奥斯诺胳膊往后搭在椅背上，拨开眼前的黑色碎发：“我老爸说过，你越是了解自己，获得天赋赐礼的时候就越淡定。”

蕾哈点点头表示赞同，辫子在背上晃来晃去。阿珂斯暗自跟自己打赌：蕾哈和奥斯诺肯定会在这一季末之前开始约会。

这时，门边的影幕闪了起来，“啪嗒”一下子暗了，教室里所有的灯都灭了，门外走廊上的灯也全都黑掉了。蕾哈正要说的话卡在了嘴边，不知所措。阿珂斯听到从外面大厅传来一阵巨响，也听见了自己往后猛挪椅子发出的刺耳剐蹭声。

“凯雷赛……”奥斯诺压低声音警告他。但是阿珂斯不觉得瞥一眼走廊有什么可怕的，并不像是有什么东西会跳出来咬他一口。

他把门打开一点儿，从门缝里挤出去，紧贴在狭长走廊的墙壁上。像海萨的其他房屋一样，这座建筑也是环形结构的，教师办公室在中间，教室环绕四周，所以走廊也被分成了两半。因为所有的灯都灭了，大厅里黑漆漆的，阿珂斯只能看见每一层楼梯口上的应急灯在闪着橘色的光。

“出什么事了？”阿珂斯听出这是欧力的声音。她从东部的楼梯间出来，走进了应急灯的光晕里，前面是她的姑妈拜赫。欧力看起来比往常还要邋遢，有几绺头发都钻出发网跑到脸上了，毛衣上的扣子也扣错了。

“你现在有危险，”拜赫说，“是时候用上我们练习已久的本事了。”

“为什么？”欧力问道，“你跑到这儿来，把我拖出教室，让我抛下一切，抛下所有人——”

“所有命运眷顾者都有危险，你还不明白吗？你已经暴露了！”

“那凯雷赛特家呢？他们不也很危险？”

“没你这么紧急。”拜赫拉着欧力的胳膊肘，把她往东部楼梯间的平台那里拉。欧力的脸被黑影挡住了，阿珂斯看不见她的表情，但她走到转角那儿时一转身，头发拂过脸庞，毛衣微微滑下肩膀，露出了锁骨。

他很确定，她的目光在搜寻自己，眼睛大睁着，充满了恐惧——挺难形容的。紧接着阿珂斯就听见有人在叫他。

奇西从大厅中央的一间办公室冲了出来，穿着她的厚料灰裙子和黑色靴子，嘴巴紧紧地绷着。

“快来，”她说，“我们得到校长室去。老爸这就来接我们，我们到那儿去等他。”

“是什么——”阿珂斯开口发问。但是就像往常一样，他的声音太轻柔，以至于总是被人忽略。

“快点儿啊！”奇西又反身回到刚才的那间办公室，阿珂斯的思绪却一时四散，飘到了别处：欧力是命运眷顾者。所有的灯都灭了。

老爸要来接他们。欧力有危险。他有危险。

奇西眨眼就不见了踪影，但紧接着又出现在橘色的应急灯那里。这时门开了，提灯亮了，转过身来的是埃加。

校长坐在阿珂斯对面。阿珂斯不知道他叫什么，只是称他为“校长”，也只有在演讲训话时或在去什么地方的途中才会碰到他。阿珂斯从来也没怎么注意过他。

“什么情况？”他问埃加。

“一言难尽。”埃加目光闪烁。

“按学校的惯例，这种情况是交由学生家长酌情处理的。”校长说道。有的同学曾取笑说，校长是个机器而不是血肉之躯，如果你把他剖开来，准会有电线什么的弹出来。反正，他就是这样生硬地说话。

“但您也说不上来，这究竟是哪一种情况吧？”埃加说话的方式像极了他们的母亲。如果她在的话，也一定会这么说。*不过话说回来，老妈呢？*阿珂斯想，老爸要来接他们，可谁也没提到老妈。

“埃加。”奇西低语般的声音也使阿珂斯沉静下来。她仿佛是对着埃加身体里的生命潮涌在讲话，让它平稳。这情景持续了片刻，如同施了咒语，校长、埃加、阿珂斯都静静地沉默着，等待着。

“越来越冷了。”埃加终于开口说。一股冷气从门下的缝隙里蔓延进来，阿珂斯觉得脚踝瑟瑟发凉。

“我知道。我得去关上电源，”校长说，“等你们安全上路了我再把它打开。”

“您要为我们关闭电源？为什么？”奇西温柔地问道。这种甜言蜜语的口气，一般都是她想晚睡或是想多要一块糖吃的时候才会用的。老爸老妈当然不为所动，但校长一听就像蜡烛似的开始融化了。阿珂斯觉得桌子底下搞不好会流出一摊蜡油来。

“在议会宣布的紧急警戒期，关掉影幕的唯一办法，就是关掉电源。”校长温柔地回答。

“所以现在是紧急警戒期喽？”奇西仍然甜腻腻地说道。

“是的，是由议长在今天早上签发的。”

埃加和阿珂斯交换了个眼神。奇西巧笑嫣然，心平气和，双手交叠放在膝头，鬈发勾勒出脸颊的轮廓。从这种意义上说，她确实是奥瑟的女儿，不折不扣。他们的父亲可以得到他想要的任何东西，只用微笑，就可以安抚人心，平息事态。

这时，有人重重地敲响了校长办公室的门，及时地挽救蜡烛于继续融化。阿珂斯知道那一定是老爸，因为敲到最后一下时，门把手都掉下来了，把它和木门箍在一起的圆环直接从中间裂开了。父亲无法控制脾气，他的天赋赐礼明白无误地揭示了这一点：他总是在修修补补，有一半物件都是他自己弄坏的。

“抱歉。”奥瑟进屋时咕哝着。他把门把手塞回原位，用指尖拂过裂痕，圆环上还有点儿参差不齐的毛刺，但几乎就像新的一样了。母亲总是说他并非每次修缮工作都做得完美，因为家里有一堆放不平的盘子和歪七扭八的杯子柄可以做证。

“凯雷赛特先生。”校长开口了。

“多谢您，校长，您的应对很及时。”父亲说道。他的脸上连半点儿笑容都没有。和漆黑走廊里欧力的尖叫相比，和奇西紧绷的嘴唇相比，父亲严肃的神情更令阿珂斯惊恐。因为他总是笑眯眯的，就连本不该笑的场合也不例外，母亲称之为“最好的盔甲”。

“来吧，孩子，小孩，小小孩，”奥瑟冷冷地说，“我们回家吧。”

父亲一说到“家”这个字，三个孩子立刻就站了起来，径直往学校大门口走去。他们走到衣帽架旁边，那儿挂着清一色的灰色皮毛大衣，而他们的名字就绣在领子上：凯雷赛特、凯雷赛特、凯雷赛特。奇西和阿珂斯拿错了彼此的衣服，只好又调换回来。阿珂斯的衣袖更短一点儿，奇西的肩线更长一点儿。

浮艇就停在外面，舱门还开着。它比其他的浮艇要大一些，也是下沉式舱体，也是圆形的。浮艇里面，往日总是叨叨个不停的滚动新闻停掉了，导航屏幕也关掉了。这回是奥瑟按下按钮，推拉操纵杆，把控全局，而不是浮艇告诉他该干什么。他们也没系安全带，阿珂斯想这会儿要是浪费时间可就太蠢了。

“老爸。”埃加先开口了。

“今天早上，议会公开了眷顾者的命运，并称对此事负责。”父亲说道，“多季前，神谕者为表示信任，秘密地把命运名录告诉了议会。通常，如果一个人还活着，他的命运是不该被公开的，只有他们自己和他们的家人知道，但是现在……”他的目光一个个地落在孩子们的身上。“现在所有人都知道你们的命运了。”

“是什么样的命运？”阿珂斯轻声发问，与此同时奇西也在问，“为什么会有危险？”

父亲没回答阿珂斯，但是回答了奇西：“并不是所有的眷顾者都会有危险，但是有的人……被透露的信息更多。”

阿珂斯想到了欧力被她姑妈拉住胳膊拽往楼梯间时说的话：*你已经暴露了。你必须走。*

欧力也是有命运的——危险的命运。但是就阿珂斯记忆所及，命运名录中并没有任何姓“雷德纳里斯”的家族。这一定不是欧力的真名。

“我们的命运是什么？”埃加问道。阿珂斯有点儿嫉妒他洪亮清晰的声音。有时候，当他们想拖过规定时间晚点儿睡，埃加会试着轻言细语，但总是聊不了一会儿，老爸或老妈就会过来制止。阿珂斯就不同了，他天性就比哥哥姐姐更闷，所以他还没把欧力的事告诉他们。

浮艇急速上升，掠过父亲打理的冰花田。这片花田向四面八方绵延数英里，以低矮的铁丝网划分阡陌：黄色的是疗妒花，白色的是贞洁花，绿色的是哈瓦的藤蔓，棕色的是解忧森地的叶子，还有被铁丝笼子保护起来的、生命潮涌贯穿其中的红色的缄语花。以前是没有什么铁丝笼子的，那时候，每当人们想要结束自己的生命，只需直接跑到缄语花花丛中，躺在明艳的花瓣之中即可。花中的毒素会使他们陷入沉睡，用不了几秒钟就可永远安眠。这种死法其实还不赖，阿珂斯想，在花朵环绕中渐渐睡去，头顶还有洁白的天空。

“等我们安全了平静了我再告诉你。”父亲说着，极力表现出愉快的语气。

“老妈在哪儿？”阿珂斯问道。这次，奥瑟听见了。

“你们的老妈……”奥瑟咬紧了牙齿，身下的坐垫裂开一个大缝，就像面包在烤炉里开裂似的。他骂了几句，伸手修复裂缝。阿珂斯则惊愕地看着他，恐惧不已：什么事让他如此愤怒？

“我也不知道你们的老妈在哪儿，”父亲最终说，“但我保证她没事。”

“她事先没提醒过您吗？”阿珂斯问。

“也许老妈也不知道。”奇西轻声说道。

但他们都知道这有多不对劲儿：萨法是可以预知未来的，*一直都可以*。

“你们的老妈做任何事情都有自己的道理，尽管有的时候我们并不了解，”奥瑟平静了一些，继续说，“但我们必须相信她，尤其是在困难重重的时候。”

阿珂斯有点儿怀疑父亲是不是相信这些话，他此刻这样说就像是为了提醒他自己。

奥瑟把浮艇停在前院的草坪上，压折了丛生的极羽草和它们带斑点的茎。在凯雷赛特家的屋子后面，极羽草铺展延伸，远超阿珂斯目力所及。在极羽草原里，人们总会时不时地碰到些怪异的事情：他们或是听到窃窃低语，或是看到茎叶中有黑影出没；他们偏离了主路，茫然迷失，被草甸吞噬。大家常常会听到这样的故事，有时还会从那些罹难者的浮艇里拖出整具的骸骨。住在距离这片草原如此之近的地方，阿珂斯已经习惯了对那些异象视而不见：从四面八方拥过来的脸孔，轻声低诉着他的名字，有时候，它们清晰明朗，几乎认得出模样——死去的祖父母，爸妈扭曲如僵尸的脸，还有满面嘲讽、捉弄自己的那些同学。

但是，当阿珂斯走出浮艇，摸到比自己还高的那些草茎时，他猛地惊了一下，那些幻象看不见了，那些怪声也听不见了。

他停下来，摸索着那些极羽草，想搜寻幻觉的踪迹，但是什么也没有。

“阿珂斯。”埃加不高兴地催促道。

怪异极了。

阿珂斯紧跟在埃加身后往前门走去。奥瑟开了门，他们鱼贯而入，在前厅脱下外套。然而，呼吸到室内温暖的气息时，阿珂斯觉得有什么东西闻起来不太对劲儿。家里总是弥漫着一股香料的气味，就像老爸在更冷的时节里喜欢做的早餐包。但此刻他闻到的是机油和汗臭味儿。阿珂斯的心蓦地紧绷起来。

“老爸。”他说道。就在这时，奥瑟按下开关，开了灯。

埃加大叫起来，奇西倒吸了口冷气，阿珂斯惊得一动不动。

客厅里站着三个人：一个又高又瘦，一个更高且壮，一个矮而敦实。他们都穿着盔甲，金属在硫黄石昏黄的火光下闪烁，极其深重的颜色，看起来几乎是黑的，但实际上那是非常非常深的蓝色。他们佩着潮涌之刃，剑柄紧握，黑色的潮涌绕手蜿蜒，将武器和人牢牢结合。阿珂斯以前曾见到过这种利刃，但那是海萨巡逻兵的配备。家里是完全不需要潮涌之刃的，这里住的不过是农夫和神谕者。

虽然阿珂斯自己并不清楚这一点，但其实他已经了然于胸：这些人是枭狄人，荼威人的敌人，他们的敌人。在铭记枭狄入侵的纪念碑前，每一支蜡烛背后的罪魁祸首都是这样的人。这些人朝着海萨的建筑进攻，砸碎玻璃，使之伤痕累累；他们专挑那些最胆大、最强壮、最勇猛的人来杀，让他们的家人以泪洗面。阿珂斯的祖母——拿着一把面包刀的祖母，就在此列——他们的老爸是这么说的。

“你们在这儿干什么？”奥瑟剑拔弩张地问。围布仍然好好地围在矮桌上，兽皮毯子也仍然堆在火炉边——奇西出门之前在那儿看书来着。炉火仅余微小火苗，尽管还在燃烧，但屋子里已经冷了下来。父亲挺直身子跨立，把三个孩子护在身后。

“没有女人，”其中一个对另外两个说道，“她跑哪儿去了？”

“神谕者，”其中一个回答他，“没那么容易抓。”

“我知道你们会讲荼威语，”父亲的语气越发严厉，“所以，别假装听不懂我的话，也别东拉西扯。”

阿珂斯皱起眉头：难道老爸没听见他们正谈论老妈?

“这家伙很难缠，”高壮的那人说道，“他叫什么？”阿珂斯注意到，这个人有着金色的眼睛，就像熔化的金属一般。

“奥瑟。”矮墩墩的那人回答。他的脸上满是疤痕，细小的纹路恣意铺陈，其中最长的一条一直延伸到他的眼睛旁边。老爸的名字从他们嘴里念出来，听着真别扭。

“奥瑟·凯雷赛特。”金眼睛说。这一句，他的声音有点儿……不同，仿佛是突然换用了比较重的异乡口音。可刚才并不是这样啊，怎么回事？“我是瓦什·库泽。”他又说。

“我知道你是谁，”父亲说，“我可不是坐井观天、世事不知的。”

“抓住他。”自称瓦什的人下了令，那个矮子便举起手中武器朝着父亲刺了过去。两人缠斗起来，胳膊紧紧地互相扯住，阿珂斯和奇西连忙往后退开。奥瑟狠咬着牙齿，客厅里的镜子爆裂开来，玻璃碎片四散飞溅；老爸老妈的结婚照本是放在壁炉架上的，这时画框也碎了，玻璃罩板裂成两半。可是那个枭狄人仍然不放手，把父亲扑倒在地。这么一来，埃加、奇西和阿珂斯就没遮没挡了。

矮子迫使父亲屈膝跪地，并用潮涌之刃指着他的咽喉。

“看好这几个小孩。”瓦什对瘦子说道。这正提醒了阿珂斯，门就在他背后。他一把抓住门把手猛转，但当他拉开门的时候，一只粗糙的手箍住了他的肩膀。那瘦子单手就把他拎了起来。阿珂斯的肩膀一阵疼痛，他用力反击，狠揍他的腿，那枭狄人却笑了起来。

“这小豆芽菜，”瘦子吐了口唾沫，“你，还有你那些可怜巴巴的族人，最好现在就投降。”

“我们才不是可怜巴巴的呢！”阿珂斯说。但这话听起来就像是吵不赢架的小孩在闹别扭，蠢得很。可是不知为什么，这句话让所有人都愣住了。不光扯住阿珂斯肩膀的那个瘦子停下了动作，奇西、埃加和奥瑟也是。他们一个个都盯着阿珂斯，而且——*见鬼*——一股热流又涌上了他的脸，这真是这辈子最不该脸红的时刻。

然而瓦什·库泽大笑起来。

“我猜，这是你最小的孩子，”他对奥瑟说，“你知道他会说枭狄语吗？”

“我才不会说枭狄语。”阿珂斯无力地反驳道。

“你刚才说了，”瓦什继续道，“我真好奇，凯雷赛特家族里竟然有个孩子是枭狄血统，你们对此有何高见？”

“阿珂斯……”埃加惊异地低语，仿佛是在向弟弟发问。

“我没有枭狄血统！”阿珂斯狠狠说道，但那三个陌生人立刻笑了起来。直到此刻，阿珂斯才反应过来——他听见了自己嘴里讲出来的话，明白它的确切意思；他也听见了粗粝的音节，夹杂着间隔音和闭元音。这确实是枭狄语，他从未听过的语言。它和优雅的荼威语有着天壤之别，就像扬卷起雪粒的狂风。

他刚刚说了枭狄语，和他的敌人讲了同一种语言。但是怎么会这样——他怎么可能会讲一种完全没有听过的语言？

“你太太呢，奥瑟？”瓦什重新转移注意力，转动着潮涌之刃，黑色的潮涌缠绕在他的皮肤上。“我们得问问她，是否跟一个枭狄人有过浪漫情史，或是她自己就有枭狄血统，却没找到机会告诉你。这位神谕者必然知道她的小儿子何以一口流利的枭狄语，何以如此泄露天机。”

“她不在，”奥瑟言简意赅地说，“正如你所见。”

“荼威人觉得他聪明？”瓦什说，“我的看法是：和敌人要聪明只会让自己送命。”

“可以确信的是，你的看法愚蠢之极。”奥瑟说道。尽管已经匍匐在地，可不知为何，他仍然能用一种居高临下的气势睥睨着瓦什。“诺亚维克家的奴才，你不过是我指甲缝里的泥。”

瓦什猛地挥拳，狠狠地擂向父亲的脸，力气之大打得他侧翻了身子。埃加大叫起来想要冲过去，却被那个拽着阿珂斯的瘦子一把拦住。埃加已经十六季岁了，身形几乎和成年人相当，可这瘦子却能把两兄弟同时制住，不费吹灰之力。

这时，起居室里的矮桌从中间爆裂，彻彻底底地断开，向两边塌了下去。桌上的小物件——一个旧杯子、一本书、父亲刨削的几块碎木头——全都散落在地上。

“如果我是你，”瓦什低声说，“我就会控制好自己的天赋赐礼，奥瑟。”

奥瑟突然朝着瓦什的脸抓去，但这是个假动作，他紧接着就朝站在旁边看的那个一脸疤的胖子出手，攫住他的手腕，用劲儿一拧，迫使他松开了手。说时迟那时快，奥瑟接住了那柄潮涌之刃，掉转锋口对准它刚才的主人，扬起了眉毛。

“尽管杀死他好了，”瓦什说，“在我们那里，像他这样的人多得是，你却只有三个孩子。”

奥瑟的嘴唇肿胀流血，他用舌尖舔掉血迹，回过头看着瓦什。

“我不知道她在哪儿，”他说，“你们应该已经搜过神庙了。如果她知道你们会找到这里来，她也不会留在这儿。”

瓦什笑着低头看了看自己手里的利刃。

“我想这也无所谓，”他用枭狄语说，“我们的首要目标是这些孩子。”他说着看向胖子，他正一只手抓着阿珂斯，另一只手把埃加摁在墙边。

“我们已经知道最小的是谁了，”胖子也用枭狄语回答，同时又把阿珂斯拎了起来，“但排行老二的是哪一个？”

“爸爸，”阿珂斯极力出声，“他们想知道谁是小孩，他们想知道谁是老二——”

胖子松开阿珂斯，反手就给了他一巴掌，正好打在他的颧骨上。

阿珂斯踉跄着向后跌倒，狠狠撞上了墙壁。奇西忍住呜咽扑向弟弟，轻轻抚摩他的脸。

奥瑟咬紧的牙缝里迸发出怒吼，他挥起夺来的那把潮涌之刃，用力地深深刺入瓦什的身体，穿透了他的盔甲。

可是瓦什甚至都没往后退。他歪了歪嘴，微笑着，握住利刃的剑柄。就在奥瑟惊异不已的时候，瓦什猛地把剑从自己身体里抽了出来。鲜血一下子迸发而出，浸透了他的黑蓝色裤子。

“你只知道我的名字，却不知道我的天赋赐礼吗？”瓦什柔声说道，“我没有痛感，想起来了吗？”

他抓住奥瑟的肘部，向后猛拉，接着把刀子扎进他胳膊的肌肉里狠剐。父亲发出的低吼是阿珂斯从未听过的。血溅落在地上，埃加又尖叫起来，徒劳地挣扎着。奇西的脸扭曲了，但她仍然一语不发。

阿珂斯再也忍不住了。尽管脸上还疼得要命，尽管采取行动也没什么用，尽管他根本就是无能为力，他还是站了起来。

“埃加，”他冷静地说，“跑。”

阿珂斯整个人撞向瓦什，手指狠狠地抠进了他的伤口里。再深些，再深些。他想捏碎他的骨头，撕烂他的心脏。

脚步声、尖叫声、哭泣声……所有的声音都涌进了阿珂斯的耳朵里，恐怖至极。他用尽全力猛击瓦什的身体一侧——但那儿佩着盔甲，这几下根本不伤毫厘，反倒让他自己的手疼痛不已。胖子朝他走过来，把他掀起来丢在地上，就像丢一袋面粉，然后抬脚踩住了他的脸。泥土沙砾在皮肤上摩擦，阿珂斯感觉到了。

“爸爸！”埃加大叫着，“爸爸！”

阿珂斯的脑袋动不了，但他抬起眼睛，看见父亲倒在墙壁和前厅之间的地上，胳膊以怪异的角度向后弯着，鲜血飞溅在头的周围，就像一圈光环。奇西蹲在父亲身旁，颤抖的双手停滞在半空，想捂住他喉咙的伤口，却不敢动。瓦什就在一旁，手里拎着沾血的刀。

阿珂斯一下子浑身瘫软。

“让他起来，苏扎。”瓦什说。

苏扎——用靴子踩住阿珂斯的那个疤脸胖子——抬起脚把他拖了起来。但阿珂斯的目光离不开父亲的身体：他的皮肤像那个矮桌一样裂开，鲜血洒在身体一侧——一个人怎么能有那么多血？还有血的颜色——浓深的橙棕色。

瓦什仍然拿着那把沾血的刀，站在旁边，两只手都是湿的。

“现在清楚了吧，卡麦伏？”瓦什对那高个子瘦子说道。卡麦伏咕哝一声算是应答，抓起埃加，给他戴上了金属的手铐。即便埃加一开始就反抗，他此刻也只能束手就擒。他呆呆地盯着父亲，瘫坐在客厅地板上。

“十分感谢你为我们提供了答案，帮我们选出了你的哥哥。”瓦什对阿珂斯说，“不过看样子你也得跟我们走——鉴于你的命运。”

苏扎和卡麦伏一左一右地夹着阿珂斯，推着他往前走。在离开前的最后一秒，阿珂斯甩开他们，扑向父亲身边跪了下来，摸着父亲的脸。奥瑟的身体仍然温热，神情平静安详，他的眼睛睁着，目光里的生命却在一分一秒地消逝，仿佛水将流尽。这双眼睛最终看向埃加，他正被枭狄人推着往门厅走。

“我会带他回家的。”阿珂斯扶着父亲的头，让他看着自己，“我一定会。”

在父亲的最后时刻，阿珂斯没能留在他身边。他在极羽草原之中，和敌人在一起。

2...

第三章 希亚

第一次星际巡游时，我只有六季岁。

我走到外面，原本期待能走进一片阳光之中，然而笼罩着我的只是巡游飞艇投下的阴翳，它就像一块巨大的云，遮住了沃阿城——臬狄首府。飞艇又长又宽，但总的来说还算是修长的，艇首窗格以防弹玻璃镶嵌，轮廓柔和。金属艇舱因为超过十季的星际飞行而有所磨损，不过那些新换上的金属板还是油光锃亮。过一会儿，我们就会身处其中，犹如巨兽腹中的残羹肉糜。飞艇的后喷射口旁边有一个敞开的通道，我们将从那儿登艇。

大多数臬狄小孩的第一次星际巡游——我们最重大的仪礼——都会在他们八季岁的时候成行。但我是统治者——拉兹迈·诺亚维克的女儿，就得提早两季为穿越星系的第一次巡游着手准备。我们会一直跟随那萦绕星系边缘的生命潮涌，直至它转为最幽暗的蓝色，然后降落在某个星球涤故更新，这便是仪礼的第二部分。

请统治家族及其亲属率先登艇，这是传统，或者至少是从我的祖母——诺亚维克家族第一代臬狄统治者——肇始的传统。正是她宣布必须如此。

“我的头发好痒。”我对妈妈说着，用指尖轻戳脑袋一侧绑得紧紧的辫子。稀稀的几条辫子向后梳起，扭转编结，这样就不会有碎发挡住我的脸。“我平时的发型怎么就不行了？”

妈妈对我笑笑。她穿着一件极羽草织成的裙子，草茎覆在紧身胸衣上，向上蔓延，拢住了她的脸。敖特佳——我的老师，嗯，姑且称老师——曾经告诉过我，枭狄人种植了一大片极羽草，横亘在我们和敌人——荼威人之间，以防备他们入侵我们的领地。妈妈现在就是用她的服饰来纪念这样富有先见之明的决策。她做的每一件事都是刻意为之，都是为了呼应我们的历史。

“今天，”她对我说，“是你第一次公开露面，所有枭狄人都会瞩目于你，更不用说星系里的其他人了。我们最不想看到的就是他们只盯着你的头发，所以必须打理好，让它们‘消失’。明白了吗？”

不明白，但我没有再继续追问。我看着妈妈的头发，它们也和我的一样，是浓黑色的，可是质地大不相同——她的头发又厚又密，塞满了发网，我的头发却又细又滑，总是从卡子里跑出来。

“星系里的其他人？”理论上说，我明白星系有多广袤，它包括九个主要的大星国和数不清的边缘小星，还有坐落在月球碎片的冷漠岩石中的国家，以及超大的轨道飞船，大得就像自成一国似的。但是在我个人看来，星系只不过和我所生活的屋子差不多大，没什么了不起的。

“你爸爸批准了滚动新闻的转播权，议会星国都能接收到，”妈妈回答道，“所有对我们的仪礼感到好奇的人都会收看的。”

即便在那样的年纪，我也已经知道，没有其他的星球和我们的一样。我知道我们枭狄人是唯一在星系中追随生命潮涌的民族，我们对领地及财产的超然态度也是独一无二的。其他星国当然会对此好奇，也许还有嫉妒。

枭狄人自有史以来便有一季一次的星际巡游。敖特佳曾经告诉过我，星际巡游事关我们的民族传统，而清污除垢则是为了涤故更新——包括过去和未来。但是我听爸爸语带苦涩地提起过，我们“以其他星球的垃圾为生”。他就是有这种剥除美好外表的本事。

我爸爸拉兹迈·诺亚维克走在我们前面。他率先走出诺亚维克庄园的大门，来到沃阿城的街巷上，向大家挥手致意。庞大的人群涌动着，聚集在我们房子的四周，他们一看见爸爸，就爆发出阵阵欢呼。人们摩肩接踵，密不透风，连一线亮光都挡得严严实实，嘈杂刺耳的叫嚷声里，我的思绪也淹没其中，一片混沌。这里是沃阿城的正中心，距离举办角斗挑战赛的中央竞技场只有几条街。街道清洁规整，脚下的路石完整无缺。这里的建筑是用旧物新料拼搭而成的：雕凿平坦的石板，高而窄的门，混搭着虬结的金属制品和玻璃。这博采众长的混合体，在我看来是理所当然的，就像对待自己的身体那样熟悉。我们懂得以旧物之美抗衡崭新，而且兼收并蓄。

激起人群最大声欢呼的是妈妈，而不是爸爸。她迎着那些向她致敬的人，用自己的指尖扫过他们的手，满面微笑。我看着这一幕，心生困惑。人们只把目光凝聚到她身上，满怀深情地唱诵她的名字：*伊莱拉，伊莱拉，伊莱拉*。她从裙子底边拔下一片极羽草，插到一个小女孩的耳朵后面。*伊莱拉，伊莱拉，伊莱拉*。

我朝前跑去，跟上我哥哥利扎克。他比我年长整整十季岁。他穿着一件假的盔甲——他还没有为自己赢得真正的、用亲手杀死的奇阿摩的皮制成的盔甲呢，在我们的民族，这样的盔甲乃是身份的象征——看起来比平时更凶。我猜他是故意这么穿的，哥哥虽然个子很高，却像梯子一样瘦巴巴的。

“他们为什么要说她的名字呢，小扎？”我一边问，一边跟跟跄跄地跟上他的步子。

“因为他们爱她，”小扎说，“就像我们也爱她。”

“但他们不了解她。”我说。

“的确。”他明白我在说什么，“但是他们自以为了解，而且有些时候，这就已经足够了。”

妈妈的手指都脏了，因为那些向她欢呼的人都用涂料装饰了手臂，而她用指尖拂过了太多人。我想我可能不会愿意一次触碰这么多的人。

披坚执锐的士兵用身体为我们隔离出一条窄道，护着我们通过。但实际上，根本用不着如此——爸爸所经之处，人群皆向两旁退开，仿佛他是一把劈过他们的刀。他们可能没喊他的名字，但所有人都向他俯首，目光移开不敢看他。这是我第一次目睹，恐惧和喜爱之间、敬畏和爱戴之间的那道界限有多么狭窄微妙，而我的父母正分立两边。

“希亚。”爸爸开口了。我一下子浑身僵硬，他转过身来的时候我几乎不能动。他朝我伸出手，我接受了，尽管并不情愿。我爸爸就是那种人人都必须服从的人。

接着他又快又有力地一把把我拉进怀里，吓得我迸出一阵大笑。他一只胳膊就把我扛了起来，仿佛我没有一点儿重量似的。他的脸离得很近，胡子拉碴，还带着植物和燃烧物的气味。这就是我爸爸——拉兹迈·诺亚维克——枭狄的统治者。妈妈有时会用诗一样的语气叫他“小兹”——她还以为没人能听到呢。

“我想你也许希望见见你的人民。”爸爸说着动了动，把我的重量移到肘弯。他的另一条胳膊上，从肩膀到手腕，布满了一道道深色、凸起的文刻疤痕。他告诉过我，这些疤痕记录的是生命。不过我并不明白那是什么意思。妈妈的胳膊上也有一些这样的刻痕，但数量还不及爸爸的一半。

“人民渴望强大的力量，”爸爸说，“你的妈妈、哥哥，还有我，都会给予他们所渴望的。有朝一日，你也会的，对吗？”

“对。”我淡淡地说。其实我完全不知道自己能做什么。

“很好，”他说，“现在挥手吧。”

我微微颤抖地伸出手，模仿着爸爸的样子。人群善意地回应我，这让我惊讶不已，直直地看着他们。

“利扎克。”爸爸说。

“过来，小诺亚维克。”利扎克不用听谁吩咐，就把我从爸爸胳膊上接了下来。他是靠观察人的姿势得出的结论，而我也察觉到爸爸不停地在调整动作。我用胳膊搂住小扎的脖子，爬上他的背，两只脚攀住了他盔甲上的带子。

我低头看着他长出星点痘痘的脸颊，露出酒窝笑了起来。

“准备好撒丫子了吗？”他提高了声调，好盖过人群让我听见。

“撒丫子？”我说着，搂得更紧了。

他的回答就是抓紧了我的膝盖，顺着士兵们辟出的过道一路小跑，又颠又跳地让我爆出一阵大笑。接着，人群——我们的人民，我的人民——也跟了上来。我的视野里满是微笑。

前方有一只手伸向我，我用指尖划过了它，就像妈妈那样。皮肤沾上了汗渍，微微潮湿，我发现自己并没有想象中的那么介意，反而心满意足。

第四章　希亚

在诺亚维克庄园的围墙之间有一道隐藏的走廊，仆从穿梭其间，便不会打扰到我们和客人。他们将指示方向的图案刻在墙角里和出入口，如同密码，我便常常逡巡在这些密道里研究它们。所以，我去上课的时候，身上就可能沾着蜘蛛网和灰尘，敖特佳有时候会为此嘲笑我。不过，只要不去打扰爸爸，没人在意我是怎样打发那些闲暇时光的。

在我刚满七季岁的时候，有一天，密道巡游把我带到了爸爸办公室背面的墙边。我本来是跟着一阵“咔嗒咔嗒”的声音走的，但当我听到爸爸提高了声调，大发雷霆，便蹑手蹑脚地停了下来。

有那么一瞬间，我想沿着原路赶紧返回，老老实实地待在自己的屋子里。因为爸爸的声音一高起来准没什么好事，唯一能让他平静下来的就是妈妈。但听上去，她也无能为力。

“告诉我。”爸爸说道。我把耳朵贴在墙上，好听得更清楚些。“你对他都说了什么？一字一句地告诉我。”

“我……我以为……”小扎的声音忽远忽近，好像要哭起来了似的。这也不妙，爸爸可不喜欢眼泪。“我以为，他是要当我的贴身侍从的，可以相信……”

“告诉我你对他说了什么！”

“我对他说……说了我的命运。就是神谕者说的那些——让位于贝尼西特家族……他们是荼威两大家族之一。就，就这些。”

我猛地向后退了一步，耳朵上挂着一丝蛛网。在这之前，我从来没听说过利扎克的命运是什么。我知道父母会告诉他的——大部分拥有命运的小孩都是如此，在他们的天赋赐礼揭晓时，就会知道自己的命运。再过几季，我也会知道我的命运。但是知晓利扎克的命运——让位于贝尼西特家族，而且这一家族隐姓埋名久矣，不知是外来者还是某一星球的居民——可真是罕有的赐礼，抑或是沉重的负担。

“蠢货。就这些？”爸爸语带讥讽地说，“你以为自己有信任谁的能耐，就凭你这怯懦的命运？你必须守口如瓶，否则就会毁于你自己的软弱！”

“对不起，”小扎清了清嗓子，“我记住了。我再也不会那么做了。”

“说得对，再不能那么做。”爸爸的声调放低了，冷静了许多，但这比大喊大叫更糟。“我们必须更努力地寻求解决良策，不是吗？在已经存在的千百种未来中，我们得找到你不至于毫无价值的那一种。与此同时，你得努力工作，尽可能地表现强势，即便是对待你最亲近的伙伴。明白了吗？”

“明白，父亲。”

“很好。”

我蜷缩在那儿，偷听着他们闷闷不清的对话，直到灰尘呛得我要打喷嚏才离开。我很想知道自己的命运究竟如何，会将我带往权力顶峰，还是会让我失势坠落。但是此刻，我心里的恐惧更甚从前。爸爸所思所想的一切，就是征服极北荼威，利扎克却命中注定要失败，要辜负他。

太危险了。用不能控制的东西去激怒爸爸，太危险了。

我一路摸索着，从密道回到自己的卧室，为小扎而感到身心俱痛。在我还不太清楚疼痛是什么的时候，它就开始了。

第五章　希亚

一季之后，我八季岁了。有一天，哥哥突然闯进我的卧室，上气不接下气，浑身被雨水淋得透湿。我刚在床前的地毯上摆好最后一个小雕像——那是一季前我们巡游到欧尔叶时从那儿搜罗来的，那个星国里的人尤其喜好这些美好而无用的小东西。哥哥走过卧室的时候踢倒了好几个小雕像，我不高兴地嚷嚷起来——我的作战队形都被他毁了。

“希亚。”他在我背后蹲了下去。那时他已经十八季岁了，手长脚长，前额冒出了几点痘痘，但是恐惧让他看起来幼小而稚嫩。我把手搭在他的肩膀上，问道：

“怎么了？”

“爸爸有没有带你到什么地方去，然后……给你看了些什么？”

“没有啊。”拉兹迈·诺亚维克从没带我去过任何地方，我们共处一室时，他甚至看都不看我一眼。不过即便如此也没什么要紧的，我知道，作为爸爸注目的目标才不是什么好事呢。“没有，哪儿也没去。”

“这多不公平啊，不是吗？”小扎热切地说，“你和我都是他的孩子，我们应该被一视同仁，不是吗？”

“呃……大概吧，”我说，“小扎，怎么……”

但小扎把他的手掌摁在我的脸颊上。

我的卧室，连同深蓝色的窗帘和木质镶板都不见了。

“今天，利扎克，”父亲说，“你将有权发号施令。”

我身处一间小而昏暗的房间，石头围墙，迎面是一扇巨大的窗子。父亲站在窗子的左下方，看起来比往日矮小得多——我其实只到他的腰那么高，但在这间屋子里，我却可以直视他的脸。我的双手在身前交握，手指又长又细。

“您是想……”我的呼吸急促不安起来，“您想要……”

“镇定点儿。”父亲沉声说道，然后抓住我的盔甲，把我拽到那扇窗子前。

我看见窗子的另一边有一个老人，满面皱纹，头发灰白，身形憔悴，目光死寂，双手戴着手铐。在父亲的点头示意下，那间屋子里的警卫走上前去，其中一个抓住那老人的肩膀不让他动，另一个在他的脖子上拴上了绳索，紧紧地绑在脑后。这个犯人没表现出一点儿反抗的意思，他的四肢仿佛无比沉重，也许是被放了血。

我吓得发抖，一直抖个不停。

“这人是个叛徒，”父亲说道，“他密谋与我们家族对抗，散布谣言，称我们从贫病交加的枭狄人民那里窃取了国外援助。这样肆意抹黑我们家族的人，绝不能简单地处死了事——必须让他们慢慢地死。而你也必须做好准备，下达这样的命令，甚至得亲自动手处置他们——不过那一课可以晚点儿再说。”

恐惧在我的胃里反转纠结，像虫子一般蠕动。

父亲清了清嗓子，喉头后面挤出些不太顺畅的声音，然后把什么东西塞进了我手里。那是一个以蜡封口的小瓶子。

“如果你无法自己平静下来，这个能帮你做到，”他说，“但是不管怎么样，你都得按我说的去做。”

我摸索着封蜡的边缘，把它撕开，把瓶子里的药水一股脑儿倒进嘴里。镇静剂灼烧着我的喉咙，但很快，我狂跳的心就放慢了速度，惊恐无措的感觉也缓和了下来。

我冲父亲点点头，他拧开了牢房里扩音器的开关。我头晕目眩，花了一会儿功夫才把塞满脑海的字句组织成语言说出来：

“处死他。”这是我全然陌生的声音。

一名警卫退后几步，拉起了绳索一头。绳索穿过屋顶上的一只金属钩子，就像线穿过针孔。他拉着绳子一直后退，直到那犯人的脚尖勉强能碰到地面。我看见犯人的脸憋得通红，接着又成了紫色，手脚拼命地乱扑乱打。我想看向别处，可是动不了。

“有效的办法并非只有示众一种，”父亲轻轻松松地说着，关上了扩音器，“警卫会把你的手段告诉那些公然反对你的人，这些人也会继续悄声悄语、口耳相传，久而久之你的强势和权谋就会传遍整个臬狱。”

一声惊悚尖叫在我身体里膨胀开来，但我把它硬生生地压在了喉咙里，就像忍住一大块儿难以下咽的食物。

那昏暗的房间消失了。

我站在一条熙熙攘攘的明亮大街上，像跟屁虫似的，抱着妈妈的腿。四周的空气中泛起灰霾——这里是星国佐德的都城佐德亚——连名字都取得这么灰头土脸。我第一次星际巡游就来到了这个地方，那时节，这里的一切都埋在厚厚的一层灰霾里。这些灰霾并非如我猜想，来自岩石或尘土，而是来自东方的一大片花田。强劲的季候风裹挟着花朵，一路让它们分崩离析，最后变成粉末，抵达佐德亚。

我记得这个地方，这个时刻。这是我和妈妈相处的最美好的回忆

之一。

妈妈走近一个人，向他点头致意，她的手轻拂过我的头发。

“谢谢您，阁下，感谢您为我们的涤故更新提供了如此慷慨的招待。”妈妈对他说，“我会尽己所能，确保我们只带走你们不再需要的东西。”

“我是该对此表示感激。不过我对上一回枭狄士兵的涤故劫掠有所耳闻，相当殷勤，可谓是。”那个人粗鲁地回答。他的皮肤沾满了花朵灰霾，明亮耀眼，太阳底下看着简直就像在发光。我惊异不已地仰脸看着他。他穿着一件长长的灰袍子，好像一座雕塑。

“那些士兵的行径真是令人震惊，他们会受到严惩的。”妈妈严肃地说道，接着她转向我，“希亚，亲爱的，这位是佐德都城的首领。阁下，这是我的女儿希亚。”

“我喜欢您身上的灰霾，”我说，“它会不会跑到您的眼睛里？”

那个人的神情柔软了下来，他回答我说：“时常如此。所以，当我们接待访客时，就会戴上护目镜。”

他说着从口袋里掏出一副递给我。它很大，镜片是浅绿色的玻璃制成的。我戴上试了试，它直接就从我的脸上滑到了脖子上，非得用手扶着才行。妈妈笑了起来——轻巧、自如——那个首领也一块儿笑了。

“我们会尽量尊重你们的传统，”他对妈妈说，“不过我得承认，我们并不理解那样做意义何在。”

“是这样的。我们认为‘更新’高于一切，”妈妈说，“我们从那些被丢弃的废物中搜寻可供制造新物的东西。没有什么是应该浪费的，想必您也同意这一点。”

接着，妈妈的话语向后倒转，护目镜攀上了我的双眼，越过了我的头顶，回到了那个首领手中。那是我的第一次星际巡游，回忆中的景象一直在我脑海中回环盘绕，当它们退回终点时，便消失殆尽了。

我仍然坐在自己的卧室里，四处散落着小小的人形玩偶。我知道自己曾经历的第一次星际巡游，知道自己拜访了佐德亚城的首领，但是想不起来任何当时的画面了。取而代之的是脖子上套着绳索的犯人，还有爸爸低沉的嗓音。

利扎克刚刚在我的记忆中置换了一段他自己的。

我曾见他这么做过几次，有一回是对他的玩伴兼侍从瓦什，还有一回是对妈妈。每次都是在他和爸爸见面之后、崩溃难以自持的时候。他会把一只手放在好朋友或妈妈的肩头，然后身体挺直，神情冷漠，看上去比平时强势得多。而瓦什和妈妈，则似乎变得呆滞空洞，仿佛迷失了一般。

“希亚，”小扎的脸上泪光点点，“这只是为了公平，我们理应共同承受这样的重负，只有这样才公平。”

他再次向我伸出了手。我的身体里仿佛有什么在猎猎燃烧。他的手碰触我的脸颊，幽暗、漆黑的血管在我的皮肤之下扩张开来，像多足虫豸，像阴霾巨网。它们蠕动爬行，沿着我的胳膊蜿蜒而上，将灼热扔到我的脸上——还有疼痛。

我大叫起来，以我此生从未有过的狂烈声音。小扎的声音也响了起来，融入我的叫声，如同和谐的和音。黯黑的血管带来了剧痛，它*就是*剧痛，而我乃是始作俑者。我，就是疼痛本身。

小扎猛地抽回了手，但我皮肤上的暗影和剧痛迟迟未消。我的天赋赐礼，来得如此猝不及防。

妈妈闻声冲了进来，她的衬衫只扣了一半，脸上的水珠还没擦干。她看见我皮肤上的黑色斑点，跑过来用双手拉住了我的胳膊。但她一碰到我就弹开了，退缩了。她也感觉到了疼痛。我又叫了起来，用指甲狠狠地抓着那蔓延的黑暗巨网。

妈妈不得已喂我吃了药，这才让我平静下来。

没有人能忍受疼痛。从那以后，小扎再也没有碰过我一下。其他人也是。

第六章　希亚

“我们这是要去哪儿？”

平坦光洁的走廊映着我黑纹密布的身体。我追着妈妈，紧赶慢赶。她走在前头，提着裙子，腰板笔挺——无论何时何地都是那么优雅，这就是我的妈妈。她裙子的紧身胸衣里衬着一块衬板，那是用奇阿摩的皮做的，但外层包裹的织物让它看起来仍然如空气般轻盈；她知道如何描画完美的眼线，好让自己的睫毛在任何角度都纤长动人。我也有样学样地试过，但我的手总是抖，画不好一条完整的眼线，每隔几秒还疼得咝咝吸气。所以，如今我喜欢简约胜过优雅，比如松垮的衬衫，不带蕾丝边的鞋子，不必系扣子的长裤，还有能遮住大部分皮肤的宽大毛衣。我不过将近九季岁，便已经与浮夸打扮绝缘。

现在，疼痛已经是我生命的一部分了。原本简单的动作得花上双倍时间，因为总得停下来喘息忍耐。人们不能碰我，我不得不凡事都亲力亲为。我试着往血管里注入来自其他星球的药物和制剂，希望能多少抑制一下我的天赋赐礼，但它们只会让我生病，更糟。

“安静。”妈妈把手指压在嘴唇上说。她拉开门，我们来到了诺亚维克庄园的屋顶停机坪。那儿停着一艘运输艇，就像一只中途落下来歇脚的大鸟。它的货仓装卸门打开着。妈妈先看了看四周，然后抓住我的肩膀——隔着衣服，所以不会伤到她——把我拉上了飞艇。

一进入飞艇，妈妈就让我在座椅上坐下，还在我的腿上和胸部紧紧系上了安全带。

“我们要去见个人，他也许能帮你。”

§

诊所门前写着“达克斯·费德兰医生”。他让我喊他达克斯就好，不过我还是称他为“费德兰医生”。这是我的父母教给我的：面对比自己强大的人，要表示尊敬。

妈妈身材高挑，脖颈修长，总是微微前倾，看起来一副毕恭毕敬的样子。此刻她的脖子上筋脉凸出，看得到一跳一跳的脉动，在她皮肤上闪动不停。

费德兰医生的目光一直逡巡在妈妈的胳膊上，因为她露出了她的杀戮刻痕。它们看起来很漂亮，痕迹笔直，间隔均匀，毫无残忍的意味。我想，费德兰医生，这个欧尔叶人，应该从来没在诊所接待过枭狄人。

这是个古怪的地方。我一到就被安置在一间屋子里，还有一堆莫名其妙的玩具。我按照以前在家时的玩法，选出了一些人形玩偶——那时候，小扎还和我一起玩儿呢。我把这些小玩偶排成作战队形，让它们齐步前进，与角落里的大号软体娃娃对阵。一小时之后，费德兰医生把我叫出去，说已经完成了初步评估。可我根本什么都没做呢。

“八季岁确实年幼，当然，希亚并不是我所见过的最早获得天赋赐礼的孩子。”一阵疼痛席卷而来，我拼命想要缓过一口气。那感觉就像是枭狄士兵在缝合伤口前被告知没有时间打麻药了——我在档案记录里看到过。“通常这种事情都是在极端情境下作为自我保护机制发生的。这类情境的具体情况，你是否有印象？这有助于我们洞悉这一罕见天赋赐礼的来龙去脉。”

“我告诉过您了，”妈妈说，“我不清楚。”

她在撒谎。我告诉过她小扎对我做了什么。不过我更明白的是，现在不能反驳她，因为妈妈要是撒谎，通常都是有好理由的。

“这样啊。那很遗憾，希亚并不是简单地获得了她的天赋赐礼，”费德兰医生说，“这似乎是赐礼的一种充分显形，导致的结果就可能是某种程度的干扰错乱。”

“您这是什么意思？”我本来以为妈妈的身姿已经非常挺拔了，但她此刻坐得更笔挺了。

“生命潮涌在我们每个人的身体中流淌，”费德兰医生温和地说，“就像液态的金属流进模子里一样，不同的人塑造不同的形态，呈现出不同的个体表现。人在成长发展的过程中，身心的变化会改变生命潮涌所注入的模子，天赋赐礼也就相应地发生了转化——不过，人们通常是不能在基础性的架构上做出改变的。”

费德兰医生的胳膊光洁无痕，讲话也不是神圣枭狄语的调子。他的嘴边和眼睛四周刻着深深的皱纹，看向我的时候，那些纹路甚至更深邃了。不过，他的肤色和妈妈一样，都是深色调的，这透露出他们血统相近。很多枭狄人都是混血儿，所以这也没什么奇怪的——我自己的皮肤是中等的褐色，在某种光线下几乎能呈现出金色。

“您女儿的天赋赐礼，让她能够将疼痛吸引至自身，并投射给他人。这说明她的内在有些不同寻常，”费德兰医生说，“得进行深入的研究才能弄清楚究竟是怎么回事。但就粗略的评估来看，她认为这是理所应当的，同时她对他人也并无愧疚。”

“您是说，这样的天赋赐礼，是我女儿的错？”妈妈脖子上的青筋跳得更快了，“是她自己意愿如此？”

费德兰医生向前倾着身子，直视我：“希亚，天赋赐礼源于你自身，如果你做出改变，它也会不同的。”

妈妈站了起来：“她只是个孩子。这不是她的错，也不是她意愿如此。很遗憾我们在这儿浪费了这么多时间，希亚。”

她朝我伸出戴着手套的手。我踌躇了一下，拉住了它。我从未见过她如此激动焦躁，这让我皮肤之下的暗影更迅速地蹿动起来。

“诚如您所见，”费德兰医生说，“在她情绪波动的时候会更糟。”

“闭嘴，”妈妈咬牙切齿地说，“我不会纵容你继续玷污她的思想，影响她的判断。”

“在你们那样的家庭里，恐怕她已经见识过不少保护她思想的行径了吧。”我们离开时，费德兰医生这样反驳道。

妈妈带着我匆匆穿过门廊，奔向停机坪。我们到达那里时，发现飞艇四周都是欧尔叶士兵。他们的武器在我看来简直不堪一击，细细的棒子上缠绕着黑色的潮涌，根本打不死人，顶多就是打晕罢了。他们的盔甲也够可怜的，是用鼓鼓囊囊的合成材料做的，身体两侧都没遮没挡。

妈妈让我先登艇，她自己则停下来，和其中一个士兵说了几句。我拖拖拉拉地往舱门那儿走，听着他们的对话。

“我们来此护送您离开。”那个士兵说。

“我乃枭狄君主之妻，你应该称我为‘夫人’。”妈妈厉声说道。

“抱歉，女士。九大星国议会并未承认枭狄政权，因此也就无从谈起什么君主。如果您立即起程离开，我们是不会找您麻烦的。”

“不承认枭狄政权？”妈妈笑了起来，“总有一天你会后悔自己说过这句话。”

她提起裙子，昂首越过他们，步入飞艇。我也爬进去坐好，她就在我旁边坐下。舱门在我们身后关上，前方的领航员给出了“起飞”信号。这一次，我自己把安全带拉过胸前和大腿扣好，因为妈妈的手抖得厉害，完全没办法替我做这些事了。

§

那个时候，我当然不知道，那是我和她共度的最后一季。又一次星际巡游之后，她就过世了，当时我九季岁。

我们在沃阿城中央为她举行了火化仪式，而后巡游飞艇便将她的骨灰带到了太空之中。我们全家悲伤不已，枭狄人民也全都黯然神伤。

“伊莱拉·诺亚维克将追随生命潮涌，巡游不止，永不停息。”当载着妈妈骨灰的飞艇升空时，祭司如是说道，“这会将她带往一段奇幻旅程。”

在那之后的日子里，我甚至不能提及她的名字。毕竟，她的离去，乃是我的过失所致。

第七章 希亚

我第一次见到凯雷赛特兄弟，是在兵戎大殿旁边的侍从通道里。那时我已经又长大了好几季岁，飞速向成年人靠拢。

几季之前，爸爸也到天国去和妈妈会合了。他是在上一次星际巡游时死于外邦袭击的。我的哥哥利扎克如今正沿着爸爸为他指的路前进——争取枭狄的合法地位，甚至霸权地位。

关于凯雷赛特兄弟俩的事情，是敖特佳最早告诉我的——现在她已经不再做我的家庭教师了。因为我们庄园里的仆从总喜欢在厨房的锅碗瓢盆间讲闲言碎语，敖特佳就把他们说的那些话告诉我。

"是你哥哥的贴身侍从瓦什把他们弄来的。"她一边检查着我短文里的语法错误一边说道。她仍然教我文学和科学，但其他科目我已经超过了她，开始自学，于是她重新掌管厨房琐事。

"我还以为利扎克派人去抓神谕者了呢，就是那个上了年纪的。"我说。

"他就是那么干的，"敖特佳说，"但那个女神谕者在挣扎时自尽了，没能活捉。反正，瓦什他们就把凯雷赛特兄弟俩给抓来了。听说，他连打带骂地拖着他们越过了极羽边境，但是那个弟弟——阿珂斯——竟然挣脱了手铐，还偷了一把潮涌之刃，冲着瓦什的一个兵砍了过去，把他杀了。"

第七章
希亚

“哪个兵？”我问道。我认识和瓦什同去的那几个人，其中一个爱吃糖果，一个左肩不太好，还有一个训了一只宠物鸟，会从他嘴里叼东西吃。了解人们的这些小细节挺好的——以防万一嘛。

“卡麦伏·拉迪克斯。”

那就是糖果控了。

我扬起眉毛。卡麦伏·拉迪克斯，那是深得哥哥信任的精英分子之一，死在一个荼威小子的刀下，可不怎么体面。

“他们干吗要把那兄弟俩弄来呢？”我问。

“因为命运，”敖特佳眉飞色舞地说，“或者说据传闻是这样。显然，他们的命运除了利扎克以外没人知道，所以还是当传闻听听吧。”

尽管几天前议会的滚动新闻就播出来了，但我还是不知道那两兄弟的命运是什么。我也不知道别人的，只知道我的和利扎克的。议长出现没多久，利扎克就把屏幕关掉了。议长是使用欧尔叶语发表讲话的——在我们国家，已经有十多季禁止人们学习或使用任何枭狄语以外的语言了——以防万一嘛。

我的天赋赐礼颇具仪式感地显明之后，爸爸就把我的命运告诉了我：*诺亚维克家族的第二个孩子将会跨越极羽边境。*对我这个有特异功能的孩子来说，这命运有点儿怪——未免也太平淡无奇了。

我如今不怎么在侍从通道里面穿梭了，因为这座房子里发生着我不愿意目睹的事——但是为了一探被绑来的凯雷赛特兄弟……好吧，我只好破例一回了。

我对荼威人的所有认知——除了他们是敌人之外——就是他们的皮肤很薄，很容易就能被刀子刺穿，以及他们沉溺于冰花崇拜，那是他们的经济命脉。在妈妈的坚持下，我学会了荼威语——爸爸对学习外语的禁令当然可以为贵族网开一面——那种语言真是难念，枭狄语粗粝强势，荼威语却平和灵动。

我知道利扎克把凯雷赛特兄弟俩带到兵戎大殿了，所以我藏在阴影里，从后墙板滑下去，透过一道小缝往里面看。这时，脚步声传来。

这间屋子和诺亚维克庄园里的其他屋子并无二致，墙壁和地板都是由乌木打造的，它们打磨得极其光滑，看上去就像蒙着一层薄薄冰壳。天花板下面垂着球形玻璃和蜿蜒金属制成的精致吊灯，一些小的夜珠虫在里面鼓着翅膀，上下纷飞，投射出诡异憧憧的光。屋子里几乎是空的，所有地垫——为求舒适摆在木质看台上的——都积了一层灰，它们原本的乳白色变成了灰色。爸爸妈妈曾经在这间屋子里举办过宴会，但利扎克只用它来吓人。

我先看到的是瓦什。他的头发一边长一边短，长的一边油光锃亮，短的那边则带着剃刀刮过的红色痕迹。他身边跟着一个踉跄的男孩，身量比我矮小得多，皮肤上满是擦伤瘀痕。他窄肩削形，又瘦又矮，白白净净的，浑身散发出一种警戒的意味，仿佛是强自镇定地支撑着自己。

他身后传来一阵模模糊糊的啜泣声，又一个男孩跌跌撞撞地走了过来。他的头发浓密而卷曲，比刚才那个高一些，壮一些。可是他畏畏缩缩的，看起来反而更弱小。

这就是凯雷赛特兄弟，他们那一代的命运眷顾者——并不引人注目。

哥哥在屋子另一边等着他们，修长的身影遮住了通往升降台的台阶。他佩着胸甲却露着胳膊，一道道杀戮刻痕布满前臂——那些人是爸爸下令处死的，刻在他胳膊上是为了削弱那些在下层民众之间散布的传闻：我哥哥性格软弱，不够强硬。他右手拿着一把小的潮涌之刃，每隔几秒就握着剑柄，在手里转它几下。在淡青色的光线之下，他看上去苍白无比，活像一具尸体。

他看到荼威俘虏便笑起来，露出了牙齿。哥哥在笑的时候称得上英俊，尽管这笑容可能意味着他要杀人了。

他用胳膊肘撑着往后一倚，仰起了头。

“瞧瞧，瞧瞧。”他的声音又沉又哑，好像他之前撕心裂肺地叫了一整晚似的。

“我所闻颇多传奇的，就是这一个吗？”利扎克冲着那个浑身擦伤的男孩点点头，简洁干脆地用荼威语说道，“我们还没把他带上飞艇呢，这位荼威少年就为自己赢得了一道刻痕？”他说着大笑起来。

我眯起眼睛，看了一眼那男孩的胳膊，上面有一道深深的伤口，就在肘部靠下肌肉比较丰满的位置，血迹一直淌到了他的手腕和手指之间，已经干掉了。这是一道杀戮刻痕，新的，源自——如果传闻当真——卡麦伏·拉迪克斯。这么说，这个男孩就是阿珂斯了，那个吸鼻子的是埃加。

“阿珂斯·凯雷赛特，凯雷赛特家排行第三的孩子。”利扎克站了起来，手里转着利刃，走下台阶。和利扎克相比，瓦什都矮了一截。他就像原本正常的体型被拉长变瘦了似的，肩膀和胯骨都太窄小，难以支撑自身的重量。

我也是高个子，但我和哥哥的相似之处仅此而已。兄弟姐妹之间外貌不相似，这在枭狄并不少见，毕竟我们混合了太多的血统。不过我和利扎克之间的差异比其他人更明显。那个男孩——阿珂斯——抬起眼睛看着利扎克。

我第一次读到“阿珂斯”这个词，是在一本枭狄历史书上。它属于一位宗教领袖，那个传道者为了不使生命潮涌蒙羞，用潮涌利刃结束了自己的生命。所以，这个荼威男孩取了个枭狄名字。他的爸爸妈妈忘记这个词的出处了吗？还是说他们想要纪念遗忘已久的枭狄血统？

“为什么把我们带到这里？”阿珂斯声音嘶哑。他用的是枭狄语。

利扎克笑意更浓。“想必那些传闻是真的——你能讲神圣之言。真是迷人。我想知道，你是如何得到枭狄血统的？”他说着戳了戳阿珂斯眼角的瘀青，让他一阵抽搐。“你杀了我的一个兵，为此你已受到相当的惩罚，看你胸腔的损伤就能说明这一点。”

利扎克说话的时候微微瑟缩——除非像我一样与他朝夕相处，极其了解他，否则其他人根本不会注意到这细节，我可以肯定——利扎克憎恶目睹疼痛，但那不是出于对受苦之人的同情，而是因为他不愿意想起疼痛的存在，不愿意想起自己和别人一样脆弱易损。

“那时我们就要把他抓过来了，”瓦什说，“确切地说，是差点儿就带上飞艇了。”

“通常情况下，杀死我的士兵这种挑衅行为是没有活路可言的，”利扎克居高临下地看着阿珂斯，就像在对一个小孩说话，“但你的命运是服侍诺亚维克家族，服侍我，一直到死，所以我才让你多活上几季，懂吗？”

自打我刚才见到阿珂斯，他就一直浑身紧绷，但现在，他身上所有的硬气仿佛一下子融化了，看起来就是个软弱无助的孩子。他的手指弯曲着，但没有握成拳头，完全漠然的样子，像是睡着了。

我猜他之前不知道自己的命运。

“那不是真的。”阿珂斯说道，好像在等着利扎克帮他平复恐惧似的。我的胃里涌起一阵剧痛，便用一只手使劲儿按着。

“噢，我向你保证，那是真的。你希望我读一读议长的讲稿吗？”利扎克从裤子后面的口袋里掏出一张纸——显然他为了发泄情绪有备而来——然后把它展开。阿珂斯不停地发抖。

“‘凯雷赛特家族的第三个孩子……’”利扎克用欧尔叶语——星系里最正式的语言念道。在此之前，这命运被议会公开时所用的就是欧尔叶语，此刻听着同样的语言，对我来说更有真实感。阿珂斯每听到一个音节都会打一个冷战，不知他是否与我有同感。“‘……将为服侍诺亚维克家族而死’。”

利扎克把那张纸扔在地上。阿珂斯冲过去死死地攥着，差点儿把它撕烂。他蜷伏在地上，读着纸上的字句——一遍又一遍——仿佛这样就能改变它似的，仿佛他的死、他服侍我们家族的命运，都不曾尘埃落定。

“这不会是真的。”阿珂斯站了起来，这次的语气更强硬了一些，“我宁愿……我宁愿死也不……”

“噢，你不是说真的。”利扎克压低了声音，像是低语一般。他弯下身子，凑近阿珂斯的脸。阿珂斯的手指在那张纸上戳了个洞，但他仍然一动不动。“我知道人们真想死的时候是什么样子，我自己亲手造就过不少，不过你嘛，还是非常渴望活命的。”

阿珂斯缓了口气，他重新看向利扎克的目光里多了些许镇定：“我哥哥对你来说没什么用，你无权扣住他。放他走，我……我不会找麻烦的。”

“关于你和你哥哥来到这儿的前因后果，你好像有不少不太正确的揣度，”利扎克说，“我们并非如你想象的那样，跨越极羽边境就只是为了加速证实你的命运。你哥哥不是顺带的赠品，你才是。我们要找的就是你哥哥。”

“你根本没有越过极羽边境，”阿珂斯反驳道，“你只是坐在这儿等着你的喽啰为你办事罢了。”

利扎克转身攀上了升降平台，那上面的围墙上摆满了大小不一、形状各异的武器，其中大多数潮涌之刃都有我胳膊那么长。他选了一把刀面大且厚、刀柄结实的，就像一把切肉的大刀。

“你哥哥的命运颇为特别，”利扎克一边说，一边翻来覆去地打量那把刀，“我猜，既然你不知道自己的命运，你也不知道你哥哥的，是吗？”

利扎克咧嘴笑了——通常他知道些什么但别人不知道的时候，就会这样笑。

“‘看到星系的未来’，”利扎克用了讲稿里的原话，但这次是枭狄语，“换句话说，他是这颗星球的下一任神谕者。”

阿珂斯缄默不语。

我避开墙缝，向后坐下，闭上眼睛隔绝了光线，这样我才能凝神思考。

对我的爸爸和哥哥来说，从利扎克年幼时开始，每一次星际巡航都是为了寻找神谕者，但是每一次都空手而归。当然也许这是因为，如果事先知道我们要莅临，就几乎不可能抓住什么人，大家都跑光了。要么就是像荼威的那个年长的神谕者一样，为了不被抓住干脆自我了断。

但是，利扎克似乎最终找到了解决方法：他一次追踪两个神谕者，一个以死相争，另一个——埃加·凯雷赛特，则根本不知道自己的身份。而且他柔弱顺驯，可以按照诺亚维克家族的残忍暴虐重新塑造。

我又贴近墙缝，听见埃加开口了，他鬈发的脑袋向前凑了凑。

“阿珂斯，他在说什么？”埃加用圆滑的荼威语问道，还用手背擦了擦鼻子。

“他说他们到荼威去不是为了我。”阿珂斯并没有回头去看他的哥哥——一个人能把两种语言讲得这么流利完美，一点儿怪口音没有，真是挺奇怪的，我都有点儿嫉妒了。“他们是为你而来。”

“为我？”埃加的眼睛是浅绿色的。这是不常见的颜色，像彩虹虫的翅膀，或是休眠期之后的生命潮涌。衬着他褐色的皮肤，这浅绿色浮光跃金，很像是佐德那里的浑浊大地。“为什么？”他问。

“因为你是这颗星球的下一任神谕者。”利扎克用埃加的母语说道。他走下升降平台，手里拿着刀子。“你能看到未来，看到未来的千百种可能。而在这些可能中，我想知道的唯有一种。”

一道阴翳“啪”地落在我的手背上，就像一只小虫那样。我的天赋赐礼让我的指关节疼起来，一跳一跳地如同呼吸。疼痛的呻吟被我硬吞了下去。我知道利扎克想要的未来是什么：统治枭狄，也统治荼威，征服我们的敌人，被议会承认其一国之君的合法地位。但他和阿珂斯一样，自己的命运如利剑在悬，乃是通往未来的最大障碍——他会输给敌人，而非战胜敌人。如果他想要避免那种失败，就需要神谕者相助。现在，有了一个。

我也渴望枭狄被承认为一个合法的国家，而不是反叛者和暴发户的乌合之地，在这一点上，我和哥哥心愿一致。可是为什么我这常驻的疼痛就在此刻突然强烈起来？“我……”埃加盯着利扎克手里的刀，“我不是神谕者，我从没看到过幻象，我不会……我可能不会……”

我再次按住了自己的胃。

利扎克用手掂着刀，轻轻一弹，便摇摇摆摆地画出一道弧线。不，不，不。我发觉自己思绪如此，却不知道是为什么。

阿珂斯挡在了埃加和利扎克之间，好像他能用自己的血肉之躯阻止我哥哥似的。

利扎克走近埃加，看着刀子掉转了方向。

“那么，你必须尽快学会预测未来，”他说，“因为你得替我找到我所需要的那种可能，并且告诉我要怎么做，才能使它成真。让枭狄取代荼威统治这颗星球，这个版本的未来不是很好吗，嗯？”

利扎克冲瓦什一点头，瓦什就摁住埃加让他跪下。利扎克手举利刃，放在了他的耳边。

“我不会——”埃加呜咽道，“我不知道怎么召唤幻象，我不——”

这时阿珂斯从旁边冲了过来。他的身量当然不足以压制利扎克，但他乘其不备一把推了利扎克一个大马趴。阿珂斯向后屈肘猛击——蠢啊，我暗自想道——但利扎克速度极快，他从地上跳起来，狠揍阿珂斯的肚子，然后站直身子，揪住头发把他拎起来，冲着下颌就是一个侧击，横扫下巴和耳朵。阿珂斯大叫起来。

若是动刀，那里正是利扎克偏爱的地方，他想给人留点儿伤痕的时候，总是希望越醒目越好。

“求你，”埃加说，“求求你，我不知道你想做的那些事该怎么办，求求你别伤害他，也别伤害我，求你了——”

利扎克低头盯着阿珂斯。他正捂着脸，脖子上满是一道道的血迹。

“我不认识这个荼威单词‘求你’。”利扎克说。

第七章

希 亚

§

那天夜里，我听见诺亚维克庄园静谧的门廊里回荡着尖叫声。我知道那不是阿珂斯——他被送到我们的亲戚瓦克莱茨那儿去了。用利扎克的话说，这是为了让他“把皮养厚点儿”。那尖叫声，我认得出是埃加，是他在宣布臣服于剧痛，因为我哥哥要从他脑袋里撬出未来。

那以后的很长一段时间里，我总是梦见这尖叫声。

第八章　希亚

我呜咽着醒来。有人在敲门。

我的卧室看起来就像一间客房，没有任何带有个人特色的痕迹，所有衣物和心爱的物件，都收在抽屉里，或藏在柜门之后。这座通风良好的屋子，铺着抛光的乌木地板，摆着硕大的枝形烛台，存留其间的糟糕回忆就像吃过太多的宴会正餐。昨晚，这些回忆中的一个就钻进了我的梦里——阿珂斯·凯雷赛特的喉咙淌着血——那已是两季之前的事了。

我不想在这个地方落地生根地一辈子待下去。

我坐起来，用掌根擦了擦腮边的眼泪。称之为“哭”可能是不太准确的，那些眼泪更像是下意识地流出来的，罪魁祸首就是强烈奔涌的剧痛，这常常发生在我睡着的时候。我用手指拢了拢头发，摇摇晃晃地打开门，含混不清地跟瓦什打了个招呼。

“什么事？”我边问边踱着步子。有时候在屋里瞎转悠能有点儿帮助——疼痛会减轻一些，像是被晃掉了。

“我就知道我赶上了你心情好的时候，”瓦什说，“你在睡觉？你知道自己一直睡到下午了吗？”

“我才不指望你能明白。”我说道。毕竟，瓦什感觉不到疼痛，这意味着他是我所遇见的人里面唯一一个可以徒手触碰我的，而他也很乐于提醒我这一点。*等你长大了*，他有时避开利扎克对我说，*你就会懂得我的触碰是多么有价值了，小希亚*。我则总会告诉他，我宁可一个人去死。这是真话。

没有痛感同时也意味着，瓦什不会理解意识之下的灰色地带，正是它令疼痛更堪忍受。

“啊，”瓦什说，“是这样的，今晚你需要在宴会厅亮相，与利扎克的亲密支持者们共进晚餐。打扮得好看点儿。”

“这会儿我真的难以胜任那些应酬，”我咬着牙说，“替我致歉吧。”

“我刚才说的是‘你需要’，不过看来我得谨慎措辞才好，”瓦什说，“你哥哥的常用语其实是‘你必须’。”

我闭上眼睛，渐渐停住步子。每次利扎克希望我出席作陪，都是这样胁迫恫吓，尽管有时只是和他自己的朋友一块儿吃个饭。枭狄人有一句俗语：*好战士即便朋酒之会也不解甲*。我就是他的兵甲利刃。

“我是有备而来的。”瓦什拿出一个棕色的小瓶子，瓶口封着蜡，没有标签，但我很清楚那是什么——唯一有效的止痛剂，药效强劲，能支撑我礼貌作陪，或者说不至于失态——管它是什么呢。

“喝了这玩意儿我可怎么吃饭呢？我会吐到宾客身上的。”那会有效增进与他们的友好关系。

“那就别吃，”瓦什耸耸肩，“反正你不喝这个就撑不住，不是吗？”

我从他手里抓过瓶子，用脚后跟把门踢上。

§

我下午花了好一阵子蜷伏在浴室里，冲着温水，想缓解肌肉的紧绷，但是毫无成效。

所以，我撕开瓶子上的封蜡，把药水喝了下去。

为了以牙还牙，我穿着妈妈以前的裙子去了宴会厅。那是一件浅蓝色的长裙，直垂到我的脚面，紧身胸衣上绣着细小的几何图案，让我想起了层层叠叠的极羽草。我知道，哥哥看见我穿这件衣服会被刺痛的——我穿上妈妈的任何衣服都会使他神伤——但他不会说出口。不管怎么说，我确实是好好打扮了，那可是照他的吩咐。

我花了十分钟才把衣服裙子扣好系紧，止痛剂让我的指尖变得麻木不听使唤。一路向大厅走，我得一只手扶着墙，好稳住自己，因为整个世界都天旋地转的。鞋子提在另一只手里——步入宴会厅之前我才会把它们穿上，这样就不会在打磨光滑的乌木地板上摔个倒仰。

疼痛的阴翳从肩膀到手腕，遮蔽了我裸露的双臂，接着在我的指尖逡巡不去，最终淤积在指甲底下。疼痛随时随地都会出现，灼烧着我，它会在药物的作用下钝化，却不会彻底消失。我向宴会厅门口的警卫摇摇头，让他先别开门，然后穿上了鞋。

“好了，去吧。”我说道。警卫于是转动了门把手。

宴会厅富丽堂皇，长桌上的提灯光芒灼灼，后墙壁炉里火焰烈烈，这里还是很暖和的。利扎克伫立在光晕里，手里拿着一杯酒，雅玛·扎伊维斯站在他的右边。雅玛嫁给了我妈妈的一个亲密朋友——尤祖尔·扎伊维斯。尽管她还挺年轻——至少比尤祖尔年轻——头发却已近纯白，眼睛是突兀的蓝色，总是笑眯眯的。

他们周围环绕的所有人我都能叫得出名字：哥哥左边的当然是瓦什；瓦什的堂弟苏扎·库泽正为利扎克刚刚说过的什么话大笑不止；我们的亲戚瓦克莱茨是练兵打仗的大将，他的丈夫玛兰正一口吞下杯里的余酒；尤祖尔和他已成年的女儿莱蒂在一起，那姑娘梳着一头光泽可人的长辫子；最后是塞戈·拉迪克斯，我在他哥哥卡麦伏的葬礼上见过他——卡麦伏，就是死在阿珂斯刀下的那个。

“啊，她来了。”利扎克说着冲我招招手，“你们都记得吧，她是我妹妹希亚。”

“穿着她妈妈的裙子呢，”雅玛认出来了，“多漂亮啊。”

“是哥哥叫我好好打扮的，”我的嘴唇已经麻了，不过还是尽量吐字清晰，“而没有人比家母更深谙衣着之道了。”

利扎克的眼睛里闪过一丝怨恨，他举起杯子：“向伊莱拉·诺亚维克致敬，愿生命潮涌将她带往一段奇幻旅程。”

大家纷纷举杯，一饮而尽。我则拒绝了侍从端来的酒——我的喉头紧得厉害，根本不可能咽下什么。利扎克刚才的祝酒词正是妈妈葬礼上祭司说过的那段话，他是故意的，想让我别忘了。

“过来，小希亚，让我看看你。”雅玛·扎伊维斯说，“现在可不是小孩了，你几岁了？”

“我已经参加过十次星际巡游了。”我用了传统的表达方式——这种说法标记的是我有多少次在劫掠战争中活下来，而不是我降临到这世界有多少季。接着我又进一步说明，“不过我的初次巡游比较早，再过几天我就十六季岁了。”

“噢，年轻人才会数着日子盼长大呢！”她笑了起来，“还是个小孩呢，不过个子倒是挺高。”

雅玛天生的一大本事就是优雅地挖苦人，称我为“小孩”已经是最温和的了，肯定的。我微微笑了笑，走进壁炉的火光里。

“莱蒂，你见过希亚了吗？”雅玛问她的女儿。莱蒂虽然年长我好几季岁，身量却比我矮一头，她脖颈上挂着一颗光彩照人的宝石，里面封着一只夜珠，已经死了，不过还发着光。

“没有，第一次见，”莱蒂说，“我该跟你握握手的，希亚，可是……”

她耸了耸肩。我身体里的阴翳仿佛要回应她似的，猛地穿透了我的胸膛和喉咙。我硬是把痛苦的呜咽吞了下去。

“我们期待你永远也不要有那种特权。”我冷冷地说道。莱蒂睁大了眼睛，其他人也一片静默。我意识到我只能做那些对利扎克有利的事：就算这些人忠心地追随他，他还是希望他们怕我，而我就得替他达到目的。不过现在才明白这个，有点儿晚。

“你妹妹真是伶牙俐齿，”雅玛对利扎克说，“这对那些反对者来说可不好。”

“对朋友们来说也不怎么样，”利扎克说，“我还没有教会她什么时候不能大放厥词呢。”

我怒目相向，正要再次“大放厥词”地顶嘴，他们却继续聊开了。

“我们最近征募的一批新兵怎么样？”瓦什问我们的亲戚瓦克莱茨。瓦克莱茨身材高挑，样貌英俊，但是年岁不小，即便不笑的时候，眼角也已经有了皱纹。一道深深的、半圆形的伤疤，横亘在他脸颊的正中央。

“还不错，”瓦克莱茨说，“现在他们已经通过第一轮训练了。”

“所以，你是因为这个才回来探访一番的吗？”雅玛问。军队训练的地点在沃阿城外，靠近极羽边境，瓦克莱茨得花上几小时才能来到我们这里。

“不，只是为了护送凯雷赛特，”瓦克莱茨说着冲利扎克点点头，“就是那个排行老三的孩子。”

“他的皮有没有练厚一点儿？”苏扎问。他个子矮墩墩的，却有一身粗皮，上面伤疤遍布，像是披着盔甲。“我们去逮他的时候，只是那么轻轻一碰——哎哟，他身上就泛瘀青了！”

其他人都笑了起来。我还记得阿珂斯·凯雷赛特第一次被拖进这庄园时是什么模样：哭鼻子的哥哥趴在他脚边，第一道杀戮刻痕遗留的血迹已干涸——在我看来，他一点儿也不软弱。

“也并不是那么皮薄肉嫩吧，”塞戈粗声粗气地说，“要不然你怎么解释我哥哥死得那么轻而易举？”

苏扎扭头去看他。

“我百分百肯定，”利扎克圆滑地说，“这并没有藐视卡麦伏的意思，塞戈。我父亲也是死于无名小辈，死得非常不值。”他啜了一口酒，“来吧，开饭之前，我为大家准备了一些娱乐节目。”

门开了，我整个人紧绷起来，觉得不管利扎克口中的“娱乐节目”究竟为何，那肯定比他说的要恶劣得多。不过，出现在众人面前的只是一个女人，她穿着一件由颈及踝的紧身长袍，黑色的织物凸显着瘦骨嶙峋的肌肉和关节，眼圈和唇边涂着白色粉末，相当引人注目。

“我和姐妹们来自奥格拉，在此向枭狄致意。”这女人的声音粗粝刺耳，“我们将为各位献舞。”

话落手起，突兀的击掌声里，壁炉里的火焰熄灭了，夜珠发出的闪烁亮光也消失了，四周一片黑暗。奥格拉，那是被黑暗阴影环绕的星国，对星系里的绝大多数人来说都很神秘。他们不欢迎访客，甚至连精密的监视设备也无法穿透那里的大气。人们对他们的了解，大多来自像此刻这种盛宴之间的管窥蠡测。利扎克醉心于其他星国的进献，却禁止其他枭狄人觊觎，我还是头一次为他的安排感到高兴，要不是拜其伪善所赐，我可能永远也见识不到这些。

我颇为期待地踮起脚尖等着看。微光如线，包裹着那舞者紧握的双手，在她的手指间交缠纠结。当她再张开手掌时，壁炉里的橘色火舌在其中一掌上跳跃，夜珠的蓝色光球在另一掌上悬停。微弱的光线使她眼周唇边的白粉尤为显眼，她笑起来的时候，一口锋利尖牙便在黑暗中幽幽显露。

另外两位舞者跟在她身后鱼贯而入，静止不动地站了好一会儿，接着慢慢地动起来。左边最远处的舞者轻轻拍打自己的胸骨，但随着动作响起的，并非皮肤之间接触撞击的声音，而是饱满的擂鼓声。第三位舞者和着这不太和谐的拍子，缩腹鼓背，肩膀也向内收紧，整个身子弯曲起来，骨架间透出亮光，一节节脊椎依次可见，整条脊柱都闪烁耀目。

我目瞪口呆地吸了口冷气，其他人也是。

那个“控光”舞者将双手扭曲弯折，令壁炉火光包裹住夜珠光球，仿佛用光线编织了一幅挂毯。从那些光线织就的图案可以看得出，她手指和手腕的动作非常繁复，几乎像机械一样。随着那位“胸鼓”舞者变换了节奏，“控光”舞者和“亮骨”舞者一起歪歪倒倒、蹒跚摇摆起来。我紧张地看着她们，不确定自己是觉得惊叹还是觉得不安。她们每分每秒都像是要失去平衡摔在地上似的，但又在关键时刻拉住彼此，俯仰摇晃，抬升扭转，还伴随着五颜六色的闪光。

表演结束时，我已经喘不过气来了。利扎克带头鼓掌，我犹犹豫豫地也拍起手来，但是觉得鼓掌并不能表达我对刚才眼见这一幕的感受。“控光”舞者将火焰驱回壁炉，让光球重新点亮我们的夜珠灯。三个女人手拉手对着我们鞠了一躬，抿着嘴笑了起来。

我很想跟她们说几句——虽然我也不知道我会说些什么——但她们已经一个接一个地退场了。然而，就在“亮骨”舞者往门边走的时候，她突然用拇指和食指拈起了我的裙子。她的“姐妹们”也停了下来，三人一起注视着我，那目光瞬间摄人心魄——她们的瞳仁是漆黑的，而且比常人的更大。在她们面前，我简直想瑟缩起来。

“她自己就是个小奥格拉，”她说道，指尖的骨头隐隐发着光，刚好那时我的阴翳盘绕在胳膊上，就像一枚手镯，“完完全全地被黑暗覆盖着。”

“是赐礼。”“控光”舞者说。

“是赐礼。”“胸鼓”舞者也说。

我持反对意见。

§

宴会厅里的炉火只剩余烬，我面前的盘子里堆满了吃了一半的食物——烧烤鸟肉的碎块、盐渍果子，还有盖了一层辣椒的鬼知道什么蔬菜——但我的脑袋却一跳一跳地难受。我一点点地啃着面包皮，一边听着尤祖尔·扎伊维斯吹嘘自己的投资心得。

在长达近一百季的时间里，扎伊维斯家族一直控制着沃阿城北部森林之间的夜珠虫繁殖与收购生意。枭狄和星系中的其他星球不同，我们更愿意使用这种自体发光的昆虫来照明，而不是潮涌传输设备。这是我们虔诚信仰的历史遗存，不过现在也正在衰败——只有真正虔敬的修士才不会随意利用生命潮涌。

也许正是因为扎伊维斯的家族生意，尤祖尔、雅玛、莱蒂都非常虔诚，就算是医疗方面也拒绝使用缄语花——他们说任何改变人的“自然状态”的物质，哪怕是麻醉技术，都是对生命潮涌的抗拒。他们也从不乘坐潮涌动力的工具出行，因为这种利用在他们看来简直就是大不敬——当然了，星际巡游所用的飞艇除外，那可是重要的宗教仪礼。他们的杯子里只是水，而不是极羽草酿的酒。

“当然，这一季情况不妙，”尤祖尔说，“这个时间节点，我们星球运行所处的位置无法提供足够温暖的气候，也就无法提升夜珠的成长速度。所以，我们不得不引进了漫游加热系统……”

与此同时，在我右边，苏扎和瓦克莱茨正在就武器话题进行气氛紧张的交谈。

“我想表达的意思就是——不管我们的祖先是如何言之凿凿——潮涌之刃并不能胜任所有形式的对抗，比如说远程对抗或星际对抗……”

“但是所有笨蛋都能挥舞着潮涌之刃进攻，”苏扎反驳道，“你想让我们放下武器，一季一季地变得软弱松懈吗？就像那些议会成员国那样？”

“他们并非松懈不设防，”瓦克莱茨说，“玛兰为枭狄新闻翻译欧尔叶语资讯，他给我看了一些报道。”身处宴会厅的人都是枭狄贵族，大多能说不止一种语言，而出了这间屋子，外语就是被禁止的。“神谕者和议会之间的关系日渐紧张，有传言说各大星国正在选边站队，有的甚至已经开始为更大的冲突着手准备了。这些都不在我们眼皮底下，谁知道他们会不会在冲突爆发的时候拿出什么新式武器来？难道你愿意我们止步不前自甘落后？”

“传言，”苏扎嗤之以鼻，“你也太相信那些八卦了，瓦克莱茨，八卦消息无处不在啊。”

“利扎克想要与皮塔结盟是有原因的，那可不是因为他喜欢海景，”瓦克莱茨说，“那是因为皮塔人拥有我们用得上的东西。”

“枭狄人的勇武精神已经足以让我们称霸了，这就是我的观点。”

“那就去跟利扎克讲啊，我想他会听你的意见的。”

在我对面，莱蒂一直盯着我皮肤上纵横的黑色斑纹，它们每时每刻都在涌动，流向不同的位置——手肘的弯曲处、锁骨的隆起处、下颌的凹陷处。

“是什么感觉？”我们目光相接的时候，她问。

“不知道，其他赐礼是什么感觉？”我不高兴地说。

“嗯，像我嘛，就是能记住事情，任何事情，事无巨细，”莱蒂说，“所以，我的天赋赐礼和其他人的差不多……就像耳朵上的耳环，像某种能量。”

“能量，”或者痛苦，我默默想着，“听起来不错。”

我吞了几口杯子里的极羽草酒。莱蒂的脸渐渐变成了一个小孔，四周一切都围着她打转，我努力地注视着她，酒不小心漏出口，流到了下巴颏儿上。

“我想你是有点儿着……”我打了个磕绊，血管里狂奔突进的止痛剂让“着迷”这个词变得极其难念，“有点儿好奇，对我的天赋赐礼。”

“人们都很怕你，”莱蒂说，“我只是想知道我会不会也怕你。”

我正要回答，坐在长桌尽头的利扎克站了起来，修长的手指托着空盘子。这动作是要求所有人离开的信号，于是大家依次往外走，苏扎第一个，然后是塞戈，接着是瓦克莱茨和玛兰。

但是当尤祖尔走向门边的时候，利扎克抬起一只手拦住了他。

“我想跟你及你的家人谈谈。”利扎克说。

我费劲地站起来，撑着桌子保持平衡。而在我背后，瓦什推上门闩，把我们锁在了大厅里。锁住了我。

“噢，尤祖尔，”利扎克微微笑着，“恐怕今夜对你来说会很难受。你看，你太太跟我说了些有趣的事。”

尤祖尔看向雅玛。她一直挂在脸上的笑容终于消失了，取而代之的是非难而惊恐的神情。我能肯定她怕的不是尤祖尔——他长得一副人畜无害的样子：圆鼓鼓的肚子彰显着富足的家境，走路的时候有点儿外八字，步态略显蹒跚。

“雅玛？”尤祖尔虚弱地看着妻子。

“我别无选择，”雅玛说，“我搜索网络地址的时候看见了你的联系记录，其中有一些坐标。我记得你提起过流亡移民——”

流亡移民。在我小的时候，这字眼就是个玩笑话，说有很多枭狄人因为对爸爸的统治不满而逃到其他星球上定居，至今都没有踪迹可循。随着我慢慢长大，这玩笑话渐渐成了谣传，进而成了严肃议题。而现在，每当提起这个，利扎克就会咬牙切齿，好像要撕咬下一块老肉似的。他把那些流亡者视作爸爸的，甚至我们祖母的敌人，视作威胁他统治地位的心腹大患。所有枭狄人都必须在他的掌控之下，不然他永远也不得安宁。如果尤祖尔联系了那些人，那就无异于叛国。

利扎克从桌边拉出一把椅子，示意道：“坐下。”

尤祖尔照做了。

“希亚，”利扎克对我说，“过来。”

一开始我站在桌子边没动，手里紧紧握着那个盛着酒的杯子。暗沉的阴翳充斥我的全身，仿佛爆裂的血管中喷涌出了乌黑的鲜血。我疼得紧紧咬住了牙齿。

第八章 希亚

“希亚。”利扎克平静地说。

他用不着威胁我。我会放下手里的杯子，走到他身边，做他要求的任何事。我会一直如此，和他一起生活多久，就这样多久，否则，利扎克就会把我对妈妈做的事公之于众。这些就像石头似的，堵在我的胃里。

于是我放下杯子，走到他身边。他要我把双手放在尤祖尔·扎伊维斯身上，直到他吐出利扎克想知道的所有信息。我照做了。

我感觉到了自己和尤祖尔之间的联结，还有那种诱惑：把所有的阴翳都倾倒给他，将他玷污漆黑，以终结我的痛苦。只要我想，我就能杀死他，单凭触碰就足够。我以前就那么做过，现在也想再来一次，好逃离这一切，逃离那迷药一般胁迫着我的神经的可怕蛮力。

雅玛和莱蒂紧紧抱在一起，抹着眼泪。莱蒂要冲向我的时候被她妈妈拉住了。当我把剧痛和如墨般的黑暗注入他父亲体内时，我们的视线再次相接，在她眼里，我所能看到的全部，就是恨意。

尤祖尔叫了起来。他叫嚷了好久，以至于我对那声音都有些麻木了。

“停下！”他最终叫道。利扎克点头同意，我便把手从他头上拿开了。我踉跄着后退，天旋地转，眼前发黑。瓦什双手按着我的肩膀，把我扶稳。

“我是想要找到流亡移民，”尤祖尔满脸是汗，“我想逃离枭狄，逃离这样的……暴政。我听说他们在佐德，但是没能联系上他们。佐德那里什么都没有，所以我放弃了。我真的放弃了。”

莱蒂啜泣着，雅玛却很平静，用胳膊环抱着女儿。

“我相信你，”利扎克轻声说，“你的诚实是显而易见的。现在，希亚会执行对你的惩处。”

我用意念将阴霾从身体里倾泻而出，就像拧抹布似的。我用意念让天赋赐礼离我而去，永不再来——这是种亵渎。但我的意念总有边界。在利扎克的注视下，潮涌带来的阴翳四散扩张，仿佛他对它们的控制力要强于我。也许真是这样。

我没劳烦他威胁恫吓。我触摸着尤祖尔·扎伊维斯的皮肤，直到他的叫声充满了我身体的每一处空洞，直到利扎克喊停。

第九章　希亚

我只能朦胧地看见自己身在何处、打着滑的脚——现在光着一只，鞋子一定是落在宴会厅了——地板上反射的摇曳灯光，以及自己双臂上盘桓的黑色脉络。我的手指看起来怪异地弯着，像是受伤了，但鉴于它们弯折的角度，我想之前一定是狠狠抠进了我自己的手掌里。

诺亚维克庄园腹地某处，响起了一阵被蒙住的叫喊声，我立即想到那是不是埃加·凯雷赛特，不过他已经好几个月没出过一声了。

埃加被带到这里来以后，我只见过他一次，那是在利扎克办公室旁边的走廊里偶然撞见的。他暴瘦，眼睛里一片死寂。士兵推搡着他，与我擦身而过，我盯着他的锁骨，那里本该是充盈着肌肉的地方，如今却深深地凹了下去。他要不是拥有钢铁般的意志，就是真的如他所言，不知道怎样驾驭自己的天赋赐礼。如果可以打赌的话，我押后一种。

“把他带过来，”利扎克咬牙切齿地对瓦什说，“不管怎么说，这是他来这儿的理由。”

足尖划过乌木地板，瓦什——唯一能触碰我的人，正半拖半拽地送我回卧室。

“谁要来？”我咕哝着，但是没听到回答。一股强烈的痛苦席卷而来，我不禁猛烈抽搐起来，仿佛这样就能帮我挣脱瓦什的钳制。

但没用，显而易见。

他松开了抓着我胳膊的手，任由我滑倒在地。我用双手和膝盖支撑住自己，一滴汗——也许是泪，这很难说——从鼻尖上滚落下来。

“是谁——”我恼怒地问，“谁在叫唤？”

“尤祖尔·扎伊维斯。你的天赋赐礼是有延时效果的，显然。”瓦什答道。

我以头触地，用前额抵着冰冷的地板。

尤祖尔·扎伊维斯喜欢收集夜珠壳，有一回他给我看过。在他的办公室有一块展板，那些五彩斑斓的昆虫翅壳被用别针固定在上面，按照收成年份分门别类。他抚摩着它们，仿佛那是他家里最珍贵的东西，随时能带来财富的暴发。他是个温和的人，可我让他疼得大喊大叫……

§

过了一会儿——我也不知道多久——门又开了，我看见了利扎克又黑又亮的鞋子。我挣扎着想坐起来，但胳膊和腿都抖个不停，只能勉强把头转过去看着他。在他身后的门廊里，有一个犹豫踟蹰的身影，疏离遥远，如同梦境。但我还是认了出来。

他挺高的——差不多和哥哥一样高了。他的站姿犹如一名战士，背挺得笔直，似乎很清楚自己的处境。但这样的身姿也掩盖不了他的瘦削——确切地说是憔悴，颧骨下面两小片阴影，脸上仍然带着旧伤的瘀青和创面，下颌上一道狭长的疤痕从耳朵延伸到下巴，右臂还缠着白色的绷带。那应该是一道新的杀戮刻痕，我猜，尚未愈合的刻痕。

他抬起灰色的眼睛看向我，与我目光相接。那双眼睛中的戒备——他的戒备——提醒了我他姓甚名谁。阿珂斯·凯雷赛特，凯雷赛特家族的第三子，现在已经几乎是成年人的模样了。

内置于我身体之中的疼痛突然一下子奔涌袭来，我双手抱头，号啕几欲窒息。透过泪水的缝隙，我几乎看不见哥哥，但我还是极力将视觉焦点聚集在他脸上——那张脸惨白如同尸体。

不论是在枭狄还是在荼威，都流传着关于我的各种传闻，那是利扎克暗中鼓动的——也许这些传闻早已遍布整个儿星系，因为所有的嘴巴都爱嚼舌根聊聊那些受眷顾的人。他们议论我的双手所能带来的剧痛，议论从手腕到肩膀布满的“生命刻痕”，议论我的神识——被不明物质感染的、癫狂的神识。人们惧怕我，同时也厌恶我，但此时此刻的我——崩溃着呜咽流泪的我——却并不是传闻中的那个女孩。

我的脸火辣辣地灼烧着，这来自另一种痛苦：羞耻。没有人应该看到这样的我。利扎克怎么能在这时候把他带来？他明明知道我在……在事后会是什么感觉。

我努力压住对利扎克的愤怒，免得它在声音中流露出来被他识破：“你为什么把他带到这儿来？”

“我们就别拖着了。”利扎克说着，示意阿珂斯向前，两人一起走近我。阿珂斯的右臂紧紧贴在身体一侧，仿佛力图在不违背哥哥命令的前提下，尽可能地远离他。

“希亚，这是阿珂斯·凯雷赛特，凯雷赛特家族的第三子，我们的……”利扎克轻蔑地说，“忠诚的奴仆。”

他意有所指，显然，说的是阿珂斯的命运——为我的家族而死，死于终身的服侍——两季以前，议会在滚动新闻中如此宣称。想到这样的过往，阿珂斯的嘴紧紧绷住了。

“阿珂斯的天赋赐礼颇为特别，想必你会很感兴趣。”利扎克说着冲他点了点头。

阿珂斯蜷伏在我旁边，摊开手掌，掌心向上，等着我握住它。

我直直地盯着，一开始根本不能理解他这是什么意思。他这是自找伤害吗？为什么？

“相信我，”利扎克说，“你会喜欢的。”

我向阿珂斯伸出手，皮肤之下黑暗蔓延四散，犹如晕染开的墨汁。我用自己的手触碰他的手，等待着意料中的惊声尖叫。

然而，所有潮涌阴翳都向后退却，直至消失不见，随之散去的，还有我的疼痛。

这感觉并不像我以前吞下的那些止痛剂——最糟糕的时候它们让我沉疴难起，最好的情形则是令我所有的感官变得迟钝。此刻的感觉，却仿佛时间倒转，回到了我获得天赋赐礼之前——不，即便那个时候，我也从未体验过这样的平静安宁。而这一切不过是因为我握着他的手。

“怎么回事？”我问他。

他的皮肤干燥粗糙，像是尚未被水流冲刷光滑的鹅卵石，但那其中有着某种暖意。我盯着我俩紧握在一起的手。

“我扰断了生命潮涌，”以他的年龄来说，阿珂斯的声音低沉得令人惊讶，喑哑和爆裂的感觉却一如我的想象。“不论它能带来何种赐礼。”

“我妹妹的天赋赐礼能量巨大，”利扎克说，“但是最近，它搞得她官能尽失、难以自控，导致这赐礼的作用不断削弱。在我看来，要实现你的命运，这是最好的途径了。”他弯下腰，凑近阿珂斯的耳朵说，“当然，你永远也别忘了，谁才是这里的主人。”

阿珂斯一动不动，但是脸上掠过一丝厌恶。

我重新跪坐起来，小心翼翼保持着姿势，握着阿珂斯的手。可是我无法去看他的眼睛，仿佛身体发生剧变时他走进了我的内心，看到了别人无从窥伺的东西。

我站起来的时候，他就在我旁边。虽然我已经挺高的了，他却比我还高出半个头。

“那，我们要怎么做？不管去哪儿都手牵手？”我说，“人们会怎么想啊？”

“他们会认为那是个仆人，”利扎克说，“因为他不是别的。”

阿珂斯走到我面前，抬起手。我瑟缩了一下，从他的手中抽回了自己的手，黑色的潮涌立刻四散蔓延开来。

“你不会忘恩负义吧？”他问，“为了让你好过一点儿，我将属于咱俩的天定奴仆给你一人专用，随时陪护你左右，我的这些付出，你难道不该心存感激？”

“非常感激。”我必须得小心谨慎，不能激怒他，否则他就会用更多记忆替代我原有的回忆，那是我最不想看到的。“谢谢你，利扎克。”

“当然了，”利扎克笑了，“为了让我的干城之将保持最佳状态，一切都不在话下。”

但是他根本就没拿我当什么“干城之将”，我很清楚。那些士兵就称我为“利扎克的鞭子”——他用来施行暴政的工具，而且，扎利克看我的眼神，也和看那些厉害的武器没什么两样。对他来说，我就是一柄利刃。

§

我僵硬地站着，一动不动，直到利扎克离开，只留下我和阿珂斯，才开始踱步，从桌子边走到床脚，再走到装衣服的柜子那里，然后又回到床边。只有我的家人——还有瓦什——来过这个房间。我不喜欢阿珂斯四下打量的样子，好像他正到处留下自己的手印似的。

他皱着眉对我说："你这样生活有多久了？"

"哪样？"我本来并不想这么言辞犀利，但我满脑子想的都是，他看我的时候，我是怎样一副鬼样子：蜷缩在地板上，满面泪痕，汗流浃背，像某种野性难驯的动物。

他的声音因为同情而软化："就像这样，把自己的疼痛当作秘密一样保守。"

同情，我懂，那是披着善意外衣的不敬。我得尽早说明白，否则这种不敬就会恣意滋长，难以处理。这道理是爸爸教我的。

"我在八季岁的时候便获得了天赋赐礼，这令我的父亲和兄长很高兴。我们的共识是，为了诺亚维克家族的利益，为了枭狄的利益，我应该独自背负这种痛苦，秘不外宣。"

阿珂斯小小地冷哼一声。好吧，毕竟他这是出于同情，反正也久不了。

"把手伸出来。"我平静地说。以前，妈妈生气的时候就会这样平静和缓地讲话，她说只有如此才会让人们聆听照办。我没有她那种四两拨千斤的本事，所有微妙心思全都写在脸上。但即便如此，他还是听话地伸出自己的手，并且掌心向上，好像要纾解我的疼痛。

我用右手拉住他的手，左手抓住他的肩膀，猛地一转身——就像跳舞一样，手位变了，重心也变了，而我已经站到了他背后，狠狠地拧着他的胳膊，迫使他弯下腰来。

“也许我饱受疼痛，但我并不软弱。”我轻声说道。他在我的钳制下一动不动，但我能感觉到他的脊背和胳膊都紧绷绷的，一触即发。“你确实方便好用，但并非必需品，懂吗？”

我没等他回答便放了手，向后退开几步。这时我的潮涌阴翳再次卷土重来，带着尖利的刺痛，让我的眼睛又泪汪汪的了。

“隔间里有床，”我说，“出去。”

直到听见他离开了，我才倚在床架上，紧闭双眼。我并不想这样，完完全全，一点儿也不想。

第十章　希亚

我没指望过阿珂斯·凯雷赛特还会来，没人拖着逼着，他更不会来了。但是第二天早上，他就站在我的门外，背后几步之遥徘徊着一个警卫，而他手上拿着一大瓶深紫色的液体。

“小姐，”阿珂斯语带嘲讽地说，“我想，鉴于你我二人都不愿接受长期的肢体接触，你也许可以试试这个。硕果仅存，就这些了。”

我站了起来。当疼痛达到峰值时，我就只是个肉体零部件的集合体，脚踝、膝盖、胳膊肘、脊柱……它们各自为政，生拉硬拽，最终把我立起来。我把乱糟糟的头发拢到一边，突然意识到自己看起来有多怪异：快到中午了还穿着睡衣，左前臂上还套着一截护甲。

“止痛剂？”我问，“我已经试过了，它们要么没效果，要么疗效比疼痛还糟。”

“你试过缄语花制成的止痛剂了？在一个不喜欢使用它的国家，是吗？”他反问我，扬起眉毛。

“是的，”我言简意赅，“欧尔叶出品，最好的。”

“欧尔叶出品，”他啧啧有声，“对于大多数人来说那确实是最好的，不过你的问题和‘大多数人’不一样。”

“疼就是疼，别无二致。”

他用药瓶在我胳膊上轻轻一拍：“试试吧，这个也许不能完全祛除你的痛感，但是多少可以让你不至于崩溃，而且没有副作用。”

我眯起一只眼睛看着他，然后叫来了走廊里的警卫。她马上过来了，并且向我点头致意。

“尝一口这个。”我指了指药瓶。

“你觉得我要下毒害你？”阿珂斯问。

“我觉得那是可能性之一。”

警卫拿过瓶子，恐惧地瞪大了眼睛。

“没事的，这不是毒药。”阿珂斯对她说。

她喝下一些止痛剂，用手背抹了抹嘴。我们就那么干站着，等着看会不会出什么事。过了一会儿，她没倒下，我便拿过了瓶子，潮涌阴翳涌向手指，针刺一样地疼。她立刻走开了，远远地绕过我，好像悔不该没穿件奇阿摩盔甲似的。

这止痛剂闻起来有点儿麦芽味儿，还有点儿腐臭。我大口吞下，喝个精光，满心以为它的味道会像所有混合制剂一样让人恶心，但它尝起来是混合着花香和辛辣的。药剂流过我的喉咙，重重地坠入了我的肠胃。

“得等几分钟才能吸收。”阿珂斯说，“你睡觉时也戴着这个？”他指了指我胳膊上的护甲。那是用奇阿摩的皮制成的，自腕至肘裹覆，上面有多处刮痕，都是迎击利刃突袭时留下的。我只有洗澡时才会把它脱下来。“是用来随时应对袭击的？”他问。

“不是。”我把空药瓶塞给他。

“是用来遮住杀戮刻痕的。”他皱起眉毛，“利扎克的鞭子，缘何想要藏住她的刻痕？”

“别那么叫我，”我感到脑袋里有一股压力，就像有人从两侧按压太阳穴一般，“永远也别那么叫我。”

一股寒意自我的身体中央向周围扩散，仿佛血液也要冻结成冰。一开始我以为那是怒意作祟，但它全然是机体上的感觉，而且……疼痛在消减。我低头看着自己的胳膊，皮肤之下仍然有暗沉的纹路，它们的颜色却从黑色变成了深灰色。

“止痛剂起效了，对吧。”他说。

痛感依旧存在，随着潮涌阴翳延展，所到之处刺痛灼烧，不过，它已经减轻了，可以轻易地忽略掉。而且，虽然我还是觉得有些昏昏欲睡，却能够不以为意了。我总算可以一夜安眠了。

“有点儿效果。”我承认道。

“很好，”他说，“我有个交易要跟你商讨价码，而这是建立在止痛剂对你有效的基础之上的。”

“交易？”我说，“你觉得以自己的地位，可以跟我讨价还价？”

“是的，我可以，”他说，“你越是坚持拒绝我帮你缓解疼痛，就越是想要那么做，我知道你想。你可以狠揍我一顿，打到我投降上缴此物，也可以拿我当个人，听听我不得不说的那些话，以顺利地得到我的帮助。当然，选择权在你手上，小姐。”

我发现和他四目相交就没法更清晰地思考，于是我盯着百叶窗滤过的光线，外面的城市也被隔得条条块块。在诺亚维克庄园的围墙之外，人们应该正漫步于街上，享受着暖洋洋的天气，浮尘飘浮在他们四周，因为土路铺就的街区太干燥了。

我是以一个弱者的身份——只是字面意思，当时我正瘫在他脚边——与阿珂斯相识的。我试图把自己重新塑造成强壮有力的形象，但是没能成功。任何见过我的人都会得出显而易见的结论：我被潮涌阴翳覆盖遮蔽，承受这折磨越久，就越难以解脱，我的人生也就别想有什么意义了——我无法抹去人们的这种印象。也许阿珂斯的交易，是我最好的可选项。

“请讲。”我说。

“好。”他抬起一只手，抓了抓头发。他的头发是棕色的，干净，而且看他手指绞在里面的样子，应该还挺厚实的。“昨天晚上那个……你用了那个策略。你知道怎样格斗，是不是？”

“那个，”我说，“不过是低调自保罢了。”

“你能教我吗？我想学学。”

“为什么？想一直侮辱轻视我？还是想杀了我哥哥？你不会成功的。”

“你就觉得我只是想杀了他？”

“不是吗？”

他顿了顿。“我想送我哥哥回家，”他吐出的每一个字都饱含忧虑，“为了送他回家，为了在这里活下去，我必须学会格斗才行。”

我不理解这种兄弟情深。因为就我对埃加的了解——他不过是一个软弱无能的家伙——看起来并不值得如此付出。但阿珂斯，他的战士姿态和静置的双手都表明，他心意已决。

“你现在还不会格斗？”我说，“那利扎克把你送到瓦克莱茨那儿干什么？他们没教你怎么当个及格的士兵吗？”

“我是及格的，但我想得到的是优秀。”

我抱起胳膊：“你还没提及在这交易里我能得到什么好处。”

“如果你能教我，作为交换，我可以教你如何制作刚才那种止痛剂，”他说，“那样的话，你就不必依赖我，也不必依赖任何人了。”

他似乎很了解我，知道自己提出的条件对我极具诱惑力。我最想要的并非是从疼痛中解脱，而是独立自主。现在他就用一个玻璃瓶、一方缄语花制剂，把我所渴望的东西摆在了面前。

“好吧，”我说，“成交。”

§

此后不久，我就让他下楼到大厅里去，最里边有一间锁着门的小屋子。诺亚维克庄园里的这间侧厅没有经过改造，仍然要用钥匙来开锁，而不像利扎克常用的其他房间那样换上了触屏锁，或是需要刺破手指才能打开的那种基因锁。我把钥匙挂在口袋外面——因为换上了正常的衣服，宽松的长裤和套头衫。

屋子里有一张长长的工作台，上下都排列着架子，里面塞满了瓶子、烧杯、小刀、勺子、砧板，还有一排白色的广口瓶，上面用枭狄符号标记着“冰花”——我们有少量的冰花储备，其中甚至包括一些缄语花，不过茶威已经十多季没有向枭狄出口任何货物了，所以我们不得不通过第三国来弄到手——除此之外，还有从星系各处搜罗来的其他材料。右侧火炉上方的架子上挂着壶和锅，微微泛着橘红色的金属暖光，大的比我的头还要大，小的则只有我的手那么小。

阿珂斯选了一只稍大的锅，把它放在炉子上。

“既然你的触碰就能造成杀伤力，那为什么还要学格斗呢？”他一边说，一边用烧杯从墙上的水龙头接了水，倒进锅里。接着他打开炉子，生起火，又拿了砧板和刀。

“那是枭狄教育的一部分，我们从孩提时代就开始学了，”我略微迟疑了一会儿，又加上一句，“不过我直到现在仍会练习，因为我喜欢。”

“你们这儿竟然有缄语花？”他说着，用手翻检那些瓶瓶罐罐。

“右上。”我说。

“但枭狄人是不用缄语花的。”

“‘枭狄人’确实不用，”我刻薄地说，“但我们例外。我们这儿应有尽有。手套在炉子下面。”

他讥讽地回敬：“是啊，例外的第一家庭，你得想办法多弄一些来，我们以后用得到。”

“行。”我停了一下才问道，“参加军事训练时没人教你读写吗？”

据我猜测，瓦克莱茨教他的应该不仅仅是普通的格斗技能，还应该有些其他的本事，比如书面语。所谓“神圣枭狄语的调子”只是指口语，而不是指书写——我们都得学枭狄字母。

“他们才不在意那种东西呢，”他说，“他们让我走我就走，让我停我便停，仅此而已。”

“把一个软弱的荼威男孩塑造成强硬的枭狄男人，你可不该对此大放厥词。”我说。

“我不会变成枭狄人，”他说，“我是荼威人，永远都是。”

“此时此刻你却用枭狄语跟我讲话，这说明事实可能并非如此。”

“此时此刻用枭狄语跟你讲话，无非是基因突变罢了，”他反驳道，“那什么也说明不了。”

我无意与他争执，反正假以时日，他会改变想法的，我敢肯定。

阿珂斯拿过装着缄语花的罐子，直接用手拈出一朵，扯下一片花瓣放进了嘴里。我惊讶得动弹不得：那个剂量的冰花，其效力足以把他击倒，不省人事。可是他就那么咽了下去，闭着眼睛好像在品尝，然后转身走到砧板前。

“你对它也有免疫力，”我说，“就像对我的天赋赐礼一样。”

“不是免疫，”他说，“只是它们对我的作用没那么强。”

我很想知道他是怎么发现的。

他把那朵缄语花反过来，用刀背按压花瓣集结的花蒂，于是整朵花便分崩离析，变成一瓣一瓣的了。接着他用刀尖划过每一片花瓣的中央，它们便不再卷曲，一片片变得平展，简直就像在施魔法。

我留神看他，只见那混合制剂开始冒出泡泡，先是缄语花的红色，然后是加入盐渍水果的橙红色，后来把花茎也添加进去，颜色就成了棕色——只有花茎，没有叶子。最后撒上一把疗妒花粉，这些混合物又重新变回了红色。真是荒谬且不可思议！他把锅拿到炉子旁边冷却，然后转身面对着我。

“这是一宗复杂的艺术，”他说，一只手上下翻飞摆弄着那些瓶子、烧杯、冰花、锅……所有东西。“尤其是止痛剂，因为它要用到缄语花。只要一种配料用得有误，你就会把自己毒死。我希望你像了解残忍那样懂得精确的重要性。”

他用指尖轻轻扫过锅沿，就那么微微地一碰，紧接着便瞬间绷紧肌肉，在烫到自己之前抽回了手。我不禁为他敏捷的动作而拍案叫绝，也已经可以确定，他所接受的训练是哪一派了：奇瓦卡哈，心境派。

“你凭着道听途说的那些话就臆断出我很残忍，”我说，“好吧，关于你，我都听过些什么传闻呢？你是个薄皮儿的懦夫和傻瓜？”

“你是诺亚维克家族的人，”他双臂在胸前交叉，固执地说，“残忍是你骨子里、血液中的东西。”

“我无法选择自己的血管里流淌什么样的血，”我答道，“就像你也无法选择你的命运。你和我，我们都已成为命中注定的自己。”

我离开的时候，手腕狠敲了一下门框，护甲撞击木料，发出一声闷响。

第十章
希 亚

§

第二天早上，太阳刚刚升起，天光白茫茫的一片，止痛剂的效力已过，我醒来了。我爬下床，就像以往那样，断断续续，走走停停，时不时要深深呼吸，活像个老女人。我穿上了训练服，那是用缇比斯的合成纤维制成的，轻便宽松。在保持身体凉爽这方面，不会有人比缇比斯人更擅长了，因为他们的星国总是热得要命，绝不能裸露着皮肤走在外面。

我把前额抵在墙上，闭着眼睛，手指摸索着一绺绺的头发，开始编辫子。我是不梳头的，至少是不像小时候那样打理这一头厚实的黑发了。那时我总是小心翼翼，一丝不苟，希望每一缕发丝都完美地打着卷儿。如今，疼痛已经剥夺了我享受打扮的权利。

穿戴完毕之后，我拿了一把小巧的潮涌之刃——切断联结，那黯黑的卷曲潮涌便不会盘绕在锋利的金属上——潜入楼下侧厅里。那位药剂师已经搬到这里住了，我站在他旁边，抽出匕首压住了他的喉咙。

阿珂斯微启双目，接着便瞪大了眼，扑腾着想动，但当我更用力地把刀子压上他的皮肤时，他静了下来。我冷冷地冲他一笑。

“你疯了吗？”他的声音里还带着惺忪的睡意。

“得了吧，你一定听过那些传言！”我快意地说，“而且，重点是，你疯了吗？跟敌人只有一条走廊之隔，你却躺在这儿，睡得这么沉，甚至连个挡门的板子都没有！疯了还是愚蠢，你自己挑一个吧。”

他猛地屈起膝盖，朝着我顶过来。我则弯起胳膊，用肘部挡住了这一击，同时匕首一晃，抵在了他的肚子上。

“你，没醒就已经输了。”我说，“第一课：打赢一架的最好办法就是避免它。如果你的敌人睡得像死猪一样，那就趁他没醒一剑封喉；如果他是个软心肠，那就博得他的同情；如果他口渴，那就在他的杯子里下毒。明白了？”

“总之，就是把正义丢到窗子外面去。”

“正义，”我说，“生死面前，正义一无所用。”

这句俗语，出自我以前读过的一本奥格拉语的书——当然，我读的是翻译成枭狄语的，谁懂奥格拉语啊？——它驱散了阿珂斯眼睛里的睡意，比我的突袭效果显著。

“现在起来。”我说着，直起身子，把潮涌之刃收进背后的刀鞘里，然后便离开屋子，让他自便。

§

吃完早餐，已是日上三竿，我听见墙壁之间的夹缝中有侍从的声音，他们正把干净的床单和毛巾送到各个卧室里去。每一条东西走向的走廊都伴有这样隐蔽的通道，仿佛这座房子修建的目的就是将那些真正使它运转起来的人排除在外，就像沃阿城一样：诺亚维克庄园位于中央，四周是有权有势的阶层，其他平民则散居城边，挣扎着想要往里靠近。

训练馆就在我卧室正下方的大厅里，明亮而宽敞，一面墙上开着窗子，另一面墙上装着镜子。一顶镀金的枝形吊灯挂在屋顶上，柔和的美感与黑色的合成地板，还有沿墙摆放的护具垫子、练习兵器形成强烈对比。在这座房子里，妈妈只允许这间屋子如此现代时髦，至于其他房间，她是一向坚持要“与历史一脉相承”的，比如那些闻起来一股霉味儿的管道线路，还有生了锈的门把手。

我喜欢训练，并非是为了成为强有力的格斗家——虽然那样会很受欢迎——而是因为我喜欢训练时的感觉。热量、心跳、肌肉疲劳带来的更新般的疼痛——这疼痛是我自己选择的，不是强加给我的。有一次，我想试着和陪练的士兵对打，就像利扎克训练时常做的那样，但是墨汁一样的潮涌阴翳遍布我的全身，让他们疼痛难忍，从那以后我就只能用自己的方式练习了。

在过去的一季里，我一直在读一本枭狄文献，内容是关于一种被遗忘已久的格斗派系：神识派，埃弥塔哈。如同我们文化中的其他部分，这也是从别的地方涤故更新来的，结合了一些奥格拉的残暴手段和欧尔叶的逻辑原理，再加上我们枭狄人的足智多谋，把它们融会贯通，形成一种与众不同的学派。我和阿珂斯走进训练馆，在这本书旁边蹲了下来，是我昨天把它放在墙边的——《埃弥塔哈：基本观念与实践练习》。我正看到的那一章是“对手中心策略”。

“在军队里，你练的是奇瓦卡哈？”我先开口了。

但他只是一脸茫然地看着我，于是我继续说：“阿蒂塔哈——硬武派，奇瓦卡哈——心境派，埃弥塔哈——神识派。训练你的人就没告诉过你，你练的是哪一种吗？”

“他们并不在乎教给我的那些东西叫什么名字，”阿珂斯说，“我已经跟你说过了。”

“好吧，你练的是奇瓦卡哈，从你移动的方式我就看得出来。”

这似乎挺让他惊讶的。“我移动的方式，”他重复了一遍，“我是怎样移动的？”

“荼威人完全不了解自己，这我倒是毫不惊讶。”我说。

“了解如何打架并不等于了解自己，”他反驳道，“如果人们的生活里没有暴力对抗，格斗武功就没那么重要。”

“哦？那么请问这些神话人物是谁？或者，他们是想象出来的？”我摇了摇头，“人都是暴力的，只不过有些人抗拒冲动，有些人放任冲动。你最好直面这一事实，并且把它作为度过余生的原点，这比你骗自己逃避它要好得多。”

“我没有骗自——”他停住了，叹了口气，“算了。你刚才说到‘原点’？”

“以你为例，”我能肯定他不同意我的看法，但至少他还愿意听我解释，这就是进步。“你身手敏捷，但不是特别健壮，在对别人发起的进攻进行预判之后，你便应激做出反应。这就是奇瓦卡哈，心境派——速度为先。”我轻拍胸脯，继续说，“速度要求的是‘耐力’，心境的忍耐力。这一派是我们从佐德苦行战士那里汲取发展来的。硬武派，阿蒂塔哈，讲求的是‘力量’，源自边缘雇佣兵的队形。最后一个，埃弥塔哈，神识派，核心理念是‘谋略’，如今绝大部分枭狄人已经不知道这一派了，而它其实是各个地域、各个流派的集大成者。”

“那么，你学的是哪一派呢？”

“我是所有学派的门徒，”我说，“学习一切。”我站起来，从那本书旁边走开。“我们开始吧。”

我从远处的墙上拉开一道抽屉，它咔咔作响，发出那种腐旧木头互相剐蹭的声音，沾着锈斑的把手也摇摇欲坠。抽屉里面却装着练习用的刀具，都是用新的合成材料制成的，坚硬且有韧性。如果使用得当，这些刀具只会让人擦伤、瘀青，而不会刺破皮肤。我扔了一把给阿珂斯，自己也选了一把，把它侧举起来。

他有样学样地调整着姿势，弯曲膝盖，移动重心，力求和我的动作更像。被一个极其渴望学习的人，被一个深知自己所学决定活命概率的人盯着观察，这感觉可真奇怪极了——让我觉得自己是有用处的。

接着我做出了第一个动作，朝着他的脑袋猛劈过去，不等真的碰到他就向后撤回了身子，破口大骂道："你的手里是有什么奇妙的玩意儿吗？"

"什么？没有啊。"

"那就别盯着它们，看着你的对手。"

他抬起手，握成拳头护着脸颊，另一只手举着练习刀朝我挥来。我则撤步转身，迅速地用刀柄的平面掴向他的耳朵。他回缩身子，转了个圈，失去平衡的时候试图刺中我。我一把抓住他的拳头，挡住了他的进攻。

"我已经知道怎样击败你了，"我说，"因为你明知我比你强，却还是站在这儿。"我挥挥手，示意自己身体正前方的一片区域。"这片区域是属于我的，对你的潜在伤害最大，因为在这个区域内，我所有的出击都能凝聚最大的力量，准确度也最高。你得想办法让我不停移动，这样你才能在这片区域之外向我发起进攻。站到我的右肘外侧去，在那儿对我来说就很难制住你了。别傻站着不动，等我把你劈成两半吗？"

他竟然没有阴阳怪气地顶嘴，反而点点头，再次抬起了手。这一回，当我再"劈"过去的时候，他笨拙地左挪右动，躲避我的攻击。我不禁微微一笑。

我们就这样僵持着，绕着圈子练习了一会儿，当我发现他有点儿气喘吁吁的时候，便叫他停了下来。

"跟我说说你的刻痕吧。"我说。那本书仍然摊开着，仍然是"对手中心策略”那一章。不管怎么说，没有哪个对手比你刻在胳膊上的那些更值得一提了。

“为什么？”他紧紧攥住左手腕。绷带已经撤掉了，肘部附近有一道旧的刻痕——那就是几季之前我在兵戎大殿见到的，如今已经愈合，并且按一贯的仪礼嵌进了极深的、近乎于黑的蓝色。在它旁边，还另有一道新的刻痕，尚未愈合。荼威男孩胳膊上的两道刀痕，真是独特罕见。

“因为了解你的敌人，乃是谋划策略的第一步。”我说，“而且显然，你已经和你的敌人正面对决过，两道刻痕为证。”

他抬起胳膊，眉头紧皱地看着那两道刻痕，像背诵腹稿似的说：“第一个是闯进我家的人，他拖着我和我哥哥穿越极羽边境的时候，我杀死了他。”

“那是卡麦伏。”我说。卡麦伏·拉迪克斯曾是我哥哥选中的精英幕僚、星际巡游艇长、议会新闻的翻译——他会说四种语言，包括荼威语。

“你认识他？”阿珂斯说着，脸上有点儿扭曲。

“是的，”我说，“他是我父母的朋友，我小时候就认识他了。你杀死他以后，我亲眼看见他太太在纪念晚宴上痛哭流涕。”我仰起头，回忆着往事。卡麦伏是个很强硬的人，但他的口袋里总装着糖果，我曾见过他在高级宴会上偷偷把糖塞进嘴里。不过，我却没有为他的死而哀悼——毕竟，他不是我要哀悼的人。“那么，第二道刻痕呢？”

“第二道……”

他重重地吞下口水。我让他心慌意乱了，很好。

“……第二道是纪念一只奇阿摩，我为了自己的地位偷了它的皮。”

希亚

三季之前，我得到了属于自己的盔甲。当时，我埋伏在军营旁边的矮草丛里直到暮色渐沉，然后在夜里猎到了一只。我趁它正睡觉，爬到它身下，撑起胳膊刺中了它的腿和身体连接处的柔软部分。它的血流了好几小时，最终血尽身亡，而它凄惨可怕的叫声让我噩梦连连。但是，我从未想过，像阿珂斯那样，为一只动物的死，在自己胳膊上多刻一道刻痕。

“杀戮刻痕只用于人。”我说。

“奇阿摩也许和人一样，”他语气沉沉地说，“我看着它的眼睛，感觉它知道我是谁。我把毒药喂给它，它便在我的抚摩下渐渐睡去。我为它的死而悲伤。那个人从我们父亲和姐姐的身边把我们劫走，他的死和这个完全不能比。”

他还有个姐姐，我几乎忘了这件事了。不过，议长宣布他们的命运的那天，我也听见了她的：*凯雷赛特家族的第一个孩子，将屈从于潮涌之刃*。这和我哥哥的命运——或阿珂斯的命运一样，残酷且悲哀。

“你可以在第二道刻痕上面加个井字符号，”我说，“斜着加在顶端。人们想要纪念那些不那么严格符合礼法的死亡时，就会那么做。比如夭折的婴儿、病逝的配偶、再也不会回来的逃亡者……任何并非由他人导致的生离死别。”

他只是定定地、好奇地看着我，还没从暴戾的回忆中恢复过来。

“那，我爸爸……”

“你爸爸的命是刻在瓦什胳膊上的，”我说，“一条性命不能文刻两次。”

“可那文刻的是杀戮，”他紧皱眉头，“是谋杀。”

“不，不是的。”我说，“‘杀戮刻痕’这说法用词不当。那些刻痕记录的实际上是失去，不是胜利。”

我下意识地用右手抓住了左前臂上的护甲，手指钩紧了绑带：“别管那些愚蠢的枭狄人会跟你讲什么。”

§

在我面前的砧板上，缄语花的花瓣紧紧地向内卷曲着。我用刀子划过最外面那片花瓣的底部，戴着手套摸摸索索地试探着——对他来说，手套不是必备之物，我们却尚不能完全承受缄语花的药性。

花瓣并未平展。

“你必须切断花苞正中央的脉络，”他说，“得找到那条颜色更深的纹路。”

“这看起来全都是红色的啊，你确定你不是幻视吗？”

“再来。”

他就是这样一遍遍淡然地重复着“再来”，终于把我弄得没了耐心，简直想狠揍他一顿。

在过去的几周内，每个晚上我们都站在这张配药台案旁，由他教给我关于冰花的一切。阿珂斯的房间里温暖且安静，只有沸腾的水汩汩作响，还有他用刀子切东西发出的“嗒嗒嗒”。他的床总是收拾好的，褪色的床单紧紧罩住床垫，他睡觉喜欢平躺，枕头被塞在角落里积灰。

每一种冰花都必须以正确的技巧切割：缄语花得一刀切对地方好弄平展，疗妒花则要小心片刀，免得迸出花粉，而又硬又难搞的哈瓦叶脉，就非得先刮散再用力拉拽尾端不可——并不难处理，只不过比其他花要硬一些罢了，我盯着看的时候，阿珂斯这么说道。

第十章
希亚

若论用刀，我是得心应手的，但我没耐心做那些精细刀工，而且我的鼻子也不好使，基本上就是个摆设。而在我们的格斗训练中，情况就颠倒过来了：如果我们聊了太多太久技术理论或是哲学理念，阿珂斯就会觉得很沮丧，但我认为这些都是基础。在面对面过招时，他反应很快，而且能凭着善察识人的天分，根据对手选择有效的招数，缺点就是粗心大意，不够谨慎。但是，在我教他、他教我的过程中，我那天赋所赐的疼痛总会更容易忍受。

我用刀尖指向另一片缄语花花瓣，笔直地划了下去，这一次，花瓣在我的刀下伸展开来，在砧板上平平整整地摊开了。我不禁露齿而笑，这时，阿珂斯的肩膀轻轻擦过，我连忙闪开了——我还不熟悉触碰，也许永远也不会再习惯它。

“很好。”阿珂斯说道，接着他往水里丢了一大把干燥的哈瓦叶，“至少要练一百次，那时你就会开始觉得容易些了。”

“只要一百次？我本来还以为这是最耗时间的呢。”我侧目瞥了他一眼。不过他既没翻白眼，也没反唇相讥，而是笑了起来。

“你让我做了一百个俯卧撑，我就让你切一百片缄语花花瓣，这交易才公平。”他说。

我用蘸了红色缄语花花汁的刀子指着他：“总有一天你会感谢我的。”

“我？感谢一个诺亚维克家的人？没门儿！”

这其实只是玩笑话，但同时也是个提醒：我姓诺亚维克，他姓凯雷赛特；我是贵族，他是俘虏——我们共处的轻松愉悦，都是建立在无视现实的基础之上的。笑容消失了，我干我的，他干他的，两相无言。

过了一阵子，我已经处理好了四片花瓣——还有九十六片呢——

就在这时，走廊上响起了脚步声。那步子迅速且目标明确，完全不是警卫绕着圈子踱步的声音。我放下刀，摘下手套。

“怎么了？”阿珂斯问。

“有人来了，别暴露我们在这儿真正做的事情。”我说。

他还没来得及问为什么，房间的门就打开了，瓦什走了进来，紧随其后的还有一个年轻人。我认出那是约尔克·库泽，苏扎·库泽的儿子，瓦什的侄子。他又矮又瘦小，淡褐色的皮肤，下巴上一撮小胡子。我算不上认识他——约尔克没有选择子承父业去当战士和翻译，这令我哥哥既失望又恼火。任何人都是怀疑对象，如果他没有狂热地为利扎克服务的话。

约尔克向我点头致意，但我因为看见瓦什而浑身蔓延起疼痛的潮涌，几乎无法回应他。瓦什拍了拍他的背，饶有兴致地打量这间小屋子，打量阿珂斯沾着植物绿色的手，以及炉子上煮着东西的锅。

“你怎么到庄园来了，库泽？”我抢在瓦什开口品头论足之前向约尔克发问，“肯定不是来见瓦什的，对吧。我可想象不出有人会乐意见到他。”

约尔克看看瓦什，看看我，又看看阿珂斯，而瓦什瞪着我，我一脸假笑，阿珂斯则死盯着自己抓紧台面的手。我一开始没注意到，自打瓦什出现的那一刻起，阿珂斯就高度紧张，他肩膀上的肌肉鼓鼓的，把衬衫绷得很紧。

“我父亲来参见殿下，”约尔克说，“他认为借此机会向瓦什学一些道理对我来说是极好的。”

我笑了：“是吗？”

“希亚有很多才能是殿下用得着的，但可惜其中并不包括‘懂道理’；她的见解，我向来不必太认真地对待。”瓦什说。

“我们的谈话真是令人愉悦，”我说，“何不直说你来做什么呢？”

“你们这是在炮制什么东西？止痛剂？”瓦什冷笑着说，“要我看，摸摸凯雷赛特就够当止痛剂了。”

“你，”我重复道，“来做什么？”

“想必你一定记得，巡游庆典就在明天。利扎克想知道，你是否会和他一起出席角斗挑战赛。别急，在你回答之前，他还想告诉你，凯雷赛特可以同往服侍，以便让你站得住，这样你就可以参与这类活动了——公开的。”

角斗挑战赛。我已经很多季没有看过这个了，浑身疼痛是我的借口，但实际上，我只是不想见到人们为了地位、复仇、金钱而相互残杀。那是司法执行的一种——如今甚至是庆典的一种——但我还是不想为脑海里已有的暴虐画面再加上一笔，其中就有尤祖尔·扎伊维斯渐渐模糊的愁容。

“是吗？好吧。我还不太能‘站得住’，”我说，“替我致歉吧。”

“很好。”瓦什耸了耸肩，“也许你愿意教教凯雷赛特，让他放轻松点儿，不然他每次看见我都会鼓起肌肉的。”

我回过头，视线越过配药台案，瞥了一眼阿珂斯：“我会考虑的。”

§

当天晚些时候，滚动新闻在所有星国之间传播，关于我们的消息如下：“杰出的枭狄夜珠虫供应商尤祖尔·扎伊维斯在家中逝世。初步调查显示，其死因是自缢身亡。”与之相配的枭狄语字幕却是这么写的：“枭狄民众为失去了他们敬爱的夜珠虫守护者尤祖尔·扎伊维斯哀痛不已。调查显示，他死于茶威人的暗杀，其目的乃是削弱枭狄命脉。”翻译永远在撒谎，只有利扎克真正信任的人才能懂得他国语言，耳聪目明。他当然会把尤祖尔的死推到荼威头上，才不会归罪于自己——

——或归罪于我。

不久之后，走廊里的警卫递来一张字条，上面写着：

把我父亲的死刻在你身上。那是拜你所赐。——莱蒂·扎伊维斯

利扎克可以把一切都推给荼威人，尤祖尔的女儿却清楚地知道实情。凶手是我，死亡要刻在我的皮肤上。

我的天赋赐礼由来已久，即使我把手拿开，它也会在人的身体里停留很长一段时间，而且我触摸的时间越长，疼痛就会持续得越久——除非那人泡在缄语花里。扎伊维斯家却不相信缄语花可以如此使用。面对死亡和剧痛时，有的人会选择前者，尤祖尔·扎伊维斯就是其中一个。宗教，往往是以自我毁灭来明证的。

我真的把尤祖尔的死刻在了自己的胳膊上，然后就把莱蒂的字条烧成了灰。我用极羽草草根的提取物来填画这道新的刻痕，刺痛感让我两眼含泪。我低声呼唤着他的名字，但不敢念出刻痕仪式的其他唱词，因为那些是祈祷文。当天夜里，我梦见了他。我听见他的尖叫，看见他充血凸出的眼睛。在黯黑森林里，星点亮着夜珠的光，他追着我，直把我赶进一座山洞，而在那里，利扎克正等着我，森森利齿，犹如刀锋。

我汗流浃背惊叫着醒来，发现阿珂斯的手正放在我的肩膀上。他的脸靠近我，头发乱糟糟的，衬衫皱巴巴的，是睡眠中惊醒的样子。他的眼神认真且机警，充满了疑问。

“我听见你了。”他只说了这么一句话。

他手心的温暖透过我的衬衫，他的指尖划过我的衣领，蹭过我的脖子——即便是如此轻微的触碰也能平息我身体中的潮涌阴翳，缓解我的疼痛。当他的手移开时，我几乎要哭出来了，疲惫和痛苦，让我把尊严和骄傲抛在了脑后。而他只是要拉起我的手。

“来，”他说，“我要教你摆脱噩梦的方法。”

十指交握，耳边是他平静的声音，那一刻，我愿意做他所说的任何事。我点点头，从乱七八糟的被单里伸出双腿。

他点灯照亮了自己屋里的一应器具，我们肩并肩地站在台案边，贴着荼威语标签的罐子堆在面前。

“像所有配方一样，”他说，“这种混合制剂也以缄语花为纲。”

第十一章　希亚

每一季的巡游庆典都是由伴随日出的鼓声开启。第一声击鼓从城市中心的圆形竞技场起始，随后向外声声传扬，虔诚忠实的人们便参与其中。据说，鼓声象征着我们的缘起——第一声心跳，第一缕生命悸动，没有它就没有我们如今拥有的强大。在整整一周之内，我们都会为此欢庆，随后所有健全的人就会鱼贯进入巡游飞艇，穿越整个星系，追寻生命潮涌的踪迹。我们要一直跟着它，直到潮涌转为蓝色，届时我们就降落在它所在的星球上来一番涤故更新，然后返回家乡。

我一直都很喜欢那击鼓的声音，因为它意味着我们很快就要出发了。在太空之中，我便觉得更加自由。但是，尤祖尔·扎伊维斯仍然在我的梦境里逗留，所以这一季的鼓声，听起来就仿佛他渐弱的心跳。

阿珂斯站在屋前门廊上，褐色短发向四面八方乱糟糟地立着，侧身挤了进来。

“那是，”他睁大眼睛说，“那是什么声音？”

尽管疼痛流淌在我的身体中，我还是忍不住笑了起来。我还从没见过他衣衫不整的样子呢：系带的裤子半截向后扭着，脸颊上印着床单褶的红印子。

“那只是巡游庆典的开场，”我说，“淡定，快把裤子穿好。”

第十一章
希 亚

他的脸微微一红，连忙把腰带整理好。

“嗯，我怎么会知道嘛，”他急吼吼地说，“下回，要是还有这样战鼓一样的声音会在拂晓把我弄醒，拜托你提前告诉我好吗？”

“你是存心要剥夺我的乐趣是吧。”

“那是因为，你眼里的‘乐趣’会让我觉得自己正面临生命危险。”

我笑了起来，走到窗前。这时，街巷里已经挤满了人。他们冲向沃阿城中心去参加庆典，脚下扬起尘土。他们都穿着蓝色的衣服——那是我们最喜欢的颜色，另外还有紫色和绿色；人人都披坚执锐，全副武装，脸上涂着油彩，脖子和手腕上戴着仿真珠宝或娇气易碎的花环——在这里，在靠近这颗星球赤道的地方，花朵无须像冰花那样强悍便能生长，它们在人的指间揉捻碎烂，散发着甜美的气息。

巡游庆典包括圆形竞技场的公开挑战赛，其他星国的访客也会来，还会有重现枭狄历史重要时刻的演出，而与此同时，巡游飞艇的工作人员正忙着清洁和调试。在庆典的最后一天，利扎克和我将走出诺亚维克庄园，由摆渡艇送到巡游飞艇，成为最先登艇的正式乘客。其他所有人都会在我们之后登艇。这一套程序我已烂熟于心，甚至很是喜欢，尽管我们的父母已不在世，再也不能领着我们进入飞艇了。

“我们家族的统治并不久，你知道，”我说着偏偏头，“我出生的时候，枭狄已经在我父亲的统治下完全变了样子。至少我读到的是这样。”

“你读书很多吗？”他问。

“嗯。”我喜欢缓缓踱步，喜欢阅读，这可以让我不那么关注自己。“我认为这可以让我们贴近以前的样子。庆典，还有巡游飞艇。”孩子们沿着庄园的围墙跑过，他们手牵着手，笑着闹着。其他的面孔则对着诺亚维克庄园，在这个距离之下显得模糊。“以前，我们是流浪者，并不是——”

“凶手和窃贼？”

我抓住自己的左臂，护甲戳进了手掌。

“既然你这么喜欢庆典，干吗不参加呢？”他问。

我冷哼一声：“整天站在利扎克旁边吗？不。”

他走过来，站在我旁边，透过窗子向外看去。一个老妇人在街中央慢吞吞地走着，头上包着一条鲜亮的头巾——嘈杂的人群里，头巾有些松了，她笨拙地摸索着。这时，一个年轻人抱着满怀的花环经过，给她也戴上一顶，压住了头巾。

“我不理解流浪，还有‘涤故更新’，”阿珂斯说，“你们如何确定要去什么地方呢？”

鼓声阵阵，奏出枭狄人的心声，其掩盖之下，乃是远远的欢呼吼声，以及盖过它们的音乐声。

“如果你想看的话，我可以带你去，”我说，“他们应该就快开始了。”

§

不久之后，我们就穿过我卧室墙壁夹层内的隐蔽门，钻进了诺亚维克庄园的秘密通道。前面有一盏夜珠灯，照亮脚下的路，但我仍然每一步都小心翼翼——这儿有些木板松了，支撑梁上的钉子以奇怪的角度翘了起来。在通道分岔的地方，我停了下来，仔细分辨那些凹痕记号。左边梁上的一道凹痕，就代表这条路通往一楼。我转身去找阿珂斯，抓着他衬衫的一角，让他跟在我后面，随我往左边的通道走。

第十一章
希 亚

他碰了碰我的手腕，示意要拉住我的手，于是我们便手牵着手往前走。真希望脚下地板咯吱咯吱的声音能掩盖住我紧张的呼吸声。

我们沿着秘密通道，来到了检测员们工作的地方，这间屋子就在兵戎大殿旁边——我正是在那里第一次见到阿珂斯和埃加的。我把嵌板往前推了推，只打开一条足够我们钻过去的小缝。屋子里光线暗淡，检测员们没注意到我们——他们正站在屋子中央的全息图之间，以白光的色散波长测量着距离的细微变化，或是看着手腕上的监测屏，大声念出坐标值。

他们这是在校正模型。在他们把模型调整精确之后，就会开始针对生命潮涌的分析工作了。潮涌起起伏伏，最终会告诉他们，下一个涤故更新的地点在哪里。

"那是星系模型。"我轻声说。

"星系，"他重复了一遍，"可是那只显示了我们的星群。"

"枭狄人可是流浪者，"我提醒他，"我们的足迹早已越过了这星群的边界。但是我们找到的只有恒星，没有行星。对我们来说，这个星群就是星系中独有的。"

模型是全息的，充满了房间的每一个角落，闪耀夺目的太阳在正中央，月亮被打碎了，飘浮在边缘。全息模型看起来逼真得像个实体，要不是检测员们在其中走来走去地测量数据，它运行转动的样子还真如在呼吸一般。这时，我看见我们的星球从眼前经过，比其他星球的颜色要洁白得多，仿佛一团水汽。距离太阳最近的是议会驻地，那飞船比我们的巡游飞艇还要大得多，乃是我们星系的行政中心。

"进行到欧尔叶的远日点，校准也就差不多完工了，"一个检测员说道。他个子很高，肩膀浑圆，好像是刻意用来保护心脏的，"不过是 1 到 2 伊兹。"

“伊兹”是“IZ”的俗称，这是个长度单位，1伊兹等于我小指的宽度。事实上，手头没有尺子的时候，我就用手指来测量物体的长度。

“还真是精确啊，”另一个测量员回应道。这是个矮个子，肚腩都从裤腰上面凸出来了。“1到2伊兹，那就相当于1到2个星球的误差了。”

“1.467伊兹，”高个子测量员说，“也许它会影响生命潮涌的流向？”

“你们从未理解这门艺术的精妙之处。”一个女测量员开口了。她大步跨过太阳，测量着太阳到欧尔叶的距离，那是比较靠近星系中央的一个星国。从她过耳短发的轮廓到她僵硬的外套肩线，这个女测量员浑身上下都透着严谨。她站在太阳的中心，一瞬间被黄白光包围了。“这确实是艺术无疑，尽管有人称之为科学。诺亚维克小姐，有您相伴真是无上荣耀。另外还有您的……陪同人员？”

她说话的时候没有看向我，只是冲着欧尔叶赤道上的微光鞠了一躬。其他测量员一见到我全都惊得跳了起来，一起向后退了一步，尽管他们原本就在房间另一端。要是他们知道我是费了多大力气才能好好站着，既不哭也不闹，他们就用不着忧心忡忡了。

“他是我的侍从，”我说，“继续，我只是来看看。”

他们遵命照办，继续工作，但那些漫不经心的聊天一去不返了。我双手握拳，背到身后，紧紧地压在墙上，拳头攥得太紧，以至于指甲都戳进了手掌。但当检测员们激活全息图中的生命潮涌时，我忘记了疼痛。它像蛇一样，游弋在模拟星球之间，虚渺且优雅。从中心议会到遥远小星，它拂过星系中的每一颗行星，随后聚成一股强有力的带状物，环绕着房间的边缘，仿佛一条束带，将所有星球裹缚其中。

它的光芒时强时弱，某个部分明亮得让人无法直视，有的地方却又暗淡得只有一点儿光斑。

在我小时候，敖特佳曾带我来过这里，教我涤故更新的原理。这些检测员则夜以继日地工作，观测着潮涌的流向。

“在我们星球上方，潮涌的亮度最大，颜色也总是最深，”我低声对阿珂斯说，“在枭狄传说中，这就是我们的祖先选择定居于此的理由。潮涌的强度却是变化多端的，有时在这个星球达到峰值，有时又跑到另一个星球去了，这变化尚无规律可循。每一季我们都要跟随潮涌的指引，降落在它强度最大的那个地方，然后开始涤故更新。”

“为什么？”阿珂斯喃喃问道。

*我们博采各个星球的智慧，然后为我所用，*敖特佳曾经在一节课上这样说过，*我们这么做，即是向那些星球上的人揭示其价值所在。我们令其了解自己。*

仿佛是呼应着我的回忆，潮涌阴翳在我皮肤之下更迅速地蹿动起来，一波一波地冲击、回流，疼痛也随之传遍了全身。

“新生，恢复，”我说，“涤故更新是为了复兴和重启。”我不知道该怎么解释，以前也没对任何人解释过。“我们找到其他星球所丢弃的东西，然后重新利用，使之拥有新的价值。这就是……我们所相信的观念。”

“注意 P1104 附近的动静。”高个子检测员正弯下身子，探查着星系边缘附近的一片区域。他的身体仿佛一只死掉的昆虫，蜷曲着缩进壳里。他碰了碰那段变成绿色的潮涌——它带着暗黄色，打着旋儿，越来越深。

“就像要登岸的潮水，”那个严谨的女测量员说，“可能最终成功、登陆，也可能中途落败、褪去，情况各不相同。记下它的变化以便观测。不过迄今为止，我认为最佳的涤故更新地点仍是奥格拉。”

*涤故更新是一种仁慈的善意，*敖特佳曾告诉过我，*对当地的人如是，对我们自己亦然。涤故更新是生命潮涌赋予我们的意义之一。*

“你这想法是挺不错的，”高个子测量员说，“但是殿下不是尤为关注皮塔上空的潮涌变化吗？这是你说的吧？那里的潮涌只有一小簇，不过我想他不会介意这个的。”

“殿下关注什么数据信息，自有他的考量，那不是我们要关心的。”女测量员说着，瞥了我一眼。

皮塔，关于那个地方，流传着一种说法：在那颗星球的深海之下，生命潮涌式微的地方，埋藏着极为先进的武器，远不是我们所能想象的。而利扎克的目标，除了使枭狄拥有合法政权之外，还包括控制整个星球，对他来说，武器乃是必需的装备。

疼痛在我的眼后冲击着，这意味着我的天赋赐礼要更猛烈地来了。总是如此，每当我想到利扎克急切地掀起战争，而我不得不站在他旁边时，疼痛就比以往更加剧烈。

“我们走吧。”我对阿珂斯说，接着转向那些测量员，“祝你们工作顺利。”随后一时兴起，添了一句，“可别把我们引入歧途。”

§

我们沿着秘密通道返回的时候，阿珂斯一语不发。我意识到他总是安安静静的，除非开口提问。我不知道自己会不会对憎恨之人心怀好奇，不过这也许正是关键所在：他也不确定是否恨我。

外面的鼓声渐弱，每季都是如此，这平静却像是给了阿珂斯一个信号——他在一盏夜珠灯下停住了脚步。玻璃球里只剩下一只夜珠还在上下浮动，发出极浅淡的蓝光，这说明它也快要死了。而在它身下，是一堆甲壳，昆虫已死，脚在空中弯曲着。

"我们到庆典上看看吧。"阿珂斯说。他太瘦了，我想，看那颧骨凌厉的样子，年轻人本该脸上有肉的。"没有利扎克，只有你和我。"

我低下头，看着他摊开的手掌。他是如此轻易地向我施与触碰，完全不知道这是多么稀有而珍贵，他是多么稀有而珍贵——对我这种人来说。

"为什么？"我说。

"嗯？"

"你最近对我有点儿太好了，"我皱起眉头，"现在就很好，温和可亲。为什么？为什么要这样？"

"在这里长大成人，让你变得扭曲，不是吗？"

"在这里长大成人，"我明明白白地告诉他，"让我能看到人们的本来面目。"

他叹了口气，仿佛根本不赞同我的说法，却又完全不想跟我争论。他常常这样叹气："我们很多时间都在一起待着，希亚。温和可亲是生存法则之一。"

"人们会认出我的。潮涌阴翳是过目难忘的，尽管他们不一定记得我的容貌。"

"不会有什么阴翳的，你和我在一块儿呢。"他歪着头说，"还是你真的一碰我就别扭？"

这是在挑衅。也许是欲擒故纵。但我想象着自己在人群里，皮肤像常人一样，人们与我擦身而过却不会感到疼痛；我想象自己闻着空气中的汗水气味，隐匿在人流之中。上一回我那样与人们近距离接触，还是在我的第一次星际巡游之前。那时，爸爸还把我高高举了起来。就算阿珂斯真有什么暧昧不明的意图，冒险一回，也许仍然值得——如果我迟早得离开的话。

§

过了一会儿，我们再次走进秘密通道之中，都穿上了庆典盛装。我穿着一件紫色的裙子——可不是妈妈的精致华服，而是不用担心弄坏的便宜货——我也在脸上涂了油彩，作为伪装，特别是在两只眼睛上都涂画了粗粗的斜线。头发也向后绑紧，涂上蓝色固定住。没有潮涌阴翳，我看起来就不是沃阿城所知晓的那个希亚·诺亚维克。

阿珂斯穿着黑色和绿色的衣服，但是因为也没什么人认识他，他也就无所谓伪装不伪装了。

当他看着我的时候，愣愣地盯了好一会儿。

我知道自己是什么模样。这副脸孔可不赏心悦目，它不是像其他人描画的那样，而是带着挑衅的意味，将潮涌阴翳醒目显眼地描了出来。我看起来是什么样子，这并不重要，因为那些流动着阴翳的血管总会让我的真实面容模糊一片。但阿珂斯现在才注意到这些，确实有点儿怪怪的。

“请你看别处好吗，凯雷赛特？”我说，“你这是在让自己难堪。”

我们的胳膊紧贴着，从手到肘。我领着他沿房子的东侧边缘走，接着下了楼梯。我感觉到一丝微光，那是标记秘密出口的圆形记号，就像厨房那里的记号一样。

出口附近的极羽草长得茂盛，我们不得不从中挤过去，才能摸到门。门是锁着的，密码我知道，是妈妈的生日。利扎克设置的所有密码都和妈妈有着某种关联——她出生的日期，她过世的日期，父母的结婚纪念日，她最爱的数字——除了离他最近的几间屋子，那些门都是以诺亚维克之血为锁的。我不怎么到那些地方去，和他在一起的时间也很少，能免则免。

我键入密码的时候，感觉到阿珂斯盯着我的手看。这不过是后门，不要紧。

我们沿着一条狭窄的小巷走，它通向沃阿城的一条主街。一个男人打量着我的脸，随后是一个女人，再之后是一个小孩。一瞬间我不禁打了个寒战，但他们都只是看了我一眼，就把视线转到了别处。

我抓住阿珂斯的胳膊，把他拉近，低声说："他们在看我。他们知道我是谁。"

"不是，"他说，"他们只是因为你脸上涂满了鲜亮的蓝色才看的。"

我轻轻地碰了碰自己的脸颊，油彩已经干了，皮肤又紧绷又粗糙。今天人们看我，并非是因为这皮肤别有深意——这倒是我没想到的。

"你有点儿偏执妄想了，你知道吗？"他对我说。

"你有点儿自大妄想了，要是别人我早暴揍一顿了。"

他笑了起来："那么，我们去哪儿？"

"我知道个地方，"我说，"走吧。"

我领着他，向左来到一条人不太多的街上，远离城中心。空气中暴土扬尘的，但很快巡游飞艇就会着陆，它会冲刷整个沃阿城，然后遍洒蓝色。

官方来说，政府许可的庆典是在沃阿城中心的那一圈，但人们可不会只在那里庆祝。我们来到一条很窄的小街，这儿的屋子挨挨挤挤的仿佛恋人一般，人们载歌载舞，我们左躲右闪。这时，一个戴着仿真珠宝的女人伸出一只手拦住了我，这真是我从未体验过的奢侈，几乎令我激动得发抖。她把一顶夜珠花环——如此命名是因为这种花和夜珠翅膀有着相同的颜色，都是蓝灰色——戴在我的头上，然后笑了。

我们又来到一个拥挤的市集，里面全都是一个个矮帐篷，或是带有破旧遮棚的摊位，人们讨价还价，年轻女人摸着那些买不起的项链。人群里穿梭着枭狄士兵，他们的盔甲映着日光，闪闪发亮。我闻见了烤肉和烟火的气味，转身冲着阿珂斯笑笑。

他的神情有些奇怪，几乎是困惑了，仿佛这不是他想象中的枭狄士兵。

我们手牵着手，走在摊位之间的小过道上。在一张摆满平刃刀的摊位旁，我停下了。这些刀子的锋刃不是由导流材质制成的，故而潮涌不会盘绕其上，刀柄则是弯曲的。

“这位女士知道怎么使平刃刀吗？”摊位后面的老人用枭狄语问我。他穿着佐德教长才会穿的深灰色袍子，袖子又宽又长。虔诚的佐德人都是使用平刃刀的，因为他们认为潮涌之刃是对生命潮涌的不敬，而生命潮涌应该得到敬畏——绝大多数虔诚的枭狄人也这么想，但他们更愿意将信仰之物应用在日常生活中，修修补补，敲敲打打，让日子好过一些。这位老人是个苦行僧，他把刀子放了回去。

“比你使得好。”我用佐德语对他说道。我的佐德语说得不好——口音很重——但我挺愿意练习着说说。

“是吗？”老人笑了，“你的发音可真够呛。”

“喂！”一个枭狄士兵走近了我们，用他的潮涌之刃的刀尖戳了戳老人的摊子，后者则一脸厌恶地看着那武器。“只能说枭狄语。要是她也讲你的语言……”士兵哼了一声，“那可不会有好果子吃。”

我别过头，这样他就不会一直盯着我的脸看。

第十一章 希亚

佐德老人连忙用蹩脚的枭狄语说："真是抱歉，是我不当心。都是我不好。"

士兵举着刀待了一会儿，挺着胸，活像招蜂引蝶、卖弄姿色的鸟。随后他把利刃收回剑鞘，重新走进人群里去了。

老人转向我，用一副公事公办的语调说："在这集市上，这是成色最好的了。"

他向我说起这些刀子是怎么做的——金属是在佐德北极锻造的，木头是来自都城佐德亚的古董——我一边听着，一边却在留意阿珂斯——他正凝视着广场。

我从老人那儿买了一把短刀，厚实压手，锋刃黯黑，刀柄适合纤长的手指——是买给阿珂斯的。

"佐德货，"我说，"那儿是个奇怪的地方，有一半都埋在花田的尘霾里，挺不好适应的。不过那儿出产的金属韧性很不错，就是强度不够……怎么？你怎么了？"

"这里所有的东西，"他指了指广场，"都是从其他星球来的？"

"是啊。"我的手心贴着他的，有点儿冒汗。"其他星球的商贩可以在巡游庆典期间到沃阿城做生意。当然了，有的东西是涤故更新来的，不然就不是枭狄人了。废物利用，仅此而已。"

他站在摊贩和货物中间，转身面向我。

"你看着这些东西，就能判断出它们是从哪儿来的吗？你去过所有这些地方？"他说。

他这么一问，我才头一回仔细打量起这座广场。有的小贩从头到脚穿戴严实，色彩鲜亮或暗沉；有的戴着高高的帽翎和头巾，好吸引别人的注意力；要么就是大声地用枭狄语聊着天，口音奇怪，我几乎都听不懂。最里面的一个摊位那儿突然冒出一丛焰火，在空中火花四溅，接着又消失得无影无踪，摊主是个女人，白皙的皮肤被烟花映得五颜六色。还有一个人身上爬满了一大群昆虫，以至于差点儿看不见他——一个人要这么多虫子有什么用呢，我真是好奇。

“都是来自议会下辖的九大星国，”我点点头说，“但是，我也说不上每一件东西是来自哪里。不过，其中很多东西的来源显而易见。看这个——”

近旁一个柜台上放着一件精细的仪器。它的形状有点儿难以形容，每个角度看都各不相同，由一片片泛着虹光的碎片镶嵌而成，就像介于玻璃和石头之间的物质。

“这是合成的，”我说，“皮塔的所有东西都是人造的、合成的，因为那里被水覆盖。他们从其邻国进口材料，然后把它们混合……”

我轻轻敲了敲一块小嵌片，这装置的空腔里就发出一种雷鸣般的声音。我把手指移到其他的嵌片上，音乐便像潮水般苏醒，流淌而出。在我的触碰之下，旋律轻盈缥缈，但当我的手指触到一块玻璃嵌板时，鼓声响了，所有嵌板嵌片都仿佛被一种内在的光芒照亮了。

“这乐器能发出水的声音，为背井离乡之人一解乡愁。”我说。

当我看向他时，他正犹犹豫豫地对我笑着。

“你喜欢它们，”他说，“所有的地方，所有的东西。”

“是啊，”我说。我还从没有这么想过呢，“我想我是喜欢的。”

“那荼威呢？”他说，“你也喜欢荼威吗？”

当他念出故乡的名字时，流畅的音节中流露出一丝不易察觉的安逸舒缓，这很容易让人回过神来：尽管能流利地说枭狄语，他却始终不是我们中的一员。他是在冰天雪地里长大的，家里面用硫黄石照明——说不定做梦时也是说荼威语的。

“荼威。”我重复了一遍。那个北方的寒冷国度，我从未去过，却学过他们的语言和文化，看过他们的图片和影片。“冰花，还有铅混玻璃建成的房子。”荼威人喜欢错综复杂的几何形状，喜欢鲜艳的色彩，在雪地里可以一眼看到。“飘浮的城市，一眼望不到头的雪白。嗯，这些都是荼威让我喜欢的地方。”

他看起来有些伤感沮丧，不知是不是我的话让他想家了。

他拿着我给他的那把短刀，把它反过来，用手指在刀刃上试了试，然后握住了刀柄。

“这武器，你给得太轻易了，”他说，“我可以用它来对付你的，希亚。”

“你可以用它来对付我，”我平静地纠正他，“但我觉得你不会那么做。”

“我想，你可能在骗自己——关于我是什么样的人。”

他说对了。有时我很容易就会忘记，他是关在我们庄园的囚犯，我和他在一起时，也会忘记自己本该是看守的角色。

但是，如果我现在如他所愿，放他走，让他带着哥哥回家去，我的余生必定会在痛苦中度过。就连这么想一想，我都觉得无法忍受。我已经那样活了很多季了，太多尤祖尔·扎伊维斯因我而死，太多来自利扎克的隐蔽威胁，太多在他身边半醉半醒的夜晚……

我沿着小过道继续走：“去找游吟者吧。”

在我爸爸忙着把利扎克塑造成一个魔鬼的时候，我的教育是由敖特佳全权负责的。她常常把我从头到脚裹得严严实实的，遮住那些折磨我的阴翳，然后带我到那些父母绝不允许去的地方。

这就是其中一个，它位于沃阿城贫民窟的深处，那里都是断壁残垣，要么就是半塌不塌的屋子。集市也有，但只是把东西摆在毯子上面，一旦有人留意就卷包溜走。

阿珂斯拽着我的胳膊肘，经过其中一个摊位。紫色的毯子上放着白色的瓶子，已经撕开的标签仍然吊在上面，沾满了紫色的细绒毛。

“是药吗？”他问我，“看起来像是从欧尔叶来的。”

我只是点点头，不太想说话。

“是治什么病的？”他又问。

“Q900X，”我答道，“就是人们常说的‘极寒疫症’。你知道吧，那个影响平衡。”

他冲我皱了皱眉头，停住了。我们就站在过道里，庆典的声音听起来很遥远。“那是可以预防的，你们不打针接种吗？”

“我们是个很穷的国家，你明白吗？我们既没有真正的进口贸易，也没有足够的自然资源来支撑国力。有些国家会给予援助——比如欧尔叶——但那些好处总是所及非人，并非按需配给，而是按身份地位来获得。”

“我从来……”他停了一下，“我以前从来没想过这个。”

“你干吗要想？”我说，“这不是荼威人首要考虑的事。”

“虽然家境尚可，但我也是在穷地方长大的，”他说，“这是我们的共同之处啊。”

我们之间竟然还能有共同之处，这事看上去挺让他吃惊的。

“你就没有什么能帮这些人的？”他说着，比了比周围的大片破屋子，“你是利扎克的妹妹，难道你就不能——”

“他不会听我的。”我一下子剑拔弩张。

“你试过了？”

“你说得倒容易，”我的脸微微发烫，“好像把我哥哥叫来开个会，跟他说他的整个统治系统都要改，然后他就会听。”

“我没说那容易——”

“枭狄贵族是我哥哥用来隔绝反叛起义的安全线，”我说着，脸上更热了，“作为对他们忠心拥戴的回报，利扎克给他们药品、食物，以及其他人无法企及的财富。如果没有这些人将他孤立保护起来，他会死的。而鉴于我的诺亚维克血统，我也得跟他一起送命。所以，不，不行……我可担不起拯救枭狄的穷弱病残的伟业！”

我语带愤怒，内心深处却因羞愧而战栗不已。敖特佳第一次带我来这儿时，街巷里的饿殍气味让我差点儿大吐特吐。我们走过去的时候，她用手捂住了我的眼睛，我没能走近一点儿去看。这就是我——利扎克的鞭子，格斗高手，看一眼死人就要吐的懦夫。

“我不该提起这些，”阿珂斯说着，将手温柔地放在我的胳膊上，“走吧，我们去见见那位……游吟者。”

我点点头，继续往前走。

§

在迷宫般的狭街窄巷深处，有一条漆着复杂蓝色图案的低矮门廊。我敲敲门，门便“吱呀”一声开了，门缝里飘出蜿蜒的白烟，闻起来就像烧煳了的糖。

这地方让人不禁屏息，感觉神圣——从某种角度上说，它也的确如此。敖特佳就是在这里带我第一次接触了枭狄历史，那是好几季以前的事了，当时也是巡游庆典的第一天。

一个身材颀长、面色苍白的男人开了门，他的头发剃得很短，薄薄一层贴着头皮。他抬起双手，笑了起来。

“啊，诺亚维克小妞，”他说，“没想到还能再见到你。你带来的这位是谁？”

“他是阿珂斯，”我说，“阿珂斯，这就是游吟者——至少他自己愿意人们如此称呼。”

“你好。”阿珂斯说。他的姿态变了，那种战士的感觉不见了，他一定有些紧张。游吟者笑得更开心了，示意我们进屋。

我们走进了他的起居室。屋顶低矮弯曲，最凹处挂着一盏明亮的夜珠灯，阿珂斯只好弯腰驼背才不至于碰到头。屋子里有一个生锈的炉子，烟囱伸向唯一的一扇窗子，向外排烟。我知道地面是夯实的泥土，因为小时候被这素净的织毯刺得腿发痒，所以偷偷掀开看过。

游吟者领着我们在一堆垫子上面坐下，这时我和阿珂斯的手还握在一起，略有些尴尬，于是我松开他，在裙子上蹭了蹭手掌，潮涌阴翳立刻就回到了我的身体里。游吟者又笑了起来。

“是它们，”他说，“要是没有这个差点儿就认不出你了，诺亚维克小妞。”

他在我们面前的桌子上放了一个金属茶壶——确切地说，这“桌子”是两个脚凳拼在一起的，一个金属的，一个木头的——还有两个光溜溜的马克杯。我自己动手倒了茶，茶汤是浅紫色的，差不多算得上粉色了，还散发着甜滋滋的气味。

游吟者在我们对面坐了下来，他头顶上方的墙壁上，白色涂层有的剥落了，露出了底下的黄色，那大概是以前涂的。即使在这儿，也有无处不在的滚动新闻屏幕，松松垮垮地镶在炉子旁边的墙壁上。这里塞满了各处搜捡来的东西，黑乎乎的金属茶壶明显是从缇比斯来的，炉架是用皮塔的地板材料做的，游吟者身上穿的衣服则是一种欧尔叶富人偏爱的丝织品。屋角有一张椅子，来处不详，游吟者好像正在修补它。

“你的同伴——阿珂斯，是吧——闻起来有缄语花的气味。”游吟者说着，少见地皱起了眉头。

“他是荼威人，”我说，“并非不敬。”

“不敬？”阿珂斯说。

“是的。那些新近摄取过缄语花或其他改变过体内潮涌的人，我是不允许他们进入我的屋子的。”游吟者说，“不过只要那些物质被吸收殆尽，他们还是可以来的。毕竟我也不是彻底拒绝访客的。”

“游吟者是枭狄的宗教领袖之一，”我对阿珂斯说，“我们称之为‘教士’。”

“他是荼威人，真的？”游吟者皱着眉头，闭上了眼睛，“你肯定搞错了，先生。你说起我们神圣的语言就像在讲母语。”

“我想我知道自己的家乡在哪儿，”阿珂斯恼火地说，“也知道自己是谁。”

“我无意冒犯你，”游吟者说，“但你的名字也是‘阿珂斯’，这是个枭狄名字，所以我犯糊涂也情有可原。荼威父母可不会无缘无故地给孩子取一个如此硬朗的名字。你的兄弟姐妹都叫什么名字呢，说来听听？”

“埃加，”阿珂斯气息沉沉地说，显然他以前从没想过这一点，“奇西。”

他紧紧地抓住了我的手。我想他是下意识的。

“好吧，这无关紧要，”游吟者说，“显然你是有点儿来头的，而且在飞艇狂欢之前，你们的时间所剩不多了。我们继续吧，诺亚维克小姐，你来找我是要做什么呢？”

“我希望你能把曾经告诉我的那些故事再跟阿珂斯说一遍，”我说，“我不擅长讲故事，真的。”

“是的，确实如此。”游吟者从地上端起自己的杯子——他没穿鞋子。外面的空气很清新，但这里却温温热热的，几乎让人气闷。“这个故事呢，并没有一个确切的开头。我们并未意识到我们的语言自带启示，流淌在血液之中，因为我们总是一起行动，在星系里穿梭流浪。我们没有家乡，没有固定的居所，追随着星系中流动的生命潮涌，按照它的指示做暂时的停留。这是我们所相信的，枭狄人的责任、使命。”

游吟者抿了口茶，放下杯子，在半空中摆动手指。我第一次见到他做这个动作时，咯咯笑出了声，认为他举止怪异。但现在我知道这意味着什么：他面前即将出现模糊微弱的幻影。它们如烟雾一般，不像之前我们见到的星系全息图那样清晰明朗，但显现的都是太阳四周运行的星体，还有一道包裹着它们的白色潮涌。

阿珂斯的灰色眼睛——和那烟雾一样颜色的眼睛，睁大了。

“后来有一个神谕者看到了幻象，说我们的统治者家族会带我们找到永久居所。他们确实做到了，那个粗陋、寒冷的星球名叫‘尤里克’，意思是‘空虚无着’。”

“尤里克，”阿珂斯说，“那是我们这个星球的枭狄名字吗？”

“嗯，你不会指望我们‘荼威式’地称呼所有事物吧，就像你的族人那样？”我挖苦道。“荼威”是官方名称，是议会认可的、我们这颗星球的名字，包括荼威人，也包括枭狄人。但这不代表我们也得如此称呼它。

游吟者的幻影变化着，聚焦于一个缭绕着浓密烟雾的轨道。

“这里的生命潮涌，比我们所到过的任何地方都要强烈。但我们不想忘记历史，不想忘记无常，不想忘记我们对破烂旧物的涤故更新，所以我们将星际巡游延续下去。每一季，所有能力堪可的枭狄人都会回到那艘已经在星系中游荡已久的飞艇上，继续追随生命潮涌。”

第十一章
希亚

如果我没有拉着阿珂斯的手，我就会感受到身体内嗞嗞作响的潮涌。我不会常常思考这件事，因为随之而来的是疼痛，但这是我和星系中所有人的共同之处——好吧，除了我旁边这一位。

我很想知道，他会不会想念它，会不会还记得它存在的感觉。

游吟者的声音变得低沉阴郁，他接着说："但是有一次，在当季星际巡游时，那些在沃阿城北方种植冰花、自称'荼威人'的家伙向南进犯。他们闯进我们的城市，看到了留在那里、正等待父母回家的孩子。他们把我们的孩子从小床上抱起，从餐桌旁拉开，从街巷里抓住，把年幼的孩童带往北方，作为俘虏和奴仆。"

他用手指描画出一条平直的街道，一个面目模糊的人影狂奔而来，身后追赶着他的是翻滚的浓雾。在街道尽头，奔逃躲避的人影被雾气裹挟吞没了。

"当巡游者返回故里，发现孩子们不见了，便发动战争，想夺回自己的家人。但他们不懂得怎样打仗，只会四处流浪、搜罗旧物，所以死难者数不胜数。我们只好认定，那些孩子是回不来了，"他说，"但是，整整一代人之后，又一季星际巡游中，有一个枭狄人孤身来到了欧尔叶。在那里——在那个没有人知晓我们语言的地方，竟然有一个孩子用枭狄语跟他讲话。她是荼威人的奴仆，当时正在为主人采买什么东西，丝毫没有意识到自己用了别的语言。那孩子被救了回来，重归家乡。"

游吟者仰起了头。

"后来，"他说，"我们迅速崛起，成为好战的民族，从此再不可被轻易征服。"

他轻声细语，幻影烟雾渐渐散去，这时，城市中央传来了阵阵鼓声，一声比一声响。四周这些穷困的街区也加入其中，击鼓声充满力量，震耳欲聋。我看着游吟者，只见他微张着嘴，迟疑不决。

“飞艇狂欢，”他说，“这更好了，因为我的故事也讲完了。”

“谢谢，”我说，“很抱歉我——”

“走吧，诺亚维克小妞，”游吟者笑得很不自然，“别错过了好戏。”

我抓起阿珂斯的胳膊，把他拉起来。他郁闷地看着游吟者，我给他倒的那杯紫色的甜茶，他碰也没碰一下。我费了好大劲儿才把他拽出游吟者的小屋，来到外面的走道上。即便是在这儿，我也能看见巨大的飞艇从远方向沃阿城驶来。我是如此熟悉它的模样，就像我熟悉妈妈的身影一样，再远也能一眼认出它弧形的机舱，锥形的机头。我知道哪块不平整的金属板材是换过的，只要看它们磨损得如何或是缤纷的色彩就能了然——橙色、蓝色、黑色，我们七拼八凑建起来的飞艇，大得足以将整个沃阿城笼罩在阴影之下。

在我们周围，城市发出了欢呼。

我习惯性地冲着天空扬起了手。飞艇进料间的舱门附近，发出一声又响又尖、抽鞭子似的巨响，深蓝色的管路向四面八方伸展，环绕着片片块块的浓云，或是它们自身也成了新的云雾。仿佛墨汁滴进水里，它们先是散开，紧接着又融合起来，深蓝色的薄雾包裹了整个城市——那是飞艇的赠予。

之后——就像我所经历过的每一季那样，这些管路开始喷洒蓝色的彩雨。

我的一只手紧紧拉住阿珂斯，另一只手则抓起一些蓝色的色块。它们颜色很深，划过皮肤便会留下淡淡的痕迹。摊位间的走道尽头，人们又笑又闹，载歌载舞。阿珂斯扭过头，去看飞艇的舱腹，这时蓝色的色块也滚过了他的手指。他抬眼看我，而我笑了起来。

“蓝色是我们最喜欢的颜色，”我说，“那是我们巡游时生命潮涌的颜色。”

“当我还是孩子的时候，”他惊讶地说，“那也是我最喜欢的颜色，但是所有荼威人都讨厌蓝色。”

我抓起一把蓝色的液体，猛地把它抹到阿珂斯的脸上，还把颜色蹭得更深。阿珂斯语无伦次地抗议着，慌忙抹掉吐掉。我扬起眉毛，等着他的反击。他伸出手，抓起棚子上滚下来的一捧蓝色就向我泼了过来。

我连忙沿着走道撒丫子就跑，但是没能躲开。冷冷的蓝色液体击中了我的背，我像个小孩似的嚷嚷起来。我抓住他的胳膊，两人一起跑过唱歌的人群，闪过蹒跚的老者，男人和女人舞得正欢，摊贩们则慌慌忙忙地想把货物遮盖起来。我们踩过浅蓝色的水洼，溅湿了衣服。这是第一次，我和阿珂斯同在一起，轻松欢笑。

第十二章　希亚

那天晚上，我洗掉身上和头发上的蓝色，然后去找阿珂斯。我们在配药台案那儿配了一些止痛剂，好让我可以入睡。我没有问他对游吟者的话做何感想，在那个关于枭狄历史的故事中，该为敌对和战争负责的、该受责备的是荼威，而不是枭狄。他没表露出任何反馈。止痛剂配好以后，我把它拿回自己的房间，坐在床边喝着——这是我所记得的最后一个动作。

醒来的时候，我发现自己蜷缩在床的一侧，毯子压在身下，半空的杯子打翻了，溅出来的止痛剂在床单上留下紫色的污点。淡淡的光亮透过窗帘，看来才刚刚黎明。

我浑身疼痛，勉强撑起身子："阿珂斯？"

杯子里的东西让我失去了意识，我用手掌按着前额。但昨天是我一直帮忙配的药啊，难道我把剂量加大了？我跌跌撞撞地下了楼，来到他的房间前敲门。不，不是我弄错了剂量；我只是备好了草药，其他的工序是他做的。

是他对我下了药。

敲门没有回应，我推门入内，阿珂斯的房间空空如也，抽屉开着，衣服不见了，匕首也不见了。

我想起自己昨天怀疑过，他和蔼地劝我走出屋子是不是另有所图。现在可以证实，我猜得没错。

我猛地把头发拢到脑后，跑回自己房间，蹬上靴子，鞋带也顾不上系。

他对我下了药。

我掉转方向，冲到我们昨天溜出庄园所途经的秘密走道，检查着那些墙壁——通道和墙壁之间有一条极小的缝隙。我咬紧牙关，忍着疼痛。他希望我走出去看看，我就告诉了他如何出去，还给了他一把佐德短刀，我信任他，就像信任止痛的良药，而现在……现在我是自作自受。

“我想，你可能在骗自己——关于我是什么样的人。”他曾这么说过。

“生死面前，正义一无所用。”这是我教给他的。

我冲进房间前的门廊，一个卫兵径直朝我走来。我紧紧靠在门上。他要跟我说什么？我不知道自己应该期待什么，是阿珂斯已经逃走了，或是他被抓回来了。

卫兵犹犹豫豫地停在门口，向我低头致意。他就是我在集市上碰到的那个矮个子的年轻卫兵，稚气未脱，佩着一把潮涌之刃。他像大多数人一样，当我胳膊上的暗沉阴翳蜿蜒扩散时，忍不住瞪大眼睛盯着看。

“什么事？”我问道，牙齿咬得咯咯作响。疼痛又回来了，那感觉几乎就像对尤祖尔·扎伊维斯行刑之后一样痛苦。“怎么了？”

“殿下的贴身侍从瓦什·库泽叫我告诉您，您的仆从昨晚试图带他哥哥逃离此地，被当场发现，”卫兵说，“他目前正接受监禁，等待君主的审判和惩罚。瓦什请您出席秘密审讯，两小时后在兵戎大殿。”

他哥哥。这就是说，阿珂斯也找到了救出埃加的方法。我想起了埃加最初来到这儿时的哭喊声，不由得打了个哆嗦。前往“秘密审讯”的时候，我全副武装，穿戴得像一名战士。利扎克放下了兵戎大殿里的窗帘，让室内暗如黑夜，仅由顶上摇晃的夜珠吊灯照明。他站在高台上，手背在后面，定定地看着面前满墙的武器。除了他以外，屋子里再没别人——现在没有。

“这是母亲最喜欢的。”门关上的时候，他开口说道，一边抚摩着斜挂在墙上的那把潮涌手杖。那是一杆狭长的权杖，两端皆有利刃，可以相互传导，当这武器碰到人的身体时，潮涌的黑色阴翳就能把人整个包裹住。这手杖的长度几乎和我的身高差不多。

“多么优雅，”他没有转过身看我，接着说，“摆着好看，仅此而已。你知道我们的母亲并不太擅长格斗吗？父亲告诉我的。但是她很聪明，足智多谋，懂得尽量避免肢体上的冲突，以弥补自己的弱点。”

他转过身，自鸣得意地笑了起来。

“你该多跟她学学，妹妹。”他说，“你是出色的斗士，但是这里嘛……”他点了点自己的脑袋，“嗯，这不是你的强项。”

我身体中的阴翳裹挟着怒火，在皮肤之下穿梭得更快了。但我仍然没有说话。

“是你给了凯雷赛特武器？是你带他穿过地道？”利扎克摇摇头，“是你在他逃跑时睡得像死猪一样？”

“他给我下了药。”我言简意赅。

“哦？他是怎么办到的？”利扎克轻佻地说，仍然面带冷笑，“把你捆在地上，然后把药灌进你嘴里吗？我想不是吧。应该是你自己喝下去的——充满信任地，喝下了敌人为你准备的速效药。”

“利扎克——”我开口想要说话。

“你差点儿赔上我们的神谕者，”他恶狠狠地说，“这是为什么？

因为你蠢得可以，竟然会对一个充当止痛片的人心驰神往。”

我没辩解。他花了很长时间在星系里寻找神谕者，之前和爸爸一起找，后来是自己找。而一夜之间，神谕者差点儿跑了。是我干的。也许他说得没错：我对阿珂斯的全部信任，他对我的全部吸引，都来自他给予我的一点儿轻松与缓和。能暂时躲开疼痛——以及孤独，我实在太高兴了。正因如此，我心软了，变得愚蠢了。

“你不能因为他想救出自己的哥哥，或是想从这里离开而责罚他。”我的话因为恐惧而结结巴巴。

“你是真的不明白，是吗？”利扎克微微一笑，“能给我们造成伤害的东西，人人都想要。希亚，那不意味着我们就该听之任之，遂他们的愿。”

他指了指房间的一侧。“站到那儿去，闭上你的嘴。”利扎克说，“我让你来，就是让你听听，你没管好仆人的时候他都做了些什么。”

我颤抖着，焦急万分，看起来就像站在葡萄藤下，浑身映满了黑色的阴影。我踉跄着走到一边，紧紧地用胳膊抱着自己，听到利扎克下令把人带进来。

大厅另一侧的庞大房门打开了，先走进来的是瓦什，他穿着盔甲，昂首挺胸。在他身后，士兵们拖着步履蹒跚、摇摇欲坠的阿珂斯·凯雷赛特。他一半脸被血污遮住了，深深的伤口在眉骨上。他脸颊凹陷，嘴唇皴裂，看来是挨了打的——不过他已经挺扛揍了。

在阿珂斯后面进来的是埃加——也流着血，挨了打，不过显得更……空洞。他的脸上很粗糙，胡子斑斑块块的，枯瘦憔悴。两季之前，我偷偷看到的少年，已经被折磨得不成人样。

从我身边经过的时候，我听见阿珂斯吸了一口气，但他一见到我哥哥，就站直了身子。

“哟，哟，看呀，”利扎克说着，慢悠悠地走下台阶，“他跑了多远，瓦什？出了围墙吗？”

“没有，”瓦什说，“我们是在厨房抓住他的，他刚从地道钻出来。”

“这样啊。我们来弄清楚你失算在哪儿，好让你以后有个参考，凯雷赛特，”利扎克说，“我们的母亲确实喜欢这房子老派的模样，但这不代表，在她过世之后，我没有为自己家配备最先进的安保装备，比如你哥哥房间周围的运动传感器。”

“你为什么要把他困在这儿？”阿珂斯咬着牙问，“他确实拥有天赋赐礼吗？还是你把他的赐礼困死了？”

瓦什——漫不经心、懒洋洋地——反手给了阿珂斯一下。阿珂斯倒在地上，捂着脸。

“阿珂斯，”埃加的声音仿佛轻柔的触碰，“别这样。”

“为什么不告诉他呢，埃加？”利扎克说，“你得到你的天赋赐礼了吗？”

阿珂斯透过指缝去看他的哥哥。埃加闭上眼睛，过了一会儿，他睁开眼，点了点头。

“新起的神谕者。”阿珂斯用枭狄语喃喃说道。一开始，我没明白他的意思——那不是我们使用的词汇。但荼威语中，每个星国的三位神谕者，各有其名——一位退隐，准备永久休息；一位当值，在神庙中预言未来；一位新起，其能力即将圆满。

“你之前猜测得没错，我无法让他按照我的意愿使用赐礼，”利扎克说，“所以呢，我打算取之有道。”

“取？”阿珂斯说出了我脑海里的疑问。

利扎克走近阿珂斯，在他面前蹲了下来，胳膊肘支在膝盖上。

第十二章 希亚

“你知道我的天赋赐礼是什么吗？”他轻声说。

阿珂斯没说话。

“告诉他，我亲爱的希亚，”利扎克冲我努了努嘴，“你对此可是熟悉得很。”

阿珂斯一只手撑着自己，抬起眼睛看我。他的脸上，混合着血污和眼泪。

“我哥哥能与人置换记忆，”我的话听起来空洞缥缈，心里的感觉也如是，“他把自己的记忆给你，然后拿走你的记忆。”

阿珂斯呆住了。

“一个人的天赋赐礼源自‘他之为他’，”利扎克说，“而‘他之为他’，源自过去的经历。得到了一个人的记忆，就相当于得到了那些塑造了他的东西，天赋赐礼也就不请自来了。最后嘛……”利扎克用手指划过阿珂斯的脸，揩了一点儿血，用食指和拇指捻着，检视着。“最后，我就用不着依赖别人来告诉我未来如何了。”

阿珂斯将自己的身体撞向利扎克，伸出双手，用拇指狠狠地抵住他的喉咙，同时另一只手压制住了他的胳膊。他咧开嘴巴，露出牙齿，仿佛一头困兽。

说时迟那时快，瓦什扑到阿珂斯身上，拉住他的衬衫往后拽，然后狠揍他的肋骨。阿珂斯仰面倒下，瓦什一脚踩在他的脖子上，挑起了眉毛。

“我的人曾经对你使过这一招，”瓦什说，“就在我杀掉你父亲之前——看来那教学颇有成效。待着别动，否则踩碎你的气管。”

阿珂斯抽搐着，但是停止了挣扎。利扎克站起来，揉了揉自己的喉咙，掸掉裤子上沾的土，然后紧了紧盔甲上的带子，朝埃加走去。进来时拖着阿珂斯的那两个士兵，现在正押着埃加，一边一个，用力抓着他的胳膊。不过这有必要吗，在我看来，埃加一副茫然无措的样子，简直就像是没睡醒，哪会有什么反抗。

利扎克抬起两只手，箍住了埃加的头，埃加双眼凝神聚焦，满是渴望——渴望逃离。

接下来就没有什么可说的了。利扎克和埃加，就这样以利扎克的手作为联结，四目对视，良久。

我第一次见到利扎克这么做的时候，还是个小孩，根本不明白他要干什么。但是，我清楚记得，他用一小段记忆片段置换了我的。记忆并非如现实那样平铺直叙，延展拉长，而是电光石火一般的闪回，所以那些对人极重要、极关键的记忆，会一下子就消失殆尽——想来真是怪异得很。

我屏住呼吸，除了干看着，什么也做不了。

当利扎克放开埃加时，他露出了一种奇异、困惑的神情。他退后几步，打量着四周，好像不太确定自己身在何处。他活动着身体，好像也不太确定自己是谁。

而埃加，环顾着兵戎大殿，仿佛突然明白了这是什么地方。他的眼神，一如刚才站在高台上的那个人，如此熟悉——这是我自己想象出来的吗？

利扎克冲瓦什点了点头，让他放了阿珂斯。瓦什收回脚，但阿珂斯没动，他躺在地上，盯着蹲下来的利扎克。

“你还是那么容易脸红吗？”利扎克柔声说道，“还是长大了这毛病就没了？”

阿珂斯的脸扭曲了。

“休想再用什么愚蠢的逃亡计划来对我无礼，”利扎克说，“这是第一次，也是最后一次。作为对你的惩罚，我会把你哥哥留在身边，一点点地置换他的记忆，直到他变成另一个人，你便也没什么可营救的了。”

阿珂斯以额头触地，闭上了眼睛。

原来如此，难怪埃加·凯雷赛特已如行尸走肉一般。

第十三章 希亚

那天晚上，我没有止痛剂可服。我不能再依赖阿珂斯帮我配药了，也不大相信自己能独立完成。

回到房间的时候，我发现枕旁放着我送给阿珂斯的那把短刀，犹如一记警示。是利扎克干的，我猜。我从外面锁死了阿珂斯的房门。

很难说是他不再跟我讲话了，还是我不再跟他讲话了，反正我俩就是再也没有过任何对话。巡游庆典如常举行，在某些场合，我不得不顺从地站在哥哥旁边，满身阴翳，一语不发。阿珂斯随侍在我身后，偶尔触碰我的身体，但那是履行义务，完成工作，他的目光距离遥远。每当他的皮肤拂过我的，带来一丝松弛，我都会忍不住抽搐打战。信任已然一丝不剩。

大多数时候我都在竞技场，陪同在利扎克身边观战。角斗挑战赛——一对一的公开对战——是历史悠久的枭狄传统。最初，在那些国力羸弱、几乎人人可欺的日子里，它只是一项运动，用来打磨我们的格斗技巧。而现在，在巡游庆典的几周内，向任何你看不顺眼的人发起挑战都是合法的，直到其中一人认输求饶，或者被打死，才算结束。

不过，人们是不能向社会地位高于自己的人下战书的，而这地位，利扎克一个人说了算。所以，人们往往会一个接一个地不停挑战角斗，从而提升自己的地位，直至能够与真正的敌人决一死战。随着庆典的推进，角斗越来越血腥，越来越致命。

于是我整夜整夜地梦见死亡，死亡充斥着我的每分每秒。

§

我满十六季岁的转天，即我们登艇起程巡游的前一天，同时也是利扎克与埃加置换记忆五天以后，阿珂斯·凯雷赛特终于在军营里拿到了他渴望已久的一身盔甲。

当时我刚刚在体育馆练完短跑，正在自己的房间里来回踱步，调整呼吸，汗珠一滴滴从脖子后面流下来。这时瓦什敲了敲门框，手上拿着一件锃亮的盔甲背心。

“凯雷赛特在哪儿？”瓦什说。

我带他下了楼，打开阿珂斯的房门。阿珂斯正坐在床上，眼神茫然失焦，看样子是服用了缄语花——他现在是直接把鲜花瓣吞下去，没有任何加工。花瓣就藏在他的口袋里。

瓦什把盔甲扔给阿珂斯，他双手接住了。他小心翼翼地捧着盔甲，怕它会碎掉似的，翻来覆去地摩挲着每一块深蓝色的甲片。

“这是你要的。上一季你在瓦克莱茨那儿受训之后，他跟我说的。”瓦什说。

“我哥哥呢？”阿珂斯哑着嗓子说。

“我们用不着锁着他，”瓦什说，“他是自愿待在房间里的。”

“那不是真的。不可能。”

“瓦什，”我说，“出去。”

我能感觉到紧张不安的气氛渐渐绷紧，但我真的不想见证绷断了弦之后出什么事。

瓦什冲我点点头，微微鞠了一躬，离开了。

阿珂斯把盔甲举起来，对着亮光看。那是专为他订做的——有调整大小的带子，可以适应他长高或变壮；胸甲是带弹力的，腹部增加了衬垫，因为我们训练的时候他总是忘记保护那里；右肩上带有面罩，这样他就可以用左手把头罩起来。穿上这样的盔甲，是极大的荣耀，尤其是在他这样年轻的年纪。

“现在我得锁门了。”我说。

“有什么办法能解除利扎克干的坏事？”阿珂斯好像没听到我说什么，仿佛连站起来的力气也没有了。我想到了拒绝回答的办法。

“除非好好恳求利扎克把记忆还回去，并且赶上他心情不赖的时候。不，没办法。”

阿珂斯把盔甲套上，要系紧胸甲的第一根带子时，他缩了一下，松了手。带子和盔甲是同一材料做的，很硬，很难绑——我拉起带子，让阿珂斯面向我。我自己的手指上已经满是老茧。

我用力拉扯那些带子，前前后后地忙活着，直到胸甲穿好，带子服帖地系在他的身体一侧。

“我不是故意要把你卷进来的。”阿珂斯轻轻地说。

“噢，别对我这么屈尊纡贵的，”我刻薄地回答，“利用我，是你计划里的关键部分。那正是我求之不得的。”

我系好了带子，退后几步。噢，我心想，他可真够高的——太高了——而且强壮，披坚执锐，他为自己争取来的这身行头泛着深蓝色，着实浓郁。他看起来就像一个枭狄战士，就像我原本向往的某个人——要是我们能信任彼此该多好。

“好吧。”阿珂斯仍然轻声细语，“我是故意把你卷进来的，但我没想到自己会为此难受。”

我很恼火，但不知道是为什么。管它呢。

“现在你想让我帮忙，好叫你别那么难受，是吗？”我说。没等他回答我就出去了，紧紧关上了身后的门。

§

在我们面前是高高的金属围墙，外面是暴土扬尘的沃阿城的大街小巷。一大群人正尖叫着，等待我们露面。利扎克走出庄园，抬起他又长又白的胳膊向人群致意，引起了一片不和谐的呼喊。

巡游庆典已近尾声，今天，所有能力堪可的成年枭狄人都会登上飞艇，起飞不久，就会把这颗星球抛在身后。

跟在利扎克后面的是瓦什，再后面是穿着白色衬衫、看上去镇定多了的——埃加。他挺直了肩膀，迈开阔大的步子，仿佛自己身材很高大似的。他的嘴撇向一边，目光掠过他的弟弟，打量着诺亚维克庄园之外的街巷。

“埃加。”阿珂斯开口了，声音哑着。

埃加脸上流露出突然认出什么人一般的神情，好像是远远地偶然见到了他的弟弟那样。

我转向阿珂斯。“等等，”我厉声道，接着抓住了他盔甲的前端。我可不能让他在这众目睽睽之下崩溃，“这里，此刻，不行。明白吗？”

我说着，拖住他往前走了几步，然后松了手。我看见他的喉头动了动，咽下一口唾沫。他的颌骨后面、靠近耳朵的地方，有一块雀斑，这是我以前从没注意过的。

阿珂斯的眼睛仍然看着埃加，但是点了点头。

利扎克走下大门前的台阶，我们都跟在后面。巡游飞艇投下影子，遮住了我们，遮住了整个沃阿城。几十季的星际巡游，拼凑起了我们身处其中的这座城市，老旧的砖石结构以水泥加固，装备着从其他文明和地域搜罗来的新式技术：低矮建筑上高耸着玻璃尖顶，反射出其他星球的模样；灰蒙蒙的土路上留着飞艇划过的印辙；街边货车售卖着传导潮涌的护符，另一个摊子叫卖的则是可以植入皮下的微型屏幕。

那天早上，我用蓝色的颜料粉描画了眼睛，厚实的头发也梳成了辫子。我穿上盔甲——那是我还年幼的时候在极羽边境弄到的——左前臂上套着护甲。

我回头去看阿珂斯，当然，他也穿着盔甲，还有崭新的黑色靴子、灰色的长袖衬衫，衣袖紧紧地绷在他的胳膊上。他看上去惊恐不已。我们走向庄园大门的时候他曾对我说过，这是他第一次离开这颗星球；而且还有埃加，完全变了一个人似的，就走在我们前面——处处都让他害怕。

即将跨过舱门的时候，我冲阿珂斯点了点头，让他放开了我的胳膊。这是我第十一次登上摆渡艇，我想凭自己的力量做到。

这一路混乱模糊：尖叫声和鼓掌声杂糅在一起，人群拥挤，摩肩接踵，利扎克伸出手，摸索着人们高举的手。他的笑声，我的喘息声，阿珂斯颤抖的双手，空中飞扬的尘土，还有烹饪食物的油烟……

终于，我来到摆渡艇舱内，埃加和瓦什已经到了。埃加轻松地调整着安全带，仿佛他之前已经做过几十次类似的动作一般。我把阿珂斯拉到后排的座位，想让他离他哥哥远一点儿。利扎克在门口挥手致意时，人群爆发出了震耳欲聋的呼声。

第十三章

希 亚

舱门关闭之后，埃加专注于缚住自己的安全带，他睁大了眼睛，眼神却空洞茫然，好像在盯着我们看不见的什么人。利扎克也坐了下来，他本来已经系好了安全带，却又松开它们，往前倾了倾身子，凑近了埃加。

“什么？”利扎克问。

“幻象，关于那件麻烦事，”埃加说，“反抗，公开的。”

“可以阻止吗？”听起来，他们像是已经讨论过这个话题了。也许确实如此。

“可以，但是这种情况之下，你应该放任它发生，”埃加说着，眼神聚焦到了利扎克身上，“你可以利用它为自己谋利。我有个计划。”

利扎克眯起眼睛：“告诉我。”

“好的，但是这里观众太多。”埃加朝后排努了努嘴，我和阿珂斯正面对面地坐在那儿。

“没错，你弟弟很难搞，不是吗？”利扎克啧啧有声。

埃加没表示异议。他向后靠在椅背上，起飞的时候，闭上了眼睛。

§

巡游飞艇的起降平台是我最喜欢的地方之一，它又大又开阔，像一座金属迷宫。一队摆渡艇已经编好队，准备带我们离开这颗星球——它们此刻锃亮如新，但返回的时候就会蒙上脏土、油烟、雨痕、星尘，犹如打上了降落地的徽章。

这些摆渡艇不像载人的飞艇那样圆润宽阔，也不像巡游飞艇那样笨重、带锯齿，它们的线条流畅顺滑，就像潜游捕食的水鸟那样，机翼叠在侧后方。每一架摆渡艇都有好几种颜色，因为它们是用不同的金属拼接而成的。它们的体量也不小，能装下至少六个乘客，有的还会更大些。

摆渡艇降落的时候，大群身着深蓝色连身衣裤的机械师簇拥过来。廊桥还没有完全从舱门伸出去呢，利扎克就率先走了出去。

阿珂斯站了起来，两只手紧紧攥成了拳头，他极用力，我都能看见他指关节上迸出了青筋。

“你还待在那儿吗？”阿珂斯轻轻地问埃加。

埃加叹了口气，用指甲抠着另一根手指上的指甲缝。我仔细地看着他，不禁想到，利扎克是尤其在意指甲干净的，只要有脏东西塞在指甲缝里，他就会马上剪掉指甲。埃加把指甲刮干净的这个动作，和利扎克的习惯如此相似——或者那本来就是利扎克的意念，是经由记忆置换传递给埃加的？我哥哥已经灌输了多少自己的意念给埃加·凯雷赛特？

埃加回答道：“我不懂你的意思。”

“是啊，你不懂。”阿珂斯将一只手抵在他哥哥的胸膛，把他推挤到飞艇的金属舱壁上——动作并不激烈，却很急迫。他靠近埃加，问道，“你还记得吗？奇西呢？爸爸呢？”

“我记得……”埃加缓缓地眨着眼睛，仿佛正在苏醒，“我记得你的秘密。”他冲阿珂斯冷哼了一声，“我记得我们入睡之后，你偷偷摸摸和妈妈共度的那些时光。我也记得你整天跟在我屁股后面，因为你根本管不好自己。你是指这些吗？”

泪光在阿珂斯的眼睛里闪烁。

“那不是全部，”阿珂斯说，“那不是我之于你的全部。你必须明白，你——”

第十三章
希亚

“够了。”瓦什走了过来，“你哥哥得跟我走了，凯雷赛特。”

阿珂斯的手抽动着，恨不得勒死瓦什。现在他已经和瓦什一样高了，可以平视他的眼睛，但论强壮，他只有瓦什的一半。瓦什是战争机器，是肌肉堆出来的。我都无法想象这两个人扭打起来会是什么样，只知道阿珂斯会倒在地上，瘸着。

阿珂斯猛地出手了，我也一样。我碰到他俩的时候，阿珂斯的手差点儿就要击中瓦什的喉咙了。但我两只手撑住他俩的前胸，把他们分开了。令我奇怪的是，这没花我多大力气，他们各自向后退了几步，我则插在了两人中间。

“跟我来，”我对阿珂斯说，“立即马上。”

瓦什笑了：“你最好听她的话，凯雷赛特。她那护甲下面藏着的可不是什么爱心刺青。”接着他架起埃加的胳膊，两人一起走出了飞艇。我一直等到他们的脚步声听不见了，才转过身来。

“他是枭狄最好的战士之一，”我对阿珂斯说，“别犯傻。”

“你不懂，”阿珂斯反唇相讥，“希亚，你曾经在乎过什么人吗？在乎到对带走他们的人心怀恨意？”

我的脑海中浮现出妈妈的身影，她的额头上爆起了血管，每当她生气时就会这样。她正在斥责敖特佳，因为她在上课时间带我去了城市里那些危险的地方，或是因为她把我的头发剪得只到下巴那么短。我想不起来究竟是哪个原因了，但即使是在那样的时刻，我也很爱她，因为我知道她在乎我，而不像我爸爸，根本就没把我放在眼里。

我说：“因为发生在埃加身上的事就对抗瓦什，只会让你受伤，让我的处境更糟。所以，在我把你推出舱门之前，去拿一些缄语花，然后自己留下一点儿。”

有那么一会儿，他像是要拒绝，但接着，他颤抖着把手伸进口袋里，掏出来一片藏在那儿的新鲜缄语花花瓣，把它按在了自己的脸上。

“很好，”我说，“走吧。”

我伸出胳膊肘，他把手放在上面。我们一起穿过了巡游飞艇上空荡荡的走廊，这里金属闪闪发亮，远去的脚步也能听到响亮的回音。

我在巡游飞艇上的房间和我在诺亚维克庄园里的卧室没什么不同——只是后者有着黯黑光滑的地板、白色的墙壁，没什么人情味，而前者堆满了来自不同世界的物件。异国情调的植物封在松香里，从房顶上悬垂而下，就像吊灯；机械的发光小虫盘旋在四周，嗡嗡作响；织物随着时间不同可以变换颜色；还有一个不太干净的炉子和金属冷藏柜，这样我就不用专门到咖啡厅去了。

在远处的墙上，摆着几百张旧光碟，里面都是来自其他地方的关于舞蹈、格斗、运动的影像。我喜欢模仿奥格拉舞者那惊人的软体功夫，或是缇比斯那种僵硬、程式化的祭祀舞蹈。这些可以让我不那么关注自己的痛感。光碟里也有不少历史课程，还有其他星球的影片：过去的新闻片、又长又枯燥的科学文献和语言学材料、音乐会的翻录……这些我全都看过。

我的床位于房间一角，上方是舷窗，还有一盏小小的硫黄石提灯。毯子仍然乱堆着，保持着上一次巡游时用过的样子。我不允许任何人进入我在巡游飞艇上的房间，哪怕是打扫一下也不行。

在房顶上，植物标本之间，垂着一条长长的绳子，通向上层的舱壁夹层，那是我训练的地方。

我清了清嗓子：“你就住在这儿。”我说着，穿过拥挤的空间，在一扇关着的门旁边的传感器那儿晃了晃手。门开了，这是另一个房间，也有一扇冲外的舷窗。“这儿原本是个声色犬马的大衣橱，这些都是我妈妈的私人空间，在她过世之前。”我胡言乱语道。我不知道该如何跟他对话，因为他利用了我的善意给我下药，因为他失去了为之战斗的目标而我袖手旁观，无力制止。这是我的标配：在利扎克作恶行凶的时候站在他旁边。

阿珂斯在门边停住了，打量着那些装饰墙壁用的盔甲。它们和枭狄盔甲不同，又笨重又满是没用的配件，但有些挺漂亮的，是用闪着微光的橙色金属打造而成的，或是用结实的黑色料子打着褶。他慢慢地走了进去。

这间屋子看上去和他在诺亚维克庄园的房间很像：所有供给和配药用的必需用品都沿着墙按他的喜好排列。就在他背叛我逃跑的前一周，我提前把他房间的图纸送来了，让人原样布置。床上铺着深灰色的床单——绝大多数枭狄织品都是蓝色的，所以还是挺不好找的。床上悬着硫黄石提灯，因为撒了疗妒花粉而闪着黄色的光。书架上摆着书，床边的矮柜上放着枭狄历史书。我按了一下门边的按钮，一张巨大的全息图在天花板上延展开来，上面显示的是我们所在的位置——目前仍然是沃阿城，我们仍盘旋在它的上空，不过地图上显示出了我们在星系中将要行驶的路线。

“我知道房间离得有些近，”我说，“但飞艇上空间有限，我已经尽量让我们俩能在这个地方住得舒服了。”

“你布置的？”他说着，转身看我。我听不出他的情绪，便点了点头。

“不幸的是，我们得共用一个浴室，”我仍然顾左右而言他，“但好在时间不会太久。”

“希亚，”他打断我，“没有任何蓝色的东西，连衣服也不是，那些冰花，也是用荼威语标记的。”

“你的族人认为蓝色是种诅咒，你也不会读梟狄字母。”我轻声说道。我身体里的潮涌阴翳蹿动得更快了，它们在我的皮肤之下蔓延，攀上了我的脸颊。头上的血管一跳一跳的，我不得不挤掉眼泪。“可惜书架上的那些书是梟狄语的，不过旁边有翻译机，只要把它放在书页上，就能——”

“可我对你做了那样的事情……”他开口了。

“这些东西是在那之前送来的。”我回答。

阿珂斯在床沿上坐下。

“谢谢你，”他说，“我非常抱歉，因为……因为所有的事。我只是想把他救出来，我想的只是这个。”

他的眉毛又平又直，低低的在眼睛之上，很容易把他的悲伤错看成愤怒。他下巴上的胡子是刮过的。

他的低语里夹杂着颤抖：“他是我存在的最后寄托。”

“我知道。”我答道，但其实我并不完全理解。我目睹了利扎克做的那些令人反胃的事，但那些事，对我和对阿珂斯是不同的。至少我能预期类似的恐惧，而他根本不懂埃加会变成什么样子。

“你是怎么坚持下来的？”他说，“一切都如此恐怖骇人，你还是可以坚持？”

恐怖骇人。那就是我的生活吗？我从未用什么词形容过它。疼痛以一种特殊的方式打散了时间，我所考虑的就是下一分钟，下一小时。我的脑海里根本没有足够的空间，把这些碎片拼合起来，去找个合适的词，来概括生活的全部。但是，“坚持”除外，我知道这个词是什么意思。

“找其他的理由来坚持，”我说，“用不着是好的、高尚的，只需要一个理由。”

第十三章
希亚

我知道我的那个理由：在我内心深处，有一股渴望，一直都有。那渴望比疼痛要强烈，比恐惧也要强烈，在我几乎放弃了一切之后，它仍然噬咬着我。那不是希望，也并不饱满高涨；它蜿蜒潜行，暗中抓挠，慢拖慢拽，让我一刻也不能止步。

当我最终为它命名的时候，我发现那是再简单不过的东西：活下去的欲望。

§

今晚是巡游庆典的最后一夜，最后一艘摆渡艇会降落在起降平台，随后我们会在巡游飞艇内共享盛宴。随我们同行的人，乃是目前最有活力的一批，他们的信心和果决，是以过去几周的庆典角逐作为支撑的——在我看来，他们确实如此。人群裹挟着我和阿珂斯向起降平台走去，他们精神振奋，而我则小心翼翼地让自己裸露的皮肤不碰到他们。我不想弄疼任何人，也不想引起任何人的注目。

利扎克站在平台上，抓着扶手，埃加站在他的右侧。我走上前去——瓦什哪儿去了？

我穿着我的枭狄盔甲，光亮如新，底下是黑色无袖长裙，走动起来的时候，裙摆便会拂过我的靴子尖。

利扎克的杀戮刻痕一览无余，他弯着胳膊，好让这些刻痕能得到最完美的展示。总有一天，一排刻痕已满，他会另起一排，就像爸爸一样。当我走近时，他突然微微一笑，让我不寒而栗。

我在他左侧站好。在这样的场合里，展示我的天赋赐礼是他所要求的，这是为了让周围所有人都明白，尽管利扎克仪态万千，我们可是不容挑衅玩弄的。我努力地接受痛感，努力地吸收它们，就像在冷风里忘记穿外套那样，但我发现注意力很难集中。在我面前，满怀期待的人们在挥手，在浮动。我不能退缩；我不要退缩，不要……

最后两艘摆渡艇降落在宽阔的平台上，我松了口气。当舱门打开的时候，所有人都鼓起掌来，最后一批枭狄人鱼贯而出。利扎克抬起两只手，示意人们安静——欢迎演讲的时刻到了。

但利扎克才张开嘴要讲话，就在刚刚抵达的人群之中，一个女孩越众向前。她有一头金色发辫，身上的衣服不是普通枭狄人常用的明亮色系，而是精致的蓝灰色，像她的眼睛一样富有华彩。这种颜色的衣料是富人家才会用的。

莱蒂·扎伊维斯——尤祖尔的女儿，她高高地举起一柄潮涌之刃，黑色的阴影弯弯曲曲地盘绕在她手上，仿佛珠链手钏，将利刃和她的躯体紧紧联结。

“诺亚维克家族的长子，”她踮起脚尖高喊道，“将让位于贝尼西特家族。”

我哥哥的命运，就这样被高调地说了出来。

“那是你的命运，利扎克·诺亚维克！”莱蒂叫道，“你会辜负我们，你会滚下王位！”

瓦什从人群里挤了过来，以一名训练有素的战士特有的干脆，抓住了她的手腕。他压住她的身子，将她的手反剪在背后，让她跪倒，那把潮涌之刃也“当”的一声掉在了地上。

“莱蒂·扎伊维斯。”利扎克轻快地说道。四周一片死寂，他根本用不着提高嗓门。他看到她在瓦什手里挣扎，手指都被攥得发白了，不禁露出一丝微笑。

“那个所谓的命运……出自想要破坏我们的人之口。”他开始了。埃加在一旁微微点头，好像利扎克的声音是他烂熟于心的某种旋律一样。也许这就是利扎克看着莱蒂跪在那里却并不惊讶的原因——因为这是埃加已经看到的事。多亏了他的预言，利扎克才能知道该怎么说，怎么做。

“那些人因我们的强大而恐惧，故而伺机暗中捣鬼：议会，荼威，”利扎克继续说道，“是谁教你相信这些谎言的，莱蒂？我很想知道，你怎么会和那些闯进你家谋杀你父亲的凶手持有相同观点呢？”

看吧，利扎克就是这样颠倒是非的。现在，莱蒂不是宣称我哥哥无能、大胆说出实话的革命战士，而是和我们的荼威敌人说着相同谎言的同伙。她是个叛徒，说不定还是自开门户、杀死自己父亲的帮凶。很荒谬，确实，但有的时候，人们就是这样偏听偏信——这样活下去更容易些。

“我父亲不是被谋杀的，”莱蒂低声说，“他是自杀的，因为你折磨他，用你那个称作‘妹妹’的东西。疼痛让他失去了理智。”

利扎克冲她微笑着，仿佛她才是失去理智、陷入癫狂的人。他环视四周，看着那些屏息凝神等待他回答的人。

“这，”他指了指莱蒂，“这就是敌人用来离间我们的毒药——来自我们之间，并非来自外部。他们用谎言挑拨，让我们互相对抗，让我们对抗自己的家人和朋友。因此，为了自保，我们不仅要提防潜在的致命威胁，也要提防敌人的花言巧语。我们曾经是软弱无能的，但现在绝不能重蹈覆辙。”

他的话让人群涌起一阵战栗，我能感觉得到。在过去的几周里，我们才追忆了先辈是如何自远方而来，如何在星系中征战，我们的孩子曾被掳走，我们关于涤故更新的信念屡屡遭人嘲讽。一季复一季，我们学会了还击。尽管我知道利扎克的真实意图并非是保护枭狄，但撇开他本人和诺亚维克家族，我也被他声音中的情绪所感染，他传递出的力量，仿佛是一双伸展开的手。

“而你这样针对我的恶意中伤势必不能得逞，我是我们伟大人民的领袖。”他摇了摇头，“这样的流毒绝不能在我们的社会里传播，必须彻底除掉，否则后患无穷。”

莱蒂的眼睛里充满了仇恨。

“因为你出身受人尊敬的家族，而你也为你父亲的死深感伤痛，我给你机会，让你在竞技场为自己的生死再战一回，而不是简单地取你性命了事。至于你对我妹妹的那些责难和挖苦，就让她也到竞技场去面对你吧，”利扎克说，“我希望你能将这一决定视作仁慈。”

我震惊得连抗议都不能——我也太清楚抗议的后果会如何：利扎克的震怒。我会在众目睽睽之下形同懦夫，失去人们对我的敬畏——这是我仅有的利用价值，接下来，当然了，就是一直笼罩在我和利扎克身上的、关于妈妈的真相。

我还记得自己第一次公开亮相的时候，妈妈走过沃阿城的街巷，人们吟诵着她的名字。他们诚心爱戴她，敬仰她将力量与仁慈合二为一的行事方式。如果他们知道造成她离世的罪魁祸首是我，他们会要了我的命。

黑色的血管浸透了我的皮肤，如同斑纹，我低下头俯视着莱蒂，她紧咬着牙齿，迎着我的目光。我敢说，能取我性命，她一定求之不得。

瓦什猛地把莱蒂拽了起来，周围的人们大声叫着：“叛徒！”“骗子！”我却全然无感，连害怕也没有。阿珂斯的手拉住我的胳膊安慰我，我也没感觉到。

第十三章
希亚

§

“你还好吗？”阿珂斯问我。

我摇了摇头。

我们站在竞技场之外的休息室里，屋里一片暗淡，但舷窗是来自荼威的彩色玻璃，反射着阳光的流光溢彩。诺亚维克家族历代君主的画像悬挂在门上方：我的祖母拉斯玛·诺亚维克，她杀死了所有的兄弟姐妹，以保证自己的后代是唯一的命运眷顾者；我的父亲拉兹迈·诺亚维克，他扼杀了我哥哥的善良，因为他的命运怯懦软弱；我哥哥利扎克·诺亚维克，苍白而稚嫩，是残暴的两代人共同造就的产物。我的皮肤是深色的，身体也更结实，这意味着我更多地受到母系家族的影响——那是拉迪克斯家族的一个分支，阿珂斯杀死的第一个人，算得上我们的远房亲戚。所有人都带着温和的微笑，穿着精致体面的衣服，用乌木相框镶着。

利扎克和所有能获准进入大厅的枭狄士兵都在外面等着。隔着墙，我都能听见他们嘈嘈切切的说话声。我哥哥宣布角斗就在他的欢迎演讲之后、盛宴之前进行——毕竟，没有什么比一场你死我活的角斗比赛更能令枭狄战士们胃口大开了。

“是真的吗？那个女的说的？”阿珂斯问，“你真的对他父亲做了那种事？”

“是的。”我想还是不要说谎的好。但实话实说也没能让我感觉好一些。

“利扎克到底凭什么要挟你？”阿珂斯说，“那些事你明明可以直接拒绝，却还是要听他的？”

门开了，我抖了一下，以为角斗的时间到了。但进来的是利扎克，他关上门，刚好站在自己的画像底下。他已经完全不像画像里的样子了，脸又肥又糙。

“你想要什么？”我问他，“直接判死刑就行了，根本用不着这样折磨我。”

“你想知道折磨你有什么好处？”利扎克说，“我本来还以为你会先义正辞严地抗议几句呢，那样我就能提醒你，你竟然蠢到会信任这个人——”他冲阿珂斯点点头，“而你的愚蠢差点儿搞丢了我的神谕者。我为你安排的这场角斗挑战赛不过是以眼还眼罢了，你会接受的。”

我闭上了眼睛。

“我来是要告诉你，上场不能带刀。”利扎克说。

“不带刀？”阿珂斯抗议道，“那样她都碰不到那个女的，就会被劈死！你想让她死吗？”

他不想。我在心里回答道。他想让我做的是杀戮，不带刀的杀戮。

“她知道我想要什么，”利扎克说，“她也知道，如果我没得到会是什么后果。祝你好运，我的妹妹。”

他说着走出了休息室。他是对的：我知道，一直都知道。他想要所有人都看到我皮肤之下涌动的阴翳，这阴翳除了会带给人疼痛之外，还会把我塑造成杀人的利器。利扎克的鞭子，这已经不够了，是时候向“利扎克的杀器”晋级了。

“帮我把盔甲脱下来。”我咕哝着。

“什么？你说什么？”

“别那么多问题，”我怒道，“快帮我把盔甲脱掉。”

第十三章
希亚

"你连盔甲也不要？"阿珂斯问，"你想让她杀了你吗？"

我开始解开第一条带子。我的手指早已结满老茧，但带子绑得很紧，还是刺痛了我的指尖。我前前后后地摆弄着它们，动作又僵硬又暴躁，好半天也不见一点儿进展。阿珂斯握住了我的手。

"不要，"我说，"我不需要盔甲，也不需要刀。"

我的关节上盘绕着阴翳，浓重而深邃，就像是油彩画上去的一般。

为了不让其他人知道我妈妈身上发生了什么——我对她做了什么，我一直都忍受着巨大的痛苦。但是对阿珂斯来说，与其真相大白之后觉得所遇非人，不如早点儿直面事实，与其日后觉得自己被人欺骗，不如从此刻就不要再同情我。

"你以为我妈妈是怎么死的？"我笑道，"我碰了她，我把所有的疼痛都倾泻在她身上，就因为我恼怒于拜访一个又一个医生，接受他们那些没用的治疗。妈妈只是想要帮我解决天赋赐礼的难题，而我回报给她的却是怒火冲天，夺走了她的性命。"我扯开了前臂上的护甲，露出一道歪歪扭扭的刻痕，就在肘部之下、胳膊外侧——这是我的第一道杀戮刻痕。"是我爸爸刻下的。他因此而恨我，但他也因此而……自豪。"

这个词让我说不下去了。

"你想知道利扎克凭什么要挟我？"我又笑了起来，这次是带着泪。我拽开胸甲上的最后一根带子，猛地把它一掀而下，两只手狠狠地把它掼到墙上。金属撞击的声音在小小的休息室里显得震耳欲聋。

盔甲落到地上，完好无损，连形状都没变一点儿。

"我的妈妈，我受人爱戴的、受人尊敬的妈妈，离他而去，离枭狄而去，"我吐了口唾沫，用极大的声音叫道，"是我干的，是我杀了她，是我杀了我妈妈。”

如果他厌恶嫌弃地看着我，我倒会觉得好一点儿，但他没有。他向我伸出双手，送上能缓解剧痛的触碰。我出了休息室，向竞技场走去。我不想要缓解，这痛苦是我应得的。

§

我踏上竞技场的时候，四周的人群爆发出阵阵吼声。黑色的地面像玻璃一样闪闪发光，好像特意为这场好戏擦拭抛光过一样。我看见自己靴子的倒影，带扣有点儿松开了。环绕四周的是一排排金属长凳，上面坐满了挨挨挤挤的观众，远远看过去一片黑乎乎的，分不清都是什么人。莱蒂已经到了，穿着她的枭狄盔甲，脚踩镶着金属头的重装靴子，朝我挥了挥手。

凭着多年的神识派训练，我立刻对她展开了评估：她比我矮一头，但肌肉更发达，金色的头发梳到脑后，紧紧地绾在发网里，这样就不影响头部的动作。她是心境派的，所以她的动作会很快、很敏捷——在认输之前是这样没错。

“连盔甲都懒得穿了？”莱蒂冷笑着说，“这也太容易了。”

是的，容易，以前是的。

她拿起了她的潮涌之刃，手上盘绕着黑色的生命潮涌——颜色和我的潮涌阴翳很像，但形式不同。对莱蒂来说，潮涌包裹着她的手，却绝不会触碰她的皮肤，而我的阴翳是从身体内部涌出的。她停下了，等着我先出手。

“来吧。”我冲她点点头。

人群中再次爆发出吼叫声，但接下来我就什么也听不到了。我的注意力在莱蒂身上，全神贯注地观察着她向我移动靠近的方式，试图把自己的策略隐藏在动作中。不过我只是一动不动地站在原地，胳膊垂在身体两侧，让我的天赋赐礼随恐惧而迸发力量。

最终她抛出了第一个动作。但我在她动弹之前就从她的胳膊和双腿中看到了这一意图，于是在她扑过来的时候往旁边一闪，像奥格拉舞者那样，弯着身子躲开了她。这动作让她吃了一惊，向前一个踉跄，扶住竞技场的围墙才没跌倒。

此刻我的潮涌阴翳已经极其浓重，疼痛难当，以至于没办法直视前方。剧痛在我的身体中呼啸而过，我全然接受了它。看着布满黑斑的双手，我想起了尤祖尔·扎伊维斯那扭曲的脸，透过他的面孔，我看见了他的女儿正恨意满满、屏息凝神地眉头紧皱。

她再次发动袭击，举起她的利刃向我的胸腔刺来。而我用前臂把她挡开，顺势伸手抓住了她的手腕。我攥着、拧着，狠狠地，让她不得不低下头来。我用膝盖撞击她的脸，鲜血从她口中喷出来。她尖叫着——不是因为哪里受了伤，而是因为我的触碰。

潮涌之刃掉在地上，我抓着她的一只胳膊，另一只手推她跪下，站在她的身后。我在人群之中寻找利扎克，他正坐在升降平台上，跷着二郎腿，仿佛欣赏的是一场演讲，而不是一幕谋杀。

我等着，直等到他与我目光相接，然后便发了力。我将所有阴翳、所有疼痛，都注入了莱蒂·扎伊维斯的身体，一滴不剩。这很容易，太容易了，瞬间了结。我闭上眼睛，任她狂叫着、颤抖着，然后一命呜呼。

有那么一会儿，一切都暗淡模糊了。我扔下她软绵绵的尸身，转身走回了休息室。观众席一片静默。当我穿过休息室的门厅时，我身上的阴翳黑斑第一次完全消失了。但这是暂时的，它们很快就会回来。

阿珂斯不知从哪儿跑了出来，向我伸出双手，把我拉向他。他用自己的胸膛压向我，仿佛是某种类似拥抱的东西，嘴里用我们敌人的语言说着什么。

“都过去了，”他用荼威语对我耳语，“现在都过去了。”

§

那天晚上，我锁上了自己房间的门，不让其他任何人进来。阿珂斯把刀子放在他屋里的炉子上炙烤杀菌，然后放在水龙头下冲洗冷却。我把胳膊放在桌子上，解开了前臂护甲上的带子，一条接一条，从手腕开始，到肘部结束。护甲又硬又韧，尽管带有里衬，但一整天下来，我的胳膊上仍然汗水涔涔。

阿珂斯坐在对面，手上拿着消过毒的刀子，看着我掀开护甲，露出那之下的皮肤。我没问他对此有过什么样的想象，他可能像大多数人一样猜测过，这护甲之下，乃是一道接一道的杀戮刻痕。我之所以选择戴着护甲，是因为这样的神秘感能助长人们对我的惧怕。我从来都没阻止过那样的传言。真相比传言更加不堪。

我的胳膊自上而下布满刻痕，从肘部到手腕，一道挨着一道。它们都是短小的黑色直线，间距均匀，十分完美。而每一道刻痕上面，都有一条小小的斜线，按照枭狄人的传统，这是对“杀戮”的否认。

阿珂斯的眉头皱起来，他双手捧起我的胳膊，小心地用指尖将它翻转过来，用食指轻轻碰了碰其中一条小斜线，然后伸出胳膊，和自己的刻痕两相比较着。我的皮肤褐黄，他的皮肤苍白，看到它们贴近彼此，我不禁颤了一下。

第十三章
希亚

“这些不是杀戮。”他轻声说。

“我只记录了我妈妈的过世，”我像他一样，轻声说道，“我对她的死亡负有责任，这是毫无疑问的，但在那之后就没有过真正意义上的杀戮刻痕了。当然，尤祖尔·扎伊维斯除外。”

“那，你这些……记录的是什么？”他紧紧抓住我的胳膊，“这些刻痕是什么意思？”

“和我给人们带去的剧痛相比，死亡是一种仁慈。所以，我记录的是疼痛，而非杀戮。每一道刻痕都意味着，有一个人，在利扎克的授意下，因我所伤，最终离世。”一开始，我还数过这些刻痕，它们的数量烂熟于心。后来，我不太清楚，究竟是从什么时候开始，利扎克把我当成了他的审讯工具。时间久了，我也就不再关注它们。因为知道这些刻痕的数量，只会让我感觉更难受。

“那时候你几岁？他第一次让你做那种事的时候，你几岁？”

我不懂他声音里极尽温柔的情愫。我刚才给他看的，可是我畸形丑陋、怪异荒谬的经历，可他看着我的眼神里，完全没有批判，只有同情。也许他不理解我告诉他的事，所以才会那样看着我。也许是以为我在说谎，或者夸大其词。

“不管几岁，都已经足够明白那是错的。”我顶了一句。

“希亚，”他还是那样温和，“几岁？”

我向后倒在椅子里。“十季岁，”我坦诚道，“第一次让我那么做的，不是利扎克，是我爸爸。”

他轻轻点点头，握住刀柄，飞快地划了一个圈，用刀尖在桌面上留下浅浅的痕迹。

过了一会儿，他终于开口说道：“我十季岁的时候，还不知道自己的命运是什么，那时很想成为一名海萨战士，就像在我爸爸的花田里巡逻的那些士兵一样。我爸爸是个花农。”阿珂斯用手撑着下巴，看着我，“但是有一天，强盗闯进了花田，要偷走已经抽骨朵的花。当时爸爸正在田里干活儿，他想在巡逻兵来之前就制止强盗。结果，回家的时候，他脸上带着一道很大的伤口，我妈妈一看见就大叫起来。”他微微笑了起来，“这能有什么用啊？冲着受伤的人大喊大叫？”

“嗯，她担心他嘛。”我说。

“是啊，当时我也很害怕。我猜，就是因为那一次，我就决定绝不要当战士了，如果上个班也要被砍成那样的话。”

我也忍不住笑了起来。

“我知道，”他撇了撇嘴，“自己那时候对于如何打发时日知之甚少。”

他敲了敲桌子，而我第一次注意到，他的指甲参差不齐，却都短得露出了指甲缝——嗯，我得让他改掉咬指甲的坏习惯。

“我的意思是，”他继续说，“在我十季岁的时候，我连看到别人疼痛都会觉得害怕。而你，同样的年龄，却已经被人强迫着制造那样的疼痛，一遍又一遍。那些人比你有权有势有力量，但他们本该是照顾你在乎你的人。”

有那么一瞬间，我为这样的想法感到心痛，但也只是一瞬间。

“别想为我脱罪。”我故意语带尖刻，想讥讽他，听起来却像是在请求他。我清了清喉咙，“好吗？这根本无济于事。”

“好吧。”他说。

“你学过这仪式？”我问。

他点点头。

“刻吧。”我喉头发紧。

第十三章
希 亚

我伸直胳膊，在手腕背面空着的地方划出一小块，就在腕骨下方。他用刀尖抵着那儿，微微调整位置，好和其他的刻痕保持同等的间距，然后割了下去。不太深，但足够把极羽草精撒进去了。

眼泪涌了出来，真是讨厌，血沫也从伤口里冒出来，顺着胳膊往下流。我在抽屉里摸索着，找到装极羽草精的瓶子。他拔出软木塞，我将小细刷伸进去蘸了蘸，在伤口上留下了黑色印记，而我嘴里念着莱蒂·扎伊维斯这个名字。

这很疼，刺痛，每次都如此。我原本以为自己早就习惯了这种刺痛，但每次都证实我想得不对。这就应该是疼的，疼得让你记住，夺去一条性命，刻下一次失去，并非微不足道的小事。

“你不说其他的话吗？”阿珂斯指的是仪式结尾的祈祷词。我摇了摇头。

“我也不说。”他说。

当刺痛感渐渐减弱，阿珂斯用绷带包住了我的胳膊，一层，两层，三层，然后用胶布加以固定。我们俩都没管那些桌子上的血迹，就让它们干在那儿好了，也许之后我得用刀子才能刮掉，但我并不在意。

我攀着绳子，穿过那丛松香保护的植物，以及栖息其间、正在充电的电子甲虫，爬到上面的隔层。阿珂斯也跟了上来。

巡游飞艇震动着，引擎正在准备起飞，飞向太空。我们头上的屋顶被一张巨大的屏幕覆盖，上面显示着我们此刻经过的地方——此时此刻，是枭狄的天空。管线和烟道纵横交错，这儿原本只够一个人待的。但后墙那儿装着应急弹跳座椅，我把它们拉开，这样阿珂斯和我就能一起坐下了。

我帮他系好胸前和腿上的安全带，免得起飞时晃动，然后递给他一个纸袋，说不定他会“晕艇”。接着，我自己也系好了带子。此时此刻，飞艇上所有其他枭狄人，都应该做着同样的动作：聚在门厅里，拉开墙上的弹跳座椅坐下，互相扣好安全带。

我们都在等待巡游飞艇起飞，听着对讲机里的倒数计时。数到数字“十”的时候，阿珂斯拉住了我的手，我紧紧攥着，回应着他，直到听见了数字“一”。

脚下的枭狄大地烟尘腾空而起，巨大的惯性将我们紧压在座位上。阿珂斯低低呻吟着，我却看着向后飞驰的云彩，还有渐渐消失在黑色太空里的蓝色大气。包围着我们的，是星光熠熠的天空。

“看见了吗？”我与他十指交扣，“很美。”

第十四章　希亚

那天夜里，我正躺在床上，把脸埋在枕头里，这时有人敲响了我房间的门。我用一只胳膊把自己撑起来，然后开了门。门廊上站着两个士兵，一男一女，都很纤瘦。有时候，一个人所受的格斗训练，只需要一瞥就能看个明明白白——他俩修习的都是心境派，敏捷快速，招招致命。而且他们都怕我——不足为奇。

阿珂斯迷迷糊糊地走过来，站在我旁边。两个士兵交换了个心知肚明的眼神，这时我想起了敖特佳曾经告诉过我的，枭狄人的嘴巴钟爱闲聊八卦。这显然不可避免了：阿珂斯和我住得这么近，他们一定会嚼舌根，说我们看起来如何如何，以及我们关上门以后又如何如何。我倒不是很在意这些传言，毕竟嚼舌根聊八卦，比杀人和拷打要好得多。

“很抱歉打扰您，诺亚维克小姐。殿下想立刻与您交谈，”那个女人说，“您一个人。”

利扎克在巡游飞艇上的办公室很像他在沃阿城的房间，只不过是缩小版。乌木铺成的地面和墙板擦拭得光亮如新，这些乌木产自枭狄本土——它们生长在我们这颗星球的赤道周边，密林之境，将我们与那些数个世纪前向北方进犯的荼威人隔离开来。我们如今把那些夜珠圈禁在吊灯的球形灯泡里，但在野外，夜珠则是盘旋在树梢、嗡嗡作响的昆虫。因为大多数古老枭狄家族用它们来照明，于是扎伊维斯一家——如今只由雅玛一人当家了——认定饲养夜珠可以满足大批客户的需求，哪怕价码高昂也愿意掏钱。利扎克就是如此——他坚称夜珠发出的光亮比硫黄石令人愉悦，不过我真没看出这两者有什么区别。

当我走进办公室时，利扎克正站在一面巨大的屏幕前面——这屏幕平时是隐藏在推拉墙板后面的夹层里的。屏幕上显示着密密麻麻的大篇文字，我意识到他正在读的，是议长公开命运时的那份手稿，心里不禁慌了起来。手稿中的九个章节，分别描述了九个家族，他们四散生活在星系中，其未来的方向已经预先确定，并且不可更改。利扎克通常都会规避掉所有暗示他“软弱”的词汇——软弱，我们的父亲就是这么说的。而这命运自打利扎克出生以来，就一直缠绕着他，令他心神不宁：他会让位于贝尼西特家族。在枭狄，提及或读写这件事都是违法的，违者会被关进监狱，甚至处以极刑。

如果他正在读这些东西，那他肯定没什么好心情，大多数时候这也就意味着，我得更加小心谨慎。但今晚，我只想知道，扰人清梦是要干什么。

利扎克抱着胳膊，点点头，开口了。

“你不知道自己有多幸运，你的命运是那么模棱两可，”他说，“‘诺亚维克家族的次女将穿越极羽边境’。穿越边境到荼威去，你的目的是什么呢？”他耸耸肩，“没人知道，也没人在意。你可真是幸运，太幸运了。”

我笑了：“是吗？”

“所以你对我的帮助和支持是非常重要的，”利扎克继续说道，仿佛根本没听见我讲话一样，“你能担当此任的。世界期望你如此，你就不必太激烈地反抗了。”

第十四章

希 亚

在我还是小孩的时候，利扎克就把他的人生重压倾倒在我身上。我长久以来的疼痛，不能接近任何人的痛苦，和他一样失去挚爱的伤痛，似乎根本就没在他脑海里留下一丝痕迹。他所看到的，与其说是父亲的恫吓威胁令我屈从，倒不如说是他对我全然的轻视忽略——以及我的命运不会让枭狄人质疑我的力量。对他来说，我就是幸运的孩子，根本没有立场去争辩什么。

“出什么事了吗，利扎克？”

“莱蒂·扎伊维斯让所有枭狄人都想起了我的荒谬命运，除此之外，你觉得还能出什么事？”

提到莱蒂，我便想起她毙命时，周身仍然温暖如生，这让我不禁打了个寒战。我双手交握在身前，好叫它们不要发抖。阿珂斯配制的止痛剂没有完全压制住我的潮涌阴翳，此刻它们迟滞地流淌在我的皮肤之下，带来阵阵剧痛。

“但是你对此已有准备，”我盯着他的下巴说道，“没有人敢重复她今天说的那些话。”

“不光是那个。”利扎克说道。他的声音让我想起他年幼时、还没被爸爸强行改变的样子。“我顺着尤祖尔·扎伊维斯口供里的线索去查，真的查到了一些实处。流亡移民确实存在，也许还不仅限于一个地方。而且，他们已经侵入我们内部。”

我的胸口霎时一片冷峻。所以，关于流亡移民的传闻，是确凿无疑的了。但这是第一次，那些人带给我的感觉，不是威胁恐惧，反倒是类似于……希望。

“一次展示实力的表演的确不错，但我们需要更多。我们必须确保没有人质疑我的统治地位，确保我们此次巡游会凯旋，且比过去更加强大。”他的手悬在我肩膀上方，“我比以前更需要你的帮助，希亚。”

我知道你想要什么，我心想。他想根除掉所有的怀疑和一切反对他的窃窃私语，把它们彻底消灭。而我，就是他一贯所用的手段和工具——利扎克的鞭子。

我闭上眼睛，看见莱蒂向我走来。我按下了这些回忆。

“请坐。”他指了指屏幕旁边的椅子。这些椅子很旧了，带有手缝的衬垫。我认出它们来自爸爸以前的办公室。椅子底下的小地毯是枭狄本地制造的，由粗糙的草叶编制而成。事实上，这间屋子里就没有一样东西是“涤故更新”来的——我爸爸讨厌涤故更新，说它会让我们日渐羸弱，终被淘汰。看来利扎克赞同他的看法。现在只剩下我自己对其他人留下的废弃旧物有好感了。

我浅浅地坐在椅子边，屏幕上那几句标了高亮的话刚好在我脑袋旁边。利扎克没有在我对面坐下，而是站在另一把椅子后面，靠在高高的椅背上。他卷起袖子，露出了胳膊，那些杀戮刻痕显露无余。

他弯起食指，点了一下屏幕上的一行字，那几句话立刻加粗了。

贝尼西特家族命运如下：

贝尼西特家族的长女将提升另一个“她”的力量。

贝尼西特家族的次女将统治荼威。

“我听到了一些关于这个次女的传闻，”他点了点那行字，指关节拂过“统治”一词，“说她很快就要表明身份，自称出生在荼威。”利扎克说，“我不能再对此视而不见了——不论这个贝尼西特家族的孩子是谁，命运说她将成为荼威的统治者——那是我还没完成的伟业。”我之前从未将这些只言片语联系起来：利扎克的命运是让位于贝尼西特家族，而贝尼西特家族的命运是统治荼威。当然，利扎克一直盯着这个不放，更不用说现在他有自己的神谕者了。

“我的打算是，”他又说，“在我们那位新的神谕者的帮助下，防患于未然，在预言成真之前杀了她。”

我凝视着屏幕上显示的那些命运。活了这么久，我所知道的就是，所有命运都将最终完成，不管是谁、怎样试图阻止，也改变不了。但利扎克的意图就是要改变它：既然某个人的存在会成就他丢掉王位的命运，那么就杀死那个人好了。如今，埃加可以告诉他怎么做。

“这是……这不可能。”我脱口而出。

“不可能？”他挑起眉毛，“为什么？因为从没有人那么干？”他的双手紧紧抓住椅背。“你觉得我该和星系中的普罗大众一样？你认为我不能成为第一个拒绝命运的人？”

“我不是那个意思，”我尽可能地直面他的震怒，“我的意思是，我从没听说过这种事。就这样。”

“你很快就会听说的，”他咬牙切齿、一脸阴沉地说道，“而且你要帮我。”

突然间，我想起了阿珂斯。我想起了登艇那天他对我所布置房间的感谢；想起了他捧起我满是刻痕的胳膊时平静的神情；想起了在狂欢的蓝雨中他追逐笑闹的样子……自从妈妈离世以后，我第一次感受到那样的放松和自如。我想要更多，而过去此刻的种种……我不想要。

“不，”我说，“我不帮你。”

他威胁我的经典招数——如果我不照他说的做，他就把我对妈妈的所作所为告诉枭狄人——已经不能再逼我就范。因为这回他犯了个错：承认自己需要我的帮助。

我跷起二郎腿，双手放在膝盖上。

“在你威胁恫吓我之前，让我先说一句：我认为你如今不会甘愿冒险失去我，”我说，“毕竟你是费了好大的劲儿才让人们都怕我。”

和莱蒂的角斗挑战就是如此。说到底，那是在展示强权和能力——他的权力。

但实际上，那能力属于我。

利扎克从小就学着模仿我们的父亲，而父亲非常善于隐藏自己的反应。他坚信任何不可控制的表情都会使自己露出破绽，他也很清楚自己时刻都暴露在他人的注视之下，不管身处何地。这本事，利扎克小时候就练得不错了，但他仍然称不上大师。我眼睛一眨不眨地盯着他，他的脸扭曲了，出于愤怒，还有恐惧。

“我不需要你，希亚。”他说道，挺平静的。

“这不是真话，”我站了起来，“不过就算这是真话……你也该回忆一下，如果我想把手放在你身上，会怎么样。”

我向他摊开手掌，希望我的天赋赐礼能浮到皮肤表面上来。而前所未有地，它们应邀而至，像水波一般席卷我的全身——没过多久，我的每一根手指都缠绕上了潮涌阴翳，如同黑色丝线。利扎克的眼睛着魔一般盯着它们，好像不受控制似的。

“我会继续扮演好你忠诚的妹妹这一角色，以及某种可怕的存在，”我说，“但我再也不会应你的要求给他人带去疼痛了。”

说完这些，我转过身，向门口走去，心脏怦怦直跳。

“当心点儿，”利扎克说，“你会为此后悔的。”

“是吗？”我并没有转身，“反正我不是那个怕疼的人。”

“我，”他简短地说，“不怕疼。”

“噢？”我回过头说，“那你过来拉我的手啊。”

我向他伸出手，掌心朝上，阴翳密布。我的脸因流动的剧痛而抽动着。利扎克一动也不动。

“就是这样。”我说着便离开了。

§

当我回到自己的房间时，阿珂斯正坐在床上，腿上放着一本关于神识派的书，翻译机在摊开的一页上闪着光。他抬眼看我，皱着眉头。他下颌那里的伤疤颜色仍然很深，位置刚好契合于颌骨。随着时日渐长，它会慢慢变浅，融合在皮肤里，不那么明显。

我走进浴室，往自己的脸上泼水。

“他怎么你了？”阿珂斯靠在水槽旁的墙上。

我又泼了一捧水，然后倚在水槽边。水珠沿着我的脸颊越过眼皮，流下来，滴进了脸盆里。我看着镜子中的自己，眼神狂热，下巴紧绷。

“他没怎么我。”我说着抓起架子上的衣服，胡乱擦了擦脸。我笑得比鬼脸还恐怖。“他没怎么我，因为我不允许。他威胁我，我……我也反击威胁了他。”

我手上和胳膊上的黑色阴翳又浓又密，就像画上去的黑色蛛网。我坐在椅子上，笑了。我发自内心地由衷地笑了，直到我感觉到一股暖意。我以前从未勇敢反抗过利扎克。我身体中蜷伏已久的羞愧舒展了一点儿。我不再是他的帮凶了。

阿珂斯在我对面坐下。

“你这是……什么意思？”他说。

“意思是，他抛下我们了，”我说，“我……”我的手颤抖不已。“我不知道为什么，自己是如此的……”

阿珂斯握住了我的手："你刚才对全国最有权有势的人放了狠话，我想就算是颤抖几下也没什么。"

他的手要比我的大得多，关节粗厚，肌腱凸出。透过他的皮肤，我能看见青蓝色的血管。他的皮肤比我的白，也许就像传言所说，荼威人的皮肤都很薄。但阿珂斯并不柔弱。

我回握住他的手。

现在，利扎克要挟不了我了，而阿珂斯就在身边，我真得好好考虑考虑，该如何打发日子。我向来是独自一人度过星际巡游的，炉子四周仍然留有上一次巡游时飞溅出来的"糨糊"——那时我每天晚上自己做饭，用来自其他星球的食材做各种烹饪试验——绝大多数是根本不成功的，因为我压根儿就没有烹饪天赋。晚上，我一般会看一些来自各地的影片，想象着那些全然不同于自己的生活。

阿珂斯穿过房间，到碗橱那里拿了个玻璃杯，然后在水龙头下面接满了水。我仰着头，看着吊在我们头顶的那些植物，它们正在松香笼子里闪闪发光，有的在灯光照射下璀璨夺目，有的则正在枯萎，即便被松香包裹，也会渐渐干枯褪色。毕竟我已经连着三次巡游都这样看着它们了。

阿珂斯擦了擦嘴，放下杯子。

"我想出来了，"他说，"继续坚持的原因。"

他屈起左臂，他的第一道杀戮刻痕就在那上面。

"噢？"

"是啊，"他点点头，"利扎克说的那些一直让我烦心……他说他会把埃加变成我根本不想去救的人。嗯，我认定那是不可能的。"几天前他还茫然若失呢，现在却壮志满满——有点儿太满了。"没有哪种埃加是我不想救的。"

之前他满怀同情地看着我，而不是厌恶地看着我，那种温和的源头原来在这儿呢：疯狂。明明是远得帮不到、救不了的人，却还是继续爱着他——这就是疯狂。

“你没弄懂我的意思，”我对他说，“你这就像是，一个人的处境越糟，或是他对你越糟，你反而对他更好。这是受虐狂。”

“就像有人对自己被迫所做的事情充满了恐惧？”他阴阳怪气地说。

这不好笑，我们两人说的事情都不好笑。可是过了一会儿，我咧开了嘴，再过一会儿，他也笑了。这是全新的笑容——不是他告诉我他多为自己自豪时的笑，也不是他必须在某些场合做出礼貌模样的笑，而是充满渴望的、近乎癫狂的笑。

“你真的不会因为这个恨我吗？”我抬起自己的左臂。

“不，不会。”

在关于“我是谁”“我能做什么”这方面，我体验到了一种与以往全然不同的反馈。憎恨，来自那些因我的触碰而疼痛的人；恐惧，来自那些有可能被我折磨的人；欢欣得意，来自那些能利用我的人——曾经如此，此刻的感受却前所未有。而阿珂斯好像对此心知肚明。

“你根本不恨我。”我的声音轻得如同耳语，仿佛害怕听到答案一般。

但他的回答非常肯定，像是再明确不过了：“不恨。”

我发现，我不再生气了。他之前对我做的那些事，想把埃加带走，等等，都是源自同样的性情和品格——正是这种性情和品格让他全然接受了我。我还能怎么责怪他呢？

“好啊，”我呼了口气，“明天早点儿起床。如果你想把你哥哥从这儿救出去，我们可需要更刻苦的训练了。”

他的杯子上满是手指印，我把它拿了过来。

他冲我皱起眉头：“你要帮我？就算我之前对你做了那些事？”

“嗯，”我喝光了杯子里的水，把它放回碗橱，“我想是的。”

3...

第十五章　阿珂斯

关于自己差点儿就把埃加成功救出去这件事，阿珂斯回忆了一遍又一遍：

当时他跑过诺亚维克庄园围墙夹层里的秘密通道，一路上透过墙缝来判断自己的位置，跑跑停停，在黑暗中花了好一会儿功夫，忍受着扑面而来的灰尘和手指碰到的破烂碎片。

最终，他找到了关着埃加的屋子——无意间触发了传感器，一如利扎克后来所说。不过当时他并不知道。他把手指伸进门上的锁孔里——如今大多数的门都是靠生命潮涌上锁的，所以他的触摸可以经由阻断潮涌而把锁打开，手铐亦然。这也是他当初在极羽草原中挣脱并杀死卡麦伏·拉迪克斯的原因。

埃加站在一扇带有栅栏的窗子旁边，那窗子高于庄园的后门，能看到院子外面的极羽草，一丛丛地在风中摇摆。阿珂斯不知道埃加在看什么——他们的父亲？他不清楚别人能从极羽草草丛中看见什么，反正他自己是再也没看到过幻象了。

埃加转过身，慢慢地认出了他。他们只有两季没见面，却都有了极大的变化——阿珂斯更高、更壮了，埃加则苍白瘦弱，鬈发暗淡无光。他微微摇晃，阿珂斯抓住了他的胳膊肘。

“阿珂斯，”埃加轻声说，“我不知道该怎么办，我不——”

“没关系，”阿珂斯说，“没关系的。我会把咱俩都从这儿救出去，你什么也不用做。”

“你……你杀了那个人，那个闯进咱们家的——”

“是啊。”阿珂斯知道那个人的名字：卡麦伏·拉迪克斯——现在只是他胳膊上的一道刻痕。

“为什么会发生这样的事？”埃加的声音嘶哑了，阿珂斯的心也碎了，“为什么妈妈没能预见到它？”

阿珂斯不想提醒他的是，也许妈妈有所预感。现在提这个已经没用了，真的。

“不知道，”他说，“不过我要把你带出去，即便他们会杀了我。”

阿珂斯把胳膊搭在哥哥肩上，几乎是拖着他，两人一起走出了房间。钻进秘密通道的时候，他把手垫在埃加头顶，免得他磕到。埃加的脚步很重，阿珂斯觉得隔墙有耳，一定会有人听到。

“应该是我救你才对啊。”埃加在一处岔口轻声说——也许是他所能压到的最低最轻的声音，他一直都不擅长悄悄行事。

“谁说的？‘兄弟相处指南’？”

埃加笑了起来：“你没读过吗？真是的。”

阿珂斯也笑了，推开了通道尽头的门。而等在那里正活动着关节的，是瓦什·库泽。

§

巡游飞艇起飞并追寻生命潮涌行驶了一周之后，阿珂斯改到公共训练室去做练习了。他本来可以使用希亚房间上层的那个隔层，但最近她总是在那儿看影片。大多数影片是其他星球的格斗录像，不过前不久他偶然撞见她在模仿欧尔叶舞者，足尖和手指都抖来抖去的。希亚对此很是不爽，他也就不想再上去冒险了。

希亚第二天晚上扔给他的飞艇平面图，他看也不用看，就找到了公共训练室。这里昏暗不明，基本上就是个空屋子，只有几个人远远地在练习举重。很好，他想。枭狄人都知道他是从荼威绑架来的，“利扎克的鞭子”伤不了他。没有人觉得他不幸——也许这是因为他们都怕希亚——但他不喜欢被人盯着看。

那会让他脸红。

阿珂斯努力地拉伸，用手触脚——他把注意力放在动作上——这时他感觉到有人在看他。他也说不出是怎么发现的，但当他抬头看时，站在旁边的是约尔克·库泽。

约尔克·库泽——苏扎·库泽之子。

他们只见过一次面，那是瓦什带他来见希亚的时候。他褐色的瘦胳膊上空空如也——阿珂斯已经习惯了不论何时，见到谁，都要先打量一番他们的杀戮刻痕——不过约尔克还一道刻痕都没有。他循着阿珂斯的目光，不自在地抓了抓脖子，留下几道红红的指甲印。

“需要帮忙？”阿珂斯问道，好像约尔克一旦首肯就会有麻烦似的。

“没人对练吗？”约尔克拿出两把练习刀，就像希亚用过的那把一样，坚硬却柔韧。

阿珂斯打量着他。他真的只是想跟自己……练习？这个人的父亲曾经用靴子踩踏阿珂斯的脸。

“我这就要走了。”阿珂斯说。

约尔克挑起眉毛。“我很清楚这个——”他拍拍自己干瘦的身子，“确实让人担心，不过只是练习一下，凯雷赛特。”

阿珂斯并不相信约尔克真的只想“对练”，但他也很想弄清楚他真正的意图。再说，人也不能选择自己的血统和出身。

“好吧。”阿珂斯说。

他们走到练习竞技场上。这是一块画出来的圆形区域，有些地方的反光条都剥落了。得益于管道里流动的热水，空气挺暖和的，阿珂斯已然微微出汗。他接过了约尔克递过来的刀。

“我从来没见过谁对一场对练如此高度戒备。”约尔克说道。但阿珂斯不想花任何时间来逗闷子。他猛地出手，测试着对手的速度，约尔克跳着往后躲开，吃了一惊。

阿珂斯压低身子，闪过了约尔克的第一击，同时瞄准他的背部肘击。约尔克踉跄着往前跌倒，用手指撑住了自己，随后转身再次出击。这一次阿珂斯抓住了他的胳膊肘，往一侧狠拽，重重地把他摔在地上。

约尔克弯起身子，用练习刀的刀尖抵住了阿珂斯的肚子。

“这不是个好目标，库泽，”阿珂斯说，“实战中，我会穿盔甲。”

“叫我‘约尔克’，别叫‘库泽’。你已经有盔甲了？”

“没错。”阿珂斯趁他走神的当儿，用刀面击中约尔克的喉咙。约尔克立刻喘不过气来了，两只手护着自己的脖子。

“好了，好了。”他喘息着，摊开双手认输，“这就回答了那个问题。”

阿珂斯向后退到了竞技场边上，和约尔克拉开一些距离：“什么问题？关于我的盔甲？”

“不是。真行，呛死我了。”他揉着自己的脖子，“我来这儿是想看看，你和希亚一起训练，练得有多好。我父亲说他第一次见到你时，你连手和脚都分不清。”

第十五章
阿珂斯

阿珂斯的愤怒慢慢涌了上来，就像水慢慢结成冰。但这愤怒颇有分量，就像那时候一样。

“你父亲——”他开口，约尔克打断了他。

“是个最坏的人渣，是的。这就是我想对你说的。”

阿珂斯把练习刀拿在手里翻过来翻过去，或许是不知如何做出正确的回应，也或许是等着约尔克继续讲。他不得不说的话，却不那么容易说出口。阿珂斯看着训练室另一边那些练习举重的人，他们都没往这边看，似乎也没在偷听。

“我知道我父亲对你和你的家人做了什么，”约尔克说，“我也知道你对他们的一个同伙做了什么。”他冲着阿珂斯胳膊上的刻痕点了点头，“我想请你帮忙。”

阿珂斯所知道的是，约尔克的家人对这个孩子很失望。他出身名门，却在维修站工作，浑身弄得一道道机油。

“做什么？”阿珂斯问道，又翻了一下手里的刀。

“我想让你杀死我父亲。”约尔克直白地说。

练习刀掉在了地上。

关于约尔克的父亲，阿珂斯的记忆之深，就像挂毯上的经纬线一样，紧密联结，不可剥离。当爸爸的血洇过起居室的时候，他就在那儿，狠狠地在阿珂斯的手腕上铐上了手铐。

“我不是傻子。不管你们如何看待苶威人，”阿珂斯咬着牙，脸颊通红地捡起了地上的练习刀。“你觉得我会跳进你的圈套，让自己万劫不复？”

“我和你一样，冒着巨大的风险，”约尔克说，“因为我知道你可以把我刚才的话告诉希亚·诺亚维克，然后这些话会传到利扎克耳朵里，或许我父亲也会听到。但是我选择信任你的恨意，你也应该信任我的。”

“信任你的恨意，你对你父亲的恨意？”阿珂斯说，“为什么——为什么你要这么干？”

约尔克比阿珂斯矮一头，也不如他强壮，年纪比他小，但眼神很坚定。

“我母亲有危险，”约尔克说，“可能我妹妹也是。而正如你所见，我学艺不精，无法凭自己的力量打败他。”

“所以你想怎样？直接杀了他了事？这是你们枭狄的传统？”阿珂斯低声说，“如果你的家人真的处于危险之中，你该做的难道不是想办法带你母亲和妹妹离开这儿？你在维修站工作，起降平台那儿停着几百艘飞艇呢。”

“她们不会走的。再说，只要他活着，就会对她们有威胁。我不希望她们那样生活，每天东躲西藏，惴惴不安。”约尔克很肯定地说，“我不会做任何不必要的冒险的。”

“那就没有人能帮你了。”

“没人能逼迫苏扎·库泽做他不想做的事，”约尔克笑道，“但利扎克除外。不过这位枭狄君主会如何回应我的请求呢？猜也猜得出来。”

阿珂斯摸了摸肘部那里的刻痕，想起了它们的来处。*他挺不够格的*——奥斯诺的妈妈曾经这样说自己。*他挺好相处的*——这是奥斯诺的回答。好吧，他们都不知道我用一把刀能干出什么事，不是吗？

“你想让我杀一个人。”阿珂斯说。他只是在印证自己脑海里的想法。

“一个绑架你的帮凶，是的。”

“除了我的好心肠之外，我为什么要帮你？”阿珂斯摇摇头，把练习刀递给约尔克。“我不干。”

“作为回报，”约尔克说，“我可以帮你获得自由。正如你所说，起降平台那儿有几百艘飞艇。帮你弄一艘，帮你打开舱门，让导航台那里的人看向别处——这些都很容易办到。”

自由——约尔克像是完全不理解这个词的含义一样，就这样稀松平常地说出了口，因为他从未被剥夺过。但对阿珂斯来说，自打他的命运被公开以来，自由就不存在了。也许答应约尔克杀死他的父亲，还能换得带埃加回家的机会。

于是阿珂斯再次摇头道：“不干。”

“你不想回家去吗？”

“我还没完成在这儿的使命。我当然很想回家，但是……”

约尔克一直没有接过那把练习刀，阿珂斯便把它丢在地上，低头盯着。他同情约尔克的妈妈，甚至也同情约尔克本人，但他自己家人的麻烦已经不少了，而且杀戮刻痕并不是什么可以轻易背负的东西。

“那么，再加上你哥哥，如何？”约尔克说，“那个跟利扎克同心同德的男孩。”

阿珂斯愣住了，咬紧了牙关。*这是你自己的错*，他对自己说，*是你暗示了“未完成的使命”*。这是让人拿到了谈判的底牌。

“我可以把他弄出来，”约尔克说，“送他回家。到了家就可以治好他错乱的思维了。”

阿珂斯再次想起了那差点儿就能成功的出逃，想起了埃加哑着嗓子问他：“*为什么会发生这样的事？*”他脸颊凹陷，身形憔悴，正在一天一天、一季一季地——消失。要不了多久，就剩不下什么可救的了。

“好。”这句话轻飘飘的，仿佛不是他的本意。

“好？”约尔克屏住呼吸，“你是说你会帮我？”

阿珂斯挤出了那个词：“是的。”

为了埃加，答案永远都会是“是的”。

荼威人达成协议会彼此握手，但他们没那么做。在这儿，用枭狄人自认为神圣的语言说几句就够了。

§

在希亚房间外的走廊尽头，一直都有个卫兵守在那儿，但对阿珂斯来说，那不过是形同虚设。没人能打得过希亚，就连卫兵对此也没有异议——他都不怎么检查阿珂斯带没带武器。

炉子前，希亚正蜷缩成一团，脚边放着一只壶，里面的水泼到了地板上。她的掌心里有些半月形的痕迹——那是把拳头攥得太紧时留下的指甲印——在希亚身上，阿珂斯所能看见的地方，布满了黑色的潮涌阴翳。他跑向她，在湿地板上微微打滑。

阿珂斯抓起她的手腕，那些黑色斑纹便消失了，仿佛河水退回了源头一般。他没什么感觉，就像往常一样。他经常听到别人提起生命潮涌的嗡鸣声，以及潮涌退却的时辰、位置，但这些对他来说只不过是回忆——那回忆也不甚清晰。

在他的双手之下，希亚的皮肤变得灼热。她抬眼看着他——阿珂斯很早就知道，这神情不是其他人会有的“烦躁”——似乎连“愤怒”也不是。不过现在，他更了解她了，能透过盔甲面具的缝隙看到“悲伤”。

“在想莱蒂？”他说着换了个姿势，好握住她的手，用两个手指钩住她的虎口。

第十五章
阿珂斯

“我把它给碰倒了，”希亚冲着那只壶点点头，“就这样，完了。”

根本“完”不了，阿珂斯想，但他也没追问。他一时冲动，伸出手去摸她的头发，把它们理顺弄平。她的头发又厚实又卷卷弯弯的，也说不上为什么，有时候就是让他想要用手去弄一弄。

轻轻的抚摩带来一丝内疚的刺痛。他不应该做那种事——不应该向着他的命运全速冲过去，他该尽量拖延才对。在荼威，所有认识他的人都会视他为叛徒，他绝不能让他们误会的事成了真。

然而有的时候，希亚的疼痛，他能够感同身受，尽管他帮不了她，却可以将这疼痛缓解钝化——为了他和她两个人。

希亚的手动了动，指尖抵着他的手掌。她的触碰柔软而带着几分试探，然后她把他推开了。

“你今天回来得很早。”希亚说着，扯过一块布来擦干地板。水正流向阿珂斯的脚，渗入他的鞋底。她身上的阴翳又回来了，因为疼痛，她微微颤抖。但如果她不想要他施以援手，他也不能强迫她。

“是啊，”他说，“我遇见了约尔克·库泽。”

“他要你做什么？”她踩在布上，好让它吸收更多的水分。

“希亚。”

她把那块湿布扔进水槽：“怎么了？”

“我要怎么做才能杀死苏扎·库泽？”

希亚抿起了嘴唇，每当她思考什么事儿的时候就会这样。他像提及一件随常的事情那样发问，她也像回答一件随常的事情那样思考——这令人相当不安。

“只有在竞技场发起角斗挑战是合法的，你知道，”她说，“而且你只能走合法程序，不然受罚就是送命告终。这就意味着，你得等到星际巡游结束再说，因为这期间是不允许角斗挑战的——这也是约定俗成的规矩。”她飞速地挑了下眉毛，“但就算巡游结束了，以你的身份地位，仍然无法向苏扎下战书，你必须想办法让他对你发起挑战。”

听起来，她似乎早就考虑过这些了，但他知道并非如此。类似的事情有过很多次了，他明白这就是所有人都怕她的原因——或者是人人都该怕她，不光是因为她的天赋赐礼。

“一旦站上竞技场，我能赢他吗？”

“他打得不错，但算不上优秀，”她说，“可能你用技巧就能压制住他，不过你真正的优势却在于，他仍然认为你是个小屁孩。”

阿珂斯点头道：“所以，我应该让他继续那么认为。”

“对。”

她把空了的壶放在水龙头下面接水。阿珂斯小心地提防着希亚，不想让她做饭——几乎每一次她都能把食物烧焦，弄得满屋子都是烟。

“你要想好，这是不是你真想做的，”希亚说，“我不想看到你变得像我一样。”

她的话里没有寻求安慰的意思，也没有想争辩的意图。她说这话时是全然确信的，仿佛她信赖自己的特殊和可怖，犹如信仰一种宗教——也许，这是她拥有的最接近信仰的东西了。

“你觉得我会那么容易就挂掉吗？”阿珂斯用了他从军营里的下层枭狄人那儿学来的粗话——听起来还不错。

她把头发向后拢去，用手腕上套着的一根发带束紧。她再次看着他：“我觉得人人都很容易‘挂掉’。”

她说出这个词的时候又别扭又尴尬，阿珂斯都快笑出来了。

“你知道的，”他说，“挂掉也好，畸形可怕、魔鬼神兽也罢——随你怎么叫它——不会永远一成不变的。”

她看起来像是在仔细咀嚼这个说法。她以前就没这么想过吗?

“我来做饭吧，好吗?”阿珂斯从她手里拿过那只壶，水溅出来一点儿，洒在他的鞋子上。“我保证不会把东西烧焦。”

“有一回可是烧焦了的，”她说，“我可不是个能跑会说的危险品。”

希亚这样说自己，是个玩笑，又不是个玩笑。

“我知道你不是，”他严肃地说，又添上一句，“所以你快给我切点儿盐渍果子去。”

她看上去仍然思虑重重——对于动不动就皱眉的人来说，这神情称得上怪异——她从冷藏柜里拿出盐渍果子，坐在角落里切了起来。

第十六章 希亚

我的房间远离飞艇上的其他一切设施——除了发动机舱，所以要去利扎克的办公室，得走上很远一段路。他叫我去是为了给我安排巡游期间的日程：涤故更新正式启动前的联谊会，我得和他以及其他枭狄贵族一起出席；还要帮他拉拢皮塔的首领。我同意了，因为这些事只要装装样子、虚张声势就行了，用不着动用我的天赋赐礼。

正如那些愤世嫉俗的检测员的预料，利扎克将星际巡游的终点定在了皮塔——多水的星球，以其对抗天气的创新科技闻名。有传言说，皮塔秘密储备着先进武器，如果这是真的，埃加·凯雷赛特一定能预先知晓——他现在已经被利扎克的回忆置换弄得思维错乱了。要是埃加能帮利扎克找到这些最厉害的武器，我哥哥要对荼威发起战争，征服整个星球，也就变得轻而易举了——他可是为此谋划已久。

要回到我的房间，还有一半路程，但这时，灯突然熄灭了，周围的一切都黑漆漆的，飞艇动力中心发出的嗡鸣声也渐渐弱了下去。

我听见了敲击声，有节律的：一下，三下，一下；一下，三下，一下。

我转过身，背靠在墙上。

一下，三下，一下。

潮涌阴翳一下子冲上我的胳膊，跃上了我的肩膀，我脚下的应急

第十六章
希 亚

灯带开始闪烁，一个人影向我冲过来。我弯下身子，用胳膊肘狠击对方。肘部撞击到盔甲的时候我不禁破口大骂，同时身轻如燕地转了个身——之前练着玩儿的舞蹈，已经和我融为一体变成了本能。我抽出潮涌之刃，冲着偷袭者狠劈过去，把她压在墙上，用锋刃抵住她的喉咙。她自己的刀则掉在了地上。

她戴着面具，一只眼睛那里是缝死的，一条厚实的头巾罩在头上，从额头到下巴遮得严严实实。她和我差不多高，盔甲是自己赢得的，奇阿摩的皮做的。

我碰到她的时候，她呜咽了一下。

“你是谁？”我说。

我话音刚落，飞艇上的备用扩音器就响了起来。这个扩音器很旧，是从早年间的飞艇上拆下来的，传出来的声音细弱扭曲。

“诺亚维克家族的长子，将让位于贝尼西特家族，”扩音器里说，“真相可以被遮掩，却不会被更改抹杀。”

我等着它继续，但没声音了，扩音器关上了。飞艇里的嗡鸣声重新响了起来。这个女人在我手上，我的胳膊或是利刃，随时能要她的命。这时她低声抽泣起来。

“我可以逮捕你，”我轻声说，“逮捕你，然后把你带去审讯。”我微微点头，“你知道我哥哥是怎样审讯犯人的吗？他用我，用这个。”我唤起更多阴翳逼近她，黑色的斑纹盘绕在我的前臂。她叫起来。

有那么一瞬，她的声音听起来像是莱蒂·扎伊维斯。

我放开了她，从墙边退开。

地上的灯带恢复了正常，自下而上地照着我和她。我能看见她仅余的一只眼睛闪烁着，看着我。舱顶的灯也亮了，她沿着走廊飞奔，在转角那里消失了。

我没去追。

我死死攥住拳头，免得双手发抖。我简直不能相信自己刚才做了什么，如果被利扎克发现的话……

我捡起了她的刀——如果这也能叫作“刀”的话。那只是一根带有锯齿的金属棍子，是手工打磨的，尾端包上了一圈胶带，聊作刀柄——我走动起来，不确定要朝哪个方向走，但我需要走动，一直走动。我没受伤，没有证据表明刚才发生了偷袭。但愿走廊里够黑，这样安保录像里就不会显示出，我放走了一个造反的。

我刚刚做了什么啊？

我在走廊里跑了起来，脚步声回荡在身后，几秒钟后我一头扎进嘈杂的人群里。一切都是喧闹的、紧急的，一如我的心情。我把双手缩在袖子里，免得不小心碰到别人。我不是回房间去，而是要赶在所有人之前先见到利扎克——我必须确认，他相信我与此事无关。拒绝帮他折磨人是一回事，参与政变却是另一回事。我把那个偷袭者的刀子放在口袋里，藏起来。

我跑到利扎克的房间那里——他的房间在飞艇的尽头，距离生命潮涌最近的地方，但是卫兵们把我拦住了。他们让我到办公室去找他，在我还不确定他会不会让我进门时，他立刻就嚷嚷着下令让我进去。

利扎克光脚站着，对着墙壁，手里抓着一杯稀释的缄语花花水——我练了这么久，一眼就认出来了。他没穿盔甲，当他看向我的时候，目光里的神色混乱极了。

“你想干什么？”他问。

“我……”我停住了。我不知道自己想干什么，除了自保。“我只是来看看你有没有事。”

“我当然没事。”他说，“瓦什杀了两个叛贼，他们甚至都没能闯到这附近来，一声不吭地就死了。”他拉开了一扇舷窗上的窗帘——这舷窗比其他的都要大，几乎和他差不多高——他向外看去，凝视着正在变成深绿色的生命潮涌。它就要变成蓝色了，入侵别国、涤故更新的时候就快要到了——那是我们的祖先留下的传统。“你觉得几个刺客的把戏就能伤了我？”

我走近他，小心翼翼地，仿佛他是一头野兽：“利扎克，遭到袭击的时候有些慌乱是正常的，完全没关系啊。”

“我没慌乱！”他大吼大叫着，把手里的杯子重重地放在桌子上，里面的缄语花花水洒得到处都是，染红了他的白色袖口。

我看着他，突然想起了自己的第一次星际巡游。那时候他帮我系紧安全带，动作又快又干脆，还会因为我紧张而嘲弄我。他变成现在这般可怕、残忍，并非他的过失，是我们的父亲把他塑造成了这样的人。拉兹迈·诺亚维克给过我的最大恩赐，就是他不在乎我——这比赐予我生命重要得多。

我理解利扎克的威胁、愤怒、轻蔑、恐惧。我也从未温和待人。我们的父亲以目的鲜明的胁迫和恫吓的静默作为武器，我们的母亲则以仁慈和蔼作为无声的利刃。此时此刻，我更像拉兹迈，不像伊莱拉。但这是可以改变的。

“我是你妹妹，你没必要这么对我。”我尽可能温和地说。

利扎克盯着袖口上的红色污渍，没有回答。我觉得这是个不错的信号。

“你还记得那时候，咱们在我房间里玩儿那些小玩偶吗？”我说，“你还教我怎么用刀。我总是攥得太紧，指尖的血液都不流动了，是你教我怎么握刀的。”

他皱起了眉头。我真不知道他还记不记得——或许这部分记忆他已经置换给埃加了？抑或是有些痛苦的记忆已被埃加的温和记忆取代？

“我们不能总这样，你和我。”我说。

他静默的时候，我充满希望——希望他能多少改变对我的看法，希望我们的关系能有所改善，慢一点儿也不要紧，只要他能释放掉自己的恐惧。他的目光与我的相交——就要成功了，我能看见，能听见。我们还能变回从前的样子。

“然后你杀了我们的母亲，”他干巴巴地说，“现在，我们也只能如此。”

我没什么好吃惊的，他这样像狠揍我的肚子似的丢过来一句话，我早就习惯了。但让自己抱有希望，这让我像个傻子。

§

我整夜未眠，忧心忡忡地想着他会对这次袭击做何回应。

第二天，问题有了答案，他冷静、自信的声音从远处的滚动新闻中传来。我一骨碌翻身下床，穿过屋子，打开了影幕。我哥哥出现了，苍白、瘦削，盔甲泛着光，怪异地映着他的脸。

“昨天，我们遭到了一次……分裂阴谋。”他撇撇嘴，好像在说一件可笑的事。这是有效的，利扎克知道不能表现出恐惧，要把叛徒的行动尽可能地描述成微不足道。“但那实在幼稚。嫌犯设法让飞艇降速，声东击西，躲过了安保系统。这意味着我们必须把他们揪出来，斩草除根。”他的声音变得穷凶极恶，“飞艇数据库中的所有人都会被随机抽取，以接受质询，就从今天开始。全艇每晚八点到次晨六点施行宵禁，除维护飞行的必要岗位之外，全员有效。何时抓住叛徒，何时宵禁解除。涤故更新也相应推迟，我们能确保飞艇安全的时候再议。”

“质询，”阿珂斯在我背后说，“意思是‘刑讯折磨’吗？”

我点了点头。

“如果你知道任何牵涉此次恶作剧的人姓甚名谁，你最好的晋升机会就来了，”利扎克说，“而为了枭狄人民的利益，所有企图隐瞒消息或在质询中撒谎的人，将严惩不贷。请大家放心，巡游飞艇及艇内所有人员的安全，乃是我最为关注的事宜。”

阿珂斯冷哼了一声。

“如果你无所隐瞒，你也将无所畏惧，”利扎克说，“我们继续做好准备，向这星系中的其他星球展示我们的力量和团结吧。”

他的面孔在屏幕上停留了一会儿，然后就切换回了滚动新闻，用的是欧尔叶语——这种语言我还算能掌握。缇比斯的西部大陆目前水资源短缺——枭狄语字幕竟然对应无误，真是破天荒的头一回。

“展示我们的力量和团结。”我重复着利扎克的话，这并非对阿珂斯，而是对我自己说的，“现在，星际巡游的目的变成这个了吗？”

“还能是别的什么吗？”

滚动新闻仍未间断。议会正在就每个星国神谕者的配给数量进行辩论，他们会在月底进行投票表决。枭狄语字幕是这么说的：“议会力图维护对神谕者的专横控制，以行掠夺之实，这项提案将在月底投票通过。”意思是没错，但充满了偏见。

一伙儿臭名昭著的星际劫匪已经入狱十五载。枭狄语字幕是：“一批佐德传统主义者因对议会的限制性规定发起抗争而入狱，迄今已十五载。”这翻译得就不太准确了。

“本来是为了向我们所依赖的生命潮涌及其幕后推手表示谢意，”我平静地说，“是一种宗教仪式，同时也是对那些先人的纪念和尊崇。”

“你所描述的梟狄，并不是我所看到的梟狄。”阿珂斯说。

我向后瞥了他一眼：“也许你只看见了你想看的。”

“也许我们都是如此，”阿珂斯说，“你看起来忧心忡忡，是不是觉得利扎克会再来找你麻烦？”

“如果事态更糟的话。”

“那，如果你还是拒绝帮他，他会怎样？最坏的可能是什么？”

我叹了口气：“我想你可能不会理解的。我妈妈受众人爱戴，几乎是凡间的圣人。她死的时候，所有梟狄人都痛哭流涕，仿佛整个世界崩塌了一样。”我闭上眼睛，脑海中浮现出妈妈的身影。“如果人们知道我对她做了什么，他们会把我撕个稀烂的。利扎克对此很清楚，所以一旦情况棘手，他就会利用这一点。”

阿珂斯皱起了眉头。我很想知道，如果我死了，他会有什么感觉——这念头出现过不止一次。这并非因为我觉得他恨我，而是因为我知道，每当看着我的时候，他都会想起自己的命运。那个他为之赴死的诺亚维克家族成员，很可能就是我，毕竟我们长久以来都在一起。而我也并不相信，自己就值得他付出生命。

“好吧，”他说，“那我们就寄希望于他别那么干。”

他侧对着我，我们之间不过几英寸之隔。我们经常如此靠近，争论的时候、训练的时候、一起做早餐的时候——他必须得触碰我，才能牵制缓解我的疼痛。所以，他的腰如此靠近我的肚子，我能看到他手臂上的肌肉，应该也不会有什么奇怪的感觉。

不过还是有。

“你那位朋友，库泽，怎么样了？”我说着往后退了退。

“我给了约尔克一些催眠药，让他加进苏扎早上会用的那些药剂里。”

“约尔克要给自己老爸下药？”我说，“真有趣。”

“是啊，有趣。我们就等着看苏扎会不会在午餐时溜桌吧。这应该足够激怒他向我发起角斗挑战了。”

“在你暴露之前得多来几次，”我说，“得让他害怕，也得让他恼怒。”

“难以想象，他那样的人也会害怕。”

“是啊，好吧，我们都会害怕，”我叹气道，“不过恼怒更重要些，我觉得。”

§

生命潮涌慢慢地由绿色变为蓝色，而我们仍然没在皮塔降落，正式的涤故更新被利扎克一推再推。我们沿着星系边缘滑行，远离议会的控制。急躁、不耐烦的情绪像湿漉漉的云汽一样笼罩着整个飞艇，只要我离开自己的房间，不论在哪儿都能嗅到这样的气氛。而这些日子，我极少出门。

利扎克无法无限期地推迟降落——他不能彻底放弃巡游，否则他就会成为枭狄历史上第一个无视我们百季传统的君主。

我答应过他，会替他装点门面的，所以在袭击发生几天之后，他和最亲密的支持者齐聚于观测平台时，我也露面了。我一入场就看见窗子透出了外面的黑色太空，犹如巨大生物张开的大口，仿佛要把我们都吞噬进去一般。接着我就看见了瓦什，他抓着一杯茶，指关节正在流血。当他发现血迹时，扯过手帕擦了擦，又塞回了口袋里。

“我知道你感觉不到疼痛，瓦什，但是保护好自己的身体还是很有必要的。”我对他说。

他抬眼看了看我，放下手里的杯子。其他人都聚集在房间的另一侧，端着玻璃酒杯，三三两两地站着。大多数人围绕在利扎克身边，就像排水孔四周散落的碎片。雅玛·扎伊维斯——白发映着黑色的太空，仿佛闪闪发光一般——也在其中，她浑身僵硬，显然非常紧张。

房间里的其他地方没有人，黑色地板油光锃亮，墙壁向窗子倾斜弯曲。我有点儿希望我们所有人都飘走了事。

“我们认识这么久了，你对我的天赋赐礼还是知之甚少。”瓦什说，“我得上闹钟才知道该吃该喝了，还得不停地检查自己有没有骨折或者瘀伤，这些你都不知道吧？”

我从未想过，瓦什在失去痛感的同时，竟然还会失去别的东西。

“所以我根本不管那些小伤，”瓦什说，“过于关注自己的身体，是会让人精疲力竭的。”

“嗯，”我说，“我想我对此还是有所了解的。”

不止一次，我惊异于我们如此对立——却又如此相像，我们的生命围绕着“疼痛”这一主题，以各不相同的方式存在，都为肉体本身付出了过高的代价。我们是否还有其他的共同之处呢？这真叫我好奇。

“你是什么时候获得天赋赐礼的？”我问，“当时发生了什么？”

“那是我十季岁的时候。”他向后靠在墙上，用手蹭了蹭脑袋。他的头发剃得短短的，紧贴着头皮，耳朵旁边有几道新的刮伤——也许他都没注意到这个。“在来庄园服侍你哥哥以前，我是在普通学校上学的。那时候我骨瘦如柴，是被欺负的目标，那些大孩子动不动就会对我拳脚相向。”他笑了笑，“我一发现自己不会感觉到疼痛，就立马把其中一个孩子头儿打了个半死，从那以后他们再也不敢碰我了。”

曾经身处险境，他的身体做出了反应，他的意识做出了反应——他的故事和我的何其相似。

“你看待我的方式，就是我看待凯雷赛特的方式，”瓦什说，“你认为我是利扎克的小宠物，而阿珂斯是你的。”

“我认为我们都是为哥哥服务的，”我说，“你、我、凯雷赛特，我们并无区别。”我瞥了一眼围绕着利扎克的人。“雅玛怎么也在？”

“你是说，在老公和孩子给她丢了脸之后，她怎么还在？”瓦什说，“据说她是爬着向利扎克摇尾乞怜，求他饶恕他们的大逆不道。当然了，这说法可能有点儿言过其实。”

我扔下瓦什，慢慢地靠近其他人。雅玛的手放在利扎克的胳膊上，正往下滑到他的肘部。我以为他会甩开她，因为他很不喜欢别人碰他。但他默许了，也许，甚至还向她那边靠了靠。

在他下令处死了自己的丈夫和女儿之后，她怎么还能站在那儿看着他？更不用说碰他了。我看见她正为利扎克说的什么话而大笑着，但她的眉头紧绷着，仿佛心有苦痛——或是绝望，我想。这两者的表情常常是一样的。

“希亚！”雅玛一叫我，就把所有人的注意力都吸引了过来。我努力让自己正视她，但这很难做到，因为是我杀了莱蒂。有时，当我梦见她女儿的时候，她也会出现在梦境里，伏在女儿的尸身上，号啕痛哭。“可有一阵子没见到你了，在忙什么呢？”

我飞速地和利扎克交换了眼神。

“希亚是我的特别助手，”利扎克轻巧地说，“她替我看着凯雷赛特呢。”

他是在讥讽我。

“那个小凯雷赛特有那么重要？”雅玛问道，她的笑容意味深长。

“这还有待观察，”我说，“但他毕竟出生在荼威，了解很多我们不知晓的敌情。”

“啊，”雅玛轻快地说，“我倒觉得你应该在最近的质询里大显身手，希亚，就像你以前干的那些事一样。”

我觉得自己快要吐了。

“可惜啊，质询需要伶牙俐齿和见微知著的本事，”利扎克说，“这两点我妹妹偏偏都没有。”

我被刺痛了，但根本不想反击。也许他是对的，我确实没有伶牙俐齿。

我只是让自己的潮涌阴翳四散蔓延，当他们的谈话转向其他主题之后，我便走到房间一边，看着外面包围一切的黑暗。

我们正位于星系的边缘，只能看见那些因人口不够稠密而未能加入议会的行星——或是星体碎片。我们称之为“外围次要行星”，或者更随意一点儿，就称之为“外次”。妈妈曾经力主枭狄应将它们视作手足，一起争取合法主权，但爸爸却在私下里笑话她的想法，说枭狄比那些边缘小玩意儿要强大得多。

我就在这便利的角度看着其中的一颗行星，它只是一个很大的光斑，大到无法融入我们所在的星群。一道明亮的生命潮涌向它伸展，如一条腰带似的包围着它。

“P1104，”雅玛·扎伊维斯从杯子里啜了一口饮料，对我说，“就是你正看着的那颗行星。”

“你去过那儿吗？”我站在她旁边，有些紧张，但尽量让声音保持轻快。在我们身后，亲戚瓦克莱茨说了什么，人们爆发出一阵笑声。

“当然没有，”雅玛说，“近两代的枭狄君主不允许人们到外次行星上去。他们——这决断很正确——想让枭狄和那些外次行星保持距离。这是做给议会看的，如果我们想要被严肃看待，就不该和那些未开化的地方有什么瓜葛。”

听起来像个诺亚维克忠臣——或者更准确地说，诺亚维克辩护士。她很懂这种话术。

“是啊，”我说，“那么……想必质询还没有屈打成招出什么结果吧。”

“只找到些小喽啰，主谋者还没有头绪。不幸的是，我们的时间所剩无几了。”

我们？我想着。她就这么自信，把自己当作我哥哥亲密小团体里的一员吗？也许她真的求得了他的原谅。也许她找到了另一种讨好他的办法。

这想法让我不寒而栗。

“我知道。生命潮涌几乎要变成蓝色了，每天都有变化。”我说。

“确实。所以，你哥哥必须得找到什么人，公开示众，赶在巡游之前展示权力。在这样动荡的时期，谋略尤为重要。”

“那么，如果他不能及时找到那人，又要用何种谋略呢？”

雅玛冲我怪异地笑着：“我以为你已经知道了呢。既然你是他的特别助手，难道他没对你提过？”

我敢说我和她都明白，“特别助手”的说法不过是在扯谎。

“当然提过，”我干巴巴地说，“但是你知道，像我这种无聊又迟钝的人，这些事总是说忘就忘。啊，今天早上我可能还忘记关掉炉子了呢。”

“我觉得，对你哥哥来说，赶在涤故更新之前及时地找到嫌犯，没什么难的，”雅玛说，“他们要做的只是关注这次事件，不是吗？”

“他是要诬陷什么人吗？”我说。

利扎克需要个替罪羊，一个无辜的人便将为此而死，一想到这个我就觉得浑身发冷。我不知道这是为什么，几个月之前——甚至几周之前——我对这种事还无动于衷。但阿珂斯说过的话，以某种方式对我产生了影响：我之为我，不必永远一成不变。

也许我可以改变。也许我正在改变，就因为我相信自己可以。

我想起了那个被我放走的独眼女人。她瘦小的身材，独特的动作，只要我想，就能找到她。我能肯定。

“为了你哥哥的政权，这只是小小的牺牲，”雅玛轻轻点头，“为了自己的利益，我们都得做出牺牲。”

我转向她：“请问你做了什么样的牺牲？”

她突然抓住我的手腕，非常用力地攥着，用力得我都觉得她自己无法承受。尽管我知道，我的潮涌阴翳一定已经蚀入了她的身体，她却仍然没有松手。她把我拉近她，近得可以嗅到她的呼吸。

“我放弃了看着你血尽而亡的快乐。”她轻声说。

雅玛放开我，回到人群里去，轻快地甩着胯。长长的白头发垂过她的背，直且顺滑，从后面望过去就像一根白色的柱子，身上的浅蓝色裙子也是那么相称。

我揉了揉手腕，皮肤被她抓红了。会留下瘀痕的，我能肯定。

第十六章 希亚

§

我走进厨房，盘子锅子的哗啦声戛然而止。巡游飞艇上的工作人员比诺亚维克庄园里的少，不过我认出了一些面孔——还有一些天赋赐礼。一个洗刷工正让水壶飘起来，肥皂水从他的手背上滴下；一个砧板工正闭着双眼忙着，菜切得干净利落又均匀。

敖特佳正半身探在冷藏柜里，周围静下来的时候，她直起身子，在围裙上抹了抹手。

“啊，希亚，”她说，“没人会像你一样让一屋子人瞬间静默了。”

其他人都直勾勾地看着她，诧异于她与我的熟识，但我只是笑了笑。虽然我有一阵子没见过她了——上一季开始，我会的已经比她多了，现在我们难得见面，顺路时才会——但是她毫无困难地就找回了我们相处的节奏。

“这是种特别的天赋，”我回答，“我能跟你单独说几句吗？”

“你这话说得可真是老气横秋，”敖特佳说着抬了抬眉毛，“跟我来。想必你不会介意在废料间聊天。”

“介意？我可一直都想在废料间待着呢。”我揶揄道，跟着她穿过狭窄的过道，走进一间屋子。

废料间里的臭味儿实在太重，弄得我眼泪汪汪的。我猜那应该是腐烂的水果皮、肉皮外加烂菜叶的气味。这里空间有限，只够我们俩挨得很近地站着。旁边是巨大的垃圾焚化炉，很热，也让气味更难闻了。

我用嘴呼吸，突然间意识到，在她看来，我是多么“十指不沾阳春水”。我的指甲干干净净，白衬衫笔挺。而敖特佳身上则沾着残渍，像是那种本该更壮一点儿，却因为食物不够而显得落魄的女人。

“我能为你做什么，希亚？”

“你能卖个面子给我帮个忙吗？”

“这取决于帮什么忙。”

“如果我哥哥问起来，你可能得撒谎。”

敖特佳抱着胳膊：“你想做什么需要跟利扎克撒谎的事？”

我叹了口气，从口袋里掏出那把刺客丢下的刀子，拿给她看。

“就是最近的偷袭事件，”我说，“有一个人把我堵在走廊里，想取我性命。我制伏了她，但是我……我又把她放了。”

“你是抽什么风要这么做？”敖特佳说，“看在潮涌流淌的分儿上，姑娘，就算你母亲也不会那么好心。”

“我不是——算了。”我拿回了刀子。缠在刀柄上的胶带是有弹力的，弯出了那个女人的手指形状。她的手比我的小多了。“但是我想找到她。她留下了这把刀，我知道你能通过它找到她。”

敖特佳的天赋赐礼是我所见过的最神秘的。给她一件东西，她就能找出这东西的主人。我的父母曾经让她找到过私藏武器的人。有一回，她还找到了试图给我爸爸下毒的人。有时候线索复杂，很难理解，她说过，比如有两三个人都说那东西是自己的。不过她区分起这些人来是很熟练的。所以，如果有人能找到那天的刺客，非她莫属。

“而你不想让你哥哥知道？”她说。

“我哥哥会怎么对她，你很清楚，”我说，“死刑都是最温和的了。”

敖特佳抿着嘴唇。我想起了自己第一次公开亮相之前，是她在我妈妈的监督下，手指灵巧地帮我编辫子；想起了自己月经初潮时，是她替侍女处理了沾血的床单——在妈妈离世之后，是她照顾我。

“你不想告诉我为什么要找她，对吧。”

“对。”我说。

“这和你自己的报复计划有关吗？”

“啊，要回答这个问题，就得告诉你我为什么要找到她，但我不想说。”我笑了，“得了，敖特佳，你知道我能照顾好自己。我可不像我哥哥那么粗陋严苛。”

“好吧，好吧，”她接过了那把刀，“我需要一些时间。明天宵禁之前到这儿来吧，我带你去找那个人。”

“谢谢你。”

敖特佳帮我捋了捋耳后散落的碎发，笑了笑，掩饰着因碰到我带来的疼痛。

“你没那么吓人了，小姑娘，”她说，“别担心，我不会告诉别人的。”

第十七章 阿珂斯

在星系的边缘，能看到的星星不多。希亚喜欢。她望向窗外的时候，那些阴翳平静和缓，就凭这个，他就可以肯定。太空，黑暗，这一切都令他不禁战栗。但是，他们正在接近生命潮涌的末端，所以天花板上的全息图的一角，会显露出一点儿紫色。

生命潮涌要带他们去的星球并不是皮塔。和希亚去旁观检测员工作的那天，他已经看见了。那时，检测员们认为也许是奥格拉，甚至还有人说是 P1104。不过，对利扎克而言，尊重检测员的意见，明显只不过是一种礼节。他选的星球，是能为他提供最多利益的同盟——这是希亚说的。

是她在敲门，轻巧却明确的四下。看也不用看，他就知道站在门廊上的人是她。

“我们得快点儿，不然就会错过它了。”她说。

“你是故意这么含糊其词的，对吧？”阿珂斯笑着说，“你一直就不说，‘它’到底是什么。”

“是啊，我就是故意的。”她也笑了。

她穿着一件柔和的蓝色裙子，袖子长及肘部，当阿珂斯伸出手想要拉住她的胳膊时，他就瞄准蓝色的袖口。这裙子的颜色不太衬她，他想。巡游庆典上她穿的那身紫色衣服更适合她，或是黑色的训练服也行。不过，希亚·诺亚维克没有必要故意做些什么来减损自己的外表，他很确定的是，她也这么想。

毕竟，否认显而易见的东西，毫无意义。

他们沿走廊快步走着，这是一条阿珂斯之前从来没走过的路。每一处岔路口的墙上都嵌着指示牌，看样子是要去导航台。他们爬了一段狭窄的台阶，希亚把手伸进顶部墙壁的凹槽里一转，两扇沉重的大门打开了，露出一面巨大的玻璃幕墙。

在那之外，是宇宙，恒星，行星。

还有生命潮涌，每分每秒都在扩张变大，越来越明亮。

玻璃幕墙前面是一排排的屏幕，几十个工作人员正在忙碌着。他们的工服干净整洁，看上去有点儿像枭狄盔甲：最深的蓝色，肩部厚重，不过它们不是用奇阿摩的皮做的，而是由柔韧的织物制成的。其中一个年长的人认出了希亚，便向她鞠躬致意。

“诺亚维克小姐，”他说，“我刚才还在想，这一次能不能看见您呢。”

“我可不会错过它，扎沃领航。”希亚说着，又对阿珂斯补充道，“我小时候就会到这儿来。扎沃，这是阿珂斯·凯雷赛特。”

“啊，是啊，”年长的人说，“我听说过你的一两个故事，凯雷赛特。”

从他的语气里，阿珂斯听得出来，他的意思肯定不止“一两个”故事，这让他有些紧张，脸不禁又红了起来。

“枭狄人就喜欢嚼舌根，”希亚对他说，“尤其喜欢聊那些命运眷顾者。”

“好吧。”阿珂斯勉强应道。命运眷顾者——他确实是，不是吗？但这听起来实在蠢极了。

“你还坐你的老座位就好，诺亚维克小姐。”扎沃说着，向玻璃幕墙一挥手，幕墙就伸展变大，沿着飞艇顶部的舱壁拢过他们的头顶。

希亚领着阿珂斯来到了所有屏幕的最前方。四周的工作人员都在喋喋不休地互相喊着方位或数字。阿珂斯不知道那是什么意思。希亚直接坐在了地上，胳膊环抱着膝盖。

“我说，我们来这儿干吗？”

“一会儿，飞艇将穿过生命潮涌，”她说着，露齿而笑，“我跟你打包票，那景象绝对是你前所未见的。利扎克会在观测台，和他最亲密的支持者在一起。但是我愿意来这儿，免得在他的宾朋面前大嚷大叫。那多少会有些……紧张。”

从这个距离看过去，生命潮涌有些像雷暴云砧（译注：气象学和地理学名词。由于雷暴云中强烈上升气流到达对流层顶后，受到对流层顶强烈的水平气流作用而不能继续上升，从而向四周快速扩散，即形成云砧），但是它吸收的是颜色，而不是雨水。星系中的每一个人都承认它的存在——在任何行星表面都能用肉眼看到它，实在无法否认——可是，对于不同的人来说，它却有着不同的意义。阿珂斯的父母谈起生命潮涌，就像谈起一种人们尚且不能完全理解的精神指引，但是他知道，很多枭狄人崇拜它，或者崇拜决定生命潮涌流向的更高层次的物质——根据信仰流派不同而各异。还有些人认为那只是一种自然现象，其中根本没有什么精神层面的东西。阿珂斯从来没有问过希亚对此的看法。

他正要开口的时候，有人大喊：“各就各位！”

周围的所有人都抓紧了能抓住的东西。云砧般的生命潮涌溢满了他面前的整个玻璃幕墙。除了阿珂斯以外，每个人都气息粗重，紧张不已。希亚的每一寸皮肤都变得漆黑，就像外面太空的颜色。她的牙齿因此显得雪白，紧紧咬着，咯咯作响，看上去却仿佛在笑。阿珂斯向她伸出手，但她摇了摇头。

浓重的蓝色旋涡充斥着玻璃幕墙，其间夹杂着颜色稍浅的色带——紫色、深海蓝色。生命潮涌巨大、明亮、无穷无尽、无处不在，仿佛是神的双臂裹挟着万物。

有些人满怀敬畏地伸直了双手，还有些人跪下了，也有些紧紧抓住胸口，或捂着肚子。有一个男人的双手闪耀着蓝色的光，就像生命潮涌似的，另一个女人的头上盘旋着一圈夜珠般的环形亮光。人们的天赋赐礼肆意释放，乱冲乱撞。

阿珂斯看着这一幕。在类似的仪礼中，荼威人是不会像枭狄人这样……这样*充满表现力*的，但其中的内涵是一致的：人们聚集起来，庆祝着那些在特定时刻、将他们与星系中的其他人区分开的东西。他们对这独一无二的美心怀敬畏。

人人都知道，枭狄人环游太空，追寻生命潮涌，形同信仰，但直到此刻，阿珂斯也不明白那究竟是为什么——也许只是因为他们感觉必须如此。但是，一旦你凑近了看，他想，你就会觉得，不能再见生命潮涌的人，是活不下去的。

他觉得自己被隔离在外——不仅是因为他是荼威人而他们是枭狄人，而是因为他们能感知到潮涌的嗡鸣震颤，而他不能。生命潮涌没有穿过他的身体，仿佛他不似他们那样真实，仿佛他不是活生生的*存在*。

就在他想着这些的时候，希亚伸出了手。他握住了，缓解了她体内的阴翳，同时震惊无比地看见了她眼里的泪水——是因为剧痛，还是因为惊喜，他不知道。

然后她屏住呼吸，颇为严肃地说了句奇怪的话："你形同缄语。"

§

他们回到希亚的房间时，屏幕上正播出着议会的滚动新闻。一定是希亚忘了关，阿珂斯想。趁希亚往浴室走的时候，他走过去想把它关上。然而，就在他要按下按钮的时候，他看见了屏幕最下方的头条要闻标题：神谕者齐聚于缇比斯。

阿珂斯在希亚的床沿上瘫坐下来。

他也许能看到他的妈妈。

他常常说服自己，妈妈和奇西已经不在人世了——这比想着她们还活着，再也不能相见，他的命运无可更改——比想着这些容易多了。可是，他的心不那么确定，它拒绝相信谎言。

新闻画面切换到了缇比斯。缇比斯是距离太阳最近的行星，和他们的星球相比，犹如冰火两极。那里的人得穿上特制的衣服才能四处走动，阿珂斯知道，那就像是你绝不能在休眠期的海萨徒步户外，否则一定会被冻死。他不太能想象的是，自己的身体被那样炙烤灼热。

“神谕者严禁外界介入他们的集会，以下录影乃是一名当地儿童在最后几艘飞艇抵达时上交的。”画外音用欧尔叶语说道。绝大部分议会节目都使用欧尔叶语，它是整个星系中使用最为普遍的语言，除了枭狄之外的人大多都能听懂。“据内部人士透露，神谕者将讨论由议会施加的另一项制约法案，而议会正在缓慢推动所有神谕讨论公开化的进程。”

这是妈妈由来已久的抱怨了。议会总是试图干涉神谕者，因为他们不能忍受这星系中竟有一批人是他们不能左右的。这不是小事，他知道，受眷顾的家族的命运，各个星国时刻变幻的未来——都非同小可。*可能少许控制也伤不到神谕者*，阿珂斯想，但那感觉就像是辜负和背叛。

屏幕下方的字幕是对滚动新闻的枭狄语翻译，其中大部分阿珂斯都不认识，除了“*神谕者*”和“*议会*”。希亚曾说，枭狄语中的“议会”这个词，表达的是枭狄人对自己的民族和国家不被议会认可的痛苦。关于荼威和枭狄共享的那颗行星的所有决议——商贸、援助、旅游——都是由荼威一方做出的，枭狄只能屈居受支配的一方，或是敌对的一方。他们确实有足够的理由痛苦，阿珂斯想。

他听见了水流的声音，希亚正在洗澡。

关于缇比斯的录影中有两艘飞船。其中一艘明显不是来自荼威的——它太圆润了，表面的倾角柔和，船壳板材也完美。但另一艘看起来就像是荼威的交通工具了，它的燃料喷嘴四周有通风孔保护，这是为了抵抗严寒，而不是为了散热。就像鱼鳃似的，他一直这么想。

舱门打开了，一个身着反光套装的女人，颇为精神地跳了下来。没有人跟她一起。他便确信，那是荼威飞船无疑了。因为每个星国都有三名神谕者，只有荼威除外。埃加乃是新起的神谕者，另一位退隐的神谕者已经死于枭狄入侵，此外便只有阿珂斯的妈妈了。

缇比斯的太阳布满了天空，整个星球如在火中，满目热烈色彩。星球表面散发的热量形成了一波波涟漪。那个女人往神谕者聚集的修道院走的时候，阿珂斯认出了她的步态。然后她就消失在门后面，录影也结束了，新闻报道转向一颗外围卫星上的饥荒。

他不知道自己是什么感觉。这是他这么久以来第一次真真切切地看见家乡之一斑。但那个女人一闪而过，看不出太多她与自己家人的瓜葛，也看不出她希望他们如何行事。其实，换了谁也不会有所表示吧。她任凭自己的丈夫无辜送命，任凭那位退隐的神谕者牺牲了自己，任凭自己的儿子——现在已经是利扎克的利器了——被人绑架，而不是自己去代替他受苦。*该死的命运*，阿珂斯想。她应该就是他们的妈妈。

希亚开了浴室的门，一股水汽钻了出来。她的头发披在肩上，衣衫齐整，这次穿的是黑色的训练服。

“怎么了？”她循着阿珂斯的目光，看向影幕，“噢，你——你看见她了。”

“我想是的。”阿珂斯答道。

“我很抱歉，”她说，“我知道你一直在避免自己想家。”

想家，这个词用错了。“*迷失*”才是正确的——一无所有，举目无亲，带哥哥回家更是希望渺茫，除非尽快地用合法手段杀死苏扎·库泽。

他没告诉她这些，而只是问：“你怎么知道的？”

“我们从不讲荼威语，尽管你知道我会讲，”她耸耸肩膀，“出于同样的原因，我和我妈妈全然不相像。有时候这样更好些，只是为了……为了继续下去。”

希亚突然跑回了浴室。他看见她贴近镜子，检查着下巴上的痘痘，额头上、脖子上有星点水珠。她经常如此，但此刻他注意到了——注意到自己了解这些，了解她的习惯，了解她。

喜欢她。

第十八章 希亚

“跟我来。”那天晚上，我在厨房门口和敖特佳会合。她手里紧紧攥着刺客留下的那把刀子，白色的胶带在她的指缝间若隐若现。她找到那个人了。

我戴上面罩，亦步亦趋地跟着她。我穿得严严实实——长裤的裤管塞进了靴子里，外套的袖子盖住了双手，面罩遮住了脸——这样就不会被人认出来了。不是每个枭狄人都知道我长什么样，因为我的面容并不会像利扎克那样，被灰泥石膏雕在所有公共建筑和重要的厅堂内。不过，一旦人们看见潮涌阴翳出现在我的脸上，或是蜿蜒在我的胳膊上，他们就知道是我。今天我可不想被发现。

我们从诺亚维克家族占据的侧厅出发，经过公用训练竞技场和游泳池——枭狄小孩可以在这儿学习游泳，为降落到多水的星球巡游做准备——经过飘着面包焦香的咖啡厅，以及一些清洁橱柜。当敖特佳的步子放慢，更紧地握住那把刀的时候，我们已经差不多走到引擎甲板了。

这里距离飞艇的引擎太近了，要是我们想说几句，非得大喊大叫才能听见，而且到处弥漫着一股机油味儿。

敖特佳带我走远一点儿，来到了起降平台附近的技工宿舍。我们面前是一条又长又窄的走廊，两侧是一个个门厅，间隔不过几英尺，上面都标着名字。有些门上装饰着夜珠灯挂，或是硫黄石提灯，都是五彩缤纷的，还有的门上用机械图纸拼贴成了动漫形象、家人和朋友的马赛克拼图。我觉得这儿简直就像另一个世界，和我所知道的枭狄世界两两相隔。我真想让阿珂斯也来这儿看看，他一定会喜欢的。

靠近走廊尽头，有一扇装饰得很简单的门，“苏尔库塔”名牌之上只有一束干的极羽草用金属坠子缀住，还有几页像是技工手册的纸，是用另一种语言写的——一定要我猜的话，皮塔语。严格来说，这些都是违禁品：除政府许可的译本外，出于任何目的持有枭狄语以外语言的文献资料都是违法的。不过在这儿，我想没人会那么一丝不苟地苛责这些东西。被利扎克·诺亚维克所轻视忽略，未尝不是一种自由。

“她就住这儿，”敖特佳说着，用刀尖拍了拍门，“不过她现在不在。今天早上我跟踪她过来的。”

“那我就在这儿等她吧，”我说，“非常感谢你的帮助，敖特佳。”

“别客气啦。我们见面太少了，我觉得。”

“那就经常来看我啊。”

敖特佳摇了摇头。“你我的世界之间隔着一道鸿沟呢，”她把那把刀递给我，“当心点儿。”

我冲敖特佳笑笑，她走了，消失在走廊另一头的拐角。我试着推了推门，没锁——我想她应该很快就会回来了。

走进屋子，我发现这是我所见过的最小的房间：一角嵌着水池，另一边床架上放着床垫，床底下有一个箱子，里面装着电线、开关、螺丝。墙壁上镶着磁条，上面吸附着各种工具。它们很小，小得我都怀疑自己没法儿用。床边还有一张照片。

我靠近一点儿细看。照片里有一个金色长发的女孩，挽着一位女士，她的头发像银币一般，是银白色的。在她们旁边，有个小男孩把舌头伸出嘴巴，正在做鬼脸。背景里还有几个人——大多数都是浅色头发，至于其他的就模糊得辨认不出了。

苏尔库塔。这名字是不是有点儿熟悉？还是说我有点儿犯迷糊了？

在我背后，门开了。

她又瘦又小，就跟我印象中的一样。她的袋状连身工服扣子散开，半脱至腰间，里面是一件无袖衬衫。她金色的头发向后扎住，戴着一只眼罩。

“啊——”

她伸开手指，绕到身体一侧。她的后兜里有什么东西——工具之类的。我看见她的手慢慢地往后挪，想要掩盖住自己的动作。

“来呀，把你的螺丝刀或其他什么玩意儿拿出来。”我说，“我很乐意再制伏你一回。”

她的眼罩是黑色的，大小不合适，戴在她脸上显得太大了。但是她的另一只眼睛却和我遇袭时所注意到的一样，鲜艳的蓝色。

“不是螺丝刀，是扳钳。”她说，“希亚·诺亚维克到我的陋室里来干什么？”

我从未听过自己的名字被人这样满怀恶意地念出来。

她的脸上浮现出一种游刃有余的困惑表情，如果不是确信刺客是她无疑，我也许会被蒙混过去。不管利扎克怎么说，我还是很会“见微知著”的。

“你的名字？”我说。

“闯进我家的人是你，现在你倒来问我的名字？”她退后几步，关上了背后的门。

她比我矮一头，但她的动作强劲有力，目的明确。我毫不怀疑她是个颇有天赋的斗士，也许正因如此，那些叛逆之人才会派她去偷袭我。我很想知道，他们是不是打算让她杀了我，不过这也不重要了。

“告诉我你的名字，这会省事得多。”

“好吧，缇卡·苏尔库塔。”

“那么，缇卡·苏尔库塔，”我把她那把差强人意的刀子放在水池边上，“我想这个是你的。我是来物归原主的。”

“我……我不知道你在说什么。”

“那天晚上我没告发你，你觉得现在我会告发你吗？”我做出吊儿郎当的样子，像她一样，但是这种姿势让我觉得很不自在。我的父母向来要求我站姿挺直，膝盖并拢，手上没东西的时候就交握在一起。作为诺亚维克家族的一员，“随便闲聊”这种东西是不存在的，所以我从来就没学会过这一“艺术”。

她脸上的困惑神情消失了。

“当时你要是带上这其中的一件作为武器，运气可能会好得多，但你偏偏带了这裹着胶带的……东西。”我说着，指了指吸在墙上的那些精巧器具，“它们看起来像针一样锋利呢。”

“它们值钱着呢。”缇卡说，“你找我想干什么？”

“这取决于你和你的同伙是何方神圣。”四周充斥着滴水声和管道嘎吱嘎吱的声音，霉味儿和潮湿的气息，活像个坟墓。“如果在此后的几天内，质询仍然没有得出真正确实的结果，我哥哥就要找替罪羊去送死。他们可能是无辜的，但他不在乎。”

“你会放了我，这真叫人吃惊，”缇卡说，“我以为你该是某种虐待狂。”

潮涌阴翳蓦地冲上我的脸颊，蔓延到太阳穴，让我感到一阵强烈的刺痛。我垂目看见皮肤上的颜色，强压住因疼痛带来的抽搐，鼻窦那里疼得厉害。

“或许当你们为了所谓的事业——不管那是什么——达成协议的时候，就预见到了你们的所作所为会带来什么后果。”我没理会她的评论，说道，“无论我哥哥选了谁来顶罪，他们都已是你们的预期风险。他们会甘愿赴死，就因为你们要跟利扎克·诺亚维克开个玩笑。”

“玩笑？”缇卡说，“你是这样来称呼确凿无疑的事实吗？这次行动动摇了你哥哥的统治，表明我们能掌控飞艇的运转，这是玩笑吗？”

“从我们的目的出发，是的。”我说。阴翳流淌到我的胳膊上，接着缠上了肩膀，透过白色的衬衫清晰可辨。缇卡的眼睛紧盯着它。我抖了一下，继续说，“如果你在乎一个无辜之人的性命，我建议你今日结束之前告诉我幕后操盘手的名字；如果你不在乎，我就任由利扎克选定目标。这完全取决于你——但对我来说这别无二致。”

她甩开胳膊转过身去，两侧肩膀都抵在门上。

“好吧，见鬼。”她说。

§

几分钟之后，我跟着缇卡·苏尔库塔沿维修通道往起降平台走。我已经接受了轰鸣和杂音，在飞艇的这个部位，这就意味着差不多接受了全部。这里噪声很大，不过距离飞艇上人多的地方很远。

我们来到一处金属升降台上，平台的宽度能允许两个苗条的人肚子贴肚子地侧身而过，它高悬在机器、水箱、熔炉和发动机上方，正是这些设备维持着飞艇的运转，让人们可以住宿其中。如果在这些错综复杂的齿轮和管道中迷了路，我想我可能永远也走不出来。

“你知道，”我说，“如果你打算把我带离人群，然后就觉得可以杀掉我了，你可能会发现那比你想象的难。”

“我得先看看你要干什么，”缇卡说，“你和我预期中的不太一样。”

“谁又能被人一眼看透呢？”我冷冷地说，“我想，要是问你如何弄灭了飞艇上的灯，恐怕也是在浪费时间吧？”

“不啊，那很容易。”缇卡停下步子，把手掌贴在墙上。她闭上眼睛，我们头顶上的那盏带有铁笼子保护的灯，就闪动了起来。一下，三下——这节奏和她偷袭我那天我听到的敲击声一样。

“所有由电流驱动的东西，我都可以把它搞乱，”缇卡说，“所以我才成了技工。不过可惜的是，把灯弄灭这种把戏，只有在巡游飞艇上才奏效——沃阿城里的灯不是夜珠虫的就是硫黄石的，对它们我就无能为力了。”

“那，巡游飞艇一定是你的最爱了。”

“这么说也未尝不可，”她说，“不过，在这儿就得住在衣橱那么小的房间里，我都快要患上幽闭恐惧症了。”

我们来到一片开阔的区域，脚下的格栅底下是一组氧气转换器，有三个我那么高，两个我那么宽。这些转换器通过通风口吸进人们呼出的二氧化碳，然后经过一系列复杂的过程，把它转换成氧气。这过程我不懂。上一季星际巡游时，我曾经试着读过一本关于这个的书，不过对我来说，书里讲的东西太专业了。我能掌握的东西就这么多而已。

“待在这儿，”缇卡说，“我去带人过来。”

“待在这儿？”但是她已经走了。

第十八章

希 亚

我站在格栅上，背上沁出了汗珠。我能听见她的脚步声，但是由于回音混杂，判断不出她是去往哪个方向。她会不会带回一大帮同伙，了结她未完成的任务呢？她说不再想杀掉我，那是真心话吗？完全没考虑到自己的安全，就陷入了如此境地，我也说不上这究竟是为什么——不想看到无辜的人送命，而有罪的人潜藏隐匿，这只是理由之一。

当听到一阵呲呲啦啦的脚步声在金属台阶上响起时，我转身，看见一个又高又瘦的女人正大步向我走来。她银白色的头发就像银币一样闪耀夺目。我认出来了，她就是缇卡床边照片里的那个女人。

“你好，诺亚维克小姐，”她说，“我是佐西塔·苏尔库塔。”

佐西塔和她女儿穿着一样的工服，裤腿挽起来，露出了脚踝。她的前额有几道深深的横纹，像是一辈子都愁眉不展。她身上的某种东西——泰然、优雅、危险——让我想起了自己的妈妈。镇住我可不是容易的事，但佐西塔办到了。我体内的阴翳蹿动得比以往更快，像是呼吸的速度、血流的速度。

“我是否在哪里见过你？”我说，“你的名字听起来很耳熟。”

佐西塔像鸟似的偏了偏头说：“我并不确定，自己是如何令希亚·诺亚维克感到似曾相识的。”

不知为什么，我觉得她没说真话。她的笑容里面似乎别有深意。

“缇卡跟你说过我的意图了吗？”我问。

“是的，”佐西塔说，“不过她还不知道我下一步会做什么——自首。”

“跟她要人的时候，”我咽了口唾沫，“我并没有想到会是她的母亲——”

“我们都已做好准备，面对行动带来的后果，”佐西塔说，“我会对袭击行动负全责，这是可信的，因为我是流放犯，曾经教枭狄孩子讲欧尔叶语。”

有些年长的人是会其他语言的，因为在外语变得违法之前他们就学会了。我爸爸或利扎克对此也没什么办法——你无法强迫人们剥除已经学会的东西。我知道他们中的某些人开设课程，也确实有人因此被流放，但我从未想过，自己竟然会遇见一个。

她又偏了偏头，这次是向另一边。

“当然，那天通过扩音器讲话的人，也是我。”佐西塔补充道。

“你……”我清了清嗓子，“你知道利扎克会判你死刑，行刑示众？”

“我很清楚，诺亚维克小姐。”

“好吧。”潮涌阴翳四散，我不禁略略抽搐。“你准备好接受质询了吗？”

“如果我投案自首的话，我想他应该没什么好询问的。”她扬起了眉毛。

“他很在意流亡移民。他会从你口中撬出所有信息，直到他……”“处死”这个词噎在我的喉咙里。

“杀了我。”佐西塔接了下去，“天啊，天啊，诺亚维克小姐，你竟然说不出那个词吗？你竟然如此心软？”

她的目光落在我左前臂的护甲上，那下面满是杀戮刻痕。

“不。”我咬牙说道。

“那可不是骂人的话，”佐西塔稍微温和了点儿，“正是柔软的心灵使这个宇宙值得人们生活其间。”

出乎意料地，我想到了阿珂斯，他曾在厨房与我擦肩而过时，本能地用荼威语说了“对不起”。那天夜里，我翻来覆去地回味着他温和的话，仿佛是无法驱出脑海的旋律。此时此刻，我很容易就想了起来。

“我知道失去母亲意味着什么，”我说，“我不希望任何人受此痛苦，就算是我几乎不认识的刺客和叛贼。”

佐西塔笑了起来，摇了摇头。

“怎么了？”我剑拔弩张地问。

“我……我为你母亲的死而高兴。”她说。我的心凉了。“我也为你父亲的死而高兴。等你哥哥死了，我也会庆祝的。至于你，或许也一样。”她把手放在旁边的金属栏杆上。我想象着，几分钟前，她女儿留在上面的指纹，就这样被她抹去了。“你憎恨入骨的敌人被他们的家人爱着，这念头想到就觉得怪异。”

你根本不了解我妈妈，我想大骂。仿佛这个女人如何看待伊莱拉·诺亚维克，是相当重要的事。但佐西塔的形象已经渐渐在我的意识中消失，仿佛她正朝着自己在劫难逃的厄运昂首阔步。这是为什么？只是为了给我哥哥明明白白的一击吗？那天已经有两个人死在瓦什的手下，他们为此送命是否值得？

“这真的值得吗？”我皱着眉问，“因为这个失去你自己的生命？”

她仍然怪异地微笑着。

“在我逃离枭狄之后，你哥哥把我的家人传唤到他家里，”她说，“我本来打算一找到安全的地方，就把孩子们接走，他却抢在了我前面。他杀了我的长子，剜了我女儿的一只眼睛，可他们什么过错也没有。”她又笑了。“你看，你根本不觉得震惊。无疑，你见过更狠毒的手段，你们的父亲。是的，我做这些是值得的。而你不会理解。”

我们就那样站着，站了好久，只有管道的嗡鸣声和远处的脚步声打破沉默。我困惑极了，疲惫极了，再也藏不住天赋赐礼带给我的抽搐和颤抖。

“现在回答你的问题。是的，我能忍受质询。”佐西塔说，“你能说谎吗？”她又冷笑起来。“这么问有点儿傻。你愿意说谎吗？”

我犹豫不决。

我什么时候变成有可能帮助叛贼的人了？她刚刚才对我说，会为我的死而欢呼雀跃。至少利扎克会留我活着吧——如果这些人真的推翻了我哥哥，他们会怎样对我呢？

其实我不怎么在乎。

“我说谎好过直陈实言。”我说。这是一首诗里的句子，我和敖特佳有一回远足时在一座建筑上看到的：我乃枭狄，锋利如破碎玻璃，脆弱如易碎玻璃。我说谎好过直陈实言，整个宇宙尽收眼底，却不曾寻获一瞥。

“那么，我们就说几句吧。”佐西塔道。

第十九章　阿珂斯

在巡游飞艇上阿珂斯的那间小屋子里，他正俯身探向搁在火上的一只锅，吸进一些黄色的烟雾。眼前的一切都模糊起来，他的脑袋重重地冲着工作台垂了下去。差点儿就要撞上去了，好在他及时控制住了自己。

够强了，那么，他想，很好。

他托希亚帮他弄到了一些解忧森地的叶子，以增强药力，让它更快见效。这确实奏效了——前一晚他亲自试过，刚喝下去就沉沉睡去，正读的那本书滑落在手边。

他关掉了炉火，让那药剂冷却，这时有人敲门，他便猛地回过头去看表。在茶威，他会更着意于自然的节律，比如休眠期的黑暗和复苏期的明亮，日子更迭，就像眼睛开合。但是在这儿，没有日出日落来指引他，他只好一直看表。现在是十七点，是和约尔克约好的时间。

他打开门，卫兵站在外面，一脸挑剔。约尔克在他身后。

“凯雷赛特，”卫兵说，“这个人说他是来找你的。”

“是的。”阿珂斯说。

“你能接待访客？”卫兵轻蔑地说，“这儿又不是你的房间。”

“我是*约尔克·库泽*，”约尔克把重音放在他的姓氏上，“所以，你可以滚了。”

卫兵看了看约尔克的维修工服，挑起了眉毛。

“别跟他一般见识了，库泽，”阿珂斯说，“他干的可是世界上最无聊的工作：保护希亚·诺亚维克。”

阿珂斯回到窄小的房间，这里正散发出植物和麦芽的气味——药的气味。阿珂斯伸出手指头试了试温度：仍然是温的，但是已经可以倒进药瓶里了。他不想让那些药水渗进皮肤里，于是快速地把它蹭在了裤子上，一边在抽屉里翻找合适的干净容器。

约尔克就站在门边，呆住了。他的手抓着脖子后面，一如往常。

“怎么了？”阿珂斯说。他把滴管伸进了锅里的药水中。

“没什么，只是……我可没想到，希亚·诺亚维克的房间竟然是这个样子。”约尔克说。

阿珂斯嘟囔了几句——这也出乎他的意料——他用滴管把黄色的药水挤进了药瓶。

“你们真的没有睡在同一张床上。”约尔克说。

阿珂斯脸红了，生气地看着他：“没有，怎么了？”

“不过是些传言，”约尔克耸耸肩说，“我的意思是，你们确实住在一块儿，还触摸对方。”

“我是帮她缓解疼痛。”阿珂斯说。

“你的命运就是死于这个。”

“谢谢你的提醒，我差点儿都忘了。”阿珂斯没好气地说，“你到底想不想让我帮你啊？”

“当然。抱歉。”约尔克清了清喉咙，“所以，这次也是一样？”

他们之前已经试过一次。约尔克真的给苏扎下了安眠药，让他在早餐时一头睡倒。现在苏扎很紧张地在寻找那个给他下药、让他当众出丑的人。阿珂斯觉得，用不了多久，气急败坏的苏扎就会向他发起搏命挑战了——苏扎不是个很理智的人，但他也不想冒险，所以阿珂斯让约尔克给他爸爸再下一次药，以确保激怒他。这回，苏扎很有可能因此暴跳如雷，等到涤故更新之后，阿珂斯就可以自认是这一系列事件的幕后推手，然后和他在竞技场上决一死战。

“涤故更新开始两天前，把这个倒进他的药里，”阿珂斯说，“让他的房门开着，这样看上去就像是有人从外面闯进来了一样，否则他就可能怀疑你了。”

“好。”约尔克接过药瓶，用拇指按了按瓶塞。“然后……”

“你放心好了，”阿珂斯说，“涤故更新之后，我就会告诉他，给他下药的人是我，然后他就会向我发起挑战了。而我就……把这事了结。结束巡游的第一天角斗挑战就是合法的，对吧？”

“对。”约尔克咬紧了嘴唇，“很好。”

“你妈妈还好吗？”

“呃……”约尔克移开目光，看着希亚弄皱的床单和挂在床上方的硫黄石提灯，“她会没事的。”

“好，”阿珂斯说，“你该走了。”

约尔克把药瓶放进了口袋。阿珂斯觉得他并不想走——他走到工作台另一端，磨蹭了好一阵子，用指尖刮了刮台面，好像那儿有点儿黏，要弄干净似的。阿珂斯和希亚都不曾这样在意地擦洗过工作台。

当约尔克终于打开门要走了，埃加和瓦什却出现在门廊上，正要进屋。

埃加的头发长长了，现在可以梳到后面去了，他的脸瘦骨嶙峋——而且*苍老*，好像他比阿珂斯年长十季岁，而不是两季岁。一看见他，阿珂斯就有一种强烈的冲动，想抓着他逃跑。当然，至于那以后该怎么办，他全无想法，因为他们身处于一艘城市那么大的飞艇中，正飘浮在星系边缘——可他还是想那么做。这些日子，他总是想着那些根本不可能的事。

“约尔克，”瓦什说，“真有意思啊，竟然在这儿碰见你。你来干什么？”

“阿珂斯和我在对练拳击。”约尔克毫不迟疑地说。他真是个优秀的骗子——阿珂斯觉得这是必然的，因为他从小成长的家庭里，到处都是这种人。“只是看看他能不能开打下一轮。”

“拳击，”瓦什笑了，“和凯雷赛特吗？真的？”

“人人都得有点儿爱好，”阿珂斯说道，仿佛那不值一提，“明天吧，约尔克，让我准备准备。”

约尔克挥挥手，很快就离开了。阿珂斯一直等他走过拐角，才转身应对埃加和瓦什。

“是母亲教你的吗？”埃加说着，冲着仍然缭绕在炉子周围的黄色烟雾点了点头。

“是的。”阿珂斯一阵惊悚，不禁发抖，尽管他没理由害怕自己的哥哥。“妈妈教我的。”埃加从来就没用过“母亲”二字。施萨的幼儿会这么说，枭狄人也会这么说——但海萨的孩子不用这个字眼。

“看来，她帮你为未来做了准备。她竟然觉得我不需要这些，真令人羞愧。”埃加走进阿珂斯的房间，用手指滑过紧绷绷的床单、摆放整齐的书籍，用某种无法擦除的方式做了标记。他把刀掩在手边，用手掌和拇指夹住它。要不是见过无数次利扎克做这动作，阿珂斯一定会觉得这是威胁的意思。

“也许她没有预料到未来会是这个样子。”阿珂斯并非真这么想，但除此之外，他也不知道还能说什么。

“她预料到了，我知道。我在幻象里看见她提到这些了。”

埃加从来没跟阿珂斯谈起过他的幻象，他们也没机会谈。阿珂斯不太能想象：未来叠加于当下，太多种可能性令人眼花缭乱，看见了家人，却不知道他们的形象能否成真，也不能对他们讲话。

但对埃加来说，这些都不再是问题了。

“好吧，”他说，“那么，我们就回家去问问她。”

“我在这儿挺好，”埃加说，“想必你也是如此，看看你这些……铺位。”

“你现在讲话也像他了。”阿珂斯说，“你意识到了，对吗？你讲话的样子像利扎克·诺亚维克，我们的杀父仇人。讨厌妈妈，这随便你，但你绝不能讨厌爸爸。”

埃加的眼神一阵恍惚。并非空洞茫然，而是突然远离，远离。“我没——他总是在工作，总是不在家。”

“他一直都在家，”阿珂斯吐出这句话，仿佛这些词句腐烂了一样，“他做晚饭，他检查我们的作业，他给我们讲故事，你全都忘了吗？”

但阿珂斯其实知道他这些问题的答案，答案都在埃加空荡荡的眼睛里。当然，*当然了*，利扎克拿走了埃加关于爸爸的记忆——他一定是被自己老爸的那些记忆吓得要死，才拿走了埃加的。

阿珂斯的手突然抓住了埃加的衬衫，把他哥哥往墙上推搡，碰翻了一整排药瓶。被阿珂斯的手压制着，埃加显得那么瘦小，那么轻飘飘的，好像一下子就能被举起来似的。他毫无防备地一脸错愕，可让阿珂斯立即就松开手的，并不是这个原因。

*我是什么时候变得这么壮的？*阿珂斯想着，凝视自己粗粗的手指关节，修长的手指和爸爸的很像，但是还要更厚实些。揍人再好

不过。

“她把她的残忍都教给你了，”埃加抻平了衬衫，“如果我忘了什么东西，你觉得能把它揍出来吗？”

“如果可以，我早就试了。”阿珂斯退后几步，“如果能让你记起爸爸，我什么事都愿意做。”他转过身，抬手摸了摸脖子后面，就像约尔克经常做的那样。他无法再去看埃加了，站在这屋子里的人他都不想看。“你们来干什么？要我做什么？”

“我们来这儿有两件事。”埃加说，“首先，有一种冰花混合制剂能够促进意识清晰，我需要它来明确我的一些幻象。我想你应该知道怎么制作。”

“这么说利扎克还没得到你的天赋赐礼。”

“我想他对我迄今的工作是满意的。”

“如果你觉得他利用了你的天赋赐礼就会信任你，那你真是在哄自己。”阿珂斯平静地说道。他靠在工作台上，因为他的两条腿都发软无力。“就算现在是这样的。至于冰花制剂……不，任何有助于利扎克·诺亚维克向荼威发起战争的东西，我永远都不会给你。我宁可早点儿死个干脆。”

“真是恶狠狠啊。”瓦什说。阿珂斯看向他的时候，他正用指尖轻轻点着一把刀的刀尖。

他差点儿忘了瓦什也在屋里，一字不漏地听着呢。阿珂斯乍一听到他的声音，心跳得就像一把镰刀狠劈着胸口。眼睛开合之间，他唯一能看到的场景，就是在荼威的家里，瓦什把爸爸的血抹在裤子上。

瓦什走近炉子，着意闻了闻那黄色的烟雾——现在已经消散了。他佯装弯腰专注，却瞬间一甩手抽出刀子，刀尖抵在了阿珂斯的喉咙上。阿珂斯强迫自己一动不动，但心跳得仍然像刀割一样。利刃的顶端寒凉无比。

“我表兄最近被人下了药。”瓦什说。

“我对他没兴趣。”阿珂斯回答。

“我打赌你对他有兴趣，”瓦什说，“苏扎·库泽，你爸咽气时他在场。”

阿珂斯看了一眼埃加，希望他——希望什么呢？希望哥哥能来保护自己？希望他能有所反应？因为瓦什那样毫不在意地提起他们父亲的死？

“希亚容易失眠，”阿珂斯的双手不安地动来动去，“需要强效的安眠药。我只是在帮她配药而已。”

刀子刺进了阿珂斯的皮肤，就在利扎克留下的那道伤疤那里。

“瓦什。”埃加说话了，用词简短。*他在紧张？*阿珂斯想。但这不过是他傻乎乎的希望罢了。“你不能杀他，利扎克不会允许的。别闹了。”

瓦什咕哝着，收回了刀子。

阿珂斯这才放松下来，浑身都觉得疼。“今天是什么枭狄节庆吗？人们要拜访那些自己讨厌的家伙让他们苦不堪言？”他擦掉了脖子后面的冷汗，“我不想庆祝，你们走吧。”

“不是什么节日。不过，自首叛贼的质询会，你得去，”瓦什说，“希亚也去。”

“我参加质询有什么用？”阿珂斯说。

瓦什点了点头，一丝微笑爬上他的脸：“你最初来这儿的目的，是定时帮希亚缓解她的不适。我猜让你参加质询也是为了这个。”

“好吧，”阿珂斯说，“我想也是这个原因。”

瓦什装刀入鞘，他知道——阿珂斯或许也心知肚明——用不着用刀子逼他就范，毕竟这是在飞艇上，在茫茫太空中。

阿珂斯蹬上靴子，跟着瓦什出了门，埃加跟在他身后。他得等回来才能处理刚才配好的那些药了，不过因为已经冷却，它们足够稳定了。高温容易搞砸一切，妈妈就喜欢这么说。

拥挤的走廊里，人们给瓦什让开了一条算得上宽敞的路，连看都不敢看他一眼。不过，他们却看着阿珂斯。他是荼威人，这一点让他鹤立鸡群。他随意地嚼着冰花花瓣，把它们装在口袋里；他的脚步谨慎轻巧，脚尖先于脚跟着地，是习惯了在冰上行走穿梭；他也总是把衬衫扣子一直扣到脖子底下，而不会解开几枚露出锁骨。

埃加的步子，已经和枭狄人一样沉重，喉结下的衬衫扣子也散开了。

巡游飞艇上的这个地方，是阿珂斯从未涉足过的。地板由金属栅板变成了光滑的木料，他觉得像是又回到了诺亚维克庄园，被漆黑墙板和半明半昧的夜珠灯吞没。脚步声回荡在走廊里，瓦什把他们带到一扇高大的门前，士兵们向两边分开，让他们进去。

这间屋子像庄园里的兵戎大殿一样昏暗压抑，阿珂斯就是在那里输给了利扎克，失去了埃加。地板光亮如镜，远处墙上的窗子映出生命潮涌的模糊轮廓，因为飞船正在转弯而显得略有弧度。利扎克站在窗边，背着双手凝视着它。在他背后，一个女人被绑在椅子上，等待受审。希亚也在，不过阿珂斯走进来时，她没有看他——这是个警示。门重重地关上了，他就在门边站定。

“说说吧，希亚，你是怎么发现这个叛徒的？”利扎克正在发问。

“袭击发生的时候，我认出了对讲机里的那个声音，但不太确定是在哪里听到过，”希亚双手环抱在胸前，“也许是起降平台那儿。不过我知道能凭着声音找到她，所以听声辨位，最后找到了。”

第十九章

阿珂斯

“你对你的这一番辛苦寻找，一直只字未提，”利扎克皱起眉头，没看他妹妹，而是看着那个瞪着自己的嫌犯。“为什么呢？”

“我觉得你会笑话我，”希亚说，“你会以为我是自欺欺人。”

“是啊，”利扎克说，“我可能会那么想。那就这样吧。”

阿珂斯觉得，利扎克这语气，可不是如愿以偿的人该有的——他太干脆了。

“埃加。”听到哥哥的名字从敌人的口中吐出，阿珂斯不禁一颤。“这对我们之前谈过的未来有影响吗？”

埃加闭上眼睛，撑大鼻孔——有时候，妈妈专注于预言的时候也是这个样子——他在模仿她，除非神谕者确实出于某种原因非得使劲儿呼吸不可。阿珂斯对此不得而知，但是他不知不觉地靠近了他的哥哥，凑到了岿然而立的瓦什身边。

“埃加。”阿珂斯开口了，不管怎么说，他得尽力一搏，不是吗？“埃加，别说。”

但埃加的答案已经脱口而出：“未来难以撼动。”

“多谢。”利扎克说着，弯下腰，靠近那个嫌犯，“在哪里？佐西塔·苏尔库塔，这么多季以来，你藏身何处？”

“四海为家，随波逐流，”佐西塔说，“我从未找到那些流亡者——想必你问的是他们吧。”

利扎克仍然弯着腰，转向了希亚，看着她胳膊上漆黑如墨的阴翳。希亚缩成一团，一只手攫住了自己的头。

“希亚，”利扎克指了指佐西塔，“我们来检验一下这个女人是否说了真话。”

“不，”希亚呼吸急促，“我们已经谈过这事了。我不想——我不能——”

“你不能？”利扎克凑近了她的脸，几乎就要碰到她了，“这女人瓦解我们的家族，削弱我们的地位，她与我们的敌人结盟，你却说你不能？我是你哥哥，是枭狄的君主。你能——你会——照我说的做。听明白了吗？”

黑暗的阴翳积聚于希亚金棕色的皮肤上，纵横密布的阴影仿佛成了她身体里新的神经系统或血管。她憋着气，发出一声绝望的声音。阿珂斯也快要窒息了，但他没有动——瓦什就在近旁，他根本不可能冲过去帮她。

“不！”她迸发出一声尖叫，扑向利扎克，弯起手指朝他抓了过去。利扎克试图闪开，但希亚的速度太快，力量也太大了，潮涌阴翳冲上她的双手，就像鲜血从伤口中喷出。利扎克大吼着，疼得翻来滚去地跪下了。

瓦什冲过去，掰开她的手，把她掼在一旁。希亚倒在地上，瞪着她的哥哥，一字一句地砸了过来：“剜下我的眼睛，剁下我的手指，拿走你想要的一切！我不干！”

良久，潮涌阴翳涌回身体之中，希亚因疼痛而蜷起身体，而利扎克只是站着旁观。而后他冲着阿珂斯打了个响指，示意他“过来”。拒绝他毫无意义，阿珂斯很清楚，他想要就必须得到，不管是这种方法还是那种。阿珂斯开始明白希亚何以那么长时间都对利扎克言听计从了。从某种角度上说，拒绝他就只是浪费时间。

“我想你会答应的。”利扎克说，“瓦什，看好我妹妹。”

瓦什抓住希亚的胳膊，把她拽了起来。她看着阿珂斯，睁大的眼睛里满是惊恐。

“我有一阵子没管你们，”利扎克说，“但那不代表我没有留意，希亚。”

第十九章

阿珂斯

利扎克走向房间的一边，用手拂过一张墙板。墙板向后滑动，露出了悬挂满墙的武器——就像诺亚维克庄园里的那面墙一样，只是更小一些。*也许这是他的收藏品*，阿珂斯想着，看到利扎克选了一根又长又细的棍杖，不禁觉得魂飞魄散。在他的触碰下，那金属棍杖被潮涌包裹，黯黑的网，就像希亚身上的一样。

“你看，我注意到一些特别的东西，现在想印证一下，我的推测是否正确。”利扎克说，“如果没错的话，这个问题就迎刃而解了——它都来不及成为一个真正的问题。”

他拧动棍杖手柄处的触点槽口，那些黑影更浓、更暗了。那不是什么致命的武器，阿珂斯明白了，那是为了制造疼痛而造出来的工具。

希亚的潮涌阴翳闪动着，飘忽着，仿佛气流中的火苗。利扎克笑了。

“这可有点儿不礼貌。”他说着，重重地把一只手放在了阿珂斯肩上。阿珂斯强忍着想甩开他的冲动——那只会让情况更糟。而此刻，意图渐渐明朗，那棍杖是给他预备的。也许，这才是他被带到这儿来的真正原因——逼迫希亚再次就范，成为利扎克控制下的工具。

“也许你现在只想投降，”利扎克压低声音对他说，“那么，跪下试试看啊。”

“去吃屎吧！”阿珂斯用荼威语回答他。

利扎克当然也做出了回应。他用那根棍杖抽向阿珂斯的背。剧痛一下子穿透了身体，阿珂斯从牙缝里挤出一声尖叫。

站住，他想，*要站住*——

利扎克又给了他一下，这次击中了他的右半边身体。他再次大喊起来。希亚在一旁啜泣，阿珂斯却看着埃加——他那样无动于衷地站在窗边看向外面，仿佛全然不知发生了什么。利扎克第三次挥起棍杖，阿珂斯支撑不住，跪了下去，却变得平静了。冷汗从他的脖子后面滚落，四周的一切都模糊起来，天旋地转。

埃加微微瑟缩。

阿珂斯又挨了一击，用手撑着向前扑倒，和希亚同时呜咽出声。

“我要从她口中撬出关于流亡移民的东西，”利扎克气喘吁吁地对希亚说，“明天处死她之前，我要知道。”

希亚挣开瓦什，蹒跚着爬向佐西塔。佐西塔的双手仍然被绑在椅背上，却冲着希亚微微点头，仿佛对她应许了什么。

希亚把双手放在了佐西塔的头上。尽管视线已然失焦，阿珂斯还是看见了。看见了希亚手背上的阴翳黑网，看见了佐西塔痛苦扭曲的脸，看见了利扎克心满意足的笑。黑暗渐渐堆积于他视野的轮廓，他努力地在剧痛中想透过一口气。

佐西塔尖叫起来。希亚尖叫起来。她们的声音融合在一起。

然后他就失去了知觉。

§

醒来的时候，希亚在他身边。

“来。”她的胳膊环绕着他的肩膀，支撑着他站了起来。“来，我们走吧。走。”

他缓缓地眨着眼睛。佐西塔有一口没一口地喘着气，头发覆在脸上。瓦什站在一旁，百无聊赖。埃加缩在角落，头埋在胳膊里。他们蹒跚着走出房间，没人来阻止。利扎克已经达到了目的。

他们回到了希亚的房间。她把阿珂斯安顿在床边，接着就风驰电掣似的在屋里忙了起来：拧毛巾、拿冰块、找止痛剂，眼泪在她脸上恣意流淌。屋子里还能闻见之前配制的安眠药的气味。

“希亚，她招认什么了吗？”

“没有，她撒谎很在行。”她正颤抖着想拔出药瓶的塞子。“没有安全了，你懂吗？你和我，我们不再安全了。”

她拔掉瓶塞，把药瓶放到他嘴边。其实他可以自己拿着瓶子喝的，不过他没说出来，只是张开嘴巴，吞了下去。

“我从来就不曾有过安全，你也是。”他不明白她为何如此慌乱。利扎克做的这些恐怖残忍的事情，并不新鲜。“我不明白，他为什么突然想起利用我——”

她站在他面前，腿拂过他的膝盖。他靠在她的稍高的床上，于是他们的高度就差不多了。她是如此靠近——有时他们练习格斗，她把他打倒了，就会这样离得很近地嘲笑他——但此刻不一样，完完全全不一样。

她没笑。她身上的气息，他是如此熟悉，是她为了清除屋子里的食物气味而点燃的植物香，是她为了让头发变得柔顺而喷洒的喷雾香。她的手放在他的肩膀上，颤抖的手指滑向他的锁骨，抚过他的胸前，轻轻地停在他的胸膛上。但是她没有看他的脸。

“你，”希亚轻声说，“是唯一一个他可以用来威胁我的人。”

她扶住他的下巴，吻了他。她的嘴唇温暖，沾着湿湿的泪。她的牙齿在他的下唇留下印记，随后便退开了。

阿珂斯屏住了呼吸，他甚至不记得该如何呼吸。

“别担心，”她轻柔地说，“我不会再这样了。”

希亚抽身离开，把自己关进了浴室。

第二十章　希亚

第二天，我去看了佐西塔·苏尔库塔的死刑——不得不去。摩肩接踵，人声鼎沸，这是有史以来第一次在星际巡游期间获准举行的“盛会”。我远远地站着，和瓦什、埃加、阿珂斯在一起，听着利扎克长篇大论地讲了一通，什么忠诚不渝、枭狄人要团结，什么星系的嫉恨、议会的暴政。雅玛·扎伊维斯站在他身边，双手搭在栏杆上，手指以轻快的节奏敲击着。

当利扎克拔刀砍向佐西塔的喉咙时，我真想大叫，却强压住了眼泪。佐西塔倒下的时候，所有人都在大声欢呼，而我闭上了双眼。

再次睁开眼睛时，雅玛扶着栏杆的手颤抖起来。利扎克溅了一身血，远处的看客里，缇卡紧紧地用手捂住了嘴巴。

佐西塔的血泼洒在地——像阿珂斯的父亲，像更多其他的人一样，血流满地。我突然觉得她的死是那样不公，如同一件脱也脱不掉的不合身的衣服。

还能感知到这些，何尝不是一种安慰。

§

宽阔的起降平台上，按照大小不同，摆满了一堆堆灰色的跳伞服。从我所在的地方看过去，就像是一排排巨大的鹅卵石。这些跳伞服是防水的，专为到皮塔涤故更新所设计，在后面的墙边，还有一批防水面罩，可以防止雨水落进我们这些涤故者的眼睛里。很旧的东西了，是从前的巡游带回来的，不过效果还是可以的。

利扎克的专用摆渡艇有着圆滑的金色机翼，正停在舱门口待命。我、雅玛、瓦什、埃加、阿珂斯，以及其他几个人，会随他一起乘这艘飞艇降落到皮塔，和当地首领进行一场政治游戏。利扎克想和皮塔建立起一种“友好关系”——同盟。当然，还包括军事援助。他在这方面颇有天赋，而爸爸却不长于此，这一定是他从妈妈那里继承的能力。

“我们该走了。”阿珂斯在我身后说道。他今天一直生硬呆板，端起杯子的时候畏畏缩缩的，本来弯腰就能拿到的东西却非要蹲下去不可。

一听到他的声音我就不禁发抖。我想起了几天前，我吻了他。我本以为那个吻可以剥除我想象中的神秘感，从而让我解脱轻松，但它反而让事情变得更糟了。现在我知道了抚摩他的感觉、亲吻他的滋味——我因为渴望而痛苦。

“我想是吧。”说着，我们走下起降平台的台阶，肩并着肩。面前的这架小型摆渡艇，像在强光下闪耀的玻璃一般亮晶晶的，光滑的表面上烙着枭狄字母：诺亚维克。

尽管摆渡艇的外表光鲜亮丽，它的内部却像所有的普通飞艇一样简单：最后面有一个封闭的淋浴隔间和洗手间，一个小厨房，舱壁上装着带有安全带的折叠应急弹跳座椅，最前面是驾驶台。

我的飞艇驾驶技术是爸爸教的，我们能一起做的唯一一件事就是这个。我得戴上厚实的手套，好避免我的天赋赐礼干扰到飞艇的导航系统。那时候我还很小，坐在椅子上也够不到驾驶台，于是爸爸就给我加了个垫子。他不是个有耐心的老师，不止一次朝我大吼大叫，但每当我做对了，他就会说“很好”，还会很用力地点头，好像要把肯定和表扬钉进我的脑袋里似的。

我十一季岁那季的星际巡游期间，他死了。当时，只有利扎克和瓦什在他身边——他们被星际劫匪袭击，不得不设法突围。利扎克和瓦什从混战中全身而退——还把敌人的眼珠装在罐子里带了回来——拉兹迈·诺亚维克却没有回来。

我往飞艇上走的时候，瓦什跟了过来，说道：“我奉命来提醒你，在皮塔务必保持行事得宜。”

“什么？我是昨天才出生在诺亚维克家族的吗？”我厉声说道，“我知道应该如何自处。”

“你确实是诺亚维克家族的，但你越来越不稳定了也是真的。”瓦什说。

“走开。”我已经疲惫得不想再说什么讥讽的话了。谢天谢地，他放过了我，大跨步地走到飞艇前部，我的亲戚瓦克莱茨正和一个维修工站在那儿。这时，一头闪亮的银色头发引起了我的注意——缇卡——她当然不是在我们这艘飞艇上工作，而是抱着仪表线板待在一旁。她手上没有任何工具，只是闭着眼睛，一条一条地捏着电线。

我迟疑了一下，能感觉到自己那种想立刻行动起来的冲动，却不知道究竟该做什么。我所知道的就是，自己已经无动于衷地站在这儿太久了，而其他人都在周围战斗着，现在是时候做点儿什么了。

“一会儿我们在艇上见吧，”我对阿珂斯说，“我想去跟佐西塔·苏尔库塔的女儿谈谈。”

他的一只手停在我的胳膊旁，好像要安慰我却又犹豫了。接着他似乎改了主意，把手插进口袋里，朝着摆渡艇走了过去。

我走近缇卡，她正用手拉着电线的接头，随后在膝上的一张小屏幕上记录着什么。

“这些电线不会电到你？”我问。

“不会，”她看也没看我一眼，“嗡嗡低鸣而已，除非有故障。你有何贵干？”

“我想见他们，”我说，“见见你的朋友们。你知道是哪些人。”

“听着，”她最终转过身看着我，“事实上，是你逼我，我才带你去找了我妈妈，然后你哥哥当着所有人的面杀了她，就在两天前。”缇卡的眼睛里溢出泪水，红通通的。“你到底有什么立场来对我提要求？”

“我不是在提要求，”我说，“我只是在说我的想法。而且，我觉得你的朋友们或许同样也想见见我。你大可以我行我素，但那并非真的只与你有关，不是吗？”

她今天戴的眼罩比之前的要厚，皮肤上微微泛着光泽，好像整天都大汗淋漓似的。也许她真的出了好多汗，维修技工的小房间距离推动飞艇运转的发动机房很近。

“我们凭什么信任你呢？”她压低声音说。

“你身处绝望之中，我也是。”我说，“绝望的人总是会做出愚蠢的决定。”

摆渡艇的舱门打开了，里面的灯光照亮了地面。

“让我想想能做什么，”她冲着摆渡艇努努嘴，“你在那上面会做什么有实际意义的事吗？还是只是和政客们寒暄寒暄？”她摇了摇头，“你们这些贵族是不会亲自参与涤故更新的，对吧？”

“我会去的。”我剑拔弩张地说。但是，在她这样的人面前硬充什么特权阶级，实在太傻了。毕竟，失去了一只眼睛又家破人亡、住在壁橱小屋里的人，是她。

缇卡嘟哝几句，又回过头忙她的电线团去了。

§

阿珂斯一直盯着坐在我俩对面的瓦什，好像随时要冲过去掐住他的脖子一样。隔开两个位子，是雅玛，她还是一贯的衣着优雅，黑色长裙直垂到脚踝，看上去仿佛是在国王的早餐宴会上喝茶，而不是被安全带捆在飞艇硬邦邦的椅子上。埃加坐在距离洗手间最近的地方，双眼紧闭。在埃加和雅玛之间，还有几个人：我们的亲戚瓦克莱茨和他的丈夫玛兰，以及苏扎·库泽——据他说，他太太病得厉害，所以来不了了。在艇长雷尔旁边的是利扎克。

“根据生命潮涌的运行方向，检测员们推测出的着陆星球，其实是哪一个呢？”雅玛问利扎克，“奥格拉吗？”

“没错，奥格拉。”利扎克回过头，笑道，“好像去那儿能给我们什么好处似的。”

“做出选择的，有时候是生命潮涌，”雅玛把头靠在椅背上，“有时候是我们。”

听起来真是睿智。

雷尔按下几个按钮，发动机立即发出了轰鸣，他随后拉动悬停操纵杆，飞艇便从地面抬升，震颤不已。起降平台的舱门打开了，那颗水汪汪的行星——皮塔的北半球，展现在我们脚下。

它被浓云遮挡得严严实实，整个星球都沉溺在狂风暴雨之中。那里的城市——从我们此刻所在的角度难以看清——是可以漂浮的，适应了随着水位线上下浮动的日常所需，经得起大风大雨和电闪雷鸣。雷尔驾驶飞艇前进，我们便坠入了太空之中，瞬间被黑暗和虚空包围。

我们根本没有时间欣赏太空美景。突如其来的巨大压力让我觉得自己的身体快要散架了，后面不知是谁干呕起来，我咬紧牙齿，一直强迫自己不要闭上眼睛。我最喜欢的就是降落了，广袤的大地在我们眼前徐徐展开——不过这次是水面，因为除了少量潮湿的陆地，整个皮塔都是浸在水下的。

穿透云层时，我不禁兴奋地屏住了呼吸。雨滴敲击着飞艇顶壁，雷尔打开可视检测仪，这样就不用在雨雾中费力辨别了。但是越过雨幕和检测仪的屏幕，我看见一片宽阔无垠、泛着泡沫的浪涛，蓝色、灰色、绿色交织在一起，球状的玻璃建筑浮在水面上，经受着水波的撞击。

我不禁觉得有点儿受不了——我瞥了一眼阿珂斯，他一脸震惊地愣在那里。

“至少我们不是到拓拉去，”我对他说道，想让他回过神来，“那里的天空飞满了鸟儿，它们撞向挡风玻璃的时候可真是要命的一团糟，我们不得不用刀子把那些撞烂的腐肉从玻璃上刮下去。”

“你并没假手他人，对吧？”雅玛说，“多了不起啊！”

“没错，你会发现，我特别能忍受那些恶心的东西。”我答道，“我是逐步锻炼出来的，相信你也会的。”

雅玛没说话，而是闭上了眼睛。但在这之前，我看见她飞快地看了一眼利扎克——她正忍耐着的恶心的东西——一定是的。

我真是佩服她活命的本事。

我们从惊涛骇浪之上掠过，强劲的风让飞艇剧烈摇摆了好一阵子。从上方俯瞰，层叠的波浪宛如褶皱的皮肤。大多数人都觉得皮塔单调无趣，我却很喜欢它，因为它随波逐流、恣意蔓生的样子像极了整个太空。

水面上漂浮着一个个巨大的垃圾堆，之后枭狄人就要降落到那上面去涤故更新了。我们经过其中一个，它比我想象中要大得多，至少有一个街区那么大，满满地堆着各种形状的金属废料。我特别想降落在这儿，好分门别类地看看到底有些什么好玩的古老旧物。但我们一掠而过。

皮塔的首都，六区——好吧，皮塔人不是很擅长取那些诗意的名字——漂浮在星球赤道附近的灰黑色海域。房屋街巷就像是一个个浮动的气泡，不过在水面之下，有巨大的支撑结构对它们进行固定，就像锚那样——我听说，这项工程奇迹乃是由整个星系里薪资最高的工人修建的。雷尔将我们的飞艇降落在着陆场上，透过舷窗，我看见一个机械结构的大家伙从旁边的一座建筑里伸了过来——是一条隧道，看样子是要把我们接过去，免得泡在水里。真丢人。我想淋雨。

阿珂斯和我跟在其他人后面——离他们有一段距离——走出了飞艇，只留下雷尔值守。走在最前面的是利扎克，雅玛在他旁边，他们向迎上来的皮塔官员致意，对方也粗粗鞠了个躬以示回应。

“您希望以何种语言来洽谈相关事宜呢？”这位皮塔官员用枭狄语问道。不过他的枭狄语真是差劲，我差点儿听不懂他在说什么。这个人有着大大的黑眼睛，留着稀疏的白色胡子，打理得比头发还整齐。

“我们的欧尔叶语都很流利。”利扎克略有恼怒。枭狄素来以只讲本族语言而名声在外，这是拜我们的父亲所赐，是他让枭狄人对星系的真实现状一无所知。现在，我哥哥延续着这一政策，但利扎克一直对这种“你不会讲外语”的暗示相当敏感，好像这就意味着别人拿他当傻瓜。

“那就太好了，阁下。”皮塔官员换了欧尔叶语说，“我原本还担心不能掌握枭狄语言的精妙之处呢。让我带诸位到下榻的房间去看看吧。”

当我们穿过这条临时的隧道时，听着雨声如注，我突然有一种强烈的冲动，想要抓住近旁的皮塔人，求他们把我带走，远离利扎克和他的威胁逼迫，远离他伤害我唯一朋友的那些记忆。

可是，我不能丢下阿珂斯，而他正盯着他哥哥的背影，若有所思。

§

从那次夺走爸爸生命的星际巡游至今，已经时隔四季。上一季我们去的是欧尔叶——星系中最富有的星国，在那里，利扎克确立了枭狄新的外交政策。从前，是妈妈负责处理这类事务——取悦安抚每一处的首领，爸爸就领着大家去涤故更新。但是，妈妈过世之后，拉兹迈发现他没有取悦别人的魅力——一点儿都没有——于是枭狄的外交一落千丈，我们和星系中其他行星的关系日渐紧张。利扎克必须想办法缓解这种紧张关系，一处一处地，赔笑，示好。

那时候，欧尔叶举办了盛大晚宴来欢迎我们。首相的宴会厅里，从餐盘到墙纸，再到铺桌子的布，每一寸都镀着金。首相夫人说，他们特意选了这间屋子，好让金色来衬托我们深蓝色的正装盔甲。她也和蔼可亲地坦诚，这多少有点儿炫耀的意思，但不过是一种优雅的谋略罢了——我可真是钦佩。第二天早晨，他们邀请我们与其私家医生会晤，因为他们拥有整个星系中最先进的医疗技术。我拒绝了。我这辈子见的医生已经够多的了。

我一开始就知道，皮塔不会像欧尔叶那样肤浅浮夸地来表示欢迎，因为每一种文明推崇信仰的东西都不同：欧尔叶，享乐；奥格拉，神秘；荼威，冰花；枭狄，生命潮涌；皮塔，实用，诸如此类。皮塔人孜孜不倦追求的，是最耐用的、最灵便的、多用途的材料和装置。皮塔的首相——姓纳图，名字是什么我忘了，因为人们不那么称呼她——就住在一座很大但很实用的玻璃制造的地下室里。她是皮塔人普选投票选出来的首相。

我和阿珂斯的房间——那个带我们来的官员颇为意味深长地看了我一眼，我没理他——是朝向水面的，那些朦朦胧胧的建筑都远在视野之外，一切看起来平静安详，但所有的装饰就仅限于此。墙壁空无一物，上过浆的白色床单连花纹都没有，角落里有一张简易小床，金属床腿上装着橡胶护套。

皮塔人并未准备丰盛的欢迎大餐，但要是有人跳舞，我倒是能将这场面称为舞会。人们穿着僵硬的防水材料制成的衣服，颜色却出人意料地亮丽浓艳——以便更好地在狂风暴雨中被认出来，我猜这就是皮塔人眼中的精美华服了。至于裙子和礼服，没有一个人穿。我突然感到有些抱歉，因为我身上穿着的是妈妈的黑色长裙，垂至脚尖，长至脖颈，好遮挡住我身上大部分的潮涌阴翳。

屋子里满是低声交谈的声音，侍者端着托盘，穿梭在三三两两的宾客之间，送上饮料和食物。他们步调一致的动作是这里最能和跳舞沾上边的东西了。

“这里真是平静。”阿珂斯轻声说道。他的手扶着我的胳膊肘。我颤了一下，极力地想忽视它：*他只是想减轻你的疼痛，仅此而已，什*

么改变都没发生，一切还和原来一样……

“皮塔并不以舞蹈出名，”我说，“他们也不懂任何形式的格斗。”

“那么，这就不是你喜欢的了，我猜。”

“我喜欢动。”

“我注意到了。”

我能感觉到他呼出来的气息喷在我脖子的一侧，尽管他并没有那么靠近我——我对他的知觉比以前强烈敏感了。我抽回胳膊，拿了一杯皮塔侍从送来的饮料。

“这是什么？”我突然意识到自己的口音。侍从看着我胳膊上的黑色斑纹，颇为紧张。

“它的功效和冰花调和物差不多，”侍从回答，“钝化感官，提升心灵知觉。味道甜酸兼有。”

阿珂斯也拿了一杯，侍者走开的时候他笑了笑。

“如果这不是冰花做的，会是什么呢？”他问。毕竟荼威人崇拜冰花，他还能认得其他配料吗？

“我不知道。海水？机油？”我说，“试试看，这肯定不会害了你。”

于是我们一起喝着饮料。在屋子对面，利扎克和雅玛正和首相纳图的丈夫维克礼貌地微笑着。他的脸孔有一种浅灰色的调子，皮肤从骨骼上垂坠下来，仿佛半液体半固体似的。也许是因为这儿的地心引力太强了吧。我也觉得比往常沉重许多，不过，那可能要归功于瓦什死盯着我的目光——他得保证我“行事得宜”。

我拿开半空的杯子说：“真难喝。”

“那个，我很好奇的是，”阿珂斯说，“你究竟会说多少种语言啊？”

“严格来说的话，枭狄语、荼威语、欧尔叶语，还有拓拉语。”我说，“我还会一点儿佐德语和皮塔语，你来庄园之前，我一直在学习奥格拉语。”

他扬起了眉毛。

“怎么了？”我说，“我没有朋友，闲暇空余有的是。”

“你觉得自己不讨人喜欢。”

“我知道我是什么样的人。”

“噢？什么样的？”

“一把刀子。”我说，“滚烫的火钳。锈蚀的钉子。”

“你并不全然如此。”他拉着我的胳膊，把我转向他。我知道自己此刻看起来相当怪异，但我控制不了。我的脸就是这副模样。

“我的意思是，”他拿开了他的手，“你并不是四处游走……把敌人的血肉生煮活烹。”

“别傻了，”我说，“如果我想吃敌人的肉，我会烤了吃，才不会煮着吃呢。谁会想吃水煮的肉？难吃死了。”

他笑了，一切似乎都正常了些。

“我是够傻的，没想那么多。”他说，“很遗憾地告诉你，殿下在叫你。”

的确。我看向利扎克的时候，他也正看着我，然后抬起了下巴。

“你是不是没带毒药，嗯？”我仍然看着我哥哥，“我想往他的饮料里面下毒。”

“就算我带了也不会给你。”阿珂斯说。我难以置信地看着他，他解释道，“他是唯一一个能让埃加恢复原样的人。只要他完成这件事，我一定会唱着小曲儿毒死他的。”

“没人像你这样一根筋了，凯雷赛特。”我说，“你的任务就是赶紧谱写你的下毒小曲儿，这样等我回来时就能洗耳恭听了。”

“这好办，”他说，“今儿个我来下个毒……”

我冲他干笑，然后吞下杯子里最后一口皮塔机油饮品，把杯子塞给阿珂斯，随后便向对面走去。

“啊，她来了！维克，这是我妹妹希亚。”利扎克摆出他最温和的笑容，向我伸出手，像是要把我拉过去抱住似的。当然了，他没有，因为那会弄疼他——我脸颊和鼻翼上的潮涌阴翳提醒着他呢。我向维克点头致意，他看着我，眼神空洞，毫无欢迎可言。

“你哥哥正向我讲解几十季来受人误解，被称为‘绑架抢劫’的枭狄传统——涤故更新，”他说，“他称你能证明这一政策的合理性。”

噢，他这么说，是吗？

我的愤怒就像一条干燥的引信似的被引燃了。我无处可发泄，只是盯着利扎克看了片刻。他则报之以微笑，目光里别有深意。在他旁边，雅玛也微笑着。

“因为你和你的侍从亲密无间，”利扎克轻快地说，“当然。”

啊，对了。和阿珂斯的亲密无间——这是利扎克控制我的新工具。

“是的，”我对维克说，“我们并不认为那是绑架抢劫，这是显而易见的。枭狄人称之为‘再生回归’，因为所有能被我们接纳的人都讲着神圣天启的语言，即完美的枭狄语，没有口音，没有词汇的断层。没有枭狄血统的人，是不可能那样如天生母语般讲枭狄语的。这对于非我族人而言，是一种意义更为重大的回归方式，而我则有幸目睹……佐证这一理论的事例。”

“请问是何种方式？”维克问。当他把杯子举到嘴边时，我注意到他每根手指上都戴着戒指，每一枚戒指都是平滑光洁、毫无装饰的。我想知道他戴这些戒指有什么用意。

“我的侍从已经言行如天生枭狄人一般，”我说，“一个优秀的格斗士，有着我们异于其他民族的好眼力。他融入我们枭狄文明的能力乃是……令人震惊的。”

“这就证实了我刚才跟您讲的那些，阁下，”雅玛插进来说，“枭狄文化与历史上有颇多例证，都表明那些所谓‘被绑架’的人——能讲枭狄语的人——其真正的归属地正是我们的故乡。”

在佯作忠诚这方面，她可真是道高一丈。

“原来如此，”维克说，“真是有趣的论调。”

“我们也必须对那些针对我族人民犯有过失的人——哦，我们称之为‘星系中更具影响力的行星’——做出回应。他们入侵我们的领地，绑架我们的儿童，对我们的市民暴力相向——有时甚至大开杀戒。”利扎克皱起眉头，好像想到这些就令他痛苦似的。“当然，皮塔并未有过如此过失，我们一向是友好商贸往来的伙伴。不过类似的损失征讨是一直在进行中的，尤其是荼威造成的那些。”

“但是我听闻过一些传言，称荼威的一位神谕者之死应由枭狄负责，而另一位神谕者也是被你们绑架拘禁的。”维克一边回答，一边轻轻地敲着自己的戒指。

“这是无稽之谈。”利扎克说，“荼威那位最年长的神谕者何以自尽，个中缘由我们是不可能知晓的。神谕者的所作所为，我们都不会知道其原因为何，不是吗？”

他是在迎合维克身为皮塔人的实用主义思维。在这里，神谕者不受重视，他们只是被当作冲着海浪大呼小叫的疯子而已。

维克用手指敲着另一只手里的玻璃杯。

“好吧，也许我们可以进一步讨论你的议题了，”维克不情不愿地说，“或许确有合作的空间，在我们星球与……贵国之间。”

“我国，”利扎克笑着说，“是的，我们向来如此称呼。一个独立的国家，是可以决定自己的未来的。”

“不好意思，”我轻轻碰了下利扎克的胳膊，暗自希望能刺痛他，“我想去拿点儿喝的。”

“当然，请便。”利扎克说。当我转身离开时，我听见他对维克说，“她的天赋赐礼给予了她不间断的疼痛，你知道——我们一直在寻找能帮助她好起来的办法。情况是时好时坏的——”

我咬着牙，一直走到听不见他说话的地方，觉得自己快要吐了。我们来到皮塔是因为看上了他们先进的武器，是因为利扎克想要盟友。我刚刚，从某种角度上说，是帮了他。而我也知道利扎克想要武器是为了什么——是入侵荼威，才不是像他刚才骗维克的“成为独立国家”呢。我现在该怎么面对阿珂斯呢？我刚才帮我哥哥推波助澜，促成了对他家乡的战争啊。我不想找他。

这时我听见了一阵低沉的隆隆声，就像是打雷。一开始我还以为——当然不可能了——是水面上的暴风雨的声音穿透了厚重水域。接着我就在人群之中看见，房间最前方有一队乐师。顶上的灯光照亮了整间屋子，唯独他们除外。他们每个人面前都有一张矮桌，每张矮桌上都放着一种结构复杂的乐器——就是在枭狄的集市上我指给阿珂斯看的那种。不过这些乐器比我们看到的要大得多，也更繁复些。它们在暗淡的光里微微闪烁，中央隆起，虹彩般的嵌板有我手掌那么宽。

打雷般的轰鸣之后是一声粗粝的爆裂声，像是闪电劈过。随后，其他乐师开始演奏，先是叮咚作响，犹如微雨轻敲，接着音韵渐重，仿佛雨势渐大。又有乐师奏出了海浪翻滚的声音，似是水波拍击着想象中的海岸。我们四周充溢着水的声音，水龙头的滴答声，瀑布坠落的哗哗声。我身边有一位黑头发的皮塔女人，边听边闭上双眼，随着乐声摇摆起来。

我没有刻意去找，却在人群中看见了阿珂斯。他手上还拿着那两个空空如也的杯子，微微笑了起来。

我一定要带你离开这儿，我想着，仿佛他能听见似的，说到做到。

第二十一章　阿珂斯

在皮塔首都，冷而空的屋子里，阿珂斯放弃了睡眠。他和希亚从未像现在这样共处一室，连一道门之隔也没有。所以，他一直都不知道，原来希亚睡觉时会磨牙，会整晚做梦，呜咽不已，念念叨叨。他几乎整晚都睁着双眼，想等她平静下来，但一直也等不到。而他的心里也悲苦酸涩，根本无法放松入眠。

他从来没有住过这样空荡荡的房间。灰的地板，连接着惨白的墙，床上的白色床单也没有花边。不过至少还有个窗子。在清晨，光明重回世界的时候，他几乎会迷失在这水面之下纵横交错的支架迷宫里，绿色的黏稠液体和柔软的黄色管线蜿蜒其上，支撑着整座城市。

是啊，这大概是皮塔和荼威的共同之处吧，他想——他们都生活在本不应该有人住的地方。

早些时候，他把那些话到嘴边的问题咽了回去，却仍然无法置之不理：希亚吻他的时候，他为什么没有躲开？他并不是惊讶得手足无措了——她靠近他，慢慢地，温暖的手轻轻压在他胸前，就像她每次推开他那样。他却一动不动。这一幕在他脑海里翻来覆去地想了一遍又一遍。

或许，他想着，把头伸到浴室的水龙头下面浸湿头发，*我喜欢这个*。

但这个想法令他惊恐不已。这意味着一直令他忧心的命运，将他的心与萘威和家乡联结起来的命运，突然间需要重新审视了。

“你今天很安静，”他们肩并肩往起降码头走的时候希亚说，“昨晚喝的机油饮料让你不舒服了吗？”

“不是。”他说。不知为何，他觉得取笑她睡觉时的习惯是不对的，他了解她那种被什么东西萦绕纠缠的感觉。那可不是鸡毛蒜皮的小事。“只是……换了新地方，就这样而已。”

“是吗？好吧。我一直打嗝反酸呢，倒是。”她做了个鬼脸，“我对皮塔真是没什么好感，说真的。”

“除了——”他开口想加上一句，说说前一晚的音乐会。

而她却打断他说道：“除了音乐，没错。”

阿珂斯的手指关节碰到了她的手，他猛地躲开了。他现在对每一次触碰都极为敏感，尽管希亚说过，她不会再那样做了，也一直都没有提起过那件事。

他们来到有屋顶的走廊上——阿珂斯也不知道该用什么词来称呼它，但不远处的场景做了辅助说明——有些人正在那里穿戴防水连身衣和靴子。利扎克、雅玛、瓦什、苏扎和埃加并不在场，瓦克莱茨和玛兰却在。玛兰正在那堆靴子里翻检着，想找出号码合适的一双。他是个又矮小又清瘦的男人，留着一撮将将能遮住下巴的小胡子，眼神明亮。和瓦克莱茨站在一起，并不是很相配，因为瓦克莱茨是个冷冰冰的军事指挥官，是看着阿珂斯在枭狄受训的。

“希亚。”玛兰点点头打招呼。而在瓦克莱茨的注视下，阿珂斯站得更直了，仰起了下巴。他仿佛仍然能听见瓦克莱茨无休无止的责骂，说他无精打采，说他拖着脚走路，说他用萘威语嘀嘀咕咕听起来像在诅咒。

第二十一章
阿珂斯

“凯雷赛特，”瓦克莱茨说，“你看起来更壮了些。”

“那是因为我确实给他吃饭了，不像你那所谓的军营厨房。”希亚把一件浅绿色的连身衣塞给阿珂斯，那上面标着字母L——最大号。他把它展开，发现宽度和高度差不多，不过也没什么可抱怨的，只要靴子里不进水就行了。

“你说得太对了。”玛兰说，他的声音又尖又细。

“你在那儿吃饭的时候可半句抱怨都没有。”瓦克莱茨用胳膊肘戳了戳他。

“我只是想让你注意到，”玛兰说，“注意到我打那以后就没回过军营了。”

阿珂斯看着希亚如何穿连身衣。她穿得很容易，他不禁猜测她以前是不是来过皮塔。他觉得有点儿别扭——想像往常那样向她问东问西，可是瓦克莱茨也在呢。她先踏进连身衣里，然后拉起带子——他原本都没注意到还有带子——把它们在脚踝处系紧，让衣料紧包住身体。手腕处的带子也照此办理，然后把衣服扣上，直扣到下巴底下。她的连身衣和他的一样，宽大无腰身。在枭狄的艰难生活毫不宽容，这衣服正是为这样的人而准备。

“我们打算编入一个排去参与涤故更新，”瓦克莱茨对希亚说，“不过如果你希望我们单独乘坐一艘飞艇——”

“不，”希亚说，“我想和你的战士们一起去。”

没有“谢谢”，不拘细节，这就是希亚的方式。

都穿好连身衣、蹬上靴子之后，他们便通过那条带顶棚的通道登上了飞艇。不是他们昨天乘坐的那艘，而是更小的水陆两用艇，圆圆的，带有拱顶，行进的时候水就能从上面滑下去。

随后他们便在水面上空飞了起来。在阿珂斯看来，水波就像是褶皱的皮肤，眯起眼睛看便犹如雪堆。他们的艇长仍是昨天那位——雷尔，他指明了他们要去的地方：一座巨大的岛，将近一个城区大小，高高地堆满了废弃物。皮塔人就这样让垃圾漂在海上。

从远处看，那个废弃物堆只是棕灰色的一大片，但当他们靠近一些之后，阿珂斯便看清了那堆成一堆的究竟是些什么东西：巨大变形的金属板，老旧生锈的梁柱，上面还带着螺丝，五颜六色湿透的布料，手掌那么厚的碎玻璃……在这些废弃物中间，是瓦克莱茨手下的士兵，都穿着同样颜色的连身衣。

他们跟随在士兵后面着陆，一个接一个地走出了水陆两用艇，雷尔殿后。坠落在拱顶上的雨声，被溅落在地上的水花声所替代。雨滴又大又重，一滴滴地落在阿珂斯的头上、肩上、胳膊上。他露在外面的脸颊能感受到它们的温度——温的，真是意想不到。

队伍前面有人在说话。

“你的任务是标记出真正有价值的东西。新式的潮涌驱动电机和发动机，完整的金属部件，坏掉的或者废弃的武器。别引起麻烦，如果看到任何当地的旁观者，保持礼貌，把他们带到我这儿或诺亚维克司令那儿去。司令刚刚加入我们。欢迎您来，长官。”

瓦克莱茨冲他点点头，补充道：“记着，你们殿下的声望，整个枭狄的荣誉，正处于紧要关头。他们当我们野蛮无知，但你们必须以行动证明他们错了。”

有几个士兵笑了起来，但又不太确定该不该笑，因为瓦克莱茨脸上一丝笑模样也没有。阿珂斯觉得这位司令可能根本就忘了该怎么笑了。

“出发！”

一些士兵冲向前去，爬上了他们面前的一堆废弃飞艇零件。阿珂斯搜寻着那些晃在后面滥竽充数的家伙，他曾和这些人一起训练，认得他们的脸——但现在就很难说了，因为他们都戴着头盔一般的面罩和保护眼睛不进雨水的眼罩。他和希亚就没戴这些——他一眨眼，雨水就会流进眼睛里。

“头盔，”玛兰说，“我就知道得忘点儿什么。要不要我派个士兵去帮你取来，希亚？”

“不。”希亚几乎是挤出来一个字，“我是说……不用了，多谢。”

“你们这些诺亚维克啊，”玛兰说，“像‘请’‘谢谢’这么简单的字，怎么你们说起来就这么不自然呢？”

“天生血统如此。”希亚说，“来吧，阿珂斯，我看见了一些有用的东西。”

她像往常一样，把手放在他手中。也许这没什么特别之处，他帮她缓解疼痛，这原本就是他该做的。但是，在巡游飞艇上，她的房间里，她曾那样触碰过他——热烈地、虔敬地。在那之后，他怎么可能仍旧若无其事、随随便便地握住她的手？他所思所想的是应该用什么样的力道去握——太用力了？还不够用力？

他们走在两堆废弃的飞艇零件之间，直奔一张宽大的废金属板，那上面有一部分带有温暖的颜色，就像是被太阳晒过的皮肤。阿珂斯走向岛的边缘，巨大的梁柱撑起了这座人造岛礁的框架。他不是在搜寻武器、废铁或机械，而是在寻找有故事的小东西：坏掉的玩具、旧鞋子、餐具……

希亚蹲在一根弯曲的杆子旁边，用力刮着它的底部——这好像是因为意外的撞击而变弯的。她使劲儿把它拉直，越拉越长，碰到了周围的空罐头盒和裂开的水管。在杆子的一端——现在它有两个阿珂斯那么高了——挂着一面破旗子，灰底，中央有一圈符号。

“看这个，”希亚笑着说，“这是他们以前的旗子，在他们加入议会九大星国之前。至少有三十季了。”

“它竟然没在雨水中烂掉？”他问道，捏了捏磨损的一角。

“皮塔人专门研究耐用的材料——不被腐蚀的玻璃，不会锈的金属，不容易撕裂的布料，”她说，“还有能托起整个城市的浮力平台。”

“没有鱼线什么的？”

她摇头道：“这周边的水面附近就没有多少鱼，所以这儿也没有钓鱼的传统。深海渔船倒是有——我听说一条深海大鱼就够整个村庄的人吃了。”

“你是不是特别留意地去了解那些你不喜欢的地方？”

“我昨天告诉过你了，”她说，“没有朋友，时间太多。我们去找些黏糊糊的往日纪念品吧，怎么样？”

他刚才沿着岸边就是在寻找……算了，没什么特别的，真的。片刻工夫，一切看起来都一样了：锈蚀的金属像是上了涂料的建材，布料织物模糊成了同一种颜色。在远处的岸边，他看见一副腐烂一半的鸟类骨骼。它长着网状的脚骨——那么是会游泳的鸟了——还有猛禽才有的那种钩子一样的喙。

他忽然听见背后有人在叫，便立刻环顾四周，确认希亚安全无恙，不顾自己带伤的肋骨频频抗议。他看见了闪闪的牙齿——她咧开嘴笑着，叫着别人的名字。当他回到她身边时，本以为会看见什么光耀夺目、有用的东西，但不过是又一块金属而已，灰不溜秋的。真没意思。

“这可真是——诺亚维克司令！”刚才最先跑到希亚身边的那个士兵突然睁大了眼睛。是瓦克莱茨过来了。

“我看见它露出了一角，于是往深处挖了挖，”希亚兴奋地说，

“是很大一块，我想。”

他知道她的意思了——她发现了什么东西，露出来的部分不小，于是埋在垃圾堆里的也跟着大放光芒。看上去它和刚才那根旗杆差不多高。他实在不明白，他们何以如此激动。

“希——呃，诺亚维克小姐？”他说。

“这是皮塔最有价值的材料，”她回答道，一边从金属中拉出湿漉漉的纤维，“超抗磁素。它的强度足以抵抗小行星的撞击，当我们穿过生命潮涌时，能起到极佳的保护作用。在过去的十季里，这是我们唯一能用以修补星际巡游飞艇的材料，但它相当稀有。”

半个排的士兵都赶过来了，所有人都在帮助希亚把这庞然大物往外挖，都像她一样笑得很开心。阿珂斯往后退了退，好不妨碍他们越挖越深。最后，四周的废弃物被挖松了，他们齐心合力把这块金属拖了出来，然后送到运输艇那里去。运输艇带有一个附加货舱，足够大，可以把它运回去。

他不知道看着这些人一起工作应该做何感想。希亚和瓦克莱茨，两个诺亚维克家族的人，和普通士兵站在一起，好像他们根本不是什么豪门贵族。希亚的表情让他想起了她学习配制冰花制剂的时候。当她最终做对了，就会流露出这样的神情。那是一种骄傲，他想，做了某种有价值的事情的骄傲。

她这样看起来特别棒。

§

还是小孩的时候，他就梦想着能离开自己的星球。所有海萨的小孩都如此，因为他们大多数家境贫寒，没有钱做这样的事。凯雷赛特家族在海萨算是富有的，但他们的富有根本无法与施萨或欧萨克这些北方地区的农场主相提并论。尽管如此，他的父亲仍然向他许诺，某天会带着他到太空中去，拜访其他的星球。至于去哪儿，由阿珂斯来选。

皮塔这颗满是水的行星并不是他的首选，甚至连第二选也不是。没有一个荼威人会游泳，因为在他们生活的地方，所有水的形态都是冰。但现在，他来到了皮塔。他的耳朵里充斥着浪涌拍击的巨响，俯瞰着泛着泡沫的水面，当他站在四周全都是水的着陆平台上，温热的雨滴落在头上，他感觉到了自己的渺小。

但是，他刚刚开始习惯这一切，他们就又要离开了。他站在摆渡艇的主舱里，身上滴着水，手里拿着一个装满雨水的瓶子。人们把那块超抗磁素往飞艇上搬的时候，希亚给了他这个——“你或许也想为第一次踏足其他星球而留个纪念。”她这么说着，耸耸肩，好像这不是什么重要的事。对希亚无关紧要的事情其实不多，不然阿珂斯也发现不了。

一开始他还不太清楚这纪念品有什么意义，因为，他要拿给谁看呢？他再也不会见到家人了。他会死在枭狄。

但他必须对埃加抱有希望，至少。也许他能带着这瓶雨水，和埃加一起重返家乡——约尔克会帮他们逃走的。

希亚两只手抓着那面旧旗子，放在膝上，尽管她没笑，但因为找到了超抗磁素，她脸上有一股强烈的能量在涌动。

“我想你做了一件很棒的事。”阿珂斯避开瓦克莱茨和玛兰对她说。

“是啊，”她点点头，“是啊，没错。”过了一会儿，她又补充说，“我想这是注定要发生的。这是我应得的。”

“你的潮涌阴翳没有那么深了。”他说着，向后靠在椅背上。希亚没说话，只是凝视着那些阴暗的斑纹——现在差不多是灰色了——攀上她的手掌，直到他们回到巡游飞艇上也没有消散。

§

他们人人都像浑身透湿的落汤鸡一样，不过返回得很及时。有一些其他的水陆两用艇也从涤故更新的工作地返回，所以四周到处都是穿着湿衣服乱转的人，彼此聊着所见所闻。大家把那身防水的——其实也防不了多少——连身衣从身上扒下来，堆成一堆等待清理。

“所以，枭狄是预备了好多防水衣吗？”往房间走的时候阿珂斯问。

“我们之前来过皮塔，”希亚说，“历代君主都会为奔赴其他星球而搜寻可用的东西，以备所需。久而久之大家就会知道该怎样在不同的环境里生存，比如沙漠、山地、海洋、沼泽……”

“沙漠，”他说，“我简直无法想象要怎样在烫人的沙子里走路。”

“也许有一天你会知道的。”她说。

他的笑容消失了。可能，她说的是对的。他会为她的家族而死，在那之前，还有多少次星际巡游？两次？三次？二十次？他还会踏足多少个完全不同的世界？

“我不是说……”她开口，但是又顿住了，“生命很长，阿珂斯。”

“但命运是确定不变的。”这是妈妈曾经说过的话。看起来没有谁的命运比他的更加牢不可破了。死亡、奴役、诺亚维克家族。这已经足够清楚无疑了。

希亚停住了。他们刚好走到公共训练室的附近，空气里弥漫着旧鞋子和汗水的气味。她握住了他的手腕，紧紧地抓牢。

“如果现在我帮你从这儿离开，”她说，“你会走吗？”

他的心剧烈地跳动起来：“你在说什么？”

“起降平台上很乱。”希亚靠近了一些。她眼睛的颜色真是非常深，他想，几乎是黑色的。也富有生机，就像她身体里蔓延的疼痛，折磨她的同时，也给了她充裕的能量。“大门每隔几分钟就会打开一次，让摆渡艇进来。如果你现在偷一架飞艇冲出去，你觉得他们能拦得住你？飞上几天你就能回家了。”

几天就到家。阿珂斯的脑海里立刻充满了那个地方熟悉的气息：奇西独自待着，脸上挂着那安慰人心的微笑；老妈一如既往地用预言游戏调侃逗趣；暖洋洋的小厨房里亮着硫黄石提灯；极羽草原长势凶猛，蔓延到他家的屋子边，毛茸茸的草茎轻拂着窗子；楼梯嘎吱作响，通向的那个房间是他和……

“不，”他摇头，“埃加不走，我也不走。”

“我也是这么想的。”希亚有点儿悲伤地说，松开了手。她咬着嘴唇，心事重重。他们一路回到希亚的房间，一句话也没说。她一进屋就直接进了浴室去换干衣服，阿珂斯则出于习惯，驻足在滚动新闻屏幕前面。

通常，荼威只会出现在屏幕底部的滚动字幕中，而就算是这么少的内容，也只是和冰花出口有关——对其他星球而言，他寒冷的故乡的意义仅止于此。但是今天，画面里竟然出现了巨大的积雪堆。

他知道那个地方：欧萨克，荼威最北部的城市。那里的建筑飘浮在天空中，像是用玻璃做成的云朵，据说这是某种从欧尔叶舶来的技术。它们的形状宛如雨滴，又像萎蔫的花瓣，两端尖尖的。有一季，他们曾经到那儿去拜访过他的表兄。他们穿着最暖和的衣服，待在公寓大楼里，那大楼就像是永远不会掉落的熟果子一样挂在半空中。

阿珂斯坐在希亚的床边，湿衣服弄湿了床单。他觉得难以呼吸了。*欧萨克，欧萨克，欧萨克*，犹如一首颂歌回荡在他的思绪中。风中的白色雪花，冰冻成的窗花，一碰就会碎掉的脆弱的冰花茎。

“怎么了？”希亚编着辫子走出来。看到屏幕上的画面时，她垂下了双手。

她念出了标题：“*荼威之命定首相走马上任*。”阿珂斯点了一下屏幕，调大了音量。新闻是用欧尔叶语播报的：“她代表两季之前在枭狄对荼威的一次入侵中遭绑架的神谕者，对利扎克·诺亚维克表示强烈反对和抗议。”

“你们的首相不是选出来的？”希亚问，“他们用‘首相’而不用‘统治者’，不就是因为前者是选出来的，而后者是世袭的吗？”

“荼威的首相是命运决定的，是生命潮涌挑选的，他们……我们是这样认为的。”他说。希亚注意到他的口型从“他们”改成了“我们”，但她没说什么。“有的时候没有首相，只有地区代表——这些人是选出来的。”

“这样啊。”希亚转向屏幕，在他旁边坐下来一起看。

起降台上挤满了人，但仍然向两边让出了通道。一架荼威浮艇在平台边着陆，舱门打开了。一个身着黑衣的女人走了下来，人们立刻拥上前去欢呼起来。镜头立即推进，对准了她的脸。她围着围巾，遮住了鼻子和嘴，她的眼睛颜色很深，瞳仁四周泛着浅灰色的光——镜头相当近了，就像嗡嗡乱飞的苍蝇——她微微一歪头，他认出她来了。

他认识她。

“欧力。”他喘不过气来。

在她身后，还有另一个女人，和她一样高，一样瘦，也围着围巾。当镜头又对准她的时候，阿珂斯看见她，和欧力一模一样——不仅是姐妹，而且是孪生姐妹。

欧力有姐妹。

欧力的“另一个她”。

阿珂斯想在她们的脸上找出哪怕一点点不同之处，却只是徒劳。

“你认识她们。”希亚轻声说。

那一瞬间阿珂斯除了点头没别的可做，但他有些迟疑。他想到“欧力芙·雷德纳里斯”这个名字应该不是这个命运眷顾者的真名——因为她的真实身份是处于危险中的。这些他还是不要告诉别人的好。

但是，他抬头看着希亚，想——还没想到什么结论，话就脱口而出了：

“她是我们全家人的朋友，那时候我还是小孩。看来当时她用的是假名，不过我不知道她还有个姐妹。”

“伊赛和欧力芙·贝尼西特。”希亚念出了屏幕上的名字。

姐妹俩向大厅走去，样子都很优雅，从大厅里扑出的微风吹拂着她们的外套——侧边和肩部系扣，紧紧裹在身上。他不知道她们的围巾是用哪种皮毛做的，也不认得外套的衣料，黑色衬着落雪，十分清丽，但显然不是来自他们那颗星球，这可以肯定。

“她以前用的是‘雷德纳里斯’，”他说，“是个海萨名字。我最后一次见到她就是我们的命运被公开的那天。”

伊赛和欧力芙停下来，向夹道欢迎的人们致意，但当她们继续行进时，镜头跟在后面，他捕捉到了瞬间的一个动作。走在后面的女孩弯着胳膊，钩住前面女孩的脖子，把她拉近自己。一样的，她想和埃加说什么悄悄话的时候，也会那么做。

阿珂斯现在什么也看不见了，因为他的眼睛里噙满了泪水。那是欧力，他家的餐桌上有她的一副餐具。她认识他，知道他成为……这东西——披坚执锐的、复仇心切的行尸走肉的东西——之前的样子。

“我的国家有首相了。”他说。

“恭喜。”希亚说。她犹豫了一下，问道，“为什么你会告诉我这些？这可能不是你应该在这儿宣之于口的东西——她的假名，你认得她——所有这些。”

阿珂斯眨眨眼睛，挤掉眼泪：“我不知道。也许是因为我信任你。”

她抬起手，迟疑着放在他的肩膀上方。她的手最终缓缓地落下，轻轻地碰了碰他。两个人肩并肩地看着屏幕。

“我绝不会把你困在这儿的，你知道的，是吧？”希亚是如此平静。他从未听过她如此平静的语气。“如果你想走，我会帮你。”

阿珂斯握住了自己肩膀上的她的手。只是轻轻一碰，却充盈着全然不同的能量——仿佛是一种他从未知觉的疼痛。

“如果——我救出埃加之后，”他说，“你愿意和我一起走吗？”

“你知道的，我愿意。”希亚叹了口气，“但是只有利扎克死了才办得到。”

§

飞艇返回的途中，关于利扎克在皮塔的外交事务大获全胜的消息一点点地传到了他们的耳朵里。敖特佳担当了希亚绝大部分的八卦来源。阿珂斯发现，希亚非常善于在事情真相大白之前就解读推断出它们。

“殿下很高兴，”敖特佳一边说，一边盛着一锅炖了整夜的汤，“我想他们应该是达成了同盟。一个是拥有相信命运的历史的枭狄，一个是没什么宗教信仰的皮塔，这可不是小事件。”接着她好奇地看了阿珂斯一眼。

“凯雷赛特，我想，希亚没跟你说过，你实在是……”她顿住了。

希亚立刻挑起眉毛，好像装了弹簧似的。她正靠在墙上，双臂环抱胸前，咬着一绺头发。有时候她会这样，毫无意识地就把头发放在嘴里，过一会儿又会一脸惊讶地把它吐出来，像是头发自己钻进了她嘴里似的。

“……很高。”她终于说出来了。阿珂斯很想知道，如果打圆场不必说谎，敖特佳想说的那个词到底是什么。

“不知道她为什么没提过。”阿珂斯说。和敖特佳说这样不疼不痒的话很容易，他没怎么多想就顺着说下去了，“反正，她也很高啊。”

“是啊。都很高，你们都很高。”敖特佳淡淡地说，“嗯，喝汤吧。”

她走了之后，希亚径直走到滚动新闻那里，帮阿珂斯翻译枭狄语字幕。但是这回，字幕和解说两相比较，情况却令人惊异。屏幕下方的枭狄语字幕说：“鉴于枭狄到访皮塔首都，皮塔首相表示支持与枭狄的友好磋商与谈判。”画外的欧尔叶语播报却说：“荼威首相贝尼西特声称将对皮塔实施冰花贸易禁运，以对其与枭狄领导人进行的试验性援助商讨予以警示。”

“显然，利扎克在皮塔吃得开，让你们的首相不高兴了，”希亚评论道，“威胁要贸易禁运呢。”

“是啊，”阿珂斯说，“利扎克正在试图搞定她。”

希亚则咕哝着：“这个翻译不是玛兰的手笔，他们一定是用了其他的人。玛兰喜欢抓信息重点，而不是所有的东西都平铺直叙地摆出来。”

阿珂斯差点儿笑出来：“你连谁做的翻译都知道？”

“这是诺亚维克家族胡说八道的艺术，”希亚把新闻调成静音，“我们从出生起就有人这么教了。”

他们的房间——阿珂斯开始这样“冠名”了，已经不太会让他别扭了——他们的房间仿佛暴风眼一样，在喧闹嘈杂的中心保持着安静和稳定。所有人都在忙着让一切归位，好为着陆做准备。他不敢相信，星际巡游就这样接近尾声了，他甚至觉得他们才刚刚出发。

在这之后，生命潮涌失去它的蓝色光芒的那一天，就是他履行与约尔克的约定的好时辰了。

“你确定他不会直接把我送到利扎克那儿去，说我给他下了药？”阿珂斯问。

“苏扎本质上是个战士，”希亚这话已经说了几百遍了，她翻过一页正在看的书，“他更喜欢自己解决。跟利扎克告发你，那是懦夫的行为。”

听了这话，阿珂斯就出发去咖啡厅了。他意识到了自己正在加速的心跳，紧张痉挛的手指。每周的这个时候，苏扎都会在一处低等咖啡厅里吃东西——在利扎克的亲密支持者里，他确实属于等级最低的一批，这就意味着，在跟随利扎克所到的大部分地方，他都是最不受重视的。但是，在飞艇轰鸣的发动机房旁边的低等咖啡厅里，他是等级最高的。这儿是激怒他的最佳地点——当着下级的面被一个奴仆羞辱，他能受得了吗？

约尔克答应帮忙做到最后一步。当阿珂斯走进咖啡厅——位于飞艇最底层的一间又大又暗的屋子时，约尔克正排着队站在他父亲之前。这里狭窄逼仄又满是烟雾，但是空气里却飘着香料和油脂的气味，让他不禁有点儿馋。

近旁的桌子边，一群比他年纪小的青年把盘子丢在一边，正在玩游戏。他们用的是比手掌还要小的机器：把齿轮和线材安在轮子上，一个顶端装着个大钳子，一个带着一把刀，还有一个装着拇指大小的锤子。桌子上用粉笔画出一个圈，他们用遥控器操纵着机器在里面你追我赶。机器相撞的时候，旁边看热闹的人就大呼小叫着支招："转右轮！""用钳子打啊，要它们是干吗的？"他们穿着蓝色、绿色、紫色的奇怪衣服，裸露的胳膊上绑着不同颜色的绳子，头发剃短，编成辫子盘在头上。阿珂斯看着他们，突然涌起别样的感觉：仿佛他自己成了个枭狄小孩，拿着遥控器，或者就是倚在桌子边看着。

这不可能是真的，也成不了真，但就是那么一瞬间，他觉得这可能性也是可以存在的。

他转向食品取用台旁边的一堆盘子，拿了一个。他手里攥着一个小瓶子，沿着台子往前走，越来越接近苏扎，越来越接近他的杯子。就在这时，约尔克佯装不小心撞上了他前面的人，盘子杯子撒了一地，还把汤泼到了那女人身上，引起一阵骂骂咧咧。趁乱，阿珂斯把瓶子里的药倒进了苏扎的杯子，完全没有人注意。

他走了过去，约尔克正在帮那个被泼了汤的女人清理衣服。她用胳膊肘把他推开，不停地抱怨臭骂。

苏扎在他常用的桌子边坐了下来，开始每日例行的一餐。阿珂斯暂停下来喘了口气。

苏扎和其他人一起闯进了他的家，他站在那儿看着瓦什杀死了阿珂斯的父亲。他的手指印印在了阿珂斯家的墙壁上，他的脚印踏在了阿珂斯家的地板上。阿珂斯最安全温暖的家，被他们以暴力践踏，再也回不去了。这些记忆，从来就不曾淡去，让阿珂斯更坚定地将他要做的事进行了下去。

他把自己的托盘在苏扎对面放了下来。苏扎的目光爬上他的胳膊，像一只掠过的手，数着那上面的杀戮刻痕。

“还记得我吗？”阿珂斯说。

苏扎现在比他矮了，但是仍然相当壮硕，坐下的时候，看肩膀就能看得出来。他的鼻子上有些雀斑，看上去和约尔克并不相像——约尔克更像他的妈妈。这也是好事。

“是那个被我拖过极羽边境的可怜孩子吗？”苏扎说着，咬下叉子上的肉。“然后没等走到飞艇边就被打成了肉酱？是啊，我记得。现在把你的盘子拿开。”

阿珂斯坐了下来，两手交叠放在身前。肾上腺素激增，让他的视野缩小了，而苏扎就在正中央。

“你现在感觉如何？有点儿困？”他说着，“砰”的一声把药瓶放在他面前。

玻璃开裂了，但瓶子没有碎掉，里面还残留着一些液体，而其他的药水都已经倒进了苏扎的杯子。咖啡厅里倏地安静下来，所有人都盯着他们这张桌子。

阿珂斯凑近他，笑道：“你的房间并不如你想象的那么安全。看这是什么？过去一个月里，你已经被下了三次药。你可真是不当心啊，不是吗？”

苏扎一跃而起，掐住了他的脖子，把他拽起来，狠劲儿地掼在桌子上，把托盘上的食物砸个稀烂。汤洒了出来，浸透了衬衫，烫到了阿珂斯。苏扎抓过餐刀，用刀尖对着阿珂斯的脑袋，像是要刺进他的眼睛里。

阿珂斯看见刀锋凝聚成一点。

“我要杀了你。”苏扎咆哮着，唾沫乱飞。

“悉听尊便。”他火上浇油，“但是可能得等等，你马上就要睡过去了呢。”

差不多了，苏扎看起来已经有点儿迷糊了，他放开了阿珂斯。

“好，”他说，“我向你发起角斗挑战。带刀。至死方休。”

这个人确实不叫人失望。

阿珂斯站了起来，慢慢地，故意用颤抖的双手整了整弄脏的衬衫。希亚告诉过他，在踏上竞技场之前，一定要确保让苏扎低估他的能力。他擦掉脸上的唾沫星，点了点头。

“我接受。”阿珂斯说着，仿佛被磁力吸引似的，与约尔克目光相接——他看起来如释重负。

第二十二章　希亚

那些反抗者没有在咖啡厅里给我传递口信，也没有趁我穿过巡游飞艇时附耳低语。他们没有入侵我的私人屏幕，更没有引起骚乱绑架我。涤故更新结束几天之后，我正走在回房间的路上，一丛金色的头发出现在我面前——缇卡，她沾满机油的手正抓着一块脏兮兮的破布。她回过头看了我一眼，弯起手指，让我跟她走。

她带我去的地方不是什么秘密房间，或是狭窄走廊，而是起降平台。这里一片漆黑，摆渡艇的轮廓看起来就像蜷缩沉睡的巨兽。在远处的角落里，有人打开了一盏灯——最大的那艘摆渡艇机翼上的一盏。

如果雨声和雷声是皮塔的主旋律，机器的轰鸣声就是枭狄的主题曲。那是巡游飞艇运转的声音，我们追随生命潮涌行进的声音。所以，在飞艇的这个部位，所有的交谈都会被我们脚下一层的机器所发出来的嘈杂嗡鸣遮蔽，虽然又小又破，却正是叛军们藏身的好地方。他们都穿着维修工的那种连身工服——现在看来，也许他们真的都是维修工——他们的脸也都用同样的黑色面具遮住了，和缇卡在走廊上袭击我时戴的一样。

缇卡抽出一把刀子，用刀锋抵住我的喉咙。刀尖冰凉，闻起来有甜丝丝的味道，和阿珂斯身上那种混合药草的气味不一样。

“保持距离，再靠近他们一步的话，我就让你好看。”缇卡说。

“你们的人都在这儿了吗？不会吧。”我的脑袋里已经想出了脱身的办法，第一步就是狠踩她的脚。

“说不定你会把消息透露给你哥哥，我们会冒险曝光全部力量吗？”缇卡说，“当然不。”

摆渡艇机翼上的那盏灯掉了一个金属紧固件，于是就挂在仅剩的一个连接点上荡来荡去。

“想要见我们的人是你。”其中一个人说话了，声音听起来苍老、粗鲁。他是个大块头，留着浓密的大胡子，里面都能藏东西了。“你到底想要干什么？”

我强迫自己咽了口唾沫。缇卡的刀子仍然抵着我的喉咙，但让我说不出话的并不是这个。我思考了好几个月的想法，终于要在此刻清晰地讲出来了，终于要真正实施行动了，再也不是思前想后纸上谈兵了——我这辈子还是第一次。

“我需要为某人准备一艘飞艇离开枭狄，”我说，“虽然他本人并不想离开。”

“某人，”那个大胡子说，“谁？”

“阿珂斯·凯雷赛特。”我说。

他们交头接耳起来。

“他不想离开？那你为什么要让他离开呢？”他问。

“因为……说来话长。”我说，“他的哥哥还在这儿，神志不清，复原痊愈的希望十分渺茫。”我顿了顿，又说，“因为爱，有些人甘愿犯傻。”

“啊，”缇卡小声说，“我现在就见识了一个。”

我觉得他们都在笑话我，躲在黑色的面具之下嘲笑我。我不喜欢这样。我抓住缇卡的手腕，用力一拧，远离了她的刀尖。她在我的触碰之下叫唤起来，我用手指捏住刀背，把它从她手里抽了出来。我轻轻一甩，抓住了刀柄——不知道她在刀锋上涂了什么东西，我的手指上感觉滑滑的。

不等她反应过来，我猛地伸出胳膊，把她拽过来反扣到我胸前，然后用刀子指着她。我极力把潮涌阴翳带来的疼痛控制在自己身体里，紧咬着牙齿，免得叫出声来。我在她耳边粗重地喘着气，她僵住了。

“或许我也是在犯傻，”我说，“但我不是真蠢真笨。凭着你站立的姿势、走路的方式、讲话的习惯，我就能认出你来，不是吗？如果我要背叛你，你戴不戴面具，用不用刀子对着我，都没有任何区别。而我们都很清楚，要背叛你，我就得先背叛我自己。所以，”我吹开她粘在我嘴上的一绺头发，“我们能不能在互相信任的基础上好好讨论？能吗？”

我放开缇卡，把刀子递给她。她瞪着我，揉着手腕，不过还是接过了刀子。

“好吧。”那个大胡子说。

他解开了遮住嘴巴的面具，浓密的胡子直垂到脖子下。其他人也摘下面具，其中一个就是约尔克，他站在我的右边，抱着胳膊。这一点儿也不意外，毕竟他那么直白地要让他那效忠诺亚维克家族的老爸死在竞技场上。

其他人不必操心，那不重要，我在意的是他们的发言人。

“我是托斯，你说的事情我们可以做到。”大胡子说，“想必你也明白，应该满足我们的一些要求作为回报。”

“你想让我做什么？”我问。

“我们需要你帮我们打入诺亚维克庄园内部，”托斯壮实的胳膊环抱着。他的衣服来自其他星球，对枭狄寒冷的季节来说，实在太单薄了。“在沃阿城。星际巡游结束之后。”

“你是流亡者吗？”我冲他皱起眉头，“你穿的衣服是外星球的。”

流亡者逃到其他星球才得以躲避枭狄政权，安身立命，这些反抗者和他们有联系吗？这是讲得通的，但我之前从未想过这种可能。流亡者无疑比枭狄本地针对利扎克的反抗者更具破坏力——对我本人也更危险。

“鉴于我的意图和目的，流亡者和反抗者没有不同。我们想要的都一样：罢免你哥哥，让枭狄社会回到你的家族以不公玷污它之前的样子。”托斯说。

“以不公玷污它，”我重复了一遍，接着说，“优雅的措辞。”

“这不是我想出来的。”托斯毫无幽默感地说。

“撇开优雅，更直白一点儿，”缇卡说，“你们让我们忍饥挨饿，垄断了药物，更不用提挖出我们的眼珠，或者其他什么让利扎克最近爽得很的好事。”

我想抗议说我从未让任何人挨饿，或是不让他们拥有充足的医疗资源，但我突然意识到争论这个是不值得的。反正我并不真的相信这些。

“好吧。那……诺亚维克庄园。你们打算在那儿干什么？”我能帮什么人进入的建筑，就只有这一座。我知道所有利扎克喜欢用的密码，除此之外，绝大部分安全门都是用基因密码上锁的——我们的父母过世之后，利扎克在庄园内做了不少改动，安装这套系统是其中一部分。而我，是唯一一个和利扎克拥有相同基因的人，我的血液可以把他们带到任何我想去的地方。

“我认为你不必了解那些。”

我皱起眉头。反抗者——或是流亡者，想在诺亚维克庄园里面做的事情，只是有数的那么几件。我决定做个假设。

“我们直讲吧，”我说，“你是要我参与暗杀我哥哥的行动。”

“会让你为难吗？”托斯说。

“不，”我说，“不会了。”

尽管利扎克对我做了很多不堪的事，但是我仍然惊讶于自己的答案如此轻易地脱口而出。他是我哥哥，我的血缘至亲，也是如今唯一能保我安全的人——推翻了利扎克，任何一个反抗者都不会想着放过他的妹妹，饶了他的帮凶。但是，逼迫我参与佐西塔的质询，以阿珂斯相要挟，这两件事已经让我彻底失去了对利扎克仅剩的忠诚。

“很好，”托斯说，“保持联系。”

§

我一边整理着脚边的裙子，一边在乱哄哄的大厅里搜寻着苏扎的手下。他们都在，围着包厢排成一圈，互相交换着轻佻不屑的眼神。很好，我想。他们很自负，这意味着苏扎也很自负，那么就更容易被打败。

屋子里充斥着聊天交谈的嗡嗡声，和几个月前我与莱蒂的那场对战相比，人并不算特别多。但也已经大大超过了其他比试。这也是很好的。按规定，赢得一场角斗挑战，便可以赢得更高的社会地位，不过它真正的意义，却在于枭狄人以此判断彼此的价值。看到阿珂斯打败苏扎的人越多，阿珂斯就能赢得越多人的重视和尊敬，他要带埃加离开，也就更容易一些。一个方面的能力和制胜，有时会转化为另一个领域的势力和控制权——只要选对人。

利扎克没有出席今晚的挑战赛，瓦什却在为高级官员准备的看台上找到了我。我坐在看台一边，他坐在另一边。在黑暗的地方，我能比较容易地避开人们的视线，把身上的潮涌阴翳藏在暗影里。但瓦什离我这么近，我什么也掩饰不了——每次听到人群中响起阿珂斯的名字，我的皮肤上就会泛起黑色的斑纹，像是脸红一样。

"你看，涤故更新之前，你在起降平台和佐西塔的女儿说话这事，我没有告诉利扎克。"就在苏扎将要入场的时候，瓦什这么对我说。

我的心一下子狂跳起来，一度怀疑，和反抗者见面这件事，是不是刻在我脸上了，只要仔细观察，人人都能看得出来。不过我极力保持冷静，回答说："不久前我查过，和维修工人说话，并不违反利扎克的规定。"

"以前他也许不在乎，但现在肯定是在意的。"

"我应该对你的提示表示感谢吗？"

"不，你应该把这当作我给你的第二次机会。你这些愚蠢的行为都不过是一时误判，一定是这样，希亚。"

我转向竞技场。灯光暗了下来，收音设备悬挂在场地中央的半空中，好放大两人打斗的声音，有人转动着按钮，扩音器发出一阵尖声啸叫。先走进来的是苏扎，观众们大叫着欢呼起来。他抬起双臂，意在激起更多更大声的叫喊。这动作奏效了：人人狂喊号叫，声嘶力竭。

"狂妄自大。"我喃喃自语。不过这不是因为他的动作，而是因为他的衣着：他没穿枭狄盔甲，只穿了普通的衬衫。他自认根本就不需要盔甲。可是，他已经很久没有看过阿珂斯格斗了。

第二十二章

希 亚

过了一会儿，阿珂斯也入场了，穿着他赢得的盔甲，还有那双在皮塔穿过的结实的靴子。迎接他的是嘲弄讥讽和下流的手势，但不管他身处何地，这些都影响不了他——甚至他眼神中常常流露的小心翼翼也不见了。

苏扎抽出了刀，阿珂斯凝视他的眼神霎时凌厉起来，仿佛做了什么决定。他也抽出了自己的刀，我立刻认了出来——那是我给他的，是我在集市上送给他的那把来自佐德的平刃刀。

他的触碰并没有使刀锋上出现缠绕的生命潮涌。而观众已经太习惯于看人用潮涌之刃对阵了，我敢肯定，在他们看来，拿着平刃刀的阿珂斯简直就是个死人。所有关于他的流言蜚语——关于他对生命潮涌的阻隔——此刻都坐实了。这反而更好了，因为他的天赋赐礼令人们惊恐——而恐惧会给人增添别样的力量。这一点我再清楚不过。

苏扎前后甩动着刀子，让它在手掌上旋转。这是他的惯用招数，是从他的心境派朋友那儿学来的，而他自己则很明显是硬武派的门徒——衬衫下面的肌肉都紧绷绷地凸出来了。

“你看起来很紧张，”瓦什说，“需要借你一只手来抓着吗？”

“我只是在为你的人紧张，”我说，“留着你的手吧，一会儿你会需要它的。”

瓦什笑了起来：“我想你已经不再需要我了，反正你已经找到另一个能碰你的家伙了。”

“你这是什么意思？”

“你很清楚我的意思，”瓦什的眼睛里闪过一丝愤怒，“仔细看着你的荼威小宠物。他就要死了。”

苏扎先出手了，挥刀刺向阿珂斯，而后者淡然地横跨一步闪开了，眼睛都没眨一下。

“噢，你动作很快嘛！”苏扎的声音通过扩音器传出来，回荡在竞技场中。“像你姐姐一样，她也差点儿就从我手里跑了。我抓住她的时候，她都要打开前门了呢！”

他伸手去抓阿珂斯的喉咙，想要把他拎起来摁到竞技场的围墙上。但阿珂斯用手腕内侧挡开了苏扎，用力地推开他脱了身。我能听见这一套动作里面的神识派谋略：面对体量悬殊的对手时，与之保持距离。

阿珂斯手里转着刀子，速度之快令人眼花缭乱——锋刃反射出的寒光投映在地板上，如四散蹿动的影子，苏扎下意识地盯着它，目光随之游走。这一瞬间的走神给了阿珂斯机会，他用左手狠狠地给了他一拳。

苏扎猛地向后退了好几步，鼻孔里流出了血。他从未意识到阿珂斯的左手能这么有力。我可是自从认识他那天起就开始让他练俯卧撑了，这个苏扎当然也无从知晓。

阿珂斯紧追过去，弯起胳膊，一个肘击，再次命中苏扎的鼻子。苏扎的叫喊声充斥了整个竞技场。他不管不顾地瞎打一气，抓住阿珂斯盔甲的前部，把他往边上掼。阿珂斯失去平衡，被苏扎用膝盖压在地上，下巴上挨了重重的好几下。

我浑身发抖。阿珂斯看起来像是要晕过去了，他提起膝盖，靠近自己的脸，似乎是想把苏扎从自己身上甩开。然而他并没有那么做，他从靴子一侧抽出另一把刀，将刀锋插进了苏扎的身体一侧，刚好在两根肋骨之间。

苏扎目瞪口呆，盯着那把楔进自己身体里的刀子不知所措。阿珂斯举起那把平刃刀，轻轻一挥，血从苏扎的喉咙里喷溅而出，大块头颓然倾倒。

第二十二章 希亚

我都没发觉自己有多紧张，直到胜负分出，全身的肌肉才松弛下来。

四周一片闹哄哄的。阿珂斯俯下身，从苏扎的尸体上拔出那第二把刀子，在裤子上擦了擦，然后重新插回了靴子里。扩音器放大了场内的声音，我能听见他惊颤不已的呼吸。

别慌。我心里对他说着，仿佛他能听见似的。

他用袖子抹掉额头的汗，抬眼望了望看台上的观众，缓缓地自转一周，像是凝视着每一个人，驳回他们的视线。接着他把平刃刀插回刀鞘，跨过苏扎的尸体，沿着通道向出口走去。

我迟疑了几秒，便走下看台，挤进了人群里。层层叠叠的衣服随着我摆动翻腾，我两只手提起裙子，想快点儿追上阿珂斯。但是他离我太远了，我来到门外走廊，往我们的房间走的时候，他已经不见踪影。

房门之外，我的手在传感器旁边停住了。我仔细听着门后面的声音。

起先，我能听见的只是粗重的呼吸声，夹杂着啜泣。接着阿珂斯叫喊起来，坠落、撞击、摔碎的巨响一声接着一声。他不停嘶吼着，我把耳朵贴在门上，紧紧咬住了下唇。当阿珂斯的叫喊声变成了呜咽声，我的嘴巴里弥漫着嘴唇流血的味道。

我碰了下传感器，门开了。

他坐在浴室的地上，四周散落着砸烂的镜子碎片。天花板上垂下的浴帘被扯掉了，墙壁上的毛巾架也拽了下来。我走进浴室，小心地绕过碎玻璃，来到他身边，可他都没有抬头看我一眼。

我跪在这一片狼藉之中，伸手越过他的肩膀，打开了淋浴。等水变得温热了，便拉着他的胳膊，把他拖到了水帘之下。

我和他一起站在淋浴下面，穿着衣服。他的呼吸变得尖锐，直喷到我的脸颊。我用手按着他的后颈，让他的脸浸在水里。他闭上双眼，任凭水花冲刷，颤抖的手指摸索着，拉起我的手，抵在了他胸前的盔甲上。

我们就这样站着，过了好久好久，直到他的眼泪平息下去。然后我把水关掉，把他领到厨房，一路上用脚尖拨开地上的镜子碎片。

他凝视着半空中的某个点，一动不动。我不确定他是不是知道自己身在何处，以及发生了什么。我松开他盔甲上的绑带，从他头顶脱下；我拈起他衬衫的褶边，把湿透的衣服从他身上褪下；我解开他裤子上的纽扣，让它滑落地板，摊成湿漉漉的一堆。

我曾经想象过自己这样看着他，甚至想象过某一天会脱掉他的衣服，撇开所有隔绝在我们之间的东西，但此时此刻并非想象。他痛苦不堪，而我想要帮他。

我没有注意到自己的疼痛，不过帮他擦干身体的时候，我看见身上那些阴翳比以往流动的速度要快很多，就像有人将它们注射到了我的血管里，于是它们便随着血液，流遍了我的全身。费德兰医生曾经说过，当我情绪波动时，我的天赋赐礼会更加强烈。是啊，他说对了。我根本不在乎苏扎是死是活——事实上，我还打算在他的葬礼上大吐口水呢——但我在乎阿珂斯，这在乎超过了任何人。

他渐渐回过神，能配合着我，让我用绷带包扎好他胳膊上的伤口，然后走进他自己的卧室。我看着他躺下，盖好被子，然后回到配药台案那里，拿了一只小锅放在炉火上。从前，是他帮我配药，让我远离噩梦的纠缠。现在，轮到我为他做这些事了。

第二十三章　阿珂斯

一切的一切，仿佛都从阿珂斯身体里抽离了，如丝拂过绸缎，如油落于水面。有时像是，时间在流逝，淋浴水龙头下，水声滴答，一小时不见了——手指变得皱巴，皮肤变得透亮——或是沉睡整晚，直至第二天午后；有时像是，空间在消失，他站在竞技场中，身上沾着别人的血，或是在极羽草原中，偶遇迷路者的残骸，惊悚可怖。

嘴巴里的缄语花花瓣在分解。所以他尚能保持冷静，也许颤抖不已的手终能停歇，也许途经喉咙的话终于夭折，都是拜它所赐。

希亚任由他这样过了几天，但巡游飞艇即将降落在沃阿城的前一天，阿珂斯已经连续几顿饭没有吃的时候，她走进了他的卧室，说："起来。立即马上。"

他抬眼看她，一脸迷惑，仿佛她讲的是他听不懂的语言。

她翻了翻眼睛，抓住他的胳膊往上拉。这触碰带来一丝刺痛，他不禁缩了一下。

"该死，"希亚说着，松开了手，"看见了吗？你开始感觉到我的天赋赐礼了，因为你太虚弱了，你自己的天赋赐礼正在瓦解。你必须起来，去吃东西。"

"所以，你的奴隶又就位了，是吗？"他咬牙切齿，耐心也在消失。"好吧，我受够了。我已经准备好为你的家族而死了，管它到底意味着什么！”

她弯下腰，和他脸对脸：“我知道变成自己痛恨的人是什么感觉。我知道那有多痛苦。但生命就是这样充满伤痛。”阴翳在她的眼窝聚集，像是要佐证她的论调。“而你承受这一切的能力，要比你自以为的强得多。”

她的眼睛凝视着他。几秒钟后，他说：“真是振奋人心的演讲。‘生命就是这样充满伤痛’？嗯？”

“不久前我查过，你哥哥还在这儿，”她说，“所以，你得活下去，好把他救走——就算你觉得别的都无所谓。”

“埃加。”他冷哼一声，“好像这一切就是为了他。”

手刃苏扎，取其性命的时候，他根本没想过埃加。他所有的思绪就是强烈地想要置苏扎于死地。

“不然是为了什么？”她双臂环抱胸前。

“我怎么知道？”他不耐烦地伸出胳膊，狠狠地挥拳擂向墙壁，没感觉到关节的疼痛。“是你让我变成这样的，你为什么不告诉我答案？生死面前，正义一无所用——你说的，记得吗？”

他目光之后的某种火花汇聚成焰，嗞嗞作响。他想收回这些话，这时有人敲门。他从床边瞥见她打开门，担负着世上最无聊工作的那个警卫站在门外，身后跟着约尔克。

阿珂斯把头埋进双手：“别让他进来。”

“我想你可能忘了，这房间到底属于谁。”希亚尖厉地说道。她向后退了几步，让约尔克进了屋。

“见鬼！希亚！”阿珂斯猛地站了起来，眼前一阵发黑，踉踉跄跄地撞上了门框。也许她说得对——他是该吃些东西了。

约尔克看见他的样子，惊讶得双眼圆睁。

第二十三章
阿珂斯

“祝好运。”希亚对他说完这句话，就把自己关进了浴室。

约尔克看向四周：用盔甲装饰的墙壁，天花板上垂下的植物，闪亮的锅和碟子堆放在摇摇欲灭的炉火边。他抓了抓脖子，留下一道道浅粉色的印子——这是他的习惯，一紧张就如此。阿珂斯走向他，身体的每一寸都沉重无比，挪到椅子边坐下的时候，几乎喘不过气来了。

“你来这儿干什么？”他说。他觉得怒火中烧，想狠狠地把指甲楔进去，拒绝让一切继续流逝。尽管这会伤到约尔克——如果这伤害是他们二人平分，约尔克所目睹经受的要比他多——他还是说道，“你已经如愿了，不是吗？”

“是的。”约尔克平静地说道，在阿珂斯身边坐下。“我是来感谢你的。”

“这并不是助人为乐，而是交易。我杀了苏扎，你救出埃加。”

“等我们在沃阿城着陆之后，事情会更好办一点儿。”约尔克仍然保持着骇人冷静的声调，像是在努力安抚一头野兽。也许，阿珂斯想，自己的确是一头野兽。“听我说……我，”约尔克皱起眉头，“我真的不知道，我请你做的事情是如此的……我以为……我以为这对你来说很容易。你看起来就像那种，轻易能办到这事的人。”

“我不想谈这个。”阿珂斯用手支着头。他有点儿受不了去思考这事到底容易还是难。苏扎根本没有赢的机会，他不知道自己踏入的是什么样的陷阱。这和阿珂斯第一次的杀人相比，简直就是谋杀。至少那一次——卡麦伏的死——野蛮而疯狂，宛如梦境。可这次不一样。

约尔克把手放在他的肩膀上，阿珂斯想甩开他，但他就是不动，直到阿珂斯看向他。

“我妈妈让我把这个带来。”约尔克说着从口袋里掏出一条长链，上面坠着一枚戒指。那是用光亮的金属制成的，泛着粉橘色，上面还烙着一个符号。“这枚戒指上有她家族的族徽。她想送给你。”

阿珂斯伸出颤抖的手指拂过长链，小心翼翼却用了双倍力气，他把那枚戒指攥在手里，约尔克母亲的族徽便印在了他的手掌上。

“你妈妈……”他说，“感谢我？”

阿珂斯的声音破裂开来，他把头埋在桌上，一滴眼泪也没有。

“我的家人现在安全了。”约尔克说，“找时间来看看我们吧，如果你愿意的话。我们住在沃阿城边上，就在极羽边境和集训营地中间，是路边的一个小镇。我们全家诚心欢迎你，为你所做的。”

阿珂斯觉得背上一片温热，那是约尔克的手轻轻地放在上面。这比想象中更令他感到安慰。

“噢，对了……别忘了我爸爸的刻痕，请把它刻在你的胳膊上，拜托了。”

门关上了。阿珂斯用胳膊抱着自己的头，手里仍然攥着那枚戒指。他的指关节曾在格斗中受伤，此刻手指弯曲，能感觉到上面的疤痕老茧在拉扯。

浴室的门发出一声巨响，希亚出来了。她冲进厨房，一阵忙乱，然后把一大块面包放在阿珂斯面前。他狼吞虎咽地吃着，差点儿噎到。他伸出左臂，把带有杀戮刻痕的那一面转过来给希亚看。

“死亡刻痕。”他说。他的声音嘶哑得让这句话几乎听不见。

“那个不急。”希亚把手指插进他的短发里。这轻微的触碰让他不禁颤了一下。她的天赋赐礼，他感觉不到了。也许约尔克的到访多少令他放松了些——不过也许只是因为他吃了面包。

“请你，”他抬起头，“现在就刻。”

希亚抽出自己的刀子。阿珂斯看见她的肌肉绷紧了。她身上的肌肉很紧实——希亚·诺亚维克，原本没有什么慈悲宽容可言，但她的内心，日复一日渐渐变得柔软，仿佛正在学习如何放开的拳头。

她握住他的手腕。他的手搭在她的皮肤上，模糊了那些蜿蜒流动的阴翳。没有了这些黑色斑纹，便能很容易地发现她的美：她的长发蓬松弯曲，映着摇晃的灯光，闪闪发亮；她的眼睛颜色极深，看起来几乎是黑色的；她的鹰钩鼻子，精巧细致；脖子靠近咽喉的地方有一块胎记，它的形状有种特别的优雅。

她把刀尖对准他的胳膊，就在那带有一条斜线的第二道杀戮刻痕旁边。

"准备好了？"希亚说，"一、二……"

数到"二"的时候，她刺了进去，毫无怜悯地，用刀锋的顶端刺了进去。然后她从抽屉里找到了装着极羽草精的瓶子和细刷。阿珂斯看着她蘸取了黑色的液体，涂在他流着血的伤口上，纤细精巧的手法，就像画家在画板上作画。他的胳膊感到一阵尖锐的疼痛，肾上腺素随之而来，将痛感高高推起，随着脉搏一跳一跳，撞击着他的混乱不堪。

她对着他的皮肤轻声念出一个名字："苏扎·库泽。"

而他感觉到了，感觉到了失去、负重和永恒——他理应如此。在枭狄仪礼中寻得安慰，他宽容地允许自己这样做了。

"对不起。"他说，并不确定自己是在为什么而道歉——之前对她言语刻薄，还是挑战赛之后发生的一切，还是别的什么。挑战赛的转天，他看到她在清理浴室里的碎玻璃，之后她又把毛巾架装回墙上——他都不记得自己把它拽下来了。这些还不算完，他很惊讶地意识到，她竟然会使用这些工具，就像平民老百姓一样。但这就是希亚，脑袋里塞满了各种各样的知识。

“虽然精疲力竭，但我仍然记得，”她说，目光躲开了他的注视，“记得那种感觉，好像所有的一切都碎了。破碎了。”

她的一只手覆上了他的手，另一只摸摸他的脖子，很轻很轻地。他先是缩了一下，然后就放松下来。那儿还有一道伤痕未愈，是那天在咖啡厅里被苏扎掐的。

而后她的手指向后游移，触到了他的耳朵，顺着被利扎克砍伤留下的刀疤，抚过他的脖颈。他轻靠着她的手，温暖，太温暖。他们的触碰从未像此刻这样。他也从未想过，自己是多么渴望此刻。

“对我来说，你没有任何意义。”希亚说。

她的手掌停留在他的脸庞，微屈手指，轻触他的耳后。修长、纤细、青筋和血管总是凸出着的手指，关节干燥，有几处皮肤都脱了皮。

“所有发生在你身上的事，都会让另一个人痛苦、无望，”她说，“你怎能……怎能忍得下去？”

他闭上眼睛，痛不可当。

“这是一场战争，阿珂斯，一直都是。”她的前额抵着他的，她的手指坚定有力，仿佛楔进了他的骨头里。“你，和那些毁了你生活的人，你们之间的战争。别为战斗而羞愧。”

一股全然不同的疼痛，渴望的剧痛，从他内心深处涌了上来。

他想得到她。

他想抚摩她瘦削的颧骨，想一亲她喉咙上那片优雅胎记的芳泽，想轻触她的嘴唇感受她的呼吸，想用手指卷绕她的长发，紧紧缠牢。

阿珂斯转过头，将他的嘴唇印上了她的脸颊，力气之大，以至于那不全然是一个吻。他们屏息凝神，都有些怔忡。他撤回身子，站起来，转过身，擦了擦嘴，不知道自己到底犯了什么病。

第二十三章
阿珂斯

她就站在他身后，他能感觉到她身体的温热，正扑向他的背。她碰了碰他两肩之间的地方。是她的天赋赐礼让他感觉到刺痛吗？甚至还隔着衬衫呢？

“我要去办些事情，”希亚说，“很快回来。”

她就这样离开了。

第二十四章　希亚

我沿着维修通道往前走，脸上一跳一跳的，他的嘴唇印上我脸颊的那一幕，在我脑海里不断回放。我极力把它压制下去，就像用脚踩灭余烬——不能让它烧起来，我还有必须得做的事。

通向缇卡那间狭窄的壁橱卧房的路很是复杂，将我带进了巡游飞艇最幽深的内部。

我轻轻敲门，她立刻就回应了。她穿着宽松的衣服，光着脚，那只失去眼珠的眼睛上绑着一条布带，没有戴眼罩。越过她的肩膀，我瞥见屋子里架高的床和底下的临时书桌，螺丝、工具、电线全都收拾起来了，看样子已经为返回沃阿城做好了准备。

“搞什么鬼！”她把我拉进去，睁大眼睛，一脸警觉。“你怎么能不打招呼就来这儿——你疯了吗？”

“明天，”我说，“不管你们想对我哥哥做什么，明天就动手吧。”

“明天，”她重复道，“你是指，今天的转天？”

“如无意外，这应该是‘明天’的官方解释，没错。”我说。

她一屁股坐在桌边快散架的凳子上，胳膊肘拄在膝盖上，衬衫往前垂下来时，一抹皮肤从我眼前一闪而过——她没穿束胸衣。看着她如此自在轻松地待在自己的小空间里，着实有点儿怪异，我们根本就没有熟识到可以这样自然地相处。

第二十四章
希亚

“为什么？”她问。

“我们着陆那天，处处都会乱成一团，”我说，“庄园的安保系统会松懈下来，人人精疲力竭亟待修整，正是潜入的最好时机。”

缇卡皱着眉头说：“你已经有计划了吗？”

“院子背面、后门、秘密通道——这些都很容易通行，因为我知道密码。”我说，“只有在进入他的私人房间时，传感器才会要求提供我的血。如果你们能在午夜时到后院大门集合，剩下的事我可以帮忙。”

“你确定自己准备好了？”

一幅佐西塔的画像贴在墙上，就在缇卡的枕头上方，旁边是另一幅，上面的男孩像是她的哥哥。我的喉咙一阵发紧：从某种层面来说，我的家族应为她所遭受的生离死别负责。

“你这是什么蠢问题啊？”我气哼哼地说，“我当然准备好了。倒是你们——我们说好的交换条件，你们准备好了没有？”

“凯雷赛特？好了，”她说，“你放我们进去，我们救他出去。”

“这两个行动要同时进行——我不想拿他冒险，不想因为我做的事情害了他。”我说，“缄语花对他无效，所以要放倒他需要额外花点儿力气。另外，他是个颇有技巧的格斗士，别低估了他的能耐。”

缇卡缓缓地点了点头，盯着我，不停地咬着嘴巴。

“出什么事了？你看起来像是……疯了，怎么说呢，”她说，“你们吵架了吗？”

我没回答。

“我不理解，”她说，“你明摆着是爱他的啊，为什么想让他走呢？”

我也不想回答这个问题。他粗糙的手指拂过我的脸颊，温热的嘴唇印上我的皮肤，这感觉仍然萦绕在我心头。他吻了我——不是出于应激，也不带一丝算计。我应该感到幸福快乐、充满希望才对。可这太难了，不是吗?

我有一堆理由可以解释：阿珂斯有危险，因为利扎克发现可以利用他来要挟我；埃加意识不清，阿珂斯也希望早日带他回家，和他们的妈妈、姐姐团聚；只要阿珂斯仍是利扎克的俘虏和囚犯，我和他就不可能有平等的关系，所以我要确保他重获自由……但是，我心底最深处的那个理由，却是——

“留在这儿，会……让他……油尽灯枯。”我不停地换脚支撑着身体的重量，心神不宁。“我不能眼睁睁地看他这样沉溺下去，我做不到。”

“是啊，”她的声音变得轻柔了，“无关胜负——你放我们进去，我们救他出去，就这样吧。”

“就这样吧，”我说，“谢谢你。”

§

我一向是讨厌回家的。

不少枭狄人跑到甲板上，欢呼雀跃着，看着那颗白色的星球又回到了视野之中。整个巡游飞艇洋溢着欢欣鼓舞的狂热气氛，人人归心似箭，收好了行李，迫不及待想要与留守的老幼团圆。我却悲伤消沉。

并且紧张不安。

我的行李没有太多东西，只是几件衣服和武器。容易坏的食物丢掉了，床上的床单和毯子也撤掉了。阿珂斯悄无声息地帮我，胳膊上仍然缠着绷带。我看见他打包了一些衣服，还有几本我给他的书，最喜欢的几页还折了角。尽管这些书我都看过了，我却很想再次翻开它们，找到那些他珍视的片段重新阅读，如同浸入他的思绪。

“你有点儿怪怪的。”暂告一段落的时候他说道，而四周要收拾的东西还很多。

“我不喜欢回家。”我说。这句是真话，至少。

阿珂斯环顾四周，耸耸肩说：“好像*这里*才是你的家。这里比沃阿城里的任何地方都更像你。”

他说得对，当然。想到这些，我就觉得开心：他当真知道怎么样是“更像我”的——他也许很了解我，通过察言观色，通过旁敲侧击——我也是这样去了解他的。

而我的确很了解他。我可以只凭着步态就把他从人群中认出来，我知道他手背上的血管是什么形状，知道他最喜欢用哪把刀切碎冰花，以及他的呼吸——总是带着混合香气，那是缄语花和解忧森地叶子的味道。

“下一回我可能得好好布置一下我的房间。”他说。

你没有下一回了。我想。

“是啊，”我勉强挤出笑容，“是得布置布置。”

§

我妈妈曾经告诉我，在“伪装”这个领域，我颇有天分。我爸爸讨厌看到疼痛，所以我从小就学会了在他面前隐藏自己的痛苦——我脸上平静顺从，其实指甲已经深深戳进了手掌。而每当妈妈带我去拜访专家、医生，寻求我的天赋赐礼的解决之道后，面对我们到哪儿去了这种盘问，谎言也总是脱口而出，就像讲真话那样容易。伪装，在诺亚维克家族，意味着活下去。

我就凭着这样的天分，遮蔽了自己的情感，着陆，回家：重返大气层时前往起降平台，钻进一艘摆渡艇，跟在利扎克后面，在众人瞩目之下走回诺亚维克庄园。当天晚上，我和我哥哥及雅玛·扎伊维斯共进晚餐，假装没看见她的手放在他的膝上，手指轻敲，或是当她的笑话未能博他一笑，她眼神里流露出的惊恐狂乱。

过了一会儿，她看似放松了些，他们把那些虚言假语撇在一边，挤在桌边一侧，胳膊肘挨着胳膊肘，专心于切割食物。我杀了她的家人，但现在，她是我哥哥的情人。如果不懂那种想要活命的感觉，我一定会觉得他们恶心。她*需要*活下去，不管付出什么代价。

我太了解活下去的欲望了，但现在我还有另一件事要关照：阿珂斯的安全。

这之后，阿珂斯教我如何不用亲自品尝就可预测出止痛剂的浓度，我也假装做出耐心的样子。我努力地想把每一时每一刻都封存在自己的记忆里。我得学会自己配置酿造这些混合制剂，因为要不了多久他就会离开了。如果今天晚上，我和那些反抗者没能成功，被抓住了，我可能会因此送命。如果我们成功了，阿珂斯就会回到故乡，枭狄则会因为群龙无首而陷入混乱。不管是哪一种，我都不太可能再见到他了。

“不对，不对，”阿珂斯说，“不是劈——是切，切。”

“我就是在切啊。”我说，“也许我这把刀比较钝——”

“钝？这把刀能把你的手指头切下来。”

我把手里的刀一甩，接住了刀柄：“噢？是吗？”

他大笑起来，胳膊环住了我的肩膀。我的心一下子跳到了嗓子眼儿。“别装作不能做精细活儿，我可是亲眼见过的。”他说。

我恶狠狠地皱着眉，极力专注于“切”，我的手却微微发抖：“你不过是看见我在训练室里跳舞，就自以为了解我的一切了。”

“我当然了解。看，这就是切！跟你说了你可以的嘛！”

他抬起胳膊，但是手仍然放在我的背上，就在肩胛骨下面。后来一整晚我都记着当时当刻的感觉，直到我们配好了这万能灵药，准备就寝，他关上了我们卧室之间的那扇门。

锁上他的房门的时候，我闭上了双眼，随后下楼走到浴室，把当晚的这份安眠止痛剂倒进了水池。

我换上格斗训练时常穿的那身衣服，宽松、灵活，鞋子踏在地板上也不会发出声音。我把头发紧紧地编成辫子，然后把它们盘在脑后，免得打斗的时候被人拉扯。我还在后腰上插了一把刀，靠近身体一侧，这样就能方便地抓住刀柄把它抽出来——不过我可能不会用到它，危急时刻，我更喜欢徒手相搏。

然后我就钻到房间墙板后面的隔层里，沿着侍从通道向后门走去。这里的路线我已经烂熟于心，但我还是每到一个转角都摸了摸墙壁上的凹痕，以确保没走错地方。在厨房旁边的墙上，我摸到了那个圆形的记号——秘密出口。我停下来。

我真的这么做了：帮助反抗者刺杀我的哥哥。

利扎克这辈子，残暴冷酷却浑然不觉，遵循着我们离世已久的父亲的遗命，仿佛一直受他监督，全无一点儿自我。利扎克·诺亚维克这样的人并非天生如此，而是被一步步塑造成这样的。但时间不能倒流，正如他被塑造，他也必须被还原。

我推开隐蔽的门，径直走进了掩映着院门的极羽草草丛。茎叶之间，我看见了一张张苍白的脸——莱蒂、尤祖尔、我的妈妈——他们招手唤我，轻声低诉着我的名字，听起来就像是风吹过草叶发出的沙沙声。我颤抖着，在门边的密码锁上敲下了妈妈的生日。门开了。

几英尺之外，有人在黑暗中等待：缇卡、托斯、约尔克，都遮着脸。我向一旁偏偏头，他们便一个个地经过我身边，走进草丛中。等他们都进来了，我关上门，赶到最前面，把后门的位置指给缇卡看。

在我看来，带着他们穿过秘密通道，直抵我哥哥的房间，这一里程碑式的事件，不该这样悄无声息地发生。不过，也许这种近乎虔诚的静默，正是对我们此刻所作所为的敬意。在一处拐角，我摸了摸那道深深的凹槽，知道到了上楼梯的地方。我凭着记忆横跨一步，躲开了凸起的钉子和开裂的地板。

走到分岔口的时候——向左是属于我的地盘，向右在利扎克的麾下——我对托斯说：

“左转，第三个门。”我把阿珂斯房间的钥匙交给他，“用这个开门，给他用药之前，你可能得花一些力气制伏他。”

“我不担心这个。”托斯说道。我也不担心——托斯壮得像块巨石，不管阿珂斯的自卫技巧有多出众也难不倒他。我看着托斯和缇卡、约尔克击掌，随后就消失在左侧的通道中。

当我们逐渐接近属于利扎克的地盘时，我的动作放慢了，因为我记得他对阿珂斯说过，他的房间周围布有先进的安保设备。缇卡碰了一下我的肩膀，越过我匍匐下来，把手掌按在地上。她闭上眼睛，深深地呼吸着，感受着。

过了一会儿，她站起来，冲我点点头。

“这条路上没有。”她柔声说道。

我们就这样一直往前走，每到一处角落或转弯的地方就停下来，让缇卡用她的天赋赐礼去检测那里是否有安保设备。利扎克永远也想不到，一个天天与机油、电线打交道的女孩，会直接导致他的完败。

突然，通道戛然而止，被栅栏围板挡住了。当然了，那次阿珂斯差点儿就逃脱了，利扎克可能是因此下令封闭了这条通道。

我的胃开始翻腾，但并不惊慌。我钻到墙板后面，来到了一间空置的客厅。现在，我们距离利扎克的卧室和办公室，只有几个房间之隔了。而在我们和他之间，至少要搞定三个警卫，以及只有诺亚维克家族之血才能打开的密码锁。要不声不响地解决警卫而不引起混乱、不引来更多人，看来是不可能办到的了。

我把手放在缇卡肩上，凑近她的耳朵问："你们需要多久？"

她伸出两个手指。

我点点头，拔出自己的刀，贴在腿的一侧。我的肌肉因即将到来的激烈运动而提前收缩紧绷起来。我们走出客厅，第一个警卫正好在走廊上踱着步子。我跟在他身后，几秒钟就逼近了他。我左手捂住他的嘴，右手用刀子挑起他的盔甲，将锋刃刺进了他的肋下。

他叫了起来。虽然嘴是捂住的，但那呜呜咽咽的声音还是能听见，做不到完全安静。我把他放倒在地，向着利扎克的房间冲了过去。其他人跟着我，也不再管会不会弄出声音了。前方响起了叫嚷声，约尔克超过我，扑向另一个警卫，徒手就将他撞翻在地。

又一个警卫来了，我抓住他的脖子，将潮涌阴翳汇聚在手心，把他摔向左边的墙壁。在利扎克的门前，我踉跄了一下，耳朵后面滴下了汗。血液传感器是镶在墙上的一个凹槽，长宽都只够放进一只手。

我把手伸进去，缇卡粗重的呼吸喷在我的肩膀上。我们四周满是大喊大叫、人仰马翻，但一时还没有人扑上来阻拦我们。我感觉到了传感器抽血的微微夹痛，便静待利扎克的房门洞开。

但它没有。

我收回手，又把左手伸进去。

门还是没开。

“你不能打开它吗？”我对缇卡说，“用你的天赋赐礼？”

“如果我能，那我们就不需要你了啊！”她喊道，“我可以切断电流，但是不能开锁啊——”

“失效了。我们走！”

我一把抓住缇卡的胳膊，也不管我的触碰会不会让她觉得疼了，拽着她就往回跑。她大喊道：“撤！”约尔克正和一个警卫缠斗，他用自己潮涌之刃的刀柄猛击，又将刀锋劈向另一个警卫的盔甲，然后紧随我们到了刚才的那间客厅。我们又一次在秘密通道里跑了起来。

“他们来了！”我听见了。每一道秘门的门缝、墙板之后都亮起了灯光，整个庄园都惊醒了。我的肺因为狂奔而灼烧着。我听见背后响起了窸窸窣窣的剐蹭声，有人正打开一块墙板。

“缇卡！快去找到托斯和阿珂斯！”我说，“左转，然后右转，下楼，再右转。后门的密码是0503。复述一遍！”

“左，右，下楼，右——0503，”缇卡重复着，“希亚——”

“快走！”我推着她的背，“我让你们进来，你们带他出去，记得吗？如果你死了他也就走不了了！快走！”

缇卡缓缓地点了点头。

我昂然伫立在通道中央，听着——不是看着——缇卡和约尔克跑远了。警卫像潮水一样涌进了狭窄的通道，我让身体内的疼痛积聚起来，直到痛感让我几乎失去视觉。我的身体里溢满了潮涌阴翳，被黑暗包裹。如果暗夜能切成条条块块，我就是其中的一片，完全虚空地站在那里。

我大叫一声，撞向迎面而来的第一个警卫。疼痛随着我的触碰喷涌而出，他叫喊着倒了下去。我扑向下一个警卫，眼泪从我的脸上流下来。

然后是下一个。

下一个。

我所能做的，就是为缇卡他们多争取一点儿时间。而对于我来说，一切都已经太晚了。

第二十五章　希亚

“看来你对这牢房也做了些改进啊。”我对利扎克说。

在我还小的时候，妈妈和爸爸就带我来过这里——位于中央竞技场地下的一排排牢房。这不是沃阿城的官方监狱，而是隐蔽在城市中心的特别牢房，专为诺亚维克家族的敌人而建。上一次我到这儿来的时候，它以石头和金属构造，仿佛是出离于历史记录之外的存在。

现在的地板是黑色的，材质类似玻璃，但是比玻璃更坚硬。我的这间牢房只有一条金属长凳，厕所和水池掩在屏风后面，除此之外别无他物。将我和我哥哥隔离开来的，是一道厚厚的玻璃，上面有一个投放食物的小口，此刻打开着，好让我们能听见对方说的话。

我坐在长凳上，瘫着靠在椅背上，两条腿懒懒地向前伸着。我精疲力竭，浑身上下沉甸甸的，皮肤上覆满了阴翳，疼痛难当。在通道里，瓦什最终阻止了我继续伤害更多的警卫，他抓着我的地方，泛起了瘀青。我的后脑勺肿了一块——他把我掼到墙上，把我打晕了——一跳一跳地疼。

“你什么时候变成了叛徒？”利扎克站在那儿，穿着他的盔甲，头顶上的白色灯光衬得他的皮肤微微发蓝。他用一只胳膊撑着我们之间的那道玻璃，靠在上面。

这是个有意思的问题。我并没有很强烈的“变”的感觉，不是什么逐渐地转变导致了我最终的行动——它早就摆在我面前了。我站了起来，脑袋好像被人猛击了一下。但这和我的潮涌阴翳相比，简直是小巫见大巫。它们已经狂乱不受控了，飞速地在我的体内蹿动着，我完全跟不上它们的轨迹。利扎克的眼睛追随着这些阴翳，扫过我的胳膊、腿、脸，好像他能看见似的——曾几何时，他确实看得见。

“你知道的，从一开始，你就没有真正拥有过我的忠诚。”我说着，走向那道玻璃墙。我们相隔不过几英寸，那一刻我却觉得远不可及。终于，我可以把所有想说的话和盘托出了。“不过，如果我们两不干涉，我也不会做出真正敌对反抗你的事。当你开始利用阿珂斯来要挟我、控制我……嗯，那超出了我的接受程度。”

“你是个傻瓜。”

“我并不像你以为的那么傻。”

“是啊，你已经完全证实了这一点。”他笑了起来，挥舞双手，指着我们周围的这座监狱。“你那聪明的头脑把你送到这儿来了。”

他再次倚向玻璃墙，向前探着身子，好凑近我的脸，他的呼吸在玻璃上呵出一团白雾。

“你是否知道，”利扎克说，“你亲爱的凯雷赛特认识荼威的新任首相？”

我感到一阵恐惧。我确实知道。滚动新闻里播出新首相就任的时候，阿珂斯曾告诉过我一些关于欧力芙·贝尼西特的事。利扎克不知道这一段，当然。但是，如果阿珂斯和缇卡他们逃出了诺亚维克庄园，他仍然不会知道这件事。所以——他怎么样了？他现在在哪儿？

“不知道。”我的喉咙直发干。

“是啊，贝尼西特姐妹俩竟然是孪生的，这着实不太方便——这意味着我不知道得先干掉哪一个。埃加的幻象很明显地昭示，我要以特有的顺序杀掉她们俩，才能成就我最心满意足的结果。”利扎克说，“他的幻象也告诉我，我实现目标所需要的那些信息，阿珂斯刚好知道。”

“所以，你还是没得到埃加的天赋赐礼。”我说道，想要拖住他。我也不知道拖住他有什么用，也许我就是想多拖延一些时间，把我不得不面对阿珂斯和反抗者当下如何的那一刻无限后延。

“这个我很快就能解决，”利扎克说着，笑了起来，“我得慎重行事——这个概念你永远也不懂。”

好吧，算他说对了。

“为什么我的血不能打开基因锁？”我问。

利扎克还是笑。

然后他说：“我本来应该早点儿提及此事的，不过我们抓到了你的一个叛贼朋友托斯。他告诉我们——在一些鼓励之下——你参与了试图谋害我的行动。现在他已经死了，我怕是有点儿过于激动了。”利扎克仍然笑着，但他的眼神有些失焦，像是服用了缄语花。他极力做出一副麻木不仁的样子，我便知道了实情：他杀了托斯，因为他觉得确有必要，可是他又承受不了这种杀戮，所以服用了缄语花，好让自己冷静下来。

“你，”我语调平平，却呼吸困难，“对阿珂斯做了什么？”

“你看起来毫无悔改之意。”利扎克继续说着，好像没听到我的话，“如果你请求我的宽恕，我会放过你——或者他，要是你愿意选他的话。然而……还是走到这一步了。”

他站直了，牢房区尽头的门开了。先走进来的是瓦什，他的脸上因为遭到我的肘击而带着几块瘀青。后面跟着的是埃加，身体一侧搀着一个步履趔趄的人。我认出了他低垂的头，修长、瘦削的身体。埃加把阿珂斯放在走廊的地上，他一下子就倒了下去，鲜血四溅。

埃加低头看着自己的弟弟，我想我看见他的脸上流露出一丝同情。但只是一瞬，那神情很快就消失了。

“利扎克。”我觉得自己疯了一般地绝望，“利扎克，这件事跟他没有任何关系。求你别把他——他不知道，他什么都不知道——”

利扎克大笑起来：“我知道他对叛贼毫不知情，希亚。我们不是谈过这个了吗？我感兴趣的是，他对荼威的首相有何见解。”

我的两只手都压在玻璃墙上，蹲了下去。利扎克也在我面前弯下了身子。

“看啊，”他说，“你之所以得避免情情爱爱，就是因为这个。我可以利用你，逼他说出关于荼威首相的事，然后利用他，让你吐露叛贼的秘密。简洁、明了，你觉得呢？”

我向后退去，身体和心一样剧烈地抖动，直到我的背碰到了牢房的墙。我不能跑，也不能逃，但我不会让他轻易得逞。

“把她带出来。”利扎克说着，按下牢房的密码，门开了。“让我们看看凯雷赛特够不够虚弱，够不够我们达成目的。”

瓦什一进牢房，我就猛地一蹬后墙，用尽全力把自己撞向他。我用肩膀狠狠地顶向他的肚子，把他撞倒在地。他抓住了我的肩膀，但我的胳膊还可以动，于是抓向他的脸，把他眼睛下面的皮肤抓出了血。利扎克走了进来，对准我的下巴用力一击，我倒在一旁，头昏目眩。

瓦什把我拖向阿珂斯，我们跪倒匍匐在地上，两人之间只有不到一臂之隔。

千言万语，所有我想对他说的话，只有一句“对不起”。毕竟他此刻身陷牢狱是我造成的，而如果我没有和那些反抗者一拍即合……

算了，现在想这些已经没有用了。

当他的眼神与我的交会，一切都慢了下来，仿佛时间就此停滞。我仔仔细细地看他，像是爱抚拥抱那样，拂过他乱糟糟的棕色头发，他鼻子上的几点雀斑，还有他灰色的眼睛——在我的记忆中，这是它们第一次放下了防备。他身上的瘀青擦伤、斑斑血迹，我一概视而不见。我倾听他的呼吸——吻过他之后，这样的呼吸就曾在我耳后响起，每次呼气都微微爆裂，像是极力控制着。

“我一直以为，我的命运就意味着我会成为荼威的叛徒。”阿珂斯的声音嘶哑粗糙，像是刚刚从叫喊中恢复过来，“你却让我免于这种结局。”

他冲我笑了，毫不掩饰地笑了。

我懂了。他这样说我就懂了。无论发生什么，阿珂斯都不会说出关于荼威首相的任何信息。我从未意识到，他不可更改的命运给了他何等沉重的感受。为诺亚维克家族而死，这就像是一个施加于他的诅咒，一如让位于贝尼西特家族这命运困扰着利扎克。但是，我和我哥哥彼此对立，如果阿珂斯就这样为我而死，也就意味着他永远不会背叛他的国家。这样看来，为了帮助那些反抗者而搭上我俩的性命，也没什么，说不定还另有意义呢。

抱着这样的想法，一切便都简单了。我们会遭受痛苦折磨，然后死去。这是不可避免的了。

“让我对一会儿将要发生的事情再做个说明。”利扎克在我们旁边蹲下，胳膊肘支在膝盖上。他的鞋子油光锃亮——在折磨自己的妹妹之前，他竟然还有时间擦鞋子？

我忍住了一丝怪笑。

“你们两个都得受刑。如果你先受不住了，凯雷赛特，你就得告诉我荼威那位命定的首相的事情。而你，希亚，如果你先松口了，你就得告诉我关于叛贼的事情。这两者的交叉点，必定会指向流亡移民。”利扎克瞥了一眼瓦什。“开始吧。”

我浑身都绷紧了，防备着即将到来的拳打脚踢，但瓦什只是抓住了我的手腕，强迫着用我的手去碰阿珂斯。一开始我听任他摆布，因为我的触碰不会对阿珂斯有什么影响。但我随即想起了利扎克刚刚说过的话——“看看凯雷赛特够不够虚弱”。在我被关起来的这几天里，他们一定没给他饭吃，让他挨饿，削弱他的体能，也削弱他的天赋赐礼。

我使劲儿把手往回缩，但瓦什的手像铁钳一样，比我的力气大得多。我的指关节擦过阿珂斯的脸，那些阴翳便向着他蜿蜒而去。尽管我默默地乞求着它们别动，别动，可我不是它们的主人，从来都不是。阿珂斯呻吟起来，本能地想要躲开，但他被摁着动弹不得。抓着他的，是他的哥哥埃加。

“好极了，效果不错。”利扎克说着站了起来，“关于荼威的首相，凯雷赛特，把你知道的都说出来。”

我用尽全力把胳膊往后缩，弯曲、扭折、扑打。但我越是挣扎，那阴翳就越是厚重，越是浓黑，犹如嘲笑我一般。瓦什力大无穷，我再怎么抗拒也无济于事，他一只手摁住我，另一只手撑开我的手掌，把它直直地压在了阿珂斯的喉咙上。

没有什么比这更恐怖了——“利扎克的鞭子”对准了阿珂斯·凯雷赛特。

我能感觉到他的体温。我身体中的疼痛孤注一掷地想要发泄，倾注到阿珂斯的身上。它们没有像以往那样，在我自己体内渐渐平静，而是在我和他的身体上不停倍增，剧痛难当。我的胳膊因为用力向后缩而不停颤抖。阿珂斯叫了起来，我也叫了起来。阴翳密布，我已全身漆黑，犹如黑洞的中心，犹如星系边缘杳无星光的碎片。从内到外，我的每一寸都灼烧着，疼痛着，渴求着慰藉和宽恕。

阿珂斯的声音，我的声音，汇合在一起，就像两只紧握的手。我闭上了眼睛。

在我面前有一张木桌，镶嵌着一圈一圈的玻璃，桌上散落着一堆笔记本，上面全都是我的名字：希亚·诺亚维克、希亚·诺亚维克、希亚·诺亚维克……我认出了这个地方，这是费德兰医生的诊所。

“生命潮涌在我们每个人的身体中流淌，就像液态的金属流进模子里一样，不同的人塑造不同的形态，呈现出不同的个体表现。”费德兰医生在讲话。妈妈坐在我的右边，脊背挺得直直的，双手交叠，放在膝头。我对她的记忆总是充满了细节，而且完美无缺，包括她耳后微松的一绺头发，她下巴上的小斑点——用脂粉遮住了。

“您女儿的天赋赐礼，让她能够将疼痛吸引至自身，并投射给他人。这说明她的内在有些不同寻常，”费德兰医生说，“就粗略的评估来看，她认为这是理所应当的，同时她对他人也并无愧疚。”

我记得妈妈当时听了这话勃然大怒，但此刻却没有。她歪着头——我能看见她脖子上凸起的青筋——转向我，靠近我。她比我记忆中的样子还要美，即使是眼角的小细纹也显得优雅温柔。

“你怎么想，希亚？”她问。而就在她讲话的时候，她变成了奥格拉的舞者，眼周涂着白色粉末，骨骼在皮肤之下闪闪发光，甚至能看到关节连接处的细小缝隙。“你觉得你的天赋赐礼是这样的吗？”

“我不知道。”我用成年人的声音回答。椅子上坐着的也是成年的我，但我只在小时候去过费德兰医生的诊所。“我只知道，这疼痛想要与人共担。”

“是吗？”舞者微微笑了，“哪怕是阿珂斯？”

“疼痛并不是我本人，它对其他人不做区分，”我说，“这疼痛是我的诅咒。”

“不，不。”舞者说道，她深色的眼睛凝视着我。不过，这双眼睛原本是棕色的，我在宴会厅见到它们的时候，就是棕色的。但现在它们变成灰色的了，而且充满了戒备——是阿珂斯的眼睛，即便在梦中，它们也是如此熟悉。

他取代了舞者，坐在椅子边上，像是随时准备战斗，修长的身体衬得椅子都变矮了。

“所有的天赋赐礼都蕴含着诅咒，”他说，“但是没有一种赐礼是只包含诅咒的。”

“我的天赋赐礼使我不受他人伤害。”我说。

但即使我这样说，我也知道这不是真的。人们仍然可以伤害我。他们不必触碰我——他们甚至用不着折磨我本人。只要我在乎自己的生命，在乎阿珂斯的生命，在乎那些我算不上认识的反抗者的生命，我就有数不清的弱点，任何人都能一击即中。

我错愕地看着他，这时心里有了不同的答案。

“你曾告诉过我，我不仅仅是一把刀，不仅仅是一件武器，”我说，“也许你是对的。”

他笑了——是那样熟悉的笑容，脸颊微微鼓了起来。

“真正的赐礼，”我说，“乃是诅咒赋予我的力量。”这个新的答案，就像一朵盛放的绒语花，舒展着深红色的花瓣。“我能承受。我能承受疼痛。我能承受一切。”

他伸手摸了摸我的脸，变成了舞者，变成了妈妈，变成了教特佳……

我身陷囹圄，双臂伸开，手指放在阿珂斯的脸上。瓦什强壮的手抓着我的手腕，紧紧地攥着。阿珂斯咬着牙齿。平时压制在我皮肤之下的潮涌阴翳，此刻包围着我和他，犹如浓烟，漆黑一片，遮蔽了利扎克，或是埃加，或是带有玻璃墙的牢房。

阿珂斯的眼睛——满含着泪水，满溢着痛苦——看向了我。把阴翳推向他，是再容易不过的事，我以前做过很多次了，每一次都会在我的左臂上留下一道刻痕。我不得不做的，就只是让我和他之间联结起来——让疼痛在我和他之间的流动，像是呼吸，像是亲吻，让一切喷涌而出，将轻松解脱——死亡之中的轻松解脱——带给我和他两个人。

但，这并不是他应当承受的。

这一次，我切断了联结，就像猛地摔上了我和他之间的门。我撤回了疼痛，将它们撤回到自己体内，让自己的身体越发黑暗阴郁，仿佛一整瓶墨汁。我战栗不已，为着这强劲的能量，为着这极度的痛苦。

我没有叫喊。我也不害怕。我知道自己已经足够强悍，可以撑过这一切了。

4...

第二十六章　阿珂斯

半睡半醒之间，他恍若看见了极羽草在风中摇摆。他想象着自己回到了家，能尝到半空中的雪，能闻到冰冻泥土的气味。他任由这渴望席卷而来，贯穿全身，再次深深睡了过去。

§

仿若油脂滑落水面。

他跪在牢房的地板上，看着潮涌阴翳像烟雾一般收回，重返希亚的皮肤之下。这轻烟薄雾晕染了放在他肩上的那只手——埃加的手——把它变成了深灰色。他只能模模糊糊地看到希亚的身影。她的下巴微微仰起，紧闭双眼，像是睡着了。

此刻，他正躺在一床薄薄的垫子上，光着的脚似乎有什么东西在暖着。他的胳膊上像是插着一根针，手腕被铐在了床栏上。

疼痛，以及关于疼痛的记忆，正在变得麻木。

他弯了弯手指，埋在皮肤之下的四号针头也随之微动，刺痛感锐利袭来。他皱起眉头。这是在做梦，一定是的，因为他仍然在沃阿城中央竞技场之下的那座坟墓里，利扎克正在逼他说出欧力·雷德纳里斯——欧力芙·贝尼西特，管它是什么——的秘密。

“阿珂斯？”一声女性的声音听起来如此真实。也许这根本不是梦？

她站在他旁边，一头直发垂在脸上。不管在哪里，这双眼睛他一下子就能认出来。它们曾越过餐桌凝视自己，也曾因埃加的笑话而眯起眼睛。她紧张的时候，左眼皮总会不自觉地抽动。她就在这儿，仿佛是想到她她就来了。他听到自己的名字，这让他回过神来，不再沉溺空茫。

“欧力？”他勉强发出声音。

一滴眼泪从她的眼眶跌落，滴在了床单上。她握住了他的手，隔着连接针头的输液管。她的袖子是用厚实的黑色羊毛制成的，长及手掌，衣服也紧紧地裹到了脖子上——这是荼威的标志——为了不让热量流失，人们从头包裹到脚，几乎要把自己勒死。

“奇西这就到，”欧力说，“我叫她来的，她在路上了。我也叫了你妈妈，不过她得穿过星系，需要多一些时间。”

他只觉得精疲力竭。

“别走。”他说着，又闭上了眼睛。

“我不走。”她的声音很嘶哑，不过又说了一遍，让他安心，“我不走。”

§

他梦见自己被关在牢房的玻璃墙后面，双膝正一点点地陷入黑色的地面，饥肠辘辘。

但醒来的时候，他发觉自己身处医院，欧力正伏在身旁，胳膊搭在他的腿上。透过她身后的窗子，他看见浮艇正轰鸣着掠过，庞大的建筑悬吊在半空，像是成熟的果子。

“我们这是在哪儿？”他说。

她眨眨眼睛，挥去睡意，说：“施萨的医院。”

“施萨？为什么是施萨？”

“因为你被人丢在这儿了啊，”她说，“你不记得了吗？”

刚开始跟他讲话的时候，她每个字都咬得很小心，听起来怪怪的。但随着交谈的时间越来越长，她便越来越明显地显露出懒洋洋的海萨口音了——每一个音节都滑向下一个，吃字吃得厉害。他发现自己也是如此。

“丢？谁丢的？”

“我们可不知道。你想想吧。”

他努力地回忆着，可是什么也想不起来。

“别担心，”她又握住他的手说，“你的体内有太多缄语花了，剂量大得能置人死地。没人指望你能记得。”她笑了起来——歪歪的嘴巴、圆圆的脸颊，这笑容是如此熟悉。“他们一定是不认识你，才把你丢在施萨，像丢掉一个鼻涕泡居民。”

他差点儿忘记他们以前拿这座城市开的玩笑了。施萨的小孩生活在半空，见了冰花也不认得，因为他们总是隔着玻璃屋，居高临下地看着它们。他们甚至都不会裹紧外套——百无一用的玻璃罩居民。

“‘鼻涕泡居民’，这竟然是从荼威命定的首相嘴里说出来的话。”他说着，突然想起来什么，“还是说，你的孪生姐妹才是首相？话说回来，你们俩到底谁是姐姐？”

“我不是首相，另一个才是。‘命运将抬升她的妹妹’直至王座，或是……管它是什么呢。”她说，“不过，如果我是她，你肯定用不着以‘与我地位相称的敬意’跟我讲话。”

“真势利。”

“海萨废物。”

“我属于凯雷赛特家族，你知道，我们绝不是废物。”

“嗯，我知道。”她的笑容柔和了一些，像是在说“我怎么会忘记这个”。这时阿珂斯想起了手腕上的手铐，不过他决定暂时不提起。

“欧力，”他说，“我真的在荼威吗？”

“是啊。”

他闭上了眼睛，喉咙里像是有一团火在燃烧。

“真想你啊，欧力芙·贝尼西特，”他说，“还是别的什么名字，谁管你。”

欧力笑了起来，又哭了起来：“你失踪了这么久，都发生了什么事？”

§

再次醒过来的时候，他觉得没有那么迷糊迟钝了，疼痛仍然在，这是一定的，不过，从沃阿城带到施萨来的那种强烈的剧痛已经消失了。毫无疑问，希亚的天赋赐礼的后续作用被冰花驱散了。

只是想起“希亚”这个名字，都能让他心里担忧害怕到纠结不已。她现在在哪儿？把他带到这里来的人，也把她救出来了吗？或是把她留在利扎克那儿，任由她被折磨至死？

他满嘴苦涩，睁开了眼睛。

一个女人站在他的床尾，卷曲的黑发勾勒出她的脸庞。她的眼睛很大，其中一只的眼底，瞳仁和虹膜交界的地方，有一个小小的斑点——自她出生时就有。是他的姐姐，奇西。

第二十六章
阿珂斯

“你好。”她说。她的声音极其柔和，极其轻飘。这声音在他的记忆里就像是被紧紧封存起来了，像是留到最后播种的种子。

他全然放松，感到温暖，很容易就哭了出来。“奇西。”他声音嘶哑，眨眨眼睛，挤掉了泪水。

“你感觉怎么样？”

这，他想，是个问题。他知道她只是询问自己还疼不疼，于是回答道：“还好，已经好多了。”

她穿着笨拙的海萨靴子，步履轻盈，走到床边，在他脑袋旁边的什么东西上按了几下，床头就向上抬高，让他得以半坐起来。

他缩了一下。他的肋骨受伤了，他却麻木得几乎把这个给忘了。

奇西向来小心翼翼，努力克制，以至于当她扑向他，紧紧地用胳膊箍住他的肩膀、他的身体一侧的时候，颇令他吃了一惊。一开始他没有——不能动。但后来他伸出手，抱住了她。他们小时候从来没有被这样拥抱过——爸爸除外——他们不是那种情感外露的家庭。但她的拥抱明了至简：她在这儿，活着，他们又在一起了。

“我不敢相信……”她叹息着，开始低声细语地念起了祷文。阿珂斯已经很久没有听到荼威祷文了。表达感恩感激的祷文是最简单的，他却无法跟着她一起念诵——他的脑海中萦绕着太多的忧虑。

“我也不能相信。”阿珂斯等她落下话音便说道。奇西松开他，但仍然拉着他的一只手，满面微笑地看着他——不，她眉头紧锁，看着他们交握的双手，抚过自己的脸颊，擦掉滑落的眼泪。

“我哭了，”她说，“我一直都不能——自从获得了天赋赐礼——一直都不能哭。”

“你的天赋赐礼禁止你哭？”

“你都没注意到吗？”她吸了吸鼻子，擦掉眼泪。“我可以让人们感到……泰然轻松，我却不能有任何让人们紧张不安的言行，比如……”

“哭。”他接口道。她的天赋赐礼可安抚人心，这并不让他惊讶。但奇西描述它的方式，像是在描述一只扼住她喉咙、用力碾压的手。他无法这样去看待一份赐礼。

“好吧，我的天赋赐礼截断了你的，截断了所有人的。”他说。

“你干得得心应手。”

“还行。”

“你参加星际巡游了吗？”她突然说，更紧地攥住了他的手。他暗自想着，是不是这就要开始问题轰炸了，既然她提问了。不过她又补充了一句，“对不起，我只是……只是问问。我看了新闻，有点儿担心你，因为你不会游泳。”

阿珂斯忍不住笑了起来。

“我周围里三层外三层都是枭狄人，还总跟着利扎克·诺亚维克，你竟然担心我不会游泳会有麻烦？”他又笑了。

“我可以同时担心两件事——说真的，很多件事也没问题。”她伶牙俐齿地说，不过也不算太尖刻。

“小奇，”他说，“为什么你们把我锁在床上？”

“你被丢在这儿的时候穿着枭狄盔甲，是首相下令要谨慎待你。”不知为何，她的脸微微泛红。

“欧力没有帮我做证担保吗？”

“她担保了，我也担保了。”奇西说。她没有解释自己何以落到需要向荼威首相担保自己弟弟的境地，他也没多问。“但是首相她……不太容易被说服。”

这话听起来没有批评的意思，不过，奇西从来不说人坏话，她对所有人都怀抱着满腔同情。悲悯之心通常令人难以筹谋算计，但是他觉得，在他们分开的这几季里，她似乎筹算得很不错。她看起来还是那个奇西，只是更瘦了，下颌和颧骨都变得瘦削凌厉。当然，这些遗传自他们的母亲，但其他的地方——明朗的笑容、浓密的眉毛、细长的鼻子，更像他们的父亲。

她上一次见到他的时候，他还是个孩子，脸蛋软软的，比哥哥姐姐都要矮。他总是很安静，很腼腆，容易脸红。而现在，他已经比大多数人都高了，肌肉结实，棱角分明，胳膊上还刻着杀戮刻痕。在奇西眼里，他还是那个阿珂斯吗？

"我无意伤害任何人。"他解释道，免得她不那么确定。

"我知道。"奇西原本就是这样的温润柔和，如今在她的眼睛里，却另有着一种坚定，嘴唇周围也早早地出现了细纹，那来自充满心痛的生活。她变得成熟了。

"你和以前不一样了。"他说。

"别只顾着说别人了。"她说，"听着，我要问你……"她搜寻合适措辞的时候咬着指甲，"我要问你埃加的事。"

在枭狄的牢房里，埃加的手重重地压在阿珂斯的肩上——尽管他曾小声地叫着他的名字，恳求他施以援手，给予食物，以及仁慈。

此时此刻，他仍然觉得哥哥的手压在自己肩头。

"他还活着吗？"她虚弱地问。

"这取决于你对'活着'的定义是什么。"他尖厉地说道——那是希亚讲话的方式。

"上一季我曾看过一段盗取出来的枭狄新闻，他站在利扎克身边，"她停了一下，仿佛是在等他插话似的，但他真不知道该说什么好。"而你站在希亚身边。"她说完这句，又停下了。

他的喉咙干得像沙漠一样："你最近看过其他的枭狄新闻吗？"

"没有，很难侵入他们的系统。怎么了？"

他必须知道希亚是不是安然无恙，必须——就像干涸的土地需要水，会死死扒住能搜寻到的任何一点一滴。但是，如果他身在荼威，所有民房的影幕上都不会播出枭狄新闻，根本没办法知道她是死是活，除非他回到枭狄去。

这就像按下了一个开始键：他回去。去帮助希亚。去把埃加拖回家，哪怕给他下药。他没完成他的使命，还没有。

"这就是伊赛——我是说，首相——把你锁在床上的原因。"奇西说，"如果你能解释清楚，为什么会和希亚在一起——"

"我不会解释的。"他的声音里满是怒意，这让她大吃一惊。"我仍然活着，我就是我。无论我说什么都不会改变你们的既定猜测。"

他又像一个十四季岁的大男孩那样易怒急躁了。重返故乡似乎意味着心智也略有倒退。

"我没有任何猜测。"奇西看起来心事重重，"我只是在提醒你当心。首相要确切地知道你没有变成——好吧，没有变成叛国者，我想她是指这个。"

他的手颤抖着："'确切地'知道？什么意思？"

她正要回答，病房的门开了，先走进来的是一名荼威士兵，穿着室内制服——深红色的长裤，深灰色的上衣。他在一旁站定，随后步入房间的是欧力的孪生妹妹。

他一下子就认出来那不是欧力，尽管她的眼睛和欧力的一模一样。她全身披挂完备：一件长袖袍子，袖口收紧，纽扣从腰部一直扣到脖子，长而垂，拂及鞋面。鞋子干净锃亮，也是黑色的，每走一步都在瓷砖上发出"啪嗒"一声。她站在床尾，面向他，双手交叠，指甲洁净。她的眼睑上瞄着黑色的眼线，勾勒出睫毛的轮廓，面纱遮住了脸的其他地方，从鼻子到下巴。

伊赛·贝尼西特，荼威首相。

阿珂斯的海萨礼节中不曾有过处理这等隆重接见的指南，他只好勉强说了句："首相。"

"看来你并不困惑于将我和我姐姐区分开来。"她的口音很怪，像是来自星系外围区域，不是那种靠近议会的星国所青睐的口音——正在他意料之中。

"因为鞋子，"他一紧张便老老实实地实话实说，"海萨的女孩从不穿那种鞋。"

随后进来的欧力听见这话，笑了起来。她俩肩并肩地站在一起，不同之处就更明显了。欧力懒懒散散，东倚西靠，表情丰富，伊赛却像是石头雕刻出来的一样。

首相说："我能否问问，为何你放弃了作为保护措施的头巾，直接向他展示面容，欧力？"

"因为他就像我的哥哥，"欧力断然说道，"我不想在他面前还遮着脸。"

"这有什么好问的呢？"阿珂斯说，"你们不是孪生姐妹吗？我知道你们的长相啊。"

作为回应，伊赛用她干净的指甲挑起面巾的一角。当她的脸完全露出来的时候，阿珂斯目瞪口呆，无法掩饰地盯着她看。

伊赛的脸上有两道伤疤，一道从前额延伸到眉毛，一道横亘在鼻子和颌骨之间——就像卡麦伏脸上的那道伤疤，也像阿珂斯脸上的，都是拜锋利的潮涌之刃所赐。这不常见，因为生命潮涌的流动本身就强劲如武器。也许是枭狄人干的。

所以，她和欧力都要头巾遮面。因为是孪生姐妹，所有人都分不清谁才是首相，但如果真的看到她们的脸……

“我们就不要浪费时间说客套话了，”伊赛比之前更尖刻了——倒也合理，“想必你姐姐正要告诉你我的天赋赐礼是什么。”

“是。”奇西答道，“伊赛——呃，首相大人——可以通过触碰召唤他人的记忆。这能帮她鉴别真话与谎言，查证那些她不信任的人，或是任何需要审查的人。”

有很多回忆是阿珂斯不愿意唤起的，希亚的脸，蜿蜒覆盖着黑色潮涌阴翳的脸，浮现在他的脑海中。他挠了挠后脑勺，目光从奇西脸上移开。

“那没用，”他说，“天赋赐礼对我不起作用。”

“是吗？”伊赛说。

“是啊。来吧，试试看。”

伊赛走近了，鞋子啪嗒作响。她站在他的左边，正对着奇西。他抬眼往上，刚好能看到她脸颊边缘处那伤疤的皱褶。痊愈没多久，可能只有几季——如果一定要他猜的话——颜色还挺深的呢。

她拉住了他被锁住的那条胳膊，刚好在金属手铐碰着手腕的地方。

“好吧，”她说，“我确实什么也看不到——感觉不到。”

“看来你只能通过我的言辞来考验我了。”他略带讥讽地说。

“拭目以待吧。”伊赛只回了这么一句，就走回了床尾。

“利扎克·诺亚维克，或是与他相关的人，是否向你询问过有关我的事情？”她说，“我们知道你并非一无所知，因为议会公开命运的那天，你看到欧力了。”

“你看到她了？”奇西倒吸了口冷气。

“是的，他问了，”阿珂斯的声音里有一丝踌躇，“他问过我。”

“那么，你是如何回答他的？”

他弯起腿，抱着膝盖，像一个怕打雷的孩子。他看向窗外，施萨正迎来一日将尽的时刻，每间屋子都笼罩在不同颜色的光晕里，不管你喜不喜欢。病房隔壁的那栋建筑就是紫色的。

“我知道应该什么都不说。”他的踌躇犹疑比刚才更甚，回忆一点一点地蔓延开来——希亚的脸，玻璃地板，埃加摁住他的手。“我懂得如何忍受疼痛，我并不软弱，我……”他知道自己期期艾艾的语句听起来有点儿疯狂，可是，在剧痛难耐的时候，他是不是真的一句都没泄露呢？“他……他获取了埃加关于欧力的记忆，所以他可能做的就是，将欧力和她的命运联系起来，以推断你们的模样、假名、出身……我尽量缄口不言。他想知道你们俩谁是……谁是姐姐。他知道……有个神谕者告诉他，先除掉你们中的一个更好，顺序很重要。所以，任何能将你们俩区分开的信息，对你来说都是威胁。不过，他一问再问——我，我觉得我什么都没说，但我记不得了——”

欧力突然扑了过来，紧紧地攥住了他的脚踝，这突如其来的力量让他清醒了过来。

“如果你确实告诉他有用的信息了，比如欧力是在哪儿长大的，谁抚养的她……他会亲自来找我们吗？”伊赛相当镇定。

“不会。”阿珂斯极力让自己冷静下来，“不会，我觉得他是怕你的。”

利扎克从不亲自出动，不是吗？哪怕是搜寻他的神谕者，哪怕是绑架阿珂斯，他也没自己上阵。他根本不想踏足荼威。

伊赛的眼睛——在巡游飞艇上的滚动新闻里，他看着觉得很是熟悉亲切，但此刻，他发现这双眼睛中有些东西是欧力不会有的。那是彻头彻尾的杀气。

“他应该亲自来。”伊赛说，“我的问话并未结束，有关利扎克·诺亚维克的一切信息，我都要知道。我会再来的。”

她系紧围巾，遮住了脸。片刻之后，欧力也如是。在离开之前，欧力用手扶着门说：“阿珂斯，会好的。一切都会好的。”

他可没她那么信心满满。

第二十七章　阿珂斯

梦境：

地下监狱的地板上，他屈膝俯就。希亚的潮涌阴翳蜿蜒着爬上了他的身体，就像啃噬冰花根部的利齿虫。接着，她粗粝地吸着气，那些阴翳便膨胀成了黯黑的浓云，环绕着他们。他以前从未见过这种情景，那浓云是脱离开她的皮肤独立存在的。似乎有什么发生了变化。

她侧身向一旁倾倒，跌入血泊。她的双手紧紧捂住肚子——瓦什当着他们的面行凶的时候，父亲也是这样捂着肚子——她的手指染得鲜红，弯曲着，捧住自己的五脏六腑……

鲜血变成了殷红的缄语花花瓣。他醒了。

§

他对手铐有些不耐烦了，或者更具体一点来说，是胳膊总弯成同一个角度，金属触碰皮肤的感觉，以及假装自己被束缚住的这种游戏让他不耐烦了。他转动手腕，摸到了手铐的锁孔。让手铐保持闭锁状态的也是潮涌，只要他把自己的皮肤压在结合缝上，他就能把它打开。他最早发现自己有这种本事，还是在被送往枭狱的路上，就在他杀死卡麦伏·拉迪克斯之前——*就是为了杀死他*。

手铐发出“咔嗒”一声，打开了。他猛地扯掉胳膊上的针头站了起来。他浑身都疼，但还是可以站稳的，于是他走到床边，看着荼威浮艇上的灯光疾速扫过。浅粉色、艳红色、灰绿色的光像是一条条带子，缠绕着浮艇的底盘，虽然尚不够照亮前路，但可以表明它们在那里。

他在床边驻足了好一会儿，看着夜色越来越浓，川流的浮艇渐归平静，施萨也要入眠了。这时一个暗影越过医院大楼发出的紫色亮光，另一个影子悬在远处的冰花田里，还有一个从医院上空掠过。他认出了那拼合起来的金属：枭狄飞艇正像杯子一样扣在施萨上空。

屋角的警报器发出尖厉的鸣声，仿佛被戳了一下似的，门立刻打开了。伊赛·贝尼西特——鞋子闪亮——把一个大帆布包扔在他的脚下。

“有幸了解到我们的手铐对你毫无用处，”她说，“快点儿，你得带我离开这儿。”

他没动。帆布包鼓鼓囊囊，支棱着，包着一件盔甲——他的，他猜是。包里可能还有他的武器和药——不管是谁把他像丢垃圾似的扔在施萨，他们都不会费心给他配什么装备，最大的可能就是所有的东西全都一起扔掉。

“你看，我十分愿意成为那种大家服从的人，”伊赛说，她一本正经的官腔因为屡屡受挫而正在消失，“你觉得我应该扛着这一大包东西，还是怎么着？”

他弯腰打开那个帆布包，把盔甲从头上套下去，一只手将身体一侧硬邦邦的绑带系紧，另一只手从包里把他的刀找了出来——是希亚在巡游庆典的市集上送给他的那把。他曾经还给她了，但他们离开巡游飞艇之前，她把它留在了桌子上，于是他还是拿走了。

第二十七章
阿珂斯

“我姐姐呢？”他问。

“我在这儿呢。”奇西在门廊上，“你太高了，阿珂斯。”

伊赛抓住他的胳膊。他任由她拽着，就像一个傀儡。明明是他要带她离开这儿，她却表现得像是自己要带他走。

当他们走到门廊上的时候，所有的灯一下子全都熄灭了，只有瓷砖左侧的应急灯还亮着，犹如一条光带。伊赛的手紧紧抓着阿珂斯，引着他穿过走廊，转过拐角。这时，大楼深处的某个地方传来了尖叫声。

他转身拉住奇西，三个人一起跑了起来，再转一个弯，就是紧急出口了。然而，走廊的尽头有两个黑影，都穿着枭狄盔甲。

他的步子迟疑起来。他挣脱了伊赛，退回到转角后的暗影里。

“阿珂斯！”奇西的声音里充满了惊恐。

伊赛留在转角那儿，抽出了腰上的武器——一柄潮涌之刃，不甚锋利，但也足够置人死地。两个枭狄士兵向她围拢，慢慢地，就像是在围猎一只动物而不想惊扰它。

“你以为能跑到哪儿去？”其中一个士兵说道。是枭狄语，这是理所当然的——他不大可能会讲其他语言。

这个士兵比伊赛矮，但是很壮实。他咽了咽唾沫，舌头舔湿了嘴唇——是因为冷。据阿珂斯的记忆所及，枭狄士兵从未涉足过如此靠北的地区，他们可能没准备好承受这样的气温骤降。

“我要离开这家医院。”伊赛用蹩脚的枭狄语说。

两个士兵都大笑起来。另一个士兵更年轻些，听声音应该正处在变声期。

“发音不错，”年长的士兵说，“你是在哪儿学的，外次行星吗？”

伊赛出手了。阿珂斯没能看得太清楚，但是他听见了她挨打时发出的呻吟声。而他就站在这里，手里拿着最好的刀，身上的盔甲紧紧系着。

“住手。”阿珂斯说着，再次朝转角走去。

“你想干什么？”年长的士兵问。

阿珂斯走进灯光之中：“我想让你把她留给我。立刻马上。”

两个士兵都没动。他接着说：“我是诺亚维克家族的管家——”从某个角度来说，这是真话，可从另一个角度来说，这也是谎言。毕竟从来没什么人给过他这样的头衔。“是利扎克·诺亚维克派我来找她的。如果我任由你们杀了她，事情就难办了。”

所有人都一动不动，连阿珂斯自己也是。他们的明确目标就是紧急楼梯，但他们得先解决掉这两个……障碍。那个年长的士兵又舔了舔嘴唇，说：“那么，如果我杀了你，然后替你完成任务，又会怎么样呢？枭狄的君主会如何奖励我呢？”

“别，”年轻的士兵睁大了眼睛，“我认得他，他——”

年长的士兵挥了一下自己的刀，动作粗笨又迟滞，明显是个低等兵。

阿珂斯向后一跳，保护性地拱起身子。当他挥起自己的刀出击时，只击中了对方的盔甲，溅起一片火花。然而他的另一只手——他的右手，却从靴子里抽出另一把刀，刺中的是血肉之躯。

士兵应声朝他倒下来，温热的血溅到了他的手上。阿珂斯感受到他身体的重量，震惊不已，不是因为自己杀了他，而是因为杀了他是这样的轻易。

“你有两条路可选。”他对那个年轻的士兵说道。他的声音又粗又哑，都不像他自己的了。“留在这儿等死，或是活着滚开。”

那个笑起来嘎嘎作响的年轻士兵立刻飞奔而去，转弯的时候甚至还踉跄了一下。奇西浑身发抖，眼睛里含着泪水闪闪发亮。而伊赛则用自己的刀子指向了阿珂斯。

他把士兵的尸体放在地上。*不要吐*，他对自己说，*不要，千万不要吐*。

“诺亚维克家族的管家？”伊赛说道。

“不完全是。”他说。

“我仍然不信任你，”伊赛放下了刀，“走吧。”

§

他们冲向屋顶，闯进暴戾寒冷的空气中。当他们跑到浮艇旁边时——黑色的浮艇，停在起降平台最边缘——他的牙都开始打架了。奇西一碰，浮艇的舱门就打开了，他们一个接一个地钻了进去。

奇西坐在驾驶座上，绿色夜视仪在她面前徐徐展开，导航系统显示出了欢迎语句。她伸手转动控制台上的操纵杆，关掉了浮艇外部的示廓灯，然后键入他们家的地址，让浮艇进入自动巡航模式——全速前进。

浮艇从起降平台上浮起，向前冲去，强大的惯性把阿珂斯甩到了控制台上——他忘了要系紧安全带。

他转过身子，看着施萨被远远抛在后面，越来越小。每一幢建筑都亮着不同颜色的灯：紫色的图书馆、黄色的医院、绿色的杂货店。它们不可思议地悬挂在半空中，仿佛摇摇欲坠的雨滴。他一直看着这座城市，直到浮艇越飞越远，让那些建筑变成了一簇簇小光点。当一切归于黑暗的时候，他转向了奇西。

“你……”她欲言又止。不管她想说什么，她都不能说——这都怪她那该死的天赋赐礼。他朝她伸出手，把干净的手指——其他的手指都沾着血，黏糊糊的——放在她的胳膊上。

潮涌被切断了，于是那句话终于说出了口："你杀了他。"

他的脑海里回环往复地闪过好几种不同的回答，从"他不是头一个"到"对不起"，但它们似乎都不够准确。他不希望奇西厌恶他，但他也不想让她以为，自己从枭狄全身而退还能出淤泥而不染。他不想谈起这些，可他也不想撒谎。

"他救了咱们。"伊赛高调地说道，同时打开了滚动新闻。自动巡航地图上方伸出了一个小小的屏幕，他们围拢过来，阿珂斯看见头条新闻是：

日落两小时后，枭狄入侵施萨。

枭狄入侵者攻入施萨医院，目击者称有八名茶威人罹难。

"当时一离开你的房间，我就把欧力芙送走了，"伊赛说，"她应该能照顾好自己的。我现在不能给她传递消息，会被拦截的。"

他把双手放在膝头，要命一样地想要把它们洗干净。

§

黎明前几小时，当他们正要降落在海萨的时候，小屏幕上弹出了一条插播新闻：

施萨警方称有两名茶威人被枭狄入侵者俘虏。另据枭狄放出的画面显示，一名女士被枭狄士兵自施萨医院中拖出。初步调查表明，这名女士应为伊赛或欧力芙·贝尼西特。

阿珂斯觉得自己身体里有一个庞大且热切的什么东西，碎了。

欧力芙·贝尼西特。欧力。被掳走了。

他努力不去看伊赛，好给她片刻时间做出真实自然的反应。不过他看见奇西伸出手去，拉住了伊赛的手。然后伊赛只是关掉了新闻，扭头看着窗外。

“好吧，”她最终说，“我要做的，就是去把她救出来。”

第二十八章　阿珂斯

他们飞抵海萨，浮艇绕着山峦拐了个大弯，掠过一片极羽草。它降落在他们家门口，将极羽草的根茎压在身下。阿珂斯手上的血已经干了。

伊赛先走出了浮艇，然后是奇西。阿珂斯跳出来的时候，浮艇舱门在他身后关上了，四周的极羽草被压住倾侧，倒伏成了一个圈。

奇西打头往他们家走。这很好，因为阿珂斯一点儿力气都没有了。墙上的每一扇窗子仿佛都在提醒着他，上次离家时发生的一切。奇西打开大门，香料和切碎的盐渍果子的气息扑面而来，他想象着能看到爸爸仍然倒在客厅的地上，鲜血汩汩而出。

阿珂斯停了一下，屏住呼吸，然后继续往前走。

到厨房去的时候，他用指关节轻轻拂过那片木头镶板，这儿应该挂着一张全家福画像的，但现在没了。客厅也完全变了样子——看起来更像学者用的，多了书桌、书架，柔和随意的调子不复存在。但是厨房里手工打造的桌子和砍削粗糙的长凳还在，仍然和以前一样。

奇西摇了摇桌子上方的吊灯，让硫黄石复燃起来——它的光亮还是浅红色的，没有变。

“老妈呢？”他说着，脑海里跳出了一幅画面：她正站在嘎吱作响的凳子上，用缄语花拂去吊灯上的灰尘。

“神谕者大会，”奇西说，“他们这阵子一直在开会，得花上几天。”

“几天”就太晚了，那时候他应该已经离开了。

想要洗手的欲望变成了需要。他走向水池，水龙头旁边放着一块自制的肥皂，里面混着漂亮的花瓣。他搓出泡沫，搓洗着两只手。一遍，两遍，三遍。他把指甲对准手掌蹭着，连指甲缝都洗得干干净净。等他洗好了手，手掌都搓得有些发红了，而这时奇西正在倒茶。

他犹豫着，一只手摸到了放刀子的抽屉。他想在胳膊上为那个枭狄士兵刻下刻痕。那些药瓶之中有一支装着极羽草精，可以用来涂染刀口。然而，他真的甘愿让如此“枭狄式”的行为变成一种本能吗？洗净手，擦净刀，新刻痕？

他闭上双眼，仿佛只有黑暗能帮他理清思绪。在某个地方，那个不知姓甚名谁的士兵也有家人、朋友，他们会希望他失去的生命能被人铭记。阿珂斯知道——尽管烦忧纷扰也知道——他不能假装那死亡没发生过。

于是他拿出一把餐刀，把它放在火上，转动着刀刃消毒杀菌。他蹲下来，趁着刀刃还热，在胳膊上其他刻痕旁边割了一条直线。然后他又用叉子尖儿挑了一些极羽草精，涂在刀口上。涂得歪歪扭扭的，但是，非这样不可。

而后他就直接坐在了地板上，抱着头，忍着疼。血顺着他的胳膊往下流，在肘弯那里积聚成小小的一摊。

“入侵者可能会来海萨，”伊赛说，“来找我。我们得尽可能快地离开这儿，还得去找欧力。”

“我们？”他说，“我不会把茶威首相献给利扎克·诺亚维克的，不论我的命运如何。那会让我彻底变成叛国者。”

她盯着他刻着几条刻痕的胳膊："你是说你还不是？"

"噢，闭嘴。"阿珂斯咬牙切齿地说道。伊赛挑起眉毛，而他继续说，"你知道我会如何实现我的命运？你知道我的命运究竟意味着什么？你以为你比我还懂？"

"你口口声声说自己忠于荼威，却叫它的首相'闭嘴'？"她的声音里有一丝玩笑的意味。

"不。我是在对那个在我家厨房里寻求帮助还见鬼地大放厥词的女人说'闭嘴'。"他说，"我绝不会对我们的首相那样无礼的，大人。"

她向他倾过身子："那就带你家厨房里的那个女人去枭狄。"而后又站直了，"我不是白痴，知道得靠你的帮助才能到那里去。"

"你不信任我。"

"再说一次，我不是白痴。"她说，"你帮我把我姐姐带出来，我帮你把你哥哥带出来。并无担保，当然。"

阿珂斯简直要破口大骂了。他真的很想知道，为什么每个人都那么清楚地知道该开出什么价码让他点头同意。他并不完全相信她能帮他，但不管怎么说，在答应不答应的边缘，他已经开始犹豫了。

"阿珂斯，"伊赛说，这样毫无恶意地喊着他的名字，多少令他有点儿吃惊，"如果有人跟你说，你不能去救你哥哥，因为你的生命极其重要，不能为此冒险，你会听吗？"

她的脸已经洗干净了，沁出星点汗渍，脸颊那里红红的，是被那个士兵打的。她看起来不太像一个首相。她脸上的伤疤也透露着她的与众不同——她，像希亚一样，拿生命冒险的时候，清楚地知道自己是为了什么在冒险。

"好吧，"他说，"我答应帮你。"

第二十八章
阿珂斯

这时奇西把她的杯子重重地往桌上一放，发出很大的“咔嗒”一声，泼出来的热茶溅到了她的手上。她撇了撇嘴，在衬衫上蹭了蹭手，然后伸到了阿珂斯面前。伊赛一脸疑惑，阿珂斯却明白——奇西有话说，尽管他不想听，可是也绝无办法拒绝她。

他握住了她的手。

“我希望你们俩明白，我要跟你们一起去。”她热切地说。

“不行，”他说，“你不能陷入那么危险的境地。绝对不行。”

“你不希望我身处险境？”奇西的声音比以前粗哑得多，她已经坚强得像顶梁柱一样了。“你知道你回到这里来，我是什么感觉吗？这个家已经经受了太多不安，太多失去。”她愁眉不展，一脸伤感。伊赛大吃一惊，这也难怪，她可能从来都没见过这样的奇西——自由地说出她想要什么，自由地哭，自由地喊，让大家不舒服。“如果要死在枭狄，那就让我们死在一起，但是——”

“别那样谈论死亡，好像它一文不值！”

“你以为就你懂得吗？”一阵震颤贯穿了她的胳膊、她的手、她的声音。奇西看着他，他凝视着她的眼珠，将目光聚焦在瞳仁的边界。“你被带走以后，妈妈回来了，她……她无知无觉。所以，是我把爸爸的尸身拖出去火化，是我清扫了客厅。”

他无法想象，无法想象把自己父亲的血从地板上擦掉的那种恐惧。难道不是应该一把火烧掉这座房子，然后永远也不回来了吗？

“你怎么敢说我不懂得死亡是什么？”奇西说，“我懂。”

阿珂斯惊恐无措地抬起手，抚过她的脸拉向自己的肩膀。她的鬈发蹭着他的下巴。

“行。”他只说了这一个字。表达同意，这足够了。

§

他们商量好在出发之前睡几小时，于是阿珂斯自己上了楼。他想也没想就跨过了第六级台阶，他的身体似乎还记得，这一级台阶会发出更响的声音。楼上的走廊有些歪，过了浴室就开始往右偏，大概是某种设计上的失误。他和埃加共用的房间在走廊尽头，他用指尖推开了门。

埃加的床上，床单卷成一团，仿佛那儿仍然躺着一个熟睡的人，角落里扔着一双脏袜子，脚后跟被鞋子染得发灰。而属于阿珂斯的那半间屋子，床单紧紧地罩在床垫上，枕头塞在床和墙壁之间的夹缝里——阿珂斯总是不喜欢枕枕头。

透过圆形的大窗子，他看见极羽草在黑暗中摇曳着，天空中有星星。

他坐下来，把枕头放在大腿上面。床底下摆着的那双鞋，比他此刻穿着的要小太多了。他不禁笑了笑，然后哭了，埋首在枕头里，掩住了啜泣声。什么都没发生，他也不在这儿，他更不想在好不容易才回到家之后又要离开。

眼泪渐渐平息下来，他穿着鞋子睡着了。

§

过了一会儿，他醒来，站在浴室的淋浴头下，冲水的时间比以前更长，想让自己放松下来。但是毫无效果。

走出浴室的时候，他看见门边堆着几件衣服——他父亲的旧衣服。衬衫的肩膀和腰线都很宽松，胸部却有些紧——他和阿珂斯的身材完全不同。裤子倒是够长，但也只能勉强塞进阿珂斯的靴筒里。

然后他回到浴室，准备把毛巾挂起来——这是他母亲一向要求的，湿毛巾和脏床单，不管是哪个孩子，一概都得——伊赛在那儿，穿着他母亲的衣服，黑色的裤子用腰带束住。她照着镜子，戳了戳镜像中的一道伤疤，头也不回地：

“如果你想说什么关于这伤疤的深邃哲理，我就打爆你的头。”

他耸了耸肩，伸出左臂，把那些杀戮刻痕展示给她看：“我向你担保，你的疤并没有这么丑。”

“至少这些是你自愿的。”

是啊，她抓到了重点。

“你被枭狄的潮涌之刃伤成这样，是发生了什么？”他问。

他以前听过一些枭狄士兵彼此谈论关于伤疤的故事——不是杀戮刻痕，而是其他的伤疤，比如小时候不当心留在膝盖上的白色小疤，入侵海萨时被人用餐刀猛击，喝多了脑袋撞在门框上……他们聊起这些故事时都会忍俊不禁，乐不可支。但现在，伊赛的故事不可能是这种风格，他可以肯定。

“涤故更新，并不总是像他们灌输给你的那样，和平美好。”伊赛说，“那是上一次巡游时候的事。当时我的飞艇需要降落在欧尔叶进行维修，抵达那里的时候，我们的一个工作人员病得非常厉害，于是我们就去了医院。在那里，我们遭到了枭狄士兵的袭击，当时他们正在抢劫药房里的药。其中一个便砍向我的脸，把我丢在那儿自生自灭。”

“我很遗憾。”阿珂斯机械地说道。出于某些原因，他很想告诉她，欧尔叶的医疗援助都流向了哪里——利扎克的支持者垄断了它——而知道这件事的人少之又少。但这会儿可不是向她解释枭狄实情的好时机，她会以为他在为那些偷取药品、在她脸上留疤的士兵开脱。

“我不遗憾。”伊赛抓起水池旁边的肥皂，像是要把它捏成两半似的，然后开始洗手。“如果你也曾留下这种伤疤，你就很难忘记敌人究竟是谁。”她清了清嗓子说，“我借了几件你妈妈的衣服来穿，希望你别介意。”

“我也穿着已逝之人的衣服，”他说，“有什么好介意的？”

她微微一笑，阿珂斯觉得这已经是极大的进步了。

三个人谁也不想再多耽搁时间，阿珂斯尤甚。他知道自己在这里停留的时间越长，离开的时候就越困难。最好是，他想，把伤口扯开，赶紧治疗完事，这样才好重新包扎。

他们打包了一些必备物品：食物、衣服，还有冰花，然后登上了另一艘备用的浮艇。燃料只够飞越极羽草原，但这对他们来说已经足够了。在奇西的触碰之下，浮艇从地面起飞，阿珂斯在自动导航屏幕上设置了目的地，看似是某个名不见经传的点。他们要先到约尔克家去，沃阿城外相对安全的地方，阿珂斯只知道这一个。

他们身处半空中时，他俯瞰着地面上的极羽草，它们俯仰、摇摆、转动，勾勒出风的形状。

“枭狄人是如何看待极羽草的？”伊赛突然说，“我的意思是，在我们看来，这是荼威先民为了把枭狄挡在外面而种植的，但显然枭狄人会有不同的看法，对吧？”

“枭狄人说这是他们种的，”阿珂斯说，“为了挡住荼威人。但极羽草的原产地是奥格拉。”

“即使在这么高的地方我也能听见，”奇西说，“那些极羽草草丛里的声音。”

“谁的声音？”伊赛对奇西说话的时候，声音里的尖厉少了很多。

“我爸爸的。”奇西说。

“我能听见我妈妈的声音，”伊赛说，“是不是我们只能听见逝者的声音？”

“她过世后多久你开始听见的？”

“几季之后吧。就是我被砍了一刀的那一季。”伊赛已经开始更多地使用非正式的措辞了，她的姿势也变了，脊背没那么挺了。

她们继续交谈着，阿珂斯默然不语，他的思绪已经飘到了希亚那里。

如果她死了，他此刻一定能感觉得到她，就像利器刺穿胸膛一般。失去一个像她那样的朋友却无知无觉，那是不可能的，不是吗？尽管他的身体中没有生命潮涌流动，她的生命也会让他有所感知的。她护他周全已久，是她让他有了生的希望。如果他此刻咬紧牙关坚持下去，他想，就算相隔甚远，他也能为她做同样的事。

傍晚，太阳正要被夜色吞没的时候，他们的燃料告急了，浮艇开始摇晃震颤。这时下面的极羽草草丛变得稀疏，间或夹杂着低矮的、棕灰色的草，在风中像头发似的摆动着。

奇西将浮艇降落在一丛野花旁边。这里更靠近赤道，虽然仍然结着霜，空气里却已经有了一波波来自海洋的温热，充溢着沃阿城所在的山谷。其他种类的植物可以在这里生长，并非只有冰花独活。

他们出了浮艇，开始步行。在地平线那里，生命潮涌犹如一团团紫色的浓雾缭绕着，其间隐着几座建筑物的模糊轮廓和枭狄飞艇反射的亮光。约尔克告诉过他怎样走到他家，但阿珂斯上一次来这儿，是他杀死卡麦伏·拉迪克斯之后，瓦什和其他人给了他一顿胖揍，所以他对这里的记忆并不深。地势平坦，一览无余，要找到一座小镇并不太难——幸亏。

这时，前面草丛摇晃传来了嚓嚓声，透过草茎，阿珂斯看见一个黑乎乎的庞然大物。他左手抓住伊赛，右手抓住奇西，让她们都停了下来，静止不动。

那个东西正在前面潜行着，螯爪发出的咔嚓声从各个方向传来。它相当大——宽度跟他的身高差不多——身上覆着深蓝色的鳞甲。它的腿太多了，数都数不过来，唯一能看清的是它的头，因为那一口尖牙在它宽阔弯曲的嘴巴里闪闪发亮，每一根都跟他的手指一样长。

这是一只奇阿摩。

他的脸上感到一阵凉飕飕的风。它在呼气——像是在叹气似的——它的眼睛，肿泡泡的、黑色的眼睛，也掩盖在一块鳞甲下面，闭着。在他身旁，奇西吓得直发抖。

“生命潮涌令奇阿摩着迷癫狂。”他对着这庞然大物轻声低语。它开始昏昏欲睡，真是不可思议。他慢慢地向后退。“它们之所以会攻击人，是因为人是潮涌的最佳导体。”

他的双手摸到了它的螯爪，手心都出汗了。

“但是，”伊赛的声音里透着紧张，“你的身体里没有潮涌，所以……”

“所以它们几乎不会察觉我在这儿，”他答道，“快来。”

他领着她们绕过了这只沉睡的巨兽，还回过头去看看它有没有追上来。它没动。

“我想我们知道你是如何得到盔甲的了。”伊赛说。

“那个东西可以做盔甲？”奇西说，“我还以为关于猎杀野兽的说法只是愚蠢的荼威人的流言。”

“不是流言，”他说，“但对我来说，那并不是什么取胜的故事。它睡着了，我杀了它。我把它的死刻在胳膊上，那感觉糟透了。”

“你为什么要那么做呢？”伊赛问，“既然你不想的话。”

“我想要一件盔甲，”他说，“不是所有枭狄人都能拥有一件那样的盔甲，那其实是一种……身份的象征。我想让他们平等地看待我，也别再说什么我是个‘薄皮儿荼威人’。”

奇西冷哼一声：“他们一定没体验过海萨的冬天。”

他继续往前走，朝着远处的那些建筑，脚下的野花很脆弱，一踩就在脚下碎成了粉末。

“你是想告诉我们所去何处呢，还是希望我们什么也不问，只要往前走就好？”伊赛问道。这时他们已经靠近了那些房屋，看清了它们是用什么建造的——蓝灰色的石头，用不同颜色的玻璃拼起来的小小窗子。房子就只有那么几幢，几乎称不上是个小镇。玻璃窗反射着落日余晖，石墙上钻出了星点野花，这个地方其实很漂亮。

他来这儿只是碰碰运气，不过，不管他做什么，也改变不了他们麻烦缠身的现状，所以有的可选已经不错了。

他紧张得微微痉挛，因为那些房子里一定都安装着枭狄的滚动新闻影幕，他们会在这里得到关于希亚的消息。他一直把左手放在右肩上，这样一旦有需要，他就能直接抽出刀来。他不知道在那些明亮的窗子背后，等待着他们的会是什么。这时，有一扇门开了，一瞥之下，他本能地举起了他的武器。然而走出来的只是一个身材矮小、神情腼腆的女士，她手里拿着衣服，滴着水。他认出她来了——阿雅·库泽，苏扎的遗孀，约尔克的母亲。

好吧，至少他们没找错地方。

“你好。”阿雅的声音比阿珂斯想象中的要低沉许多。他只见过她一次——杀死她丈夫之后、走出中央竞技场的时候，当时她紧紧地拉着约尔克的手。

“你好，”他说，“我是——”

“我知道你是谁，阿珂斯，”她说，“我是阿雅。不过我想你也早就知道了吧。”

没什么不能承认的。他点了点头。

“何不进来呢？”她说，“你的朋友们也进来吧，只要不惹麻烦就行。”

伊赛挑起眉毛看了阿珂斯一眼，便由阿雅领着他们进了屋，走上楼梯。阿雅的手悬在身体两侧，像是要拉起并不存在的长裙。她可能习惯了华丽衣饰，如今也是头颈高昂、肩膀挺直，一举一动仍然像个上层社会的贵妇人。当然，她从未经历过海萨的冬天，但人生里有的是比天气更艰辛难熬的东西。

他们跟着阿雅，踏着一条咔嚓作响的狭窄楼梯，来到了楼下的厨房里。地板是用蓝色的瓷砖铺就的，颜色有些不均匀，墙上的白色涂料也有几块剥落下来。不过这里很暖和，一张又大又稳的桌子边放着好几把椅子。它们都是拉开的，好像不久之前有很多人曾聚在这里。远处的墙上嵌着影幕，正在播放滚动新闻——旧得掉渣的墙上映着人为投射的光影，实在有些不和谐。然而，新的和旧的结合在一起，遍及枭狄皆如此。

“我已经传了口信给约尔克，他很快就会回来。”阿雅说，“你的朋友会讲枭狄语吗？”

“我会，”伊赛说，“不过我只是在几季之前学过一点儿。所以……请慢点儿讲。”

“不必，我们可以用荼威语来谈话。”阿雅说道。她的荼威语有些生硬，但完全可以听懂。

“这是我姐姐奇西，”阿珂斯指了指，“这位是——”

“拜赫。”伊赛简短地说。

“很高兴见到你们。”阿雅说，“不过我得承认，阿珂斯，你没接受我的礼物，这让我有些不高兴。那枚戒指？”

她看着他的手，他则有些微微发颤。

“哦。”他说着把大拇指伸进衬衫领子下面，挑起一条链子，末端摇晃着的，正是那枚阿雅托儿子转赠给他的戒指。说真的，他更想把它丢进垃圾桶里，而不是挂在脖子上——苏扎的死并不是他愿意去回忆的事情。但是，他*需要*提醒自己记住。

阿雅满足地点了点头。

“你们是怎么认识的？”奇西问道。阿珂斯却在想，她是不是刻意把声音放柔和了，好让此刻的情境惬意些。*完全没有必要*，他想。

“那个，”阿雅说，“是另一个时代的故事了。”

阿珂斯忍不住了。“我不是故意要无礼，”他说，“但我必须知道希亚现在情况如何。”

阿雅双手交叠，放在肚子上：“你是说诺亚维克小姐？”

“她是不是已经……”他无法吐出那个字眼。

“她还活着。”

他闭上了眼睛。有那么一瞬间，他允许自己想起了她。在他的记忆中，她是那样真实而有生气：在训练室里拼杀，格斗仿若舞蹈，在漆黑的太空里寻觅，如在画中。她似乎是把丑陋的东西变美了，而他永远也不会懂。不过，她还活着。

“要是我不会这会儿就庆祝。”背后有人说话。阿珂斯转过身，看见一个瘦削的姑娘，有一头浅金色的头发，一只眼上遮着粉色的眼罩。他认出她是巡游飞艇上的人，但不记得她的名字了。

她身后是约尔克，他卷曲蓬松的头发挡住了眼睛，下巴上长出了胡子。

“阿珂斯？”他说，“你到底……”

瞥见奇西和伊赛之后他就把话咽了回去。

“奇西，拜赫，”阿珂斯说，“这是约尔克，这位是……”

“缇卡。”那个面熟的女孩说。对了，就是她——涤故更新之前被处死的那个刺客，是她的妈妈。他们起程前往皮塔之前，希亚曾经走过去跟她说过几句话。

“嗯，缇卡。”阿珂斯说，“奇西是我的姐姐，拜赫是……我的朋友。都是从荼威来的。奇西不太会讲枭狄语。”他顿了顿，“你刚才说‘不会庆祝’，是什么意思？”

缇卡挑了一张空椅子，整个人瘫了下来——她的两膝向外撇着，胳膊挎在椅背上晃来晃去。

“据观察，小诺亚维克撑不了多久了，”她说，“我们一直在想办法，看怎样把她救出来。既然你来了——很蠢，我得这么说——也许你能帮助我们。”

“救出来？”阿珂斯转向约尔克，“为什么你们想要那么做？”

约尔克靠在奇西对面的台案上，对她笑了一下，眼神便恍惚起来。靠近奇西的时候，人们总会变成这样，阿珂斯知道，那是她的天赋赐礼在起作用。那不仅仅是束缚奇西的枷锁，让她失去了哭的权利，同时也给了她控制他人的能力。

“是这样，”约尔克说，“这里是起义军的大本营，你可能已经猜到了。”

阿珂斯根本就没猜到。约尔克似乎知道些别人不了解的事情，但那不意味着他也是反抗者中的一员。缇卡少了一只眼睛，她应该不会是利扎克的支持者，不过也不能就此断定。

“所以呢？”阿珂斯说。

“呃，”约尔克看起来有些困惑，“她没告诉你？”

“告诉我什么？”阿珂斯问。

“希亚跟我们是一伙儿的。”缇卡说，“巡游飞艇遭到攻击的时候，我原本打算除掉她——就是扩音器里公开利扎克命运的时候，我当时是要把‘利扎克的鞭子’杀了的。”

“别那么叫她。”阿珂斯说。他感觉到了来自伊赛的目光，不受控地脸红起来。

“行，行，”缇卡甩甩手，“好吧，她制住了我，然后把我放了。后来她找到我，要求见见我们的人。她同意提供我们想要的任何东西——情报、协助——什么都行，只要我们答应她的要求：把你救出枭狄。”缇卡看着约尔克说，“所以她不能告诉他啊，因为她想让他走，可他不会丢下他哥哥一个人离开。”

约尔克咂了咂嘴。

那时候，利扎克以阿珂斯作为筹码，要挟希亚对佐西塔施刑，要挟她在皮塔公开露面，她一件不落地全都照做了。她让阿珂斯看到最不堪的自己，其实却一直在和这些反抗者合作，付出了她所能付出的一切，只为让他离开枭狄。她变成了一个全新的自己，而他却浑然不觉。

“她协助我们刺杀利扎克的时候被抓住了。她掩护我们撤退，自己却没来得及跑出来。”缇卡说，“但是我们可没放弃她。我们偷偷溜回去时，她已经不在那儿了——我们也不知道他们把她弄到哪儿去了——不过我们找到了你，当时你被锁在自己的房间里，动弹不得，饿得半死，于是我们就把你劫了出来。我们认为你可以让她一直站在我们这边。”

“我也想帮你们的。”约尔克补充道。

“是啊，你是个英雄，当然。”缇卡说。

“为什么……”阿珂斯摇了摇头，“为什么希亚要这么做？”

“你心知肚明。”缇卡说，“在她看来，只有一件东西比她对她哥哥的恐惧更重要。”阿珂斯没说话。缇卡叹了口气，恼火地直接说了出来，“是你！是你拥有这非凡的尊荣！”

伊赛和奇西愣住了，一个满腹狐疑，一个困惑不已。而阿珂斯根本不知道该如何解释这一切。希亚·诺亚维克，这是每个荼威人都知晓的名字，是出现在大家口耳相传的恐怖故事里的骇人角色。当你发现这个角色根本名不副实的时候，你能说得出什么呢？

什么也说不出。你无话可说。

“利扎克把她怎么了？”阿珂斯沉声问道。

“给他看看。”缇卡对约尔克说。

约尔克走到墙边，碰了碰上面的影幕，切断了正在播放的新闻。他的手指点了几下，一段录像画面跃然而出。

镜头由远及近，那是枭狄的中央竞技场，白色的灯光溢满了它的敞顶。竞技场中座无虚席，低处的一排排长凳是石质的，高处的则是金属的，但每个人的脸色都很严峻阴郁，可见这并不是什么节庆的好日子。

镜头继续推进，聚焦在一个圆形的平台上，它以木梁和金属支撑，高高凌驾于其他看台座位之上，利扎克站在正中央，黑色的靴子、胸前的盔甲，全都擦拭得油光锃亮。他的头发刚刚剃过，能看得见他的头皮闪闪发亮。一看见利扎克，奇西和伊赛就立刻向后退了几步，而阿珂斯已经不再怕他了，曾经的恐惧转变成了纯粹的厌恶。

站在利扎克左边的是瓦什，右边是……

“埃加！”奇西屏住呼吸，“怎么回事？”

“他被……洗脑了，姑且这么说吧。”阿珂斯小心地措辞，约尔克却冷哼了一声。

镜头摇向左侧，对准了平台的边缘，在那儿，一群士兵团团围住一个跪倒的女孩——希亚。她穿的衣服还是他几天前看到的那一身，现在却破破烂烂的，还沾着黑色的血迹。她厚实的头发垂下来把脸盖住了。有那么一瞬间，他想到利扎克会不会也挖掉了她的一只眼睛。他想羞辱谁的时候就会那么做，因为少一只眼，是人人都看得到的。

希亚抬起头，露出了脸上青紫色的瘀伤，和阴沉无谓的——两只眼睛的——目光。

随后利扎克开始讲话：“今天，我给诸位带来一些令人难堪的消息。我们曾认为是最忠心耿耿的人——我的妹妹希亚·诺亚维克——自首坦白，犯有叛国重罪。她与极羽边境另一边的敌人勾结，为他们提供事关我们国策、军事及部署方面的情报。”

“他不想承认真的有起义军存在，”约尔克的声音压过了录像里看客们声讨的咆哮，“于是就说她和荼威人有联系。”

“他还挺会挑瞎话说的。”伊赛说道，她的口气里可听不到一丝褒扬。

利扎克继续说：“而我也是最近才找到了证据，这个女人——”他指着自己的妹妹，恰到好处地展示着从手腕到肩膀满满当当的杀戮刻痕。“——对我母亲伊莱拉·诺亚维克的过世负有责任。”

阿珂斯捂住了脸。利扎克对希亚的重击和伤害，没有什么比这更甚了。她一直都知道。

“我承认，手足之情影响了我对此事的公平审判，但现在我知晓了她的背叛和……”利扎克停了停，“和她残忍地谋杀了我们的母亲，我的思绪便清晰了。我决定，对这个枭狄的敌人处以与之相称的刑罚——尼姆赫拉。”

镜头切回到希亚，她抬起头，双肩颤抖着，眼睛里却没有泪水。她在笑。潮涌阴翳随着她的笑而跃动起舞，但不再像血管里流淌的血液潜行在皮肤之下，而是像香炉内外缭绕的烟雾，蜿蜒在皮肤之上。同样的景象，在利扎克逼迫她伤害阿珂斯的时候也出现过，那些阴翳飘浮在他们四周，如同薄雾。

她的天赋赐礼有了变化。

利扎克冲瓦什点了点头，瓦什便从平台另一侧走过来，抽出了背后的刀。希亚周围的士兵们向后退开，为他让出了路。希亚冲着瓦什冷冷一笑，说了些什么不得而知。利扎克回答她的话也听不清楚，他走近了一些，向前倾着身子，嘴唇动得飞快，谁也分辨不出那些词句。瓦什揪住希亚的头发，把她的头往斜后方拽，露出了喉咙。当瓦什的刀子斜刺进去的时候，阿珂斯咬紧了牙齿，移开了目光。

录影画面结束了，屋里一片死寂。“现在你明白了吧。”约尔克说。

“那是在干什么？”阿珂斯哑哑地问。

“是……黥刑，”缇卡清了清嗓子，“从喉咙到头骨，选取一片皮肤剥掉留痕。不太清楚是为什么，但整个仪式鲜血淋漓，要的就是容貌损毁，尊严扫地。”

她比画着，在自己的脖子正中直到头盖骨那里画了一条线。阿珂斯觉得自己要疯了。

“他用的那个词，我没听过，”伊赛说，“尼姆——赫卡？”

“尼姆赫拉。”约尔克说，“那是一种对某人身份的褫夺，意义上的或实际上的。这意味着任何人都可以向她发起角斗挑战，不死不休，也意味着她已经不再被视为枭狄的一员。她受利扎克所迫伤害的那些人，还有爱戴她母亲的那些人……好吧，想要发起挑战置她死地的人多不胜数。利扎克会放任他们那么干，然后以此取她性命。”

“而且她头上有这么一道伤口，失血极快，”缇卡说，“虽然他们给她缠上了绷带，但就他们的酷刑来说，那远远不够。”

“她会在那个中央竞技场接受所有挑战？”阿珂斯问。

“是的，大部分都会，”缇卡说，“这应该是公开的，不过竞技场上方的力障碍区会把所有摸过去的人都烫熟了——”

阿珂斯打断了她：“你们有飞艇，没错吧，否则你们不可能把我推下去，落到医院的起降台上。”

“没错，”约尔克说，“一艘高速的、可隐形的飞艇。”

“那么，我知道该如何营救她了。”阿珂斯说。

“我可不记得同意过什么绕远路的营救行动，”伊赛讥讽道，“尤其是营救利扎克·诺亚维克的恐怖小帮手。你以为我不知道她都干过什么好事吗，凯雷赛特？整个星系都听过那些枭狄传闻了好吗？”

“你的想法如何，我完全不在意，”阿珂斯说，“你需要我的帮助吗？需要的话就先等我办完这件事再说。”

伊赛抱着胳膊。阿珂斯占了上风，她清楚得很。

§

阿雅给奇西和伊赛腾出一间楼上的空房间，又在约尔克的屋里给阿珂斯支了张床。不过，当她们走到楼梯顶端时，奇西看着弟弟的表情，明显表示出她不想让阿珂斯就这么离开。于是阿珂斯跟着她来到了她们的小房间，里面有一张又大又软的床垫，屋角还有个炉子。五颜六色的光斑映在地板上，那是日落的余晖透过窗玻璃洒了下来。

他脱下了盔甲，但靴子里的刀仍然留在那儿没动。谁也说不好这里会发生些什么。阿珂斯觉得瓦什和利扎克像是会出没在每一个角落。

“伊——拜赫，”奇西说，“要不你先去洗漱？我有话要跟阿珂斯说。”

伊赛点点头走了，用脚后跟带上了门。阿珂斯在床上坐下，挨着奇西，蓝色、绿色、紫色的亮点落在他的靴子上。奇西抓住了他的手腕。

“埃加。”她就说了这么一句。

阿珂斯都告诉了她，包括利扎克抽取了埃加的记忆，又将他自己的记忆注入埃加的头脑中；包括埃加用的新词语，以及他转动刀子的方式和利扎克一模一样。但是利扎克伤害自己时埃加的漠然旁观——不是一次，而是两次——他却没告诉奇西；埃加用看到的幻象助纣为虐，他也没提起。没有理由让她现在就陷入绝望。

“就是因为这些，你才没试着逃跑，”奇西柔声说道，“你得哄着他跟你一起走，那更……更困难。”

其实几乎是不可能的，阿珂斯心想。

“是因为这些，而且，”他说，“我回到茶威，未来又会如何呢，奇西？你觉得我会是星系中第一个拒绝自己命运的人吗？”他摇了摇头，“也许我们看到真相能更好点儿，那就是，我们再也不能一家团聚了。”

“不。”奇西非常坚定地说，“你也以为再也不会见到我了，可我就在这里，不是吗？你不知道命运会以何种方式实现，我也不知道。

但在那个时刻到来之前，我们要拼尽全力，穷极一切可能。”

她把手放到弟弟的手心里，紧紧握住。她隆起的眉骨，悲天悯人的神情，还有她脸颊上的酒窝，都让阿珂斯仿佛看见了父亲的影子。他们就这样坐了一会儿，肩碰着肩，听着走廊另一边浴室里水花溅落的声音。

“希亚·诺亚维克是个怎样的人？”她问他。

“她……”他摇摇头——要怎样才能描述一个完完整整的人呢？她坚韧强硬得像一块儿风干的肉；她喜欢太空；她会跳舞；她极其擅长害人；她领着一些反抗者把他扔到荼威，却不顾埃加的去留，因为她不赞同他拯救宇宙的什么破决定，而他还傻乎乎地挺高兴；她……好吧，她就是希亚。

奇西笑了：“你很了解她。当你非常了解一个人的时候，就很难一以概之地描述她。”

“是啊，我想是吧。”

“如果你认为她值得营救，我觉得，我们所有人都必须相信你的判断，”奇西说，“尽管这很难。”

伊赛从浴室里出来了，她的湿头发用发网紧紧地向后拢住，像是漆在脑袋上似的。她换了件衬衫，是他们母亲的另一件，领子那里绣着小花。她抖了抖一件湿衣服，好像是刚刚手洗过的，把它晾在了炉子旁的椅背上。

“你的头发里有草叶。”伊赛笑了笑，对奇西说。

“这是我尝试的新造型。”奇西回答。

“挺适合你的。”伊赛说，“那么，一切就定下来了，是吗？”

奇西的脸涨红了。伊赛躲开了阿珂斯的目光，转过身去，对着炉火暖暖手。

§

奇西、伊赛和阿珂斯下楼来的时候，那低矮阴暗、墙皮剥落的屋子里已经挤进了不少人。约尔克忙着为他们引荐介绍。头上戴着绣花头巾的是索维，她是阿雅的朋友，和他们住在同一条街上。扎尔比他们年长不少，眼睛和伊赛的十分相像，也许他俩的族人有什么共同之处。他正弹奏着架在腿上的一件乐器，按下琴键，拨动琴弦，动作快得连阿珂斯都看不清。大桌子上放着食物，他们已经吃了一些。

阿珂斯挨着奇西坐下，往盘子里盛了些吃的。肉很少——在这儿，在沃阿城以外的地方，肉是不易得的美味——但盐渍果子很多，都要满出来了。扎尔呵呵笑着递给伊赛一棵油煎极羽草，但她还没接过来，就被阿珂斯一把抢走了。

“你不会想吃的，”阿珂斯说，“除非接下来六小时你都想在幻觉中度过。”

“上一回扎尔这么捉弄在座的某人时，他们绕着这座房子转了好久，还聊起了跳舞的巨型婴儿呢。”约尔克说。

“是啊，是啊，”缇卡说，“想笑就笑吧你们。但要是你们也看见什么巨型婴儿，也会吓得够呛的。”

“这一点儿也不亏，不管那人会不会原谅我。”扎尔做了个鬼脸。他讲话的口音很柔和，还很爱吃字。

“这个对你无效吧？”奇西问阿珂斯，冲他手里的草茎点点头。

阿珂斯咬了一口，这东西吃起来就像泥土和盐混在一起似的，还有点儿发酸。

“你的天赋赐礼真是奇怪，”奇西说，“我想老妈肯定对此有些含糊而睿智的说法。”

“噢哟，他小时候是什么样的？”约尔克交叠起双手，凑近了阿珂斯的姐姐，“那时候他真的是个小孩吗？还是某种等着长足身量、忧心忡忡的家伙？”

阿珂斯瞪着他。

“他小时候又矮又胖，”奇西说，“爱发脾气，尤其是事关他的袜子时。”

“我的袜子？”阿珂斯说。

“是啊！”奇西说，“埃加跟我说，你总是要把袜子从左到右摆得整齐完美，黄色的那双是你最喜欢的。”

他想起来了：芥末黄色的，带有宽宽的波浪纹，不穿的时候看起来蓬蓬的——那是他最暖和的一双袜子。

“你们是怎样互相认识的？”奇西的问题巧妙地缓和了因为提起埃加而引起的紧张。

“我小时候，索维给整个镇子的小孩做糖果，”约尔克说，“可惜她的荼威语讲得不好，不然就能亲自控诉我的斑斑劣迹了。”

“我跟约尔克头一回见面是在公共浴室，那时我一边吹着口哨一边……”扎尔停了一下，“一边方便，他大概是觉得哨声和鸣很有趣吧。”

“他不懂那种音乐的魅力。”约尔克说。

“我妈妈是起义军的……呃，某种领导吧，反正是他们中的一员。”缇卡说，“大约一季之前，她从诺亚维克政权流放犯聚集的地方回来了，帮我们出谋划策。是那些流亡的人为我们提供各种支持，去了结利扎克的性命。”

伊赛的眉毛拧在一起——其实很多时候她都是这样皱着眉，好像不喜欢两条眉毛之间的空间，想要把它藏起来似的——不过这一次，阿珂斯知道她为什么皱眉。流亡者和反抗者之间的区别与联系，他并不感兴趣，他想要做的只是确保希亚安全无虞，然后把埃加带离枭狄。至于还会发生什么其他的事，他全都不在乎。但是伊赛不同，她是荼威的首相，了解到反对利扎克的人如此之多，国内国外都有，这对她来说显然相当重要。

“你们——我是说起义军——一共有多少人？”伊赛问。

“我看起来像是会回答那种问题？”缇卡这么说，明显是无可奉告。于是伊赛迂回前进。

“是因为你与起义军有牵连，所以才……”伊赛在面前摆了摆手，“我是说眼睛？”

“这个？噢，我有两只眼睛，只是喜欢戴眼罩而已。”缇卡说。

“真的？”奇西问。

“不。”缇卡说完，所有人都笑了起来。

食物乏善可陈，甚至没滋没味，但阿珂斯一点儿也不介意。这样更像是在家里，而不是诺亚维克庄园里的那种华衣美食。缇卡开始和着扎尔的旋律哼起歌来，索维用手指在桌面上打着拍子，弄得阿珂斯的叉子总是撞在盘子上叮叮咣咣的。

接着缇卡和约尔克站起来双双起舞，伊赛则凑到正在演奏的扎尔身边问道：“那么，如果这个起义军特别小组的工作是解救希亚……其他起义军都在干什么呢？我是说假设有那么些人的话。”

扎尔眯起眼睛看了看她，还是回答说：“假设我们这些身份低微的枭狄人需要用到那些无法获得的东西，就需要有人帮忙走私了。”

“比如说……假设的武器？”伊赛说。

“可能吧，不过那不是最重要的。”扎尔拨错了几个音，低声骂了几句，又返回去重弹了一遍。“最重要的东西是食物和药品。很多运往欧尔叶的又被走私了回来。要人为你上阵厮杀之前，总得喂饱他们的肚子，对吧？而越是远离沃阿城中心，生病和挨饿的人就越多。”

伊赛的脸绷紧了，不过她点了点头。

阿珂斯没想过这么多，没想过在他深陷其中的诺亚维克乱麻之外还有别的什么事。但他记得希亚曾经谈起过，利扎克把所有的资源供给都垄断了，把它们分给拥戴他的人，那些人便奇货可居、洛阳纸贵。他觉得有点儿难受。

缇卡和约尔克翩翩起舞，旋转摇摆。约尔克长胳膊长腿的，动作倒是优雅得令人惊讶。奇西和伊赛肩并肩坐着，向后靠在墙上。一切都太家常了，伊赛露出了厌倦的笑意。这神情在她脸上有些不太对劲——不是欧力的笑容，却是欧力的面孔，尽管伤疤明显可见。阿珂斯意识到自己不得不适应这样的她。

索维和着扎尔的音乐唱了一首新曲子。他们继续吃着，直到身暖腹饱，倦倦思睡。

第二十九章　希亚

被人用刀子剥下一大片皮肤之后，想要入睡是极其困难的，但我尽了全力。

那天早上我醒来的时候，枕头浸透了鲜血，尽管我是侧身躺着的，被瓦什从脖子到脑袋剥伤的那一面没有挨着它。我之所以没有血尽身亡，唯一的原因就是这斑驳的伤口上压了一块缝合布。它是一种欧尔叶的医学发明，可以随着伤口愈合而溶解殆尽——那可不是为我这种重伤设计的。

我把枕套扯了下来，扔到屋角。潮涌阴翳在我的胳膊上缭绕着，刺痛着。在我获得天赋赐礼之后的绝大多数时间里，它们都是沿着我的血管流动的，可以透过皮肤看到。然而当我在那场审讯之后醒过来时——一个士兵说我的心脏曾一度停跳，后来又自己复跳了——这些阴翳变成在我的身体表面盘旋了。它们仍然会带来疼痛感，但强度要小很多。我也不知道这是为什么。

可随后利扎克就宣布要对我施以尼姆赫拉，让瓦什割下了我的皮肤，就像削水果似的，还要我在竞技场接受挑战，角斗至死，所以我的剧痛一点儿都没有减轻。

他问过我，希望割掉哪里的皮肤，在哪里留下伤痕——其实那根本不能称为“伤痕”，伤痕只是皮肤上的几道黑线，而不是……整块儿的补丁。但尼姆赫拉要的就是血肉模糊，要的就是公开展示，所有人都能清楚看见才行。当时我的头脑已经被怒火烧得迷迷糊糊了，于是就告诉他，凯雷赛特兄弟俩第一次来到庄园的时候，他在阿珂斯的什么地方留了疤，也给我在同样的地方尼姆赫拉——从耳朵到下巴。

瓦什行刑完毕的时候，利扎克却让他继续：

“她的头发也割掉些。”

我极力用鼻子呼吸，因为我不想吐出来。事实上，我已经经不起呕吐了——所剩的一丝一毫力量我都浪费不起。

在我自行恢复的日子里，埃加·凯雷赛特每天都来盯着我吃早饭。他把盛着食物的托盘放在我的脚边，然后站在我对面，靠在墙上，弯腰驼背的，姿势一如既往的难看。今天他的下巴上有一片瘀青，那是我昨天打的。当时我在去往竞技场的路上试图逃跑，走廊上的警卫一拥而上把我拉开了，不过我已经赶在他们之前给了他好几拳。

“还以为你今天不会来了呢，毕竟我昨天暴揍了你一顿。”我说。

“我不怕你，你又不会杀了我。”埃加说。他抽出了自己的刀子，捏住刀尖一甩，让它在空中画了个完美的圆周，又接住，看都没看一眼。

我冷哼一声：“我能杀死任何人，难道你没听过那些传闻？”

“你不会杀了我的，”埃加说，“因为你爱着我那痴心妄想的弟弟，而不是只为你自己考虑。”

我真要笑出来了。我从未想过，说话软绵绵的埃加·凯雷赛特竟然把我看得这么清楚。

“我有一种感觉，那就是我了解你，”埃加很突兀地说道，“我想我确实是了解你的，对不对？此时此刻我了解你。”

“我现在没心情跟你讨论‘人们是如何成为自己的’这样的哲学问题，”我说，“但是，就算此时此刻你身体里的利扎克比埃加还多，你也仍然不了解我。你——不管你是谁——都用不着操这个心。”

埃加微微翻了翻眼睛说：“可怜的、被人误解的、特权家族的小姐。”

“你这接收利扎克不想要的记忆的、行走的垃圾桶。”我反唇相讥，“为什么他不干脆杀了我？这些戏剧性的前戏真够他煞费苦心的。”

埃加没回答，因为答案根本用不着说。利扎克之所以还没有杀了我，是因为他需要这么做，在公众面前。也许，我帮助别人刺杀他的事会扩散开来，而在杀死我之前，他需要这些流言蜚语来破坏我的名誉与声望。也许，他就是想看着我痛苦受折磨。

不过不知为什么，我总觉得没这么简单。

“真有必要给我这种没法儿用的餐具吗？”我说着用刀子戳起一整块烤面包，而不是切开它。

“殿下担心你会在合适的时机到来之前就试图结束自己的生命。”埃加说。

合适的时机。我在想，是不是埃加选定了我的死法呢？神谕者，总是从一大堆可能性里选出最理想的那个未来。

“用*这玩意儿*结束我的生命？我的指甲都比它锋利些。”我把那把刀子刀尖冲下往床垫上戳，力气大得床架都晃了起来。刀子躺在那儿，钝得连床单都刺不穿。我缩了一下，不太确定是身上哪部分疼。

“我猜他是觉得你很有创意，能想出办法自尽。”埃加轻声说。

我把最后一口面包塞进嘴里，向后靠在墙上，胳膊抱在一起。我们正身处一间亮闪闪、明晃晃的牢房，就在中央竞技场的腹地，在看台之下，而那些座位上坐满了渴望看我死的观众。上一场挑战我赢了，可也用尽了力气，今天早上连去趟洗手间都成了壮举。

“真贴心啊，”我说着张开双臂，展示着上面的伤痕，“看看我哥哥多爱我！”

“你在开玩笑。”利扎克站在牢房外说道。我能听见他的声音穿透那道隔开我们的玻璃墙，闷闷的。“想必你是绝望透顶了。”

“不，在杀死我之前玩这愚蠢的把戏，只为了让我看起来很惨，你这行径才是绝望。”我说，“你是怕枭狄人会在我背后团结起来吗？真是可悲。”

“你站起来，我们就都能看见什么叫‘可悲’了。”利扎克说，“过来，该走了。”

“你就不能透露一下我今天面对的是哪一位吗？”我说着用手撑着床架，咬紧牙关用力。

剧痛让我想大喊大叫，得用尽所有力气才能把它堵在喉咙里。但我做到了。

“你就要见到了，”利扎克说，“我很期待——你肯定也如此——最终结束这一切。所以，今天我安排了一场特别的竞赛。”

他穿了一件合成材料的盔甲——是磨砂黑的，比传统的枭狄盔甲更柔韧灵活——还有一双擦得锃亮的黑色靴子，让他看起来比实际上高了些。他的白衬衫配着领圈，一直扣到了脖子下面，与黑色的盔甲交相辉映。这身打扮几乎和他在妈妈葬礼上穿的一模一样——挺合适的，因为他打算今天就送我去死。

“你挚爱的人不能亲自见证，真是种耻辱，”利扎克说，“我能肯定他非常想欣赏这一幕。”

我不断回想起缇卡的母亲——佐西塔走向刑场之前告诉我的

话。那时候我问她，为了反抗利扎克而牺牲生命是否值得，她说“是的”。我真希望现在能告诉她，我理解了她的意思。

我高高地仰起下巴。“你看，这些日子我很是困惑，不知道你身上有多大一部分是我哥哥。”我走出牢房，与利扎克擦身而过，凑近他说，“不过，如果你那窃取埃加天赋赐礼的小计划奏效了的话，那你应该心情还不错。”

那一瞬间我能肯定，利扎克的眼神晃了一下，他看向了埃加。

“我懂了，”我说，“不管你尝试了什么，都没成功。你仍然没能得到他的赐礼。”

“把她带走，”利扎克对埃加说，“她这是在垂死挣扎。”

埃加推着我往前走。他戴着一副很厚的手套，好像要训练猛禽猎食似的。

如果我的眼睛可以聚焦，我就能走一条直线，但现在不行，因为我的脑袋和喉咙里面的动脉都在怦怦狂跳。一滴血——嗯，我希望那是血——流过了我的锁骨。

埃加推着我穿过大门，来到了竞技场。我踉踉跄跄地站在那儿。外面的阳光亮得刺眼，天空万里无云，挂着一轮红日。中央竞技场里挤满了观众，他们叫喊着、欢呼着，但我分辨不出他们在喊些什么。

在我对面，等在那里的是瓦什·库泽。他冲我笑了笑，随后咬住了开裂的嘴唇。要是他一直这样的话，嘴唇准会流血的。

“瓦什·库泽！”利扎克宣布道。他的声音通过悬挂在竞技场上方的扩音器放大了。越过竞技场围墙的边缘，我能看见沃阿城的那些石头建筑，用金属和玻璃东修西补，在太阳下闪闪发光。其中一座有着蓝色的玻璃尖顶，几乎耸入云霄。整个竞技场被力障碍区围了起来，保护这里不受恶劣天气的侵袭——也保证没人逃得出去。我们枭狄人可不喜欢这种角斗游戏被风雨、阴天、溜号的犯人所打断。

"你向叛国者希亚·诺亚维克发起挑战，以潮涌之刃角斗，至死方休！"此语一出，所有人都吼叫着"叛国者希亚·诺亚维克"。我翻了翻眼睛，但是心跳得很快。"她背叛了枭狄人民，这便是我们的回应。你准备好了吗？"

"准备好了。"瓦什以他一贯的干巴巴的语气答道。

"拿着你的武器，希亚。"利扎克从背后的刀鞘中抽出一把潮涌之刃，轻轻一转，把刀柄递给我。

我走近他，用意愿在体内积聚起潮涌阴翳，让疼痛随之凝聚而来，皮肤上布满了黑色的斑纹。我佯装要接过那把刀，转瞬之间却用自己的手抓住了利扎克的胳膊。

我想让这些人看看，他到底是个什么货色。疼痛一如往常，从我体内倾泻而出。

利扎克不禁咬着牙齿嗞嗞尖叫起来，猛力地扑打甩动，想要把我甩开。而我要做的极其简单，就是任凭自己的天赋赐礼恣意流淌，想去哪儿便去哪儿。面对阿珂斯时，我曾尽力把它拉回自己的身体，几乎因此送命。但面对利扎克，我则竭尽全力地将这些阴翳向外推，恨不得全都推到他身上。

这确实丢人。埃加连忙过来抓住我，把我拉开了。

然而，破坏已经不可避免，竞技场中的每一个人都听见了我哥哥因为我的触碰而喊疼。他们一下子静了下来，等着看接下来会发生什么。

埃加拽着我向后退，而利扎克已经镇定下来，他站直了，把潮涌之刃收回刀鞘。他一只手拍拍瓦什的肩膀，用极小的声音——只有埃加、瓦什和我能听到的声音说："杀了她。"

“真是耻辱啊，希亚，”埃加在我耳边轻柔地说道，“我不想看到这种结果。”

埃加退开了，我则挣脱束缚回到竞技场上，喘息粗重。我没有武器了，但以这种方式了结一切，更好。利扎克没有给我潮涌之刃，这就是向在场的所有人表明，他没有给我公平应对挑战的机会。他的暴怒反而彰显了他的恐惧，这对我来说已然足够。

瓦什开始向我走过来，他的动作相当自信，就像个猎食者。一直以来他就令我厌恶，从我还是个孩子的时候就如此，我也不知道为什么。他高大挺拔，健壮魁梧，和那些我觉得还不错的人相比毫不逊色。他是个绝好的格斗士，眼睛还是那种少见的漂亮颜色。不过他身上总是带着各种意外的瘀青和擦伤，双手干燥得手指间的皮肤都裂开了。我从未见过这样的人，是如此的……空洞。不幸的是，这正是他在竞技场上令所有对手胆战心惊的原因。

谋兵布阵吧，现在，我想着。我记起了在训练室里看过的那些来自缇比斯的录影带。那时候我头脑清晰，还学习过他们的“突倾”，那是在格斗时使用的一种非稳定性的动作模式。保持平衡的要诀是让身体的核心部分强壮有力。当瓦什冲着我刺过来的时候，我转身向一旁倾侧，胳膊甩动起来，一掌狠狠地击中了他的耳朵。反作用力引起的振动传遍了我的全身，一波剧痛席卷胸腔，我向后退了退。

我疼得缩了起来，就在这缓和恢复的工夫，瓦什偷袭了我。他锋利的潮涌之刃劈向我的胳膊，鲜血四溅在竞技场的地板上，观众们立刻欢呼起来。

我没理会那些鲜血、擦伤、疼痛，我的身体里充溢着剧痛、恐惧和愤怒。我把胳膊压在胸前。我必须抓住瓦什才行。虽然他没有痛感，但是如果我把足够多的潮涌阴翳送进他的身体，他也活不了。

第二十九章
希亚

一块云彩遮住了太阳，瓦什又发起了进攻。这次我闪开了，同时伸出一只手，手指擦过了他手腕的内侧。阴翳跃动，可是要对他起作用还远远不够。他再次挥起了刀，锋刃刺进我的身体一侧。

我呻吟一声，踉跄着倚在了竞技场的围墙边。

这时我听见有人在叫："希亚！"

一个黑色的身影从围墙那里的第一排座位上浮现，升起，又落在地面上，双膝弯曲着。我的视野周边弥漫着黑色的阴翳，但我知道他是谁——只看着他朝我跑过来的样子，我就知道他是谁。

一条长长的黑色的绳子垂向了竞技场中央。我抬头去看，原来那遮住太阳的不是云彩，而是一艘金属拼合建造的旧摆渡艇，它锈迹斑斑，更显亲切，亮丽如同阳光，正悬停在力障碍区之上。瓦什两只胳膊抓住阿珂斯，把他猛地摔到墙上。阿珂斯咬紧牙齿，用自己的手抓住了瓦什的手腕。

这时，奇怪的事情发生了：瓦什退缩了，放开了他。

阿珂斯冲向我，俯身用一只胳膊搂住我的腰，带着我一起向着那条绳子跑过去。他一只手抓住绳子，绳子立刻往上升起，快得瓦什都来不及赶上来。

四周的人全都咆哮着吼叫着，而他则在我耳边喊道："一会儿你得自己抓紧我！"

我骂了一句，极力不低头去看那些拥挤满员的座位，想把那些暴怒的观众、远去的竞技场都抛在身后。但这很难做到，于是我把视线聚焦于阿珂斯的盔甲。我双臂环抱住他，反手抓住了他盔甲后面的领子。当他松开手的时候，我紧咬牙关——我太虚弱了，这样根本就抓不住，完全不能承受住自己的重量。

阿珂斯伸出那只刚才搂住我的手，手指靠近了笼罩着中央竞技场的力障碍区。碰到它的时候，它的光更明亮刺眼了，随后闪烁起来，然后便消失了。绳子猛力往上拉起，我忍不住大叫起来，差点儿就要抓不住了。而这时我们已经身在摆渡艇舱内了。

我们进来了，舱内一片静悄悄。

“你让瓦什感觉到疼了。”我上气不接下气地说道，抚摩着阿珂斯的脸，指尖划过他的鼻子，压在他的嘴唇上。

他身上已经没有那些青紫伤痕了——那时他蜷伏在牢房的地板上，在我的触碰之下。

“是啊。”他说。

“埃加也在中央竞技场，他*就在那儿*。你明明可以带他走的，为什么你——”

他的嘴唇——仍然在我的手指之下——弯出一个微笑：“因为我是为你而来，白痴。”

我笑了，朝着阿珂斯倒了下去。我已经一丝力气也不剩了。

第三十章 阿珂斯

一瞬间，他只能感觉到她的重量，她的体温，她的如释重负。

随后才是周围的一切：舱内挨挨挤挤的，他们静默不语地看着，伊赛和奇西坐在导航台旁边，系着安全带。阿珂斯搂住希亚的腰把她抱起来的时候，奇西冲他笑了。希亚个子很高，也算不上苗条纤细，但他还是能抱得动——至少抱一会儿没问题。

“你们的医疗用品在哪儿？”阿珂斯问缇卡和扎尔，他俩走了过来。

“扎尔接受过医疗训练，他可以照顾她。”缇卡说。

但阿珂斯很不喜欢扎尔看希亚的那种眼神，好像她是某种有价值的筹码，可以出售或者交换似的。这些反抗者同意营救希亚，并非出于善心，而是另有所图，阿珂斯可不想把她交出去。

希亚的手指缠绕在他胸甲的带子之间，他颤了颤。

“离了我她哪儿也不能去。”他说。

缇卡扬起眉毛，但在她出言讥讽之前——他能感觉到她想说点儿什么难听的——奇西解开安全带，把她挡开了。

“让我来吧，我也接受过训练，”她说，“阿珂斯会帮忙的。”

缇卡瞪了她一会儿，指了指艇上的厨房：“悉听尊便，凯雷赛特小姐。”

阿珂斯把希亚抱进厨房。她并没有完全失去意识——她的眼睛仍然睁着——可这双眼睛里毫无神采，如同灵魂出窍。他不喜欢这样。

“喂，诺亚维克，振作点儿。”他转个弯，抱着她跨进厨房门。摆渡艇飞得不平稳，他踉跄了一下。“我的希亚这会儿至少应该说两句脏话才对。”

“嗯，”她微微笑了一下，“你的希亚。”

厨房又窄又脏，用过的盘子杯子堆在水池旁边，飞艇一转弯就互相碰撞在一起；白色的灯光闪烁不停，仿佛随时都要彻底熄灭似的；各种东西都是用暗沉的金属制成的，交接处钉着螺丝钉。两个台案之间有个小桌子，奇西把它擦洗干净，又用干净的抹布擦干。他就一直等着，把希亚放下来的时候，胳膊都有点儿疼了。

“阿珂斯，我不认识枭狄字母。”

“呃……我也不认识。”储物柜里一排排地整齐摆放着单独打包的用具，按字母顺序排列。他只能认出其中的几个，但也于事无补。

“你真该好好反思一下，在枭狄的日子怎么没学点儿有用的东西。”希亚躺在桌子上说道，略微有些口齿不清。她的胳膊垂下来，指点道，“那个是银肤布，抗生素在左边。给我配点儿止痛剂。”

“喂，我可学了不少，”他对她说，紧紧握了握她的手才去忙碌，“最挑战的一课就是跟你相处。”

阿珂斯的背包里带着一瓶止痛剂，于是他出了厨房，来到主舱内，从弹跳座椅下面拿他的包。扎尔没有立即挪开，他便瞪了他一眼。他翻出了他的用具袋——那是用奇阿摩的皮制成的，很是坚硬，也卷不成一个“包”——他的药瓶就放在里面。他挑出其中一瓶紫色的，这个能缓解希亚的疼痛。当他返回厨房的时候，奇西已经戴上了手套，药品用具的包裹也都打开了。

第三十章
阿珂斯

“你的手稳不稳，阿珂斯？”奇西问。

“还可以吧，怎么了？”

“我知道应该怎么处理伤口，但我没办法碰她，因为很疼，记得吧？处理伤口要求的平稳我是达不到了，那可是精细的工作。”她说，“所以，我来告诉你怎么做。”

黑色的阴翳仍然在希亚的胳膊上、头上上下蹿动流淌着，但它们和阿珂斯以前见到的不一样了，不是在皮肤之下，而是悬浮于皮肤之上，以锯齿状跃动。

希亚在桌子上沙哑地问：“阿珂斯，这位是……”

“我姐姐，”阿珂斯说，“啊，这是希亚，这是奇西。”

“很高兴认识你。”希亚说着，打量着奇西的脸。如果如阿珂斯所料，她是在寻找姐弟二人的相似之处的话，她是找不到的——他和奇西长得一点儿都不像。

“是啊，很高兴。”奇西冲希亚笑了笑。若是奇西很怕这个躺在桌子上的女孩——关于希亚的流言蜚语已经听了太多——她完全没有表现出来。

阿珂斯把止痛剂拿给希亚，把瓶子放到她的唇边。看着她，他觉得痛苦无比：缝合布下面覆盖着的，是横亘整个左脸，从喉咙直到头部的伤口。缝合布浸透了鲜血，变得殷红，而且很久没换过了。她伤痕累累、皮开肉绽、精疲力竭。

“提醒我，”止痛剂渐渐起效，希亚说，“为了你又跑回来这事，我得好好训你一顿。”

“你想骂什么都行。”阿珂斯说。

他心里却轻松多了，因为他的希亚就在这里，像锉刀锋芒一样犀利，像永冻冰层一样坚硬。

“好了，她睡着了。”奇西说，“往后退。”

他让开些地方。奇西相当灵巧，她非常小心地拈起缝合布，就像穿针引线似的，很注意地不去碰到希亚的皮肤，然后把它揭开。缝合布因为沾满了血和脓液，湿乎乎的，很容易就脱落了。她把这黏糊糊的一团扔进了希亚旁边的托盘里。

“所以你接受过训练，是要当医生的了？”阿珂斯看着她行事，问道。

“因为这和我的天赋赐礼很相称啊。”奇西说。缓解安抚是她的天赋——一直如此，甚至在她获得天赋赐礼之前，也是如此——但那不是她唯一的天赋，他能看得出来。她有稳定的双手、平和的性情、敏捷的头脑，并非如大家所以为的那样，只是一个好脾气的老好人。

当伤口上面所有的缝合布都清理掉之后，她用抗生素冲洗了一遍，又轻轻擦拭伤口边缘，擦掉了干涸的血痂。

“好了，我想现在可以使用银肤布了。”奇西直起身子，“它就像是有生命的东西一样，把它放在需要的地方，它就能永久地附着在上面。只要你的手够稳当就没问题，怎么样？我现在要剪银肤布了。”

银肤布是欧尔叶的另一项发明，是人工制造、无菌培养的一种材料，正如奇西所说，就像活的一样。它可以用于替换损伤严重、无法修复的皮肤，大多数烧伤患者都会用到它。银肤布因其颜色和质地而得名——平展纤薄，带有银的光泽。一旦把它贴到皮肤上，它便会永远地留在那里。

奇西小心地比照着伤口的位置裁剪银肤布，一块要贴在希亚的耳朵上面，一块是耳朵后面，还有一块是为脖子上的伤口准备的。她思考了一两秒，将银肤布的边缘弯曲成合适的弧度，就像风拂过雪花，就像冰花花瓣。

第三十章
阿珂斯

阿珂斯戴上了手套，这样银肤布就不会附着在他自己的手上。奇西把第一块递给他。银肤布很有些分量，摸起来凉凉的，一点儿也不像他想象中的那样柔滑。奇西帮他找好了位置，扶着他的双手停在希亚头部的上方。

“垂直地放下去。”她说。他照做了。不需要向下按压，那块银肤布一碰到血肉，就像水一样融进了希亚的伤口。

奇西条理清晰地指导着他，阿珂斯把另外几块银肤布也放了下去。它们都立刻和皮肤融为一体，相互之间也联结融合起来。

阿珂斯充当着奇西的手，处理了希亚身上的其他伤口：胳膊上的砍伤和身体一侧的刺伤用缝合布覆盖了，瘀青上涂了药膏，没花多少功夫就大功告成。这些伤口中的绝大多数都会自行痊愈，她要做的就是忘记它们是拜谁所赐。然而，并没有哪种缝合布能弥补心里的伤痕，它们会真真切切地一直留在那儿。

“好了。”奇西说着，摘下了手套，“现在你就等她醒过来吧。她需要休息，不过现在她不会继续失血了，会慢慢好起来的。”

“谢谢你。”阿珂斯说。

“我可从没想过自己会救治希亚·诺亚维克，”奇西说，“居然还是在一艘满是枭狄人的摆渡艇上。”她看了一眼阿珂斯，“我能看得出你为什么喜欢她，你知道的。”

“我觉得……”阿珂斯叹了口气，在桌子旁边坐了下来，“好像无意中走上了命运安排好的路。”

“是啊，”奇西说，“如果你确实是诺亚维克家族命定的奴仆，我想你做得并不怎么好。看看这个女孩，她愿意承受一切痛苦，只为了送你回家。”

“那你不认为我背叛了荼威？”

“这取决于她站在哪一边，不是吗？”奇西拍了拍他的肩膀，“我要去找伊赛了，可以吗？”

“当然。”

“它让你有什么想法了吗？”

他忍住笑意：“没什么。”

§

阿珂斯关于那场审讯的记忆缭绕着薄雾，模糊不清，它们的边缘攀上他的思绪，对他自己来说这已经够难忍受的了，更不用说那些细节，会让它们显得无比真实。然而，他还是任由关于希亚的回忆恣意蔓延。

当时她看起来就如同一具尸体，潮涌阴翳覆在她的脸上，犹如尸斑，犹如腐烂。她叫得很大声，每一伊兹都在抗拒，她不想伤害他。如果他把关于伊赛和欧力的事情告诉利扎克，也许她就能免于被逼迫着置他于死地。他无从责备她。

一声呻吟，她躺在桌子上一阵抽搐，醒了。她向他伸出手，用指尖抚摩着他的下巴。

“现在你可忘不掉我了吧？”她有气无力地说，“一个伤害你的人？”他的话噎在了喉咙里，仿佛是被她拦截住了一般。“那时候你发出的声音，我忘不了——”

她哭了。因为止痛剂的效力，她还不太清醒。但还是哭了。

他已经不记得她碰到自己的时候发出了什么样的声音——当瓦什强迫她触碰他的时候，那其实是同时在折磨他们两个人。但是他知道，自己有多疼，她就有多疼。她的天赋赐礼就是如此，传递疼痛，是双向的。

“不，不，”阿珂斯说，“他那么做，是在伤害你和我。”

她的手撑在他的胸前，像是要把他推开，但她没那么做。她的手指拂过他的锁骨，尽管隔着衬衫，他也能感觉到她有多温暖。

“但现在你知道我都干过些什么了。”她说道。她盯着自己的手，盯着他的胸膛，盯着别的地方，但就是不看他的脸。“以前，你只是看着我对别人做那些事，但现在你知道那是什么样的疼痛了。太多人，我伤害过太多人了，就只是因为我懦弱得不敢反抗他。”她冷笑着，抬起自己的手。“把你送出去，是我做过的唯一一件好事，可是如今它变得一文不值了，因为你又回来了，你……你这个白痴！”

她攥着自己的衣服，颤抖着，又哭了起来。

阿珂斯抚摩着她的脸。他第一次见到她的时候，曾以为她是什么令人恐惧的东西，是应该尽快逃离的怪兽。但她一点一点地露出了真实的模样：用刀子抵在他的脖子上叫他起床，那是她淘气又有点儿坏坏的幽默；谈起自己的时候，则带着一种毫不退缩的诚实，不矫饰遮掩，也不妄自菲薄；她还爱着——深深地爱着——这个星系里的一点一滴，一星一尘，而有些东西本是她该憎恶的。

她并不是一枚生锈的钉子——像她曾经告诉他的那样——也不是烧热的火钳，更不是利扎克手中的利刃。她是一朵缄语花，拥有无尽的力量和可能，能做好事也能做坏事，以同样的途径。

“这不是你做的唯一一件好事。”阿珂斯说。他用了质朴平实的荼威语，这似乎是此刻应该使用的语言，是他的母语，是希亚会讲但不会当着他的面讲出来的语言——她好像是怕那样会伤了他的心。

“对我来说，你做的事是弥足珍贵的，”他仍然用荼威语说道，“它改变了一切。”

他和她前额抵着前额，以同样的频率呼吸着。

“我喜欢你讲自己的语言的声音。”她柔声说道。

“我可以吻你吗？”他说，“还是那也会疼？”

她睁大了眼睛，随后屏住呼吸问：“如果会疼呢？”她笑了笑，又说，“生命就是这样充满伤痛。”

阿珂斯哆哆嗦嗦地呼吸着，将他的嘴唇压向她的。他不太确定那会是什么感觉——这样吻她，不是她突如其来地吓他一跳，也不是他考虑着不要闪躲，而是他的的确确想要吻她。她带着麦芽和香料的气味，那来自止痛剂。而她也有些犹豫，仿佛是害怕弄疼他。然而，吻她，就如同将火柴贴近点火器。他胸中的情愫一下子熊熊燃烧起来。

飞艇猛地震了一下，厨房里所有的碗盘杯子都撞到了一起，哗啦作响。他们着陆了。

第三十一章　希亚

我最终还是跟自己承认：他是很美的。他灰色的眼睛让我想起了皮塔多风多雨的水面。他伸手抚摩我的脸，胳膊上的结实肌肉互相挤压，形成了皱褶。他灵巧的手指拂过我的颧骨，指甲上沾着黄色的粉末——那是疗妒花粉，我能肯定。他触碰我，只是因为他想那么做，一想到这个，我就有点儿喘不过气来。

我慢慢地坐了起来，抬起一只手去摸耳朵后面的那块银肤布。它很快就会和我伤口中的神经附着融合，感觉起来就像是自己的皮肤，只不过这块地方是不会再长出头发了。我很想知道自己现在是个什么模样，只有一多半的脑袋上有头发……算了，这不重要。

他想要触碰我。

"怎么了？"他说，"你怎么一脸怪异地看着我？"

"没什么，"我说，"只是你……看着挺好的。"

这话说得很傻。他风尘仆仆，汗流浃背，身上还沾着我的血，头发和衣服都乱七八糟、皱皱巴巴的。"挺好"并不是能够贴切形容这副模样的词语，但我所想到的其他词，又稍显过分，现在说为时过早。

然而，他好像心知肚明般地笑道："你也是啊。"

"我的样子糟透了，"我说，"不过感谢你善意的谎言。"

我抓住桌子边，努力想要站起来，但一下地就踉踉跄跄的，双脚好像不是我的一样。

“需要我抱你吗？”他问。

“那很丢脸，以后再也不会发生了。”

“丢脸？也许你该考虑下用别的词吧，”他说，“比如……殷勤。”

“告诉你吧，”我说，“有朝一日你也试试看，我抱着你，像抱着个婴儿一样，在那些你渴望赢得尊重的人面前溜达一圈，然后你再来跟我说你有多喜欢那感觉。”

他咧开嘴巴笑了：“懂了。”

“你扶着我走路，我是可以同意的，”我说，“而且别以为我没看见隔壁那位荼威首相。”我摇了摇头。“我很想知道，作为埃弥塔哈——神识派的门徒，把你们的首相带到敌对国这种事，应该接受什么处罚。”

“我觉得这应该归宗到胡耶塔哈，”他叹了口气说，“傻帽派。”

我紧紧地抓住他的胳膊往前走——确切地说，是往前蹭——来到了主舱内。这艘摆渡艇很小，尾部有一扇宽宽的瞭望窗，透过它，能看到下面的沃阿城，三面环绕着崇山峻岭，一面向海，森林在远山之上绵延，穷尽目力所及。以水力风能为主要动力的列车环绕着城郭，驶向城市中央，犹如一根根车轮辐条。但我从未乘坐过一次。

“为什么利扎克不会发现我们？”我问。

“因为有全息篷盖，”缇卡坐在艇长席上说，“它能让我们看起来如同普通的枭狄军需运输艇。我自己设计的。”

飞艇向下倾斜，滑入沃阿城边缘一处建筑上破烂屋顶的大洞里。利扎克不了解城市的这个部分——其实也没人想去了解。看得出来，这座建筑以前是个复式公寓，现在则是中空的，也许是因为拆迁、爆破，或别的什么破坏性的事，中途废弃了。飞艇开进去的时候，我看见一些“半截”的生活迹象：半敞开的卧室里有一张床，上面放着不相称的枕套；半个厨房台案挂在外墙边缘，摇摇欲坠；红色的靠垫上满是灰尘，毁掉的客厅里散落着砖块。

我们着陆之后，几个起义军用绳子操纵滑轮，用一张很大的布遮住了房顶上的那个洞。外面的光仍然能照进来——飞艇甚至都有些闪闪发光，拼凑起来的金属板也微微发热——但是，要看清建筑内部的样子反而更困难了。我们所在的这个地方，一半是泥铺的地面，一半则覆盖着一道道灰尘的瓷砖。在那些碎裂的缝隙之间，生长出了灰色、蓝色、紫色的枭狄野花。

在飞艇伸出的升降台阶最下面，是伊赛·贝尼西特，那双冷硬的眼睛，我和阿珂斯曾经在录影带里见过。要不是亲眼所见，我根本无法想象她脸上的那道疤，那是被枭狄的潮涌之刃所伤。

“你好，”我对她说，“我听过不少关于你的事。”

她答道：“彼此彼此。”

这我能肯定。她一定听说过我是如何把疼痛带给别人，然后让所有我碰过的人都死掉。也许她还听过其他的传言：我疯了，神志不清，不能讲话，如同病态的动物。

我确认了一下，阿珂斯仍然扶着我的胳膊，于是伸出手想跟她握手，很是好奇她会不会接受。她没拒绝。她的手看起来很纤弱，但其实结满了老茧——真不知道她怎么会把手弄成这样。

“我想我们应该互相了解一下。”我小心地说。如果起义军还不知道她的身份，为了安全起见，还是不要告诉他们的好。“找个没人的地方。”

缇卡朝我们走了过来。看她戴着那色彩艳丽的眼罩，我差点儿笑出来，虽然我还不太了解她，但她似乎很愿意用那失去的眼睛引人注目，而不是遮遮掩掩。

“希亚，”她说，“看你状态还不错，这很好。”

我躲开了阿珂斯扶着我的手，于是那些潮涌阴翳重新覆上了我的身体。它们如今和以前不一样了，像鬈发缠在手指上似的蜿蜒盘绕，而不再像血管那样埋在体内。我的衬衫上血迹斑斑，敷着缝合布的地方敞开着，瘀青和擦伤更是不计其数，尽管如此，我仍然做出颇有尊严的样子。

“谢谢你来救我，”我对缇卡说，“基于我们过去的交情，我想你一定想要些什么作为回报。”

“我们以后再讨论这个，”缇卡撇撇嘴说，“不过还是称之为‘利益结盟’更安全些。如果你想洗一洗，这里有自来水，热水。选个房间吧，哪间都可以。”

“简直奢华至极，”我说着看了看伊赛，“也许你应该跟我们一起来，有不少信息需要交换。”

§

我尽全力装出自己完全没事的样子，但是一走到楼梯间，避开了众人的视线，我就不得不停下来靠在一面墙上，上气不接下气，银肤布周围的皮肤一下一下跳着痛。阿珂斯的触碰能中止来自我的天赋赐礼的疼痛，但其他的痛苦他就无能为力了，比如我脸上的这道割伤，比如我为活命而不得不面对的那些杀戮。

“好吧，这真是够可笑的。”阿珂斯说着，一只手伸到我双膝之后，把我打横扛了起来——并不是我所喜欢的那种温柔动作。不过我实在精疲力竭，没法拒绝。他抱着我往楼上走，我的腿则一下一下地甩着，靴子尖踢到了墙上。

我们在二楼找了个相对完整、不那么破败的房间。这里满是灰尘，有一半客厅能俯瞰到飞艇停放的空旷地带，所以也能看见那些起义军在干什么：撑开折叠床，将物资分类放好，在一个小炉子里生火——那很可能是他们从别的房间拖过来的。

客厅旁边是浴室，又宽敞又舒适，中央有个浴缸，靠边是洗手池。地板由蓝色的玻璃砖铺就。阿珂斯打开水龙头试了试，一开始叽里咕噜作响，不过还是出水了，正如缇卡所说。

有那么一会儿我有些为难，想着是先把自己收拾干净呢，还是先跟伊赛·贝尼西特聊聊。

“我可以等你，”伊赛看出了我的犹豫，“如果你就这样浑身是血地跟我进行严肃谈话，我可能会走神的。”

“是啊，这模样可不适合跟首相对谈。”我忍不住尖刻起来——好像把自己弄得浑身是血是我的错，干吗非得提醒我那些事不可？

“我前半辈子几乎都是在小巡逻艇上度过的，那儿闻起来一股脚丫子味儿，”她说，“我可能也不太适合跟自己相处，如果以普遍定义来说的话。”

她拿起客厅里的那些大靠垫，用手掌狠狠地拍打着，扬起一阵阵灰尘。把它们弄干净之后，她就坐在上面，以一种优雅的姿势保持着平衡。奇西也在她身边坐了下来，不怎么客套地冲我暖暖一笑。我被她的天赋赐礼弄迷糊了：它是如何放缓了我狂躁混乱的思绪，又是如何让我最惨烈的记忆犹如渐渐远去一般的呢？我觉得待在她周围，可能会让人上瘾，如果你特别不安的话。

阿珂斯还在浴室里，他已经把浴缸的塞子塞紧了，然后拧开了水龙头，这会儿正用他灵巧敏捷的手指解开自己盔甲上的带子。

“别跟我说你不需要帮助，”他说，“我才不信。”

我从客厅那儿走开，想要拉起衬衫，把它从头上脱下来，但只拉到肚子那儿，就不得不停下喘气。阿珂斯把他的盔甲放下，拉住我衬衫的褶边往上拽。他把衬衫掀过我的头，又把我的胳膊放下。我轻轻笑了：“这可真尴尬。”

“确实。”他把目光锁定在我的脸上，脸红了。

我从来不敢想象这样的景象：他的手指拂过我的胳膊，他的嘴唇亲吻的感觉是那样贴近，以至于我都能感觉得到。

“我觉得我能自己搞定裤子。”我说。

我并不介意裸露肌肤。我可不是个纤柔少女，我的腿又粗又壮，也没什么胸，这些我都不在乎。这副躯壳帮我挺过了艰难的人生，它看起来就是它本来的样子。然而，当他的眼神往下扫的时候——只是那么一瞬间——我忍住了紧张的笑声。

他扶着我跨进浴缸，我坐下去的时候，内衣全都浸湿了。他在洗手池下面的柜子里找了找，翻出一堆诸如刮胡刀、没标的空瓶子、缺齿的梳子等杂物，然后才找到一块肥皂递给我。

我擦洗掉身上那些殷红的血迹时，他一声不吭地把一只手放在我身上，压制住那些潮涌阴翳。最困难的是从银肤布的边缘弄掉几天以来淤积在那儿的血痂，所以我先冲那儿下手了。我使劲儿咬着嘴唇，免得疼得叫起来。他用拇指按着我的肩膀和脖子，揉散那里瘀结的肿块。我胳膊上的鸡皮疙瘩都起来了。

他用手指拍打着我的肩膀，寻找着需要按摩的地方。他的眼睛看向我的时候，温柔甚至还有些害羞。我真想吻他，吻得他再脸红起来。

第三十一章
希 亚

等一下。

我瞥了一眼外面的客厅，确认奇西和伊赛看不见我，然后解开了我左臂上的护甲，把它脱了下来。

“我需要再刻几道。”我小声对阿珂斯说。

“那些逝去的生命可以等等再纪念，”他说，“你现在失血已经够多了。”

他从我手里拿过肥皂，搓出泡沫，然后用手指上上下下地、轻轻地拂过我这满是杀戮刻痕的胳膊。这，从某种角度上说，甚至比被他亲吻更好。对我的良善之处，他不曾抱有不堪一击的幻觉，目睹真相的时候也就无从破碎。无论怎样他都是接受我的，无论怎样他都是在乎我的。

“好吧，”我说，“可以了，我想。”

阿珂斯立即起身，抓住我的手帮着我站起来。水从我的腿上和背上滑落。他在柜子里找了一条毛巾，还有几件衣服——伊赛的裤子、奇西的内衣、他自己的衬衫和袜子，还有我那双没坏的靴子。我看着那堆衣服，颇有些沮丧：他看着我身着内衣是一回事，但帮我脱掉它们的话……

嗯，如果那种事非得发生，我希望是在完全不同的环境场景之下。

“奇西，”阿珂斯也盯着那堆衣服，“也许你得过来帮个忙。”

“多谢。”我对他说。

他笑了：“要我只盯着你的脸确实非常困难。”

他走出去的时候我冲他做个了鬼脸。

奇西进来了，随之而来的还有平和的气息。她帮我脱掉束胸——据我所知，这是枭狄独有的样式，不会让胸部显得丰满，但是可以在坚硬盔甲之下起稳固作用。她递给我换上的那件束胸，则更像是衬衫，布料又暖又软，穿起来很舒服——这是荼威款。虽然太大了，可我也没得选。

“你的天赋赐礼，”奇西帮我系紧束胸的时候我说，“会不会让你很难信任别人？”

“你这是什么意思？”她拉起毛巾，好让我换掉内裤。

“我是说……”我穿好内裤，开始套上长裤的一条裤腿。“你无法确定，人们是因为喜欢你才想要跟你相处，还是只因为你的天赋赐礼。”

“天赋赐礼是从我内心生发出来的，”奇西说，“那是我性格的一种表达。我觉得这两者并没有不同。”

这个说法，本质上就是费德兰医生在办公室里跟我妈妈说过的那个意思：我的天赋赐礼乃是我内心深处的某种展现，只有我改变了，它才会改变。我看着手腕上缭绕的黑色阴翳，它们就像手镯似的。它们的转变，是否意味着从那场审讯中醒来的我，已经变成了不同的人呢？也许更好点儿，变成了更强大的人？

于是我问她：“所以，你也认为我让人们觉得疼痛，是我个性的一部分？”

她帮我套上干净的衬衫，拉着我的胳膊穿好袖子——袖子太长了，我把它们卷起来，露出了胳膊。她一直皱着眉，最后说道：

“你希望远离人群。我不太清楚，为什么你的天赋赐礼会以疼痛的形式来达成这一目的。我还不了解你。”她的眉头皱得更紧了，“这很奇怪，通常我不会和别人随意说起这些的，更不用说，我才刚刚见到你没多久。”

我们对彼此笑了笑。

第三十一章
希亚

客厅里，伊赛仍然坐在那儿，盘着腿，还给我留了一个小坐垫。我坐了进去，全身放松，把湿头发拨到一侧肩上。尽管我们中间的那张桌子已经碎了——桌子是玻璃的，所以四周的木地板上到处散落着玻璃碴儿——坐垫也脏兮兮的，低低地铺在地上，伊赛还是用临朝听政的眼神看着我，好像我是她的臣民一般。这还真是个技术活儿。

“你的荼威语怎么样？”伊赛说。

“很好。”我换了荼威语。阿珂斯猛地回过头，因为听见他的母语从我的嘴里说了出来。虽然他以前也听过，但这还是让他吓了一跳。

“所以，”我对伊赛说，“你是为你姐姐来的？”

“对，”伊赛说，“你见到她了吗？”

“没有，”我说，“我不知道她在哪儿，不过他总要移动她的，那就是你应该好好计划的事。”

阿珂斯又把手放在了我肩上，这次他站在我身后。我都没留意到潮涌阴翳又动起来了，其他地方的疼痛实在让我分心。

“他会伤害她吗？”奇西温柔地说着，在伊赛旁边坐下。

“我哥哥不会没有理由地折磨人。”我说。

伊赛嗤之以鼻。

“我是说真的，”我说，“他是一种特别的怪物。他害怕疼痛，也从不愿意看别人疼痛。我想是因为，那会让他想起疼痛的感觉。这一点你可以放心——他不会随意伤害她，如果没有目的的话。”

奇西拉起伊赛的手，紧紧握住，但是没有看她。她们的手放在两人之间的地板上，手指相交，我只凭着那略深的皮肤颜色就能分得出哪个是奇西的。

“我的推测是，无论他打算如何处置她——可能性最大的是死刑——都会当着公众的面，因为这样可以引你现身。”我说，“他更想要杀的人是你，而不是她，而且他想按自己的意图去做。相信我，拂逆他的意思可不好玩。”

“我们需要你的帮助。”阿珂斯说。

“我的帮助已经是你的了。”我答道。

我把手放在他的手上，握紧了，仿佛那是一个承诺。

“关键是说服这些起义军，”阿珂斯说，“他们不会在乎要不要救一个贝尼西特家族的人。”

“让我来吧，”我说，“我有个主意。”

“我所听过的关于你的那些事，有多少是真的？”伊赛说，“你遮挡着胳膊，用你的天赋赐礼对付别人，这些都是我亲眼所见。所以，那些流传的故事也必然是真的了。这样我怎么能信任你？”

看着她我就有种感觉，她似乎希望周围的世界，包括其间的人，以一种简单的方式存在。也许她肩负着一个星国的命运，非得这么行事不可，不过我已经渐渐明白，世界并不会因为你的需要而变成其他的样子。

“你总想把人一分为二，好的或坏的，值得的或不值得的，”我说，“我知道这样更简单明了，但人并不是这样的存在。”

她盯着我看了好一会儿，弄得连奇西都有点儿坐立不安了。

“而且，不管你是不是信任我，对我来说都没有区别，”我最终说道，“我是一定要把我哥哥千刀万剐的。”

§

大家到了楼下，还没跨出楼梯间时，我拽了拽阿珂斯的袖子，让他等一下。这里很黑，看不见他困惑的表情。我一直等着，等到伊赛和奇西走出很远，不会听到我们谈话了，才向后退了退，松开了手，让潮涌阴翳像烟雾般地在我们之间缭绕。

“怎么了？”他说。

“没什么，”我说，“只是……给我一点儿时间。”

我闭上了眼睛。那次审讯之后醒来，潮涌阴翳就从之前的潜行于皮肤之下，变成了悬浮于皮肤之上。从那以后我便总是想起费德兰医生，思考着我的天赋赐礼究竟从何而来。似乎它和我生命中的大多数东西一样，都与利扎克有关。利扎克害怕疼痛，于是生命潮涌就给了我令他恐惧的赐礼，也许只有这天赋赐礼才能保护我免受他的伤害。

生命潮涌并非给了我诅咒，是它帮我变得强大。但费德兰医生所说的另一个观点也不能不承认——从某一层面讲，我觉得，我和其他所有人，都理应承受疼痛。而在我内心最深处，却认为阿珂斯·凯雷赛特不该如此。我这样想着，伸出手去，碰到了他的胸，摸到了衬衫的布料。

我睁开眼睛。阴翳仍然环绕在我身体四周，尽管我没有碰到他的皮肤，我的整个左臂，从肩膀到指尖，全都没有阴翳覆盖，洁净无物。虽然现在他已经能够感觉到我的天赋赐礼了，我却还是可以做到不伤害他。

阿珂斯那双总是保持警觉的眼睛，此刻因好奇而瞪得大大的。

“当我以触碰杀人的时候，我决定将全部疼痛加之于他们，自己一丝不留。因为我实在已经厌倦了忍耐疼痛，想要暂时放下这副重担。”我说，“但在那次审讯中，我突然想到自己也许已经足够强大，能够承受全部疼痛。除了我自己之外，谁也做不到这个，而在没有与你相遇之前，我从未想到过这一点。”

我眨眨眼睛，挤掉了眼泪。

“你总是视我为更好的人，”我说，“你告诉我可以自己选择不同于以前的生活，告诉我环境条件不会永远一成不变。而我开始相信你说的话。承担起所有的疼痛，这几乎置我于死地，但当我再醒来的时候，天赋赐礼真的变了。它没有那么痛不可当了，有时候我甚至可以控制它。”

我收回了手。

“我不知道你会怎么称呼我们之间此刻的关系，”我说，“但我希望你知道，你的友情……对我来说有全然不同的意义。”

好半天，他就那么盯着我。我在他的脸上有了新发现，尽管我们已经足够亲近地生活了好几季：颧骨之下的淡淡阴影，划过眉毛的一道小疤痕。

“你不知道怎么称呼这个？”他终于开口道。

他把盔甲“咔嗒”一声扔在地上，向我伸出手，一只胳膊揽着我的腰，把我拉近他，然后在我耳边低语道：“赛弗拜尔，泽西提特。”

一个梟狄单词，一个荼威单词。赛弗拜尔的意思是“最亲爱的朋友”，失去他们便如同失去肱骨手足。而那个荼威单词，我从来没有听说过。

我们还不太知道怎样唇齿相交：嘴唇湿乎乎的，牙齿也总是撞到。但这都无所谓，我们一试再试，犹如摩擦迸发出的火花，犹如身体之中能量激荡。

他紧紧搂着我，拉住我的衬衫。他的双手灵巧敏捷，这双手曾划下刻痕，撒下极羽草精，而他此刻闻起来也是那种气味：植物、草药、水蒸气。

我用力拥抱着他，感受着双手之下楼梯间墙壁的粗糙，感受着他在我颈间急促而炽热的呼吸。我曾经想过，总是想着，没有疼痛的生命是什么样的感觉，此刻却并非我渴望已久的“没有疼痛”，而是正相反。这是一种纯粹的知觉：柔软、温暖、疼痛、沉重，包容万物，万物合一。

这时我听见有什么声音，这安全的房子里似乎起了某种骚动。但在我抽身去看发生了什么之前，我轻声问道：“那是什么意思？‘泽西提特’？”

他看向别处，像是有些不好意思。我看见他连脖子根儿都红了。

“挚爱。”他柔声说道。他又吻了吻我，然后拿起盔甲，朝着那些起义军跑了过去。

我则忍不住笑了。

§

那阵骚动的原因是，有一艘浮艇要降落在这座建筑的屋顶上，刚好把那张遮挡入口的布撞破了。飞艇上的灯带是深紫色的，周身溅满了泥。

我呆住了，惊恐地看着那暗影渐渐逼近，这时我看见它圆圆舱底那儿有一行不太熟悉的字母：载客快艇 6734 号。

是荼威语。

第三十二章　阿珂斯

降落在房顶上的那艘浮艇是宽型载客艇，不过也只够搭乘两个人。被它扯破的布条随风飘舞着，透过那个洞，能看见外面深蓝色的天空里没有一颗星星，而漾起一波波涟漪的生命潮涌则显露出紫红色。

起义军包围了浮艇，刀剑出鞘。一侧的舱门打开，一个女人走了下来，抬起了双手。她有些年纪了，头发里夹杂着灰白色，眼神里却没有一丝投降的意思。

“妈妈？”奇西说。

奇西跑过去，一把抱住了她。她的母亲也拥抱着她，但同时越过女儿的肩膀打量着四周的起义军，视线最终定格在阿珂斯身上。

他感到身上一阵不适。阿珂斯原本以为，如果能再见到她，她的出现会让他重拾孩提感受，事实上却是正相反——他觉得自己长大了。还有这庞然的枭狱盔甲，仿佛要保护他、抗拒她一般。他沮丧地想着，要是没穿盔甲就好了，这样她就不会知道自己赢得了这东西。他不想吓到她，或者让她失望，或者别的她不希望见到的一切——不过他也不知道她到底希望什么。

“你是谁？”缇卡问，“你是怎么找到这儿的？”

他的母亲放开奇西说道：“我是萨法·凯雷赛特，很抱歉让你们受惊了。我没有恶意。”

“你还没有回答我的问题。”

“我知道你们在哪儿，因为我是荼威的神谕者。”她说。而她话音刚落，就像排练过似的，所有起义军全都放下了他们的潮涌之刃。即便是不怎么尊崇生命潮涌的枭狄人，也不敢对神谕者不敬，毕竟枭狄的信仰历史悠久，影响绵延至今。对她的敬畏，尤其是对她所能看见的未来的敬畏，根植于他们的骨髓之中，从来不曾消失。

“阿珂斯，”他的母亲说道，那语气更像一个疑问句，她用的是荼威语，“儿子？”

他曾经很多次想象过再见到她的场景：他会说些什么，他会做些什么，他会有什么样的感觉。但此时此刻，他的感觉竟是愤怒。在被绑架的那天，她没现身，也没找过他，没有提醒过他们，自家门前将会发生那样恐怖的事情，当天他们上学离家之前，她也没有过什么意味深长的告别，什么都没有。

她朝他走过去，把那双粗糙的手放在他的肩头。她穿着破旧的衣服，胳膊肘那里打着补丁，那是他们父亲的一件衬衫。她身上有解忧森地叶子和盐渍果子的气味，就像在家时一样。上一次他站在她面前时，还只到她肩膀那么高，可现在他已经比她高出一个头了。

她的眼睛里泪光闪闪。

“我想跟你好好解释。”她说。

他也一样，希望能听到解释。不过他更希望她能放弃那对于命运的疯狂信念，她所持有的执念，甚至比对她的孩子们的情感还要深重。但事情不会那么简单。

“我失去你了，是吗？”她的声音颤抖着，这缓解了他即将爆发的愤怒。

他弯下身子，将她拉进怀里，都没注意到她踮起了脚尖。

拥抱着她，就像抱着一具骨架。是她一直如此瘦削，还是他以为她强壮有力，只因为他是孩子，她是母亲？好像很轻易就能把她挤碎似的。

她左右摇晃着，持续了一会儿。她总是这样，好像要检验一下这拥抱够不够牢固似的。

“您好。”他说。他脑海里只有这一句。

“你长大了。”他的母亲松开他说道，“我已经在幻象中见过这一场景六次之多，却还是想不到你竟有这么高了。”

“没想到我竟能看见您吃惊。”

她笑了笑。

他根本就没有原谅她，半分都没有。但如果这是他们的最后一次会面，他不希望充斥着愤怒。她用手抚平他的头发，他任凭她那么做了，尽管他知道自己的头发用不着梳整。

伊赛的声音打破了沉默：“你好，萨法。”

这位神谕者看向伊赛。阿珂斯无须提醒她不要告诉起义军伊赛的身份，她已经心知肚明，就像以往一样。

“你好。”她对伊赛说，“很高兴见到你。回到家后，我们都很担心你，也很担心你姐姐。”

言辞谨慎，句句双关。荼威很可能已经乱成一团，四处寻找着他们的首相。而阿珂斯则想着，伊赛是不是没跟任何人说起过她要去何处，也没去证实她还活着。也许她只是不够用心。毕竟她不是生长在荼威的，不是吗？她对他们的冰雪之国究竟有多少忠诚？

“那个，”约尔克一如既往地温和，“我们为您的莅临感到荣幸，神谕者。请和我们一起用餐吧。”

“我很乐意。不过我要提醒你们，我是带着幻象来的，”萨法说，“我想你们会对此感兴趣的。”

起义军里有人开始窃窃私语，为那些不会讲荼威语的同伴翻译着。阿珂斯得非常专注才能同时听懂两种不同的语言。因为有的东西是流淌在血液里的，而不是经由学习记忆在头脑中。它生来就在那里。

他在人群最后面找到了希亚的身影，她站在起义军和他们刚才出来的那个楼梯间之间。她看起来……是的，看起来有些害怕。是因为见到了神谕者？不——是因为见到了他的妈妈？一定是。

让这个女孩去行刺自己的哥哥，或和什么人角斗，至死方休，她连眼睛都不会眨一下。见到他的妈妈却让她害怕了。他笑了。

其他人都回到了炉子边，起义军之前已经生起火来取暖了。当阿珂斯在楼上帮希亚梳洗的时候，他们已经又从其他的房间里拖来几张桌子，有六七种完全不同的款式：一张是金属方桌，一张是长条的木桌，另一张是玻璃的，还有镂刻的。桌子上放着食物：煮熟的盐渍果子、风干的肉条，面包正在噼啪作响的火上烤着，还有些炙烤的夜珠壳——他从来没试过这道菜。食物旁边是几碗冰花，留待搅拌冲泡，也许是等着阿珂斯来做，他还是挺了解约尔克的。这一餐不如他们前一晚精致丰盛，但也足够好了。

他还没有向母亲引荐希亚，她就看见她了，径直朝她走了过去。但是此举也没能减轻希亚的紧张恐惧。

“诺亚维克小姐。”他的母亲说道，声音似乎略有些哽咽。她歪着头，看着希亚脖子上的银肤布。

“神谕者。”希亚向她点头致意。阿珂斯从来没见过希亚主动向谁俯首鞠躬。

一道阴翳在希亚脸上绽开，随后散开成三条浓黑的线，蔓延到她的脖子上，像是她把它们吞下去了一般。他把手指搭在她的胳膊肘上，好让她能握住他母亲伸过来的手，而母亲则饶有兴味地看着这轻微的触碰。

“妈，上个星期，希亚把我送回了家。”他说。他不太确定，关于希亚，关于这段时日，除此之外还应该说些什么。那孩提时代就有的脸红的毛病又回来了，他能感觉到自己的耳朵后面开始发热，努力地想要遏制住它。“她为此付出了很大代价，您能看到的。”

他的母亲又看了看希亚：“诺亚维克小姐，非常感谢你为我儿子所做的一切。我期待日后能知道那背后的理由。”

萨法带着奇怪的笑意转过身去，伸出胳膊挽住了奇西。希亚和阿珂斯落在后面，踟蹰不前，挑起了眉毛。

“那是我妈妈。”他说。

“我知道，”她说，“你……”她用手指在他耳后蹭了蹭，那儿的皮肤正发烫。“你脸红了。”

阿珂斯已经尽力想要止住它了，可是那发烫的感觉还是蔓延到了他的脸上，他知道自己这会儿一定是个大红脸。现在他都这么大了，还是这样吗？

“你不知道该怎样解释关于我的事。你不知道该说什么的时候才会脸红，我注意到了。”她的手指拂过他的下巴，“没关系的，我也不知道该怎么跟你妈妈解释我自己。”

他有点儿茫然，不知该做些什么。冷嘲热讽开玩笑吗？希亚不会言辞犀利地压过他的，她似乎知道，那会有些过分。这样简单沉默的理解让他的内心变得柔和了许多。他的手覆上她的手，他的手指交缠着她的，两只手紧紧相握。

“也许这会儿说不是时候，但我可能真的不太善于吸引她、取悦她。”她说。

“那就别去取悦，”他说，“她确实不容易被谁吸引。”

“小心点儿，你并不知道我可以多不吸引人。”希亚把他俩的手放在自己唇边，轻轻地咬了一下。

§

阿珂斯在那张金属桌子旁坐下，挨着萨法。如果海萨人有制服的话，她正穿着一身：裤子是用厚而结实的料子制成的，或许里面还加了保暖的衬里；靴子的鞋底带有小钩子，用来钩住冰面，保持平衡；头发向后梳起，系着红色的发带——他认出来，那是奇西的。她的额头添了几道皱纹，眼睛周围也是，仿佛这几季从她身上夺走了些什么。当然，确实如此。

在他们周围，起义军围坐在一起，互相递着装满食物的碗盘、空碟子以及餐具。缇卡今天戴着一只印花的眼罩，约尔克刚洗过澡，头发还是湿的，扎尔把他的乐器放在腿上，下巴支在上面。三个人坐在对面。

“先吃饭，”萨法说道，她发现这些起义军在等着她，“后预言。”

“当然，”约尔克笑着说，“阿珂斯，你能帮我们做些有助于放松的茶吗？”

这是预料之中的。在他的母亲驾驶着一艘荼威浮艇撞上天花板之后，阿珂斯完全不介意被他们派活儿。其实他很希望手里能干点儿什么。

“可以啊。”

他往壶里注满水，吊在炉子上方的钩子上，然后站在台案的另一头配制混合茶饮，尽可能地倒满所有的杯子。他为大部分人准备的都是抑制兴奋、放松精神的配方，好让他们能又精神又平和地聊天。不过他给希亚配制的是止痛剂，给自己的则是镇静剂。当他站在那儿，手指在冰花碗里搅拌的时候，他听见妈妈正在和希亚说话。

“我儿子很热切地希望我见见你，我能肯定，”他的母亲说，“你一定是个很好的朋友。”

“呃……是的，”希亚说，“我想是的。嗯。”

你想是的，阿珂斯强忍着才没翻白眼。他已经给了她足够清楚的称谓，就在楼梯间那里说的，可她还是不太相信。太过于确信自己的不堪，就会导致这样的问题——当别人不这么看时，你便会认为他们在说谎。

“我听说你有一种可以致人死亡的天赋。”他的母亲说道。看吧，阿珂斯已经提醒过希亚了，萨法确实不怎么讨人喜欢。

他瞥了一眼希亚，看见她把戴着护甲的左臂抵在肚子上。

“我想是的，”她说，“不过我对此并无热切激情。”

壶嘴里冒出了蒸汽，但这个热度还不够阿珂斯用来泡茶。水从来没有像此刻这样，沸腾得如此之慢。

“你们两个共同生活了一段时间。”他妈妈说。

“对。”

“是你帮助他在这几季活下来的吗？”

“不是，”希亚说，“您的儿子是靠着自己的意志活下来的。”

他妈妈笑了：“你好像很是戒备。”

“别人的能力不该归功于我，”希亚说，“我只管我自己的。”

他妈妈笑意更浓了：“你还有点儿傲气。”

“更难听的我也听过。”

水开了。阿珂斯从炉子旁边拿过木头把手，钳住火上的壶，将水注入一个个杯子。伊赛走过来拿起一杯，踮起脚尖，对阿珂斯耳语道：

“就算你现在还没注意到，也会慢慢发觉，你的女孩和你妈妈是非常相似的一类人。”她说，“要是这无可反驳的事实吓着你了，我可以等一等再说。”

阿珂斯看着她：“这是您的幽默感吗，首相大人？”

“我的幽默评论偶尔也很受欢迎。”尽管茶很烫，她还是啜了一口，似乎也没被烫着。她把杯子抱在胸前，接着说，“你小时候，和我姐姐很熟？”

“埃加和她更好，”阿珂斯说，“我不太爱说话。”

“她常常谈起他。”伊赛说，“他被掳走的时候，她伤心极了。后来有一段时间，她离开了荼威，帮我从这小插曲中恢复。”她用手在脸前挥了挥，指着那道伤疤。“如果没有她，我也不能这么快就好了。那些议会总部里的傻子根本不知道要拿我怎么样。”

议会总部，对阿珂斯来说，那只是一个存在于“听说”里的地方：行驶在环日轨道上的巨型飞船，搭乘着一堆优柔寡断、毫无建树的大使和政客。

“看起来你跟他们还是挺合拍的。”他毫无赞美之意，她也没把这话当作褒扬。

“我并不完全是看起来的样子。”她耸耸肩说。她曾经在施萨的医院里穿着油光锃亮的鞋子，他想，但如今她也没抱怨过简陋的条件。如果她真如自己所说，前半辈子是在小巡逻艇中度过，穿梭在太空里的话，她因此没有名门贵族的习气，才是逻辑清晰的。可是要从她身上分析点儿什么出来真得很难，因为她就像是不属于任何地方，也与任何人都无关。

“好吧，不管你有多了解她，”她说，“我还是……很高兴你能帮我。还有希亚。我可从没想过她也会帮忙。”她抬眼瞥了瞥房顶上的那个大洞。“这一切都是想不到的。”

“我明白这种感觉。”

她的喉咙里发出含混不清的声音，迟疑了一下才问：“如果你救出了埃加，也没在行动中阵亡，你会和我们一起回去吗？你对枭狄文化的洞察力正是我所需要的，因为就我与他们打交道的经验来说，看法总是片面的。这个你是知道的。”

“您想任用一个命定的叛国者吗？不引起轩然大波才怪。”他说。

“你可以换个名字。”

“我之为我，这是隐藏不了的，”他说，“我也逃脱不了我的命运横亘于极羽边境这一事实。”

她又喝了口茶，神情几乎可用“悲哀”形容。

“你叫它‘极羽边境’，”她说，“和他们一样。”

他完全是无意中这样脱口而出的，也从来没有想过这两者的区别：荼威人只是称之为“极羽草原”——就在不久以前，他也是用这个字眼的。

伊赛抬起一只手，轻轻地放在阿珂斯的脑袋旁边。这着实有些怪异——她的皮肤一片寒凉。

“你要记着，”她说，“这些人不在意荼威人的死活。不管你的血液里是不是残存有枭狄人的基因，你都是荼威人。你是我的人民中的一员，不是他们的。”

阿珂斯从没指望过有什么人会宣明他的荼威身份。事实上，与此相反的事他倒是想得更多些。

伊赛放下手，端起她的杯子回到奇西旁边坐下。扎尔正在为奇西演奏一首曲子，眼神迷离，昏昏欲睡。这场景阿珂斯很熟悉，但对扎尔来说就不怎么好，因为凡是长了眼睛的人都看得出，奇西只想和伊赛一个人聊聊。他能肯定伊赛也这么想。

阿珂斯为希亚端来了止痛剂。她和他妈妈已经谈到了另一个话题。妈妈正用一块面包蘸着盐渍果子的汤汁——面包是用沃阿城外种植的一种作物的种子碾碎烘烤的。这和他们在海萨吃的食物没什么太大不同——枭狄和荼威难得的共同之处。

“我母亲带我们去过一次，”希亚说道，“我在那里学会了游泳，穿着一种抵御低温的特制泳衣。这技能总会派上用场，比如上次星际巡游。”

“是啊，你们去皮塔了，对吧？”萨法说，“你也去了是吧，阿珂斯？”

“是的，”他说，“我的大把时间都花在垃圾堆小岛上了。”

“你见识了整个星系。”她带着一种古怪的微笑，把手探进阿珂斯左臂的袖管里，抚摩着每一条杀戮刻痕，一边数，一边隐去了笑容。

“他们是谁？”她轻声问。

“有两个是袭击了咱们家的人，”他压低了声音，“还有一只奇阿摩，它把它的皮给我做盔甲了。”

萨法飞速地看了希亚一眼：“这儿的人认识他吗？”

“据我所知，他是大批流言蜚语的谈论对象，当然，那些话没多少是真的。”希亚说，“他们知道他能触碰我，会配制强效毒药，是荼威人质，还设法为自己赢得了一身盔甲。”

萨法的眼睛里出现了那种神采——看见预言成真的神采。这让阿珂斯害怕。

“我一直都知道你会如何，记得吗？”萨法平静地说，“你会变成人们盯着看的那种人，而这是你需要成为的样子。但我爱的是你，曾经或未来，不论何种面目。明白吗？”

他有些沉迷于她的凝视、她的声音。就像那时候在神庙里，风干的冰花在四周燃烧，而他正透过烟雾看着她；就像坐在游吟者家里的地板上，看他用水汽编织出过去。人是很容易在这样的奇幻热烈中沉溺的，但阿珂斯已经因为背负着自己的命运经历了太多痛苦，绝不能任由自己含混过去。

“给我个明确的回答，就这一次，”他对妈妈说，“我能救出埃加吗？能还是不能？”

“你救出他的未来，和没救出他的未来，我都看到了。”她说着，笑了笑，又加上一句，“但你永远，永远都会去试试。”

§

起义军聚精会神地围坐着，他们的空盘子堆在大木桌的一边，杯子也差不多都空了。缇卡披着一条毯子——阿珂斯听说那是索维给她绣的——扎尔放下了乐器，就连约尔克也把不安的双手藏在了桌子下面——神谕者正在描述她看到的幻象。阿珂斯从小就看着人们对他妈妈肃然起敬，这回却有些不同。很难讲是什么原因，似乎是他求索的东西更多。

“幻象一共有三个。”萨法说道，“第一个，我们破晓前从这里出发，所以没有人会看到我们穿过屋顶上的那个洞。”

“可是……那个洞是您弄的啊。”缇卡插嘴道。她这么快就忍不住打破敬畏的界限了，阿珂斯想，缇卡看起来不喜欢故弄玄虚。“如果您知道我们要通过那个洞离开，您就不会撞上去了。”

“很高兴你听得懂。”萨法平静地说。

阿珂斯憋着笑，隔着几个人，奇西也是。

“第二个，利扎克·诺亚维克站在漫漫人群之前，烈日当空。”她抬手指向正上方。在沃阿城，正午的太阳更接近星球赤道。“那是一座竞技场，到处是监视器和扩音器。是个场面盛大的公开活动——也许是什么节日。”

“他们明天要表彰一个军团的战士，”约尔克说，“应该是这个——除此之外，在下一次巡游庆典之前都不会有什么大型节庆了。”

“有可能。”萨法说，“第三个，我看到欧力芙·贝尼西特挣扎着想摆脱瓦什·库泽。她在一间牢房里。牢房很大，是用玻璃砌成的，没有窗户，闻起来……”她吸了吸鼻子，好像幻象里的气味仍然停留在空中似的。“是泥土的气味。我想应该是在地下。”

“挣扎，”伊赛重复着这个词，“她受伤了吗？她——还好吗？”

“她的命还长着呢，”萨法说，“至少看起来是。”

“玻璃砌成的牢房——那是中央竞技场的地下监狱，”希亚干巴巴地说，“我就被关在那里，直到——”她停下来，用手摸了摸脖子。“第二个和第三个幻象是发生在同一个地方的。它们是同时发生的吗？”

“我的感觉是这样的，”萨法说，“这些幻象一个个叠加罗列，互为因果。不过我对地点的感知有时候不那么精确。”

她的双手垂放在腿上，滑向口袋。阿珂斯看见她掏出了什么东西，小小的，闪亮亮的，一下子抓住了他的目光——那是一枚外套上的纽扣。它的边缘本来是漆着一圈黄色的，但是因为反复地扣来扣去，颜色磨掉了。他几乎能看见爸爸的手指笨拙地摸索着这枚扣子，咕咕哝哝地抱怨着得代表海萨的冰花产地，参加他姐姐在施萨的军事晚宴。“好像这身衣服就能骗过所有人似的，”有一回，他们在大厅浴室收拾停当的时候，他对他们的妈妈这么说过，“他们只要看一眼我靴子上的冰刮痕就能知道我是冰花田里长大的孩子。”妈妈则只是笑而不语。

也许在另一种可能的未来里，奥瑟·凯雷赛特会坐在萨法旁边，周围也是这一圈奇怪的各色人等。但他能给阿珂斯的确定感，是妈妈永远给不了的——她就是那样一个神经质的先知。也许她此刻掏出这枚纽扣，是想提醒阿珂斯，原本该在这里的爸爸，因为瓦什的暴行，已经不在了。这想法一冒出来，阿珂斯就知道他猜对了，他确定这就是妈妈掏出纽扣的原因。

“您在操控我。”他脱口而出，打断了缇卡正在说的话。他全不在乎，而萨法只是看着他。“把它收起来。我自己好好地记着他呢。”

毕竟，他想，目睹他离开人世的人是我，不是您。

他母亲的眼睛里闪过一丝凛冽，仿佛她能听见他的所思所想。不过她还是把纽扣放回了口袋。

这纽扣是个很好的提醒，不是让他想起了爸爸，而是让他注意到妈妈操控人心的能力有多强。如果她要讲述分享她的幻象，那不是因为这些幻象是确切肯定的——就像一个人的命运那样——而是因为她讲出口的幻象是经过挑选的，她挑了她自己想要的那个未来，并且试图把他们都推向那里。如果他还是个孩子，很可能会相信她的判断，相信她挑选出的未来是最好的。但现在，他的人质生涯和他所经历的一切，都让他没那么肯定和轻信了。

“正如缇卡所说，”约尔克打破了这怪异的沉默，“请原谅，我知道欧力芙·贝尼西特是贵国首相的姐姐，但她的生死与我们的利益没有特别密切的联系。我们的目的只是让利扎克·诺亚维克下台。”

“并且杀了他，”缇卡加上一句，“说明白点儿吧。”

“营救一个首相的姐姐对你们没好处？”伊赛强硬起来。

“又不是我们的首相，”缇卡说，“我们也不是一伙儿超级英雄什么的，为什么要为一个陌生的荼威人冒险卖命？”

伊赛紧紧地抿住了嘴。

“这和你们的利益休戚相关，因为那是一个机会。”希亚抬起头说道，“利扎克·诺亚维克是什么时候提出要大张旗鼓地举行公开的官方仪式来表彰参与巡游的士兵的？是在他抓住了欧力芙·贝尼西特之后。他要当着泱泱观众的面杀死她，好证明他能改写自己的命运。他会确保所有枭狄人都能看到这一幕，所以，如果你们要有所行动的话，这就是最好的时机——在所有人的面前夺走他的胜利时刻。”

阿珂斯的眼睛扫过旁边的人，看见伊赛目瞪口呆地松开了手里的杯子，也许是因为希亚能替欧力说话而感到些许高兴。奇西则用手指卷着一绺头发，仿佛根本没在听她们讲话。而希亚声音喑哑，低垂的灯光照着她头上的银肤布，微光闪烁。

缇卡又开口道：“利扎克会被一大群人围在中间，其中大部分都是他最坚定的支持者和最凶悍的士兵。你建议我们采取何种‘行动’呢？”

希亚答道：“你刚才不是自己说了吗？杀了他。”

“噢，好呀！”缇卡狠拍桌子，明显是被气着了。“我怎么没想到可以杀了他呢？多简单啊！”

希亚翻了翻眼睛：“这次你们用不着趁他睡觉溜进他家了。这次，我来向他发起竞技挑战。”

所有人都静了下来，但阿珂斯明白，这沉默背后的原因各不相同。希亚是一个优秀的格斗士，这一点人尽皆知，但利扎克的功夫如何，没人有数——谁也没见过。随之而来的问题是，希亚要在什么地方向利扎克发起挑战？如何让利扎克接受挑战，而不是直接把希亚抓起来？

“希亚。”阿珂斯开口了。

“他对你施行了尼姆赫拉——褫夺了你的身份、你的国籍，”缇卡抢过话头说，“他没有理由以接受你的挑战为荣。”

“他当然有理由，”伊赛皱着眉头，“他原本可以一知道她有叛心就不声不响地把她除掉，却没那么做。他想把她的耻辱和死亡都在大庭广众之下陈列。这意味着他怕她，怕她有掌控枭狄的能力。如果她当着所有人的面向他发起挑战，他不可能往后退。那会让他像个懦夫，他非接受不可。”

“希亚。”阿珂斯又说。这次没有人打断他了。

“阿珂斯，”希亚用在楼梯间里那样柔和的语气回答他，“他不是我的对手。”

阿珂斯第一次看到希亚格斗——*真正的格斗*——是在诺亚维克庄园的训练室里。她被他弄得灰心毛躁——毕竟她不是个有耐心的教练——不费吹灰之力就把他打趴下了。那时候她才十五季岁，行动起来却已经像个成年人了。如今她的胳膊和腿都变得更长而且强壮，功力一定更胜从前。在和她一起进行的所有训练中，他从来没赢过她。一次都没有。

“我知道，”他说，“但以防万一，我们来扰乱他。”

“扰乱他。”希亚重复道。

“你去竞技场，去向他下战书，”阿珂斯说，“我到地牢去——呃，拜赫和我，我们去营救欧力芙·贝尼西特——我们夺取他的胜利，你夺取他的性命。”

这听起来甚至颇富诗意，他是故意这么说的。但是想到自己戴着护封的左臂，将有一道刻痕是为利扎克而来，就一点儿都不浪漫了。希亚的手指抚摩着自己的胳膊，并非是在犹豫，她很清楚这些杀戮刻痕背后的代价，比任何人都清楚。

“就这么定了。”伊赛的声音打破了沉默，“利扎克死，欧力芙生，正义显现。”

正义和 复仇——现在要区分这两者的差别，已然太晚。

第三十三章　希亚

当我毛遂自荐，要向我哥哥发起竞技挑战的时候，我的嘴巴里尝到了中央竞技场四周泥土气味的空气。我仍能闻到它：汗流浃背的拥挤人群，地下监狱用来消毒的化学品，场地上方嗡鸣着的力障碍区……向起义军提起那里的时候，我极力要把这些记忆推开，表现出一副自信满满的样子。但它们就在那里，逡巡不去。

鲜血四溅，惨叫连天。

阿珂斯的妈妈看见了我戴着护甲的胳膊——现在是用起义军的一条毯子盖着——她也许很想知道，这上面究竟有多少条杀戮刻痕。

我和她儿子多般配啊！他会为自己夺去的每一条性命心痛，我则根本记不清自己胳膊上刻痕的数量。

当炉子里的硫黄石差不多都化为灰烬的时候，我悄悄离开了，经过萨法浮艇的阴影，上了楼，来到之前我清洗伤口的地方。我能听见约尔克和扎尔正在楼下齐声唱着歌——有时跑调了，其他人就会插进来一阵笑闹声。浴室里灯光昏暗，我慢慢走近镜子，先是映出了一个黑色的轮廓，接着……

这没什么危险的，我对自己说，*你还活着*。

我摸索着头上和脖子上的银肤布，它已经开始和我的神经融为一体了，有些地方会感到刺痛。我的头发全都拢向一侧，另一侧平贴着的银肤布四周，皮肤发红，凹陷，适应着新的材料。一边是女孩，一边是机器——镀着金属。

我伏在洗手池上哭了起来。我的肋骨很疼，但眼泪并没有因此而停止流淌。它们汩汩而出，掠过了疼痛，而我不想拒绝它们。

利扎克伤我至此。他是我的亲哥哥。

“希亚。”阿珂斯说。这是仅有的我不希望他在场的时刻。他碰碰我的肩膀，轻轻地，驱除了潮涌阴翳。他的双手冰凉，触碰极轻。

“我没事。”我说着，摸了摸自己的金属脖子。

“你没有必要现在就‘没事’。”

这个半毁半好的地方透进几丝外面的微光，照得银肤布也微微发亮。

我用极小极低的声音，问出了埋在心底的问题：“我现在很丑吗？”

“你觉得呢？”他问道。这不是夸张质问的反诘，而是他好像知道，我不希望他安慰我，于是就用一个问句来让我好好思考。我抬起眼睛，再次看着镜子。

我的头上只有一半头发，这看起来确实有些奇怪，但在枭狄，有些人就是故意留着这样的发型：一边剃光，一边留长。而那块银肤布，看起来有些像我妈妈多季巡游收集来的盔甲中的一件，有些像我手腕上的护甲。我总是戴着它，那样让我觉得自己强大有力。

我凝视着镜子里自己的双眼。

“不，”我说，“不丑。”

其实我心里想的并没有说出来的那么肯定，但是我想，假以时日的话，我也许会开始真的这么认为。

“同意。”他说，“只不过还没有太明确地标出我们吻过的地方。”

我笑了，转过身靠在洗手池的边上。阿珂斯的眼角有忧虑在拉扯，尽管他也在笑。自打起义军开始讨论我们的计划，他就是这个神情。

“怎么了，阿珂斯？”我说，“你真觉得我打不过利扎克吗？”

“不，不是这个。”阿珂斯看起来心神不宁，其实我也是。“只是你……你真的要杀了他？”

我所期待的问题并不全然是这一句。

“是的，我要杀了他。”我说。这三个字念起来一股锈蚀味儿，就像血的味道。“我想这一点是很清楚的了。”

他点点头，回过头看着仍然聚集在楼下的起义军。我循着他的目光，先是看见了他的妈妈。她正和缇卡密切地交谈着，双手紧握一个茶杯。奇西距离她们不远，放空地盯着炉火，自打大家开始讨论行动计划她就没说话，也不怎么激动。其他大多数人则聚集在摆渡艇旁边，一起蜷缩在毯子底下，枕着随身带的背包。我们将和太阳一同起身。

“我想求你一件事，”他转过头看着我，双手捧起我的脸，轻轻柔柔地。“请求你这么做有些不公平，但我还是想求你饶过利扎克的性命。”

我愣了一下，还以为他是在开玩笑，差点儿真的笑出来。但他看起来不像是在说着玩。

“你为什么要我那么做？”

“你知道为什么。”阿珂斯说着，放下了手。

“埃加。”我说。

除了埃加，还能是什么呢。

他说：“如果明天你杀了利扎克，埃加的头脑中就会永远封存住他最糟糕最坏的记忆，他就永远是那个样子，再也没有好转的希望了。”

我曾经跟他说过，让埃加恢复原样的唯一可能是利扎克。如果我哥哥可以任意地和埃加置换记忆，他当然也能再把那些记忆置换回去，让它们各归各位。我能想到一个让他这么做的办法——也许是两个。

而对阿珂斯来说，埃加就像极远之处的一点儿微光，只要他还有可能记起过去，希望就还在。我知道他不可能放弃，但是我也不能为此赌上一切。

“不。”我的声音很坚定，“首先，我们不知道他们置换的记忆对其各自的天赋赐礼有什么样的影响。我们甚至不知道他能不能让埃加恢复成原来的样子。”

“只要有一点儿机会，”阿珂斯说，“一点儿机会能让我哥哥复原，我都必须——”

“不！”我把他往后一推，“看看他都对我做了什么！看看我！”

“希亚——”

“看看这个！”我指着自己的半边脑袋，“我所有的杀戮刻痕！被他折磨的岁岁季季，身体上的深浅伤痕，你让我放过他？你疯了吗？”

“你不懂，”他急切地说道，用自己的额头抵着我的，“埃加变成这个样子是拜我所赐。如果我不曾试图逃出沃阿城……如果我早一点儿屈从于我的命运，事情就不会如此一发不可收拾。”

我一阵心痛。

我从来都没有想过，利扎克置换了埃加的记忆，阿珂斯却把自己摆上了为此负责的位置。我很清楚利扎克对埃加的所作所为背后有着这样或那样的原因，但阿珂斯所知道的只是他失败的出逃导致了埃加所受的伤害。

“不管你有没有试图逃走，利扎克都会对埃加做那些事，”我说，“埃加如今的遭遇并不是你的责任。发生在他身上的任何事都应归咎于利扎克，而不是你。”

“不是仅此而已，”阿珂斯说，“我们从家里被抓走的时候——他们不知该抓奇西还是他，但我知道。因为我叫他快跑，是因为我。所以，我跟我爸爸保证，保证一定——”

“我再说一遍，”这次我更生气了，“是利扎克的责任，不是你的！当然，你爸爸也明白这一点。”

“我不能放弃他，”阿珂斯的声音都哑了，“我不能。”

“那么，我也不能继续参与你这荒谬的上下求索了，”我讥讽道，“我不能看着你毁了自己，送了自己的命，去救一个根本不想要被营救的人。那个人已经不在了，也永远不会回来了！”

“不在了？”阿珂斯的眼神里尽是迷乱，“如果我跟你说你没有希望了，你会怎么样，嗯？”

我知道答案是什么：如果没有希望，我便绝对不会爱上他，绝对不会转而求助于起义军，我的天赋赐礼也绝对不会有所改变。

“听着，”我说，“我必须这么做。就算你现在不承认，我也知道你其实全都懂。我需要……我需要利扎克从人间消失。除此之外，我没什么可说的了。”

他闭上眼睛，随后转身离开了。

第三十三章

希 亚

§

所有人都入睡了，即使是阿珂斯，也在离我几英尺的地方躺下了。可是我还醒着，只有飞速运转的思绪相伴。我用胳膊肘撑着身子，看着外面毯子下面的起义军起起伏伏的影子，看着渐渐熄灭的炉火。约尔克紧紧地缩成一个球，毯子遮住了脑袋。一束月光笼罩着缇卡，把她的一头金发映成了银白色。

我皱起眉头。正当一些回忆片段渐渐浮现时，我看见萨法·凯雷赛特穿过房间，从后门出去了。我还没意识到自己在做什么以及为什么做的时候，就已经蹬上靴子，跟上了她。

她就站在门外，双手交握，背在身后。

"你好。"她说。

这是沃阿城的贫民聚居区，我们四周全都是低矮的建筑，涂料剥落，窗框歪斜，失去了原有的功能，装饰品一样挂在墙上，门摇摇晃晃地悬在合页上。街道不是石头铺的，而是土路。不过在这些建筑之间，浮动着许多夜珠虫，闪着枭狄特有的蓝光。其他颜色的夜珠虫都在人工繁育中渐渐消除了，几十季来不见踪影。

"在我所看到过的所有未来中，这是比较奇异的一个，"萨法说，"也是具有无限可能的一个，因为善与恶势均力敌。"

"你看，"我说，"如果你直讲要我干什么，我可能会帮忙的。"

"我不能直讲，因为老实说我也不知道。我们正身处晦涩模糊的地带，"她说，"充满了令人困惑的幻象。几百种含混的未来已经铺张开来，我能看到的仅此而已。可以说，唯有命运是清晰无误的。"

"这有什么区别？"我说，"命运，未来……"

“命运是一定会发生的，无论未来以何种幻象呈现，由我看到。”她说，“如果你哥哥知道命运无可更改，毋庸置疑，他就不会浪费时间来试图挣脱了。不过我们总是更愿意保持神秘感，尽管太过克制也会另有风险。”

我试着想象出这样一幅图景：上百条扭曲缠绕的路径在面前徐徐展开，每一条都通向同一个终点。这观念让我自己的命运也变得更离奇了——不论我去哪里，不论我做什么，我都会跨越极羽边境。然后呢？又会怎么样？这意义何在？

我没有问她。尽管我觉得她应该告诉我，她不会说的——我也不想知道。

“各个星国的神谕者每一季都会聚集起来，开会讨论我们看到的幻象。”萨法说，“我们会彼此交换意见，就每个星国最具决定性的那个未来达成一致。对于这颗行星，我的工作——除了记录幻象之外，这是我唯一一项工作——是确保利扎克统治枭狄的时间尽可能地短。”

我说：“即使以您的儿子为代价？”

我不太确定自己指的是她的哪个儿子：阿珂斯，或是埃加，或是两者皆然。

“我是命运的奴仆，”她说，“我没有偏袒的奢侈特权。”

这说法让我从里到外一阵寒凉。理论上，我能理解为了“人间大爱”而做事，但实际上，我对此全无兴趣。我总是会选择保护自己，现在是保护阿珂斯，只要我能。除此之外，没有什么能让我心甘情愿偏离自己的路径。也许这意味着我不够善良，但无论如何这就是我的真实想法。

“同时充当母亲和神谕者，或是妻子和神谕者，并不容易。”她说道，这次她的声音不像之前那样坚定了，“我曾经……犯险试过很多次，以至善为代价，保护我的家人，但是……”她摇了摇头，“我必须坚持到底，必须抱定信念。”

否则会怎样？我想问她。至亲所爱被横刀夺走，自己却逃得远远的，拒绝担负起从未想过的责任，还有什么能比这更“不善良”？

“我有个问题，您也许可以回答，”我说，“您听说过雅玛·扎伊维斯吗？”

萨法偏了偏头，密实的头发搭在一侧肩膀上：“听说过。”

“您知道她嫁给尤祖尔·扎伊维斯之前的姓吗？”我说，“她是不是命运眷顾者？”

“不是，”萨法深吸了一口夜里的冰凉空气，“他们的结合乃是一种失常的越轨行为，似乎不足以被枭狄的神谕者记录在册。尤祖尔是自行缔结婚约，出于爱——看起来是。而对方是个普通女人，有个普通名字：雅玛·苏尔库塔。”

苏尔库塔。这是缇卡和佐西塔的姓。她们都有浅色的头发和眼睛。

“正如我所意料，”我说，“我可以待在这儿再聊一会儿，不过我有些事需要去做。”

萨法摇头道：“对我来说，不知道他人的决定为何，乃是一件奇事。”

“拥抱不确定性吧。”我说。

§

如果沃阿城是个车轮，我此刻正走在它的轮圈上。扎伊维斯家在城市的另一边，他们的房子建在能俯瞰沃阿城的山崖上。我能远远地看见那处房产里面闪烁着灯光，而脚下的街巷仍旧破破烂烂。

生命潮涌在我头顶之上的天空中蜿蜒盘绕，深紫色正渐渐变成红色，看起来就像鲜血。鉴于我们明天的计划，这个颜色还是挺相称的。

起义军安营扎寨的这个贫穷破败的街区，让我感觉很自在。大多数时候，这里的窗户都是黑洞洞的，不过有时候我能看到小提灯映出一团团人影，还看到过一所房子里一家四口围坐在一起，玩着从佐德搜罗回来的纸牌，其乐融融。以前，我不敢行走在这样的街巷里，因为我是利扎克的妹妹。但现在我身败名裂，统治阶层中再没有我的朋友，我终于是安全的了，在这里。

步入比较富裕的城区时，我就觉得没那么舒服了。沃阿城的每个人都宣称对诺亚维克政权效忠——这并非可选项——但利扎克将整个枭狄资格最老、最得他信任的家族排成一圈，安置在他的周围。只凭建筑我就能肯定我已经到了这个圈子里面：房子更新修缮过，重新粉刷过，脚下的街道也变成了石头路面。路旁立着街灯，能看到大多数窗户里面的景象：人们穿着干净光鲜的衣服，在餐桌旁看着影幕，或是关注着滚动新闻。

我尽可能迅速地掉转方向，找到一条通往山崖上方的路。很久以前，枭狄人在崖壁上凿出了石阶，它们陡峭狭窄，年久失修，胆小心虚的人可走不了这条路。但我的字典里从来就没有“胆小心虚”这几个字。

因为昨天受的伤和我的天赋赐礼带来的双重疼痛，我一只手扶着左边的墙壁，靠了上去。出发的时候，我根本没意识到自己的身体有多么千疮百孔、精疲力竭，而现在每登上一级台阶，我那仍未痊愈的脖子和伤口就一阵阵地痛。我停了下来，掏出一个小药瓶——这是我从阿珂斯的包里拿的。

不同颜色的药瓶整齐排列，大多数我一眼就能认出来——安眠药、止痛剂，放在最里面的是红色的缄语花花精，用两层蜡封住了瓶塞。这个剂量和纯度，足以杀死一个人了。

我喝下半瓶止痛剂，然后把其他的药瓶包起来，塞回我的小背包里。

一路上，我不得不停下来多次休息，花了一个多小时才爬上山顶。从这里望过去，沃阿城变得很小，亮着灯的窗子也变成了点点星光。我总能毫不费力地就找到位于城市中央、闪着白光的诺亚维克庄园，还有被力障碍区保护起来的中央竞技场。在它之下的某个地方，欧力芙·贝尼西特就在那里，等着死亡逼近。

我一到山顶就尽可能快速地远离峭壁。我不胆小心虚，也不意味着就能拿死亡开玩笑。

我沿着通往扎伊维斯家的路，一直走进他们驯养繁殖夜珠的林子里。路两旁安装着金属隔栅，以防有人来偷窃那些值钱的昆虫。树丛顶部蒙着网子，免得夜珠跑出去，因为它们喜欢在最高的细枝上筑巢。树又高又细，树冠幽暗，极深的绿色层层叠叠，像金属丝一样，和我平时见过的那些松软的树叶完全不同。

终于，扎伊维斯家的房子出现在视野中。门前有个警卫，但他还没来得及防备，就被我一拳击中下巴，打翻在地。我拽起他软绵绵的手，打开了大门。我站在那儿停了一会儿，想起了在诺亚维克庄园时自己无法打开利扎克的房门。我的血液，我的基因，怎么会打不开它呢？直到现在我也不知道为什么。

*现在不是思考的时候。*我晃晃脑袋，让自己清醒了些，继续往前走。我觉得不会再碰到其他的警卫了，现在住在这儿的只有雅玛

一个人。

这是拜我所赐，我当然能够确定，不是吗？

这房子原本是通风良好的石头城堡，不过如今修葺一新，充满了现代感，大块的石墙被玻璃代替，圆球形的小灯里装着夜珠，发出蓝色的光，覆盖在树顶上，映在窗玻璃中犹如明亮的华盖。房子前面有些奇怪的树木，它们虬结在一起，有的攀上了石头，有的盛开着，巨大的花朵来自异域，显露出我从未见过的奇特色彩：舌头般的粉色、浓郁的蓝绿色、宇宙般的黑色。

我来到了前门，从腰上挂着的刀鞘里抽出一把小巧的潮涌之刃，以防万一。想到要打破四周的寂静，我甚至有点儿害怕，但我还是敲响了门，用力地用刀柄敲门，直到雅玛·扎伊维斯应声而出。

“诺亚维克小姐。”雅玛说。她没笑——这是破天荒的头一遭——而是盯着我右手里的武器。

“你好，”我说，“介意我进屋吗？”

没等她回答我就走进了门厅。地板是木头铺成的，木料可能来自房子外面那些黑乎乎的树，和诺亚维克庄园里用的一样。屋子里没有多少隔墙，整个一楼一览无余，所有的家具都是光秃秃的白色。

雅玛穿着一件有光泽的浅色袍子，头发散落在肩上。

“你是来杀我的吗？”她面容平和沉静，“我想，你开的头，由你来结束，是再好不过的了。先是我的丈夫，然后是我的女儿……”

我很想告诉她，我根本就不想杀死扎伊维斯父女二人，他们的死至今仍在我的噩梦中挥之不去。我总是会听到尤祖尔的心跳声，而后猛地惊醒，也总是会看见莱蒂站在我房间的屋角。不过，我没有必要跟她说这些。

“我只是来跟你谈谈，”我说，“这刀子不过是防身用的。”

第三十三章
希 亚

“我觉得你用不着什么刀子。”雅玛说。

“有时候刀子更有效，”我说，“微妙的胁迫感，仅此而已。”

“啊，”雅玛转身往里走，“那么过来吧，请坐。”

她把我领到起居室——其实站在门厅里就能看得见——这里的矮沙发摆成方形。她轻轻触碰，打开了几盏灯，沙发底下便亮了起来，玻璃茶几上的提灯里也挤满了夜珠。我一直等着，她整理好袍子，盖住双腿，才坐了下来。她真是个优雅的女人。

“你比我上次见到时好一些了，”她说，“我不能违心地说什么不愿意看到你流血。”

“是啊，我知道那能让不少人觉得开心，”我锋芒毕露地说，“不过当你饥渴地看着别人血洒当场时，也就很难占领什么道德制高点了，不是吗？”

“是你有罪在先。”

“我从来没说过我和你站在同样有利的高地，”我说，“搞不好你和我一样身处低洼地势呢。”

雅玛笑了起来，我能肯定她是想另起话头羞辱我，但我抢在她前面说：“我知道你和我一样，憎恶我哥哥。我发觉这一点已经蛮久的了。我之前对你没什么好感，因为你为了活命和他保持亲密的关系，我还以为你只是绝望了，所以不得不那么做。”

雅玛的脸一阵抽搐，她扭过头，透过宽大的窗子看着外面的沃阿城。在这么高的地方，能看见城外的海洋，但也只是空旷一片，就像宇宙的边缘。

“以为？”她终于应道。

“今天我才开始明白，你并不是绝望——至少不是我以为的那种绝望。一切都在你的完美掌控之中，对吗？”

她猛地转过头看着我，一下子冷峻严厉起来。我的话起作用了。

“你所失去的远比我想象的多。在我把手放在你丈夫身上之前，你就已经失去他们了。苏尔库塔，这是你的姓。”我说，“佐西塔·苏尔库塔是你的姐姐，她因为向邻居教授外语被驱逐出境，逃到了其他星球上，随后又在巡游飞艇上的行刺事件中被处以死刑。在她被抓住之前，你的外甥因此而死，你的外甥女缇卡，被我哥哥剜去了一只眼睛。”

“我家人的这些罪行是背着我干的，”雅玛说，她的声音微微颤抖，“你要我为此负责也太牵强了。”

“我没有要你负责，”我笑了一下说，“我只是在告诉你我发现了什么：你是叛军的一员，而且由来已久。”

“天啊，你是在编故事，对吧？”雅玛说道，她那古怪的笑意又回来了，“我就要跟你哥哥结婚了，即将成为枭狄最有权势的人之一。我和尤祖尔·扎伊维斯的婚姻不过是个手段，而这手段已如此告一终结。一步步地晋升社会地位，我对此颇有技巧。这些是你所不能理解的，因为你生来就在特权阶层。”

“你知道是什么出卖了你吗？”我没理会她的解释，接着说道，“首先，告发尤祖尔的人是你。你很清楚我哥哥会如何处置他。一个绝望的人是不可能算计得如此精准的。”

“你——”她想插话，但我抢先继续说下去。

“第二，你警告我他们会找个无辜之人充当叛军的替罪羊，是因为你知道我一定会为此采取行动。”

她冷哼一声：“你先是列举了那些我失去的家人，然后又谴责我把我姐姐卷进来送了命？这些到底有什么意义？”

“最后，”我继续说，“是你轻敲出的那些暗号。你和缇卡要传递什么消息？那可算不上什么完美的暗号系统。”

雅玛避开了我的目光。

“你是叛军的一员，”我说，“正因如此，当我哥哥夺去了你的一切之后，你仍然可以站在他的旁边。你知道你需要接近他，好完成你的复仇大计。”

她站起来，袍子在身后飘摇，随后走到窗前立定。她一动不动地在那儿站了好一会儿，犹如月光之下的一尊白色柱子。接着，她垂在身体一侧的手，开始用食指和拇指轻敲：一下，三下，一下；一下，三下，一下。

“这确实是暗号，”她仍然背对着我，“以前，我姐姐和我学过一首歌，来记住诺亚维克家族的命运。她把这首歌也教给她女儿缇卡了。”她说着唱了起来，声音干涩，“诺亚维克家族的长子让位于贝尼西特家族……”我看见她的手指敲着拍子，身体也随之摇晃起来。“这首歌的节拍就是一、三、一……”

像是一支舞。

“你说得没错，”她慢慢地说，“当我需要力量完成眼前的任务时，我就会在心里唱起这首歌，并且用手指敲出拍子。”

在她姐姐的死刑现场，她的手放在栏杆上，在我哥哥的宴会上，她的手放在他的膝盖上，都是这样轻轻敲击着。

她转过身看着我。

“所以呢？你是来寻找可图之利的吗？还是打算用我来换取你的自由？是什么？”

“我必须赞美你为这潜伏伪装所做的一切，”我说，“你交出了你的丈夫——”

“尤祖尔感染了 Q900X。贸易协议中的很多条款是有违我们的信仰原则的，”雅玛咬牙切齿地说，“他是为这个原因而牺牲了自己。我向你保证，那并不是我意图之中的事，而应该归功于他忘我的献身精神——这是你完全不理解的东西——而我巩固了在利扎克身边的地位。”

我的潮涌阴翳流动得更快了，它们仍然受我情绪波动的影响。

“我想你和其他的起义军没怎么说过话吧，”我说，“你知道是他们救了我吗？我已经有一阵子是站在他们这一边的了。”

“是吗？”雅玛干巴巴地说道，冲我皱着眉。

“利扎克对我施刑之前，他所陈述的那些我的罪行，你根本就不相信，对吗？”我说，“我帮助起义军潜入诺亚维克庄园行刺他，计划失败后我又放走了他们。我就是因此才被抓起来的。缇卡，你的外甥女，当时就在场。”

雅玛的眉头皱得更紧了。在这样的光线之下，她脸上的纹路也更深了。她并不老，离长出皱纹的年龄还远着呢，还有过早变白的头发——这些都源自悲伤。现在我明白她一直挂在脸上的笑容是什么了——那只是一副面具。

“他们中的大多数人……”她叹了口气说，“他们都不知道我。佐西塔和缇卡是——唯一知情的人。这和我们的计划休戚相关，不管怎么说，我和其他人的联系只会带来更多危险。”

我站了起来，走向窗边，和她站在一起。窗外的生命潮涌已经变成了深红色。

“明天，起义军将揭竿而起，对抗利扎克，”我说，“就在他处死欧力芙·贝尼西特之前。我将在竞技场向他发起挑战，让他无从拒绝。”

“什么？”她惊讶地说，“明天？”

我点点头。

她笑了一声，双臂环抱胸前："你这个傻孩子，你真的以为自己能在竞技场打败利扎克·诺亚维克吗？你只会这么一根筋地思考，像个训练有素的杀手。"

"当然不，"我说，"我有个计划要跟你商量，你的任务非常简单。"我把手伸进随身的小背包里，掏出一个药瓶。"你要做的只是把这个倒进利扎克早上要喝的镇静剂里。我猜那种时候你应该在他身边。"

雅玛一脸愁容地看着那个药瓶。

"你怎么知道他会喝镇静剂？"

"他杀人之前一贯如此，"我说，"这样就不会吐了。"

雅玛轻蔑地冷哼一声。

"你怎么看待他，我根本就不在意，"我说，"但是每当他强迫我公开杀人，他就会服用镇静剂，所以我可以跟你保证，他在出席观看欧力芙·贝尼西特的行刑仪式之前，也一样会服用。不过我对你有个要求，那就是只做这件事，其他的都不要碰。这样如果我失败了，你还是可以安全地待在他身边。他没有理由怀疑你。而如果你和我都成功了，我答应你绝不碰他一下，你便可以手刃仇人，不必先跟他结婚了。"

她接过药瓶，仔细地看了看。药瓶上用来封口的封蜡，是阿珂斯从我书桌上拿的——我曾经用它来为信封封口，扣上诺亚维克家族的徽章，妈妈和爸爸也都是这么做的。

"好的，就这么办。"雅玛说。

"很好，"我说，"我相信你会很小心的。千万别被抓住，我会承受不了。"

“从你还是个小屁孩的时候我就很小心了，每一句话，每一个眼神。”雅玛说，“我由衷地希望，诺亚维克小姐，你不是出于赎罪补偿才如此行事，因为你不会得到原谅。我不会原谅你，为你曾经作过的那些恶。”

“噢，我真的没那么高尚，”我说，“对我来说这只是纯粹的报复，你放心好了。”

雅玛看着玻璃窗里我的倒影，轻蔑地笑了。我离开了，我必须得尽快回到起义军所在的公寓，赶在其他人醒来之前。

第三十四章　阿珂斯

阿珂斯前面是希亚。她站在阳光里，戴着帽兜，遮住了脸。她穿着一件厚重的斗篷，双手也缩在长长的袖子里，好隐藏起身上的潮涌阴翳。她背后就是那座中央竞技场，她差点儿在那里送了命，但她挺直的脊背，全然看不出曾经被人试图碎尸万段的迹象。

一队枭狄士兵站在通往竞技场的巨大双开门旁边。街巷间流传的说法是——这是索维打听来的，约尔克说她“认识所有人”——今天被召集到竞技场来的这些士兵，将因其优秀的涤故更新工作而接受表彰。阿珂斯想不出来，他们能带回多好的东西，值得如此大张旗鼓地授予荣誉，但这不重要——他们不过是个幌子而已。利扎克想要的是大批观众前来见证欧力的死刑。

大门打开了。明亮的灯光让阿珂斯眯起了眼睛，人群发出的吼声灌满了他的耳朵。竞技场里挤满了数不清的脸孔，他觉得像是整个城市都塞进来了似的——其实到场的不过全城人口的五分之一，另外五分之四都在沃阿城的各个地方等着看滚动转播——如果他们真愿意费心去看的话。

希亚转过身来，闪过一道银光，太阳照着她已经痊愈的脖颈。她的下巴仰起又落下，点了点头，随后涌动的人潮便推着她离开了他身边。时候到了。

“话说回来，”伊赛走过来，站在阿珂斯旁边，“我们从没有计划好该如何进入这第一道门呢。”

“说真的，我倒是有个完美的计划，那就是……抓住卫兵的头撞到墙上去。”阿珂斯说。

“我确定他们完全没注意到我们，”伊赛答道，“眼罩就位了，我们走吧。”

伊赛喜欢用昵称来指代这些起义军，而不用他们的本名。“眼罩”显然是指缇卡，约尔克是“不淡定”，扎尔是“风骚家伙”，索维是“不会讲荼威语的人”——有些长，但她也不怎么提到她。起义军其实也是这样的，阿珂斯就听过缇卡用“傲慢鬼”来称呼伊赛。那时候他们正狼吞虎咽地吃着早餐，看着房顶上被阿珂斯妈妈的浮艇撞出来的那个洞。

阿珂斯让缇卡和奇西守在竞技场的门口，自己按照既定路线继续，伊赛则在他的外围。不过，当缇卡毛遂自荐要和他们一起到地下监狱去时，他们都颇为惊讶，因为她明摆着对欧力的死活不感兴趣。不过也许是希亚的话打动了她：利扎克要证明自己战胜了命运，我们就把这胜利时刻劈手夺走。

“你从警卫身上看出什么端倪了吗？”他足够靠近的时候缇卡问道。她穿着灰色的衣服，头发梳下来遮住了失去眼珠的眼眶，犹如一片金色的眼罩。他越过她的肩膀，望了望守在门外的士兵——这扇门是希亚为他们指定的。它和墙壁是同一个颜色，上面挂着一把老式的锁，要用一把金属钥匙才能打开。也许钥匙就在某个士兵的口袋里放着。

但阿珂斯考虑的不是如何解决这扇门，而是如何解决那些人。他已经不是五季之前的阿珂斯了，他的肩膀更宽了，身上穿着自己赢得的盔甲，腰后挂着刀鞘，手掌握着那把潮涌之刃的刀柄。挺精干的，阿珂斯揣测着，不太容易打晕呢。

“我能把他撂倒，但做不到悄无声息，”阿珂斯说，“我很可能就这样被抓起来了。”

“好吧，这个就当作备用计划，”伊赛说，“调虎离山怎么样？”

“当然行，”缇卡抱着手臂说，“这人是雇来当警卫的，守着的这扇门通往利扎克·诺亚维克的秘密地下监狱，一旦失职就有可能送命，他却擅离岗位，只因为你在他面前晃了晃什么闪亮亮的小东西。”

“你还可以把‘秘密地下监狱’这几个字说得更大声点儿。”伊赛说。

缇卡反唇相讥，但阿珂斯没注意听她说什么，因为奇西拽了拽他的袖子。

“给我看看你的药瓶，”她说，“我有个主意。”

阿珂斯无论走到哪儿都随身带着几瓶药——安眠药、镇静剂，还有些兴奋剂。他不知道奇西想要哪一种，不过他还是解开了绑在胳膊上的系带，把那个硬邦邦的小包递给了她。她翻找着，把药瓶弄得叮当作响，最后找出了安眠药。她把药瓶打开，闻了一下。

“药劲儿很大。”她说。伊赛和缇卡还在吵个不停，到底为了什么，他也不知道。不过只要她俩还没开始大打出手，他就不想插进去说什么话。

“某些特定情况下这个是很有效的。”阿珂斯含糊地说道。

“到那边的货车那儿去给我买些饮料，可以吗？”奇西冲着广场另一边带有大遮阳篷的货车点了点头。她的话听起来信心十足，他也就没提出什么疑问。他在人群里穿梭，脖子后面滴下了汗珠。他像缇卡一样，也穿着灰色的袍子，遮住了里面的盔甲，不过这也没能让他隐没在人群里——视野所及之处，他仍然是个头最高的——但至少让人没那么容易联想到，这就是前一天在竞技场救走希亚·诺亚维克的那个人。

货车的车板重重地压在车轮上，以很大的角度向一侧倾斜着，阿珂斯都纳闷那些杯子怎么没有滑下来摔到地上。杯子里装着的是浓郁辛辣的饮料，来自欧尔叶，可以提振精神——如果摊贩的叫卖没有夸大其词的话。那个欧尔叶人用磕磕绊绊的枭狄语开了个价，阿珂斯丢给他一枚硬币。在巡游飞艇的房间里，希亚有些钱存在那里，有天早晨她刷牙的时候大大咧咧地把它们拿了出来，他便留了一些，以备不时之需。

杯子握在他手里，显得小小的，他把这热饮递给奇西，奇西则把那瓶安眠药倒了进去，随后慢悠悠地向警卫走了过去，一句话都没和他多说。

“他应该不会讲荼威语。”缇卡说。

奇西的姿态很放松，和那个警卫打招呼的时候，笑容在她脸上绽放开来。一开始那个人像是要冲她大吼大叫，不过接着就露出一副昏昏欲睡的神态——约尔克和扎尔昨天跟奇西聊天时就是这副模样。

“她会讲奥格拉语，”他说，“这无关紧要。”

他以前就见识过奇西的天赋赐礼了，但那时候她都不是刻意的。他完全不知道，当她真正用心地应用这项天赋时，究竟会有多大的效力。那个警卫向后倚在竞技场的外墙上，嘴巴弯弯地微笑着，当她把杯子递过去的时候，他用双手接住，然后喝了一口。

阿珂斯推搡着人群，飞快地靠近。如果警卫倒下去，他希望这一幕尽可能地不显眼。当他赶到姐姐身边时，那个士兵正摇摇晃晃，杯子里剩余的欧尔叶饮料洒了出来，落在夯实的土路上。阿珂斯托住他的肩膀，慢慢地把他放倒在地。缇卡已经蹲在他旁边，一个口袋一个口袋地翻找着，迅速拿到了钥匙。她回头看了一下四周，把钥匙插进了锁孔。

“很好，”伊赛对奇西说道，“这可真是彻头彻尾的令人心惊啊。”

奇西只是咧开嘴笑了。

阿珂斯把这个睡着了的警卫拖到一旁，然后跑向其他人，他们已经打开了大门。通向地下的主隧道闻起来有一股垃圾和发霉的臭味，让他觉得肚子里一阵尖锐的不适，就像有根针在扎着他似的。空气很浑浊，看来里面湿气很重。他们悉数进入，缇卡反锁了背后的大门，把钥匙放进口袋里。

此刻，没有人争吵，没有人开玩笑，也没有人即兴炫技了。除了远处滴水的声音之外，主隧道里一片死寂。而且更糟的是，在这儿听不见外面的声音，竞技场里的人群嘈杂和欢呼叫好，全都被隔绝在外，因而也就不知道希亚是不是已经进入其中，是不是准备好角斗挑战，是不是应该带着欧力冲出去。这隧道不像地下室，倒更像是一座坟墓。

“希亚说要一直往中央走，”伊赛轻声说道，“她不记得明确的路线了，不过被带出去之前，这儿就是最后一个落脚点。”

然而，希亚并不是唯一一个到过这里的人。阿珂斯闭上眼睛，回想着那个夜晚。当时，瓦什把他从床上拎起来，拖到地下监狱，而他已经被关在自己的房间里饿了好几天——他忘了究竟是几天，突然就被人锁死了房门，也没人跟他解释到底发生了什么。他饿得胃疼，连续几小时几小时地疼，后来一下子又不疼了，好像连胃都缴械放弃了。

那时候，瓦什在走廊里狠揍了他好几下，然后把他拖上飞艇，降落到这里——这条隧道，这个霉味混合着垃圾臭味的地方，这个特别黑暗的地方。

“我记得路线。”他说着越过伊赛，到最前面带路。

他仍然大汗淋漓，于是解开了遮住盔甲的厚重袍子，把它丢在一旁。在他的记忆里，这条路是模糊昏暗的，回想当时是他最不愿意做的事了。那时他浑身上下没有一处不疼，虚弱得站都站不住。埃加站在后门那里，眼看着他和瓦什进来了，弯曲的手指搭在阿珂斯肩上的盔甲上。有一瞬间这令他觉得安慰，以为哥哥是想要搀扶着他。可埃加只是把他拽进了监狱，去接受折磨。

阿珂斯咬紧牙齿，紧握住刀柄，继续往前走。当他转过第一个拐角时，一个警卫横亘在面前，他想都没想就出手了。他猛地把这个又矮又壮的小兵摁在墙上，抓着他的下巴，把他的头往石墙上撞。刀锋刮过阿珂斯的盔甲，警卫的手上亮起了灯，但一下子就被阿珂斯扑灭了。

他狠劲儿地把那警卫的头往后撞，一下又一下，直到警卫翻着白眼倒了下去。阿珂斯打了个寒战，汗毛都竖了起来，他没去检查士兵是不是死了。他不想知道。

他用余光看了一眼奇西，只见她紧紧抿着嘴，一脸的憎恶。

“呀，”伊赛说——声音相当尖锐，“真是能干。”

“是啊！”缇卡说着，一脚正踩在那个警卫的腿上，“我们在这儿遇见的都是诺亚维克家族的死忠派，可用不着为他们哀悼流泪啊，凯雷赛特。”

“你看见我脸上有泪珠了？”阿珂斯试着用那种希亚常用的虚张声势来掩饰自己，但是声音有些喑哑，险些功亏一篑。不过，他还是一步不停地走着。他不担心奇西对自己的看法——至少在这里用不着想。

又转了几个弯，阿珂斯身上的汗落了下去，反而开始发抖了。这些走道看起来全都一模一样：起伏不平的石头地面，满是灰尘的石头墙壁，低矮逼仄的石头天花板。他们往下走的时候，阿珂斯总得注意躲闪，免得碰到头。垃圾的臭味渐渐消散，发霉的气味却越来越浓重，呛得他难受。他还记得埃加拽着他穿过这些走道时，他曾凝视哥哥的侧脸。他注意到他剪短了头发，就像利扎克一样。

*我不能看着你毁了自己，送了自己的命，去救一个根本不想要被营救的人。*希亚曾经在事发前一晚这样说过。那时他已经把自己疯狂的逃跑计划坦诚直陈，可她拒绝同往。要和她对着干是颇有难度的，只有他除外。他不得不如此。

前方的一扇门配着石头木头门框看起来有些怪，它是用不透明的黑色玻璃制成的，旁边是闭锁系统——一张键盘。希亚给了他们一份长长的密码单，囊括了各种排列组合——所有的这些数字组合，据希亚说，都和她的母亲有着某种关联：生日、忌日、结婚纪念日、幸运数字……不过，阿珂斯始终看不出，利扎克是那种极其在乎母亲，能用她的生日做地牢密码的人。

不过，缇卡却没有一个个地去试这些密码，而是开始拆卸罩在键盘上的盖板。她的螺丝刀精巧得像一根针，光滑、洁净，用起来就像是她的第六根手指。她把盖板从键盘上抽了下来，露出一堆电线，随后捏起一根，闭上了眼睛。

“呃……缇卡？”他们背后的某处传来了脚步声。

“闭嘴。”她厉声说道，又捏起另一根电线，微微笑了起来。“啊，”她显然是在自言自语，“我明白了。这样就搞定了，来吧——”

所有的灯全都灭了，只有悬挂在拐角上方的应急灯还亮着。这突兀刺目的亮光让阿珂斯的眼睑上霎时一片光斑。玻璃大门徐徐洞开，露出了里面的玻璃地面——那是阿珂斯最不愿企及的痛苦回忆：就是在这里，他的哥哥强迫他在希亚·诺亚维克面前屈膝下跪。惨白的应急灯光照射着监狱中间的通道，映出了一格一格的牢房栅板。

伊赛冲了进去，沿着通道一路狂奔，搜寻着左右两边的牢房。阿珂斯也紧随其后，检查着其他的地方。但与此同时，他感觉到了一丝隔绝之意。这时伊赛跑了回来，她还没开口，阿珂斯就知道她要说什么了。

他觉得自己仿佛早就料到了这一切——他看见妈妈的指间轻弹着那枚纽扣，他意识到萨法要把他们推入她想要的未来易如反掌，无论代价如何——自那一刻开始，他就已经料到了眼下的这一切。

“她不在这里。”伊赛说。阿珂斯认识的伊赛，从来都是冷静自持的，即使是在知道欧力被抓走的时候也没有崩溃失态。她从不犹豫，从不动摇，从不踉跄颤抖。可现在她却几乎要尖声惊叫起来，疯狂无措。“她不在这里，欧力不在这里！”

他缓缓地眨着眼睛，头脑周遭的空气仿佛变成了黏稠的糖浆。所有牢房皆空无一人。欧力已经不在了。

第三十五章　希亚

中央竞技场前面的双开门拉开了，我知道，该走了。我最后看了阿珂斯一眼：他的手指尖上染着红色的印记，那是前一天夜里准备缄语花混合制剂时沾上的；他的下巴上横亘着一道白色的刀疤，双眉总是紧蹙，让他带着一种无时无刻不在担心忧虑的神情。而后我就从前面两人中间钻过去，混进大队的士兵中间——他们将从我哥哥手里接过授奖。

当其中一人发现我的时候，我们已经身处通往竞技场决斗场地的通道之中。我拔出了潮涌之刃，淡定如常。

“喂！”一个士兵厉声对我说道，“你是不允许进入——”

我抓住他的胳膊肘，把他拉近，用我的刀尖抵着他盔甲的下缘，位置刚好在他的后腰上。我用了点儿力气，让他能感觉到刀尖逼近的刺痛。

“让我进去，”我对他说道，声音大得周围几人都能听见，“一进去我就放了他。”

“你是……”另一个士兵嗫嚅着，靠过来看见了我的脸。

我没回答。我把手放在那人质士兵的盔甲上，不去碰到他的皮肤，推着他往通道尽头走。没有一个人过来帮他，这应归功于我的声望——我的声望，以及盘绕在我的喉咙和手腕上的黑色阴翳。

我侧目瞥着通道尽头的明亮光线，听着庞大人群发出的巨大吼声。硕大沉重的门在我身后关闭，锁死，我和我的人质就这样登上了竞技场。在我们上方，力障碍区嗡嗡蜂鸣，闻起来有种盐渍果子的酸味儿。我的每一步都掀起尘土，扬散在空中，这感觉再熟悉不过。

我曾在此鲜血四溢，也曾在此取他人性命。

利扎克站在竞技场半空的一个宽大的平台上。扩音器垂了下来，悬在他的头顶上。他的嘴巴张开着，像是准备好发表演讲，但此刻他所做的，只是眼睛一眨不眨地盯着我。

我把人质士兵往旁边一推，将潮涌之刃收回刀鞘，然后拉下帽兜，露出了自己的脸。

利扎克只愣了一下就立刻换上一副嘲讽的笑容："看呀，诸位。希亚·诺亚维克竟然这么快就回来了？你想念我们了，是吗？还是说，这位已遭贬黜的枭狄人是来自杀谢罪的？"

四周的人群爆发出整齐的笑声。聚集在这座中央竞技场的都是他最忠心的支持者，他们是整个枭狄最健康、最富有、过得最声色犬马滋润的人。任何看似可笑的东西，都能让他们嘲讽讥笑。

一个扩音器——由场内的某人远程控制——悬浮着飘了过来，停在我脑袋旁边，等着我说话。我看着它上下起伏，犹如一只燕子。我的时间不多，必须抢在他派人抓住我之前占得先机，必须直截了当。

我脱下一只手套，又脱下另一只，解开厚重得让人冒汗的斗篷，露出穿着盔甲的身体。我的双臂无遮无挡，脸上略略化了妆——今早缇卡帮我的——遮住了擦伤和瘀青，看上去就像我一夜之间便已痊愈恢复。脖子和头上的银肤布闪着耀眼的光，它隐隐有些发痒，仿佛正在将我的伤口拉拢织合。

若说我身上的伤口作痛，那是无须提及的，我已经服了阿珂斯给我的止痛剂。但此时此刻，真正将我和我的疼痛区隔开来的，是肾上腺素。

“我要在这里向你发起决斗挑战。”我说。

观众们发出七零八落的笑声，好像他们不知道是不是应该笑似的。当然了，利扎克是一丝笑意也没有的。

“我还从不知道，你竟然可以如此戏剧化。”利扎克说道。他的脸上开始出汗，不自觉地用手背擦了擦嘴唇。“绑架了人质闯到这里来，企图夺取你哥哥的性命……好吧，这种残忍本来就是你的真实面目。我只能这么说。”

“你把你妹妹往死里打，然后在她脸上留下人人可欺的记号——论残忍，还是你略胜一筹。”

“你不是我妹妹，”利扎克说，“你是杀死我母亲的凶手。”

“那么，就请你站到这里为她复仇。”我犀利地回他。

中央竞技场里再次响起了此起彼伏的声音，混乱嘈杂奔涌而来，就像水注入杯子里。

“你不否认你杀了她？”利扎克说。

我从来就无法否认这一事实——就连假装否认都做不到。即便在此时此地，回忆也不曾远离。当时，我冲着她大吼大叫，发脾气地说道：“我再也不想见到任何医生！我再也不要到诊所去！”我抓住她的胳膊，然后将疼痛丢给她，就像一个小孩丢掉一盘不喜欢的饭菜。但我用的力气太大了，她倒在了我的脚边。我印象最深刻的是她的双手，交叠着放在腹部之上——那么优雅，那么完美无缺，即便是死。

“我来这儿不是跟你辩论罪名的，”我说，“我来这儿是要完成几季之前就该完成的事情。你，过来跟我决斗。”我抽出潮涌之刃，挥向身体一侧。“想必你要说，我已经被褫夺了身份，所以不能这样向你发起挑战。不过还是先让我来说说，你的如意算盘究竟是什么。”

利扎克半张着嘴巴，愣住了。我们小时候，他曾在睡觉的时候滚落下床，撞掉了一颗牙齿。后来他镶上了一颗外层包裹金属的新牙，有时我便能在他讲话的时候看见那颗牙闪闪发亮——它提醒着我，是什么样的压力塑造了如今站在我面前的这个人。

我继续说道：“你虢夺了我的身份，这样便没人能亲眼看见‘我比你更强大’这一事实了。如今你躲藏在你的王座之后，就像个畏畏缩缩的小孩，却将此称为‘法律’。”我偏了偏头说，“然而谁也不会彻底忘记你的命运，不是吗？让位于贝尼西特家族。”我微微笑着，“拒绝接受我的挑战，恰恰证实了人们对你的猜疑——你软弱无能。”

我听见人群之中一阵窃窃私语。还从没有人这样狠毒而公开地将利扎克的命运宣之于口，并且毫不担心由此而带来的可怕后果。上一个试图这样做的，是缇卡的母亲，她利用巡游飞艇上的对讲系统，差点儿就成功了，现在她身首异处。门边的士兵剑拔弩张，他们等着遵命将我杀死。但那命令迟迟未来。

面对这一切，利扎克仅仅报之以微笑。那笑容不是一个局促羞愧的人能在脸上显露的。

“好吧，小希亚，我就与你比试一番吧，”他说，“看来对你有意义的行为也仅此而已了。”

我不能任凭他令我动摇不安，但他的确干得不错。他的微笑让我不寒而栗，让我的潮涌阴翳更快速地流动起来，缠绕着我的胳膊和脖子。那是我永恒的衣冠战袍，它会变得更凝重、更快速——每当我的哥哥用他的声音挑衅。

“我将亲手处死这个叛国者，”他说，“让路。”

我懂得他的笑容，以及这笑容伪装之下的真相。他另有计划，但

第三十五章
希亚

我的计划更好。希望如此。

§

利扎克走下平台，慢慢地、优雅地，向着决斗场地行进。他走在人群为他让出的通道上，在围栏那里停下，让侍从检查他盔甲的系带，磨快他的潮涌之刃。

如果是公平无欺的决斗，我只要几分钟就能打败利扎克。我的父亲将残暴的艺术传给他，我的母亲将政治斡旋的本领教给他，但他们一直放任我自己成长，自己学习。我的孤独造就了一个在格斗上远胜于他的我。利扎克心里清楚得很，所以他绝不会公平地与我决斗。这就意味着，我还不知道他手里的真正武器究竟是什么。

他在走向决斗场地的路上磨磨蹭蹭，消耗时间，这说明他或许在等待着什么。他显然没打算真的与我真刀真枪地决斗，正如我也没这个打算。

如果我们的计划一切正常，雅玛应该已经把我那个药瓶里的东西倒进了利扎克的镇静剂里，随着他的早餐一起被吞下肚，冰花也应该在他的身体之中流动了。起效的时间不会特别精确，因为因人而异。我必须时刻准备着，以防他突然倒下，或是药效尽失。

“你在拖延时间，”我说道，想让他快一点儿，“你还在等什么？”

“我在等一柄好刀。”利扎克说着，走上了决斗场地。尘土在他脚边腾起，如同浮云。他卷起左臂的袖子，露出了他的杀戮刻痕。从肘部到手腕的一列已经占满，他在旁边与之并列的位置开启了第二排。他将所有下过的死刑命令都算作自己的杀戮刻痕，尽管执行人并不是他。

利扎克慢慢地抽出了他的潮涌之刃，伸开了他的胳膊，四周的观众立刻爆发出一阵欢呼。他们的声音震耳欲聋，遮蔽了我的思绪，让我无法呼吸。

他看起来既没有面色苍白，也没有迷糊晕眩，好像那药真的白吃了。他的样子，像是比以往更加专注了。

我真想冲过去挥刀拼杀，就像离弦之箭，就像脱缰之马。但我没有，他也没有。我们都站在决斗场上，等待着。

“你又在等什么呢，妹妹？”利扎克说，“没胆子了吗？”

“不，”我说，“我在等你今早吞下的毒药起效。”

人群的吵嚷声戛然而止，而利扎克——这是第一次——他的神情因震惊而松懈下来。我最终还是让他大吃一惊了。

“从我出生到现在，你一直告诉我，除了活跃在我身体之内的能量，我一无所有。”我说，“但我不是用来折磨和处死别人的工具，而是唯一知道利扎克·诺亚维克真实面目的人。”我向他走近了几步。“我知道，世上的一切都比不上疼痛令你惧怕心惊；我知道，今天你将人们聚集在此，不是为了庆祝什么成功的涤故更新，而是为了让他们看着你处死欧力芙·贝尼西特。”

我将潮涌之刃收回刀鞘，张开双臂，让人群看到我手无寸铁的模样。“我所知道的最重要的一件事，利扎克，就是你无法承受杀人的重负，非得先喝点儿什么麻醉自己不可。所以，我在你今早喝的镇静剂里下了毒。”

利扎克捂住肚子，好像他开始感觉到缄语花穿透了盔甲，正吞噬着自己的五脏六腑。

“你犯了个错误，那就是仅凭我的天赋赐礼和我使刀的功夫来估量我。”我说。

而这一次，我也相信此言非虚。

第三十六章　阿珂斯

地下监狱里的空气寒冷刺骨，但阿珂斯知道，这绝不是让伊赛抖个不停的原因。她反复不停地说着："你妈妈说过的，她说过的，她说欧力在这儿。"

"一定是哪儿弄错了，"奇西温柔地说，"也许有些东西她没看到——"

阿珂斯非常肯定的是，哪儿都没弄错，这也不是什么误会，不过他不想让他们知道。他们必须找到欧力。如果她不在地牢里，她一定在中央竞技场附近的其他什么地方——也许在他们上方，在决斗场地，或是在那个平台上——利扎克在自己妹妹身上挥刀的那个平台。

"我们这是在浪费时间，得赶紧上去找到她，"他被自己声音里的坚定吓了一跳，"立刻马上，行动。"

他的声音显然让伊赛清醒了过来，她深吸一口气，转身向大门走去。步履匆匆，时间紧迫，但他们没走多远，就迎面撞见了瓦什·库泽来势汹汹的身影。

"苏尔库塔、凯雷赛特，啊，还有——贝尼西特。"瓦什看着伊赛，微微斜着嘴说，"我得说，你可不如你的孪生姐姐漂亮。那道疤是被枭狄的刀子弄的吗？不小心碰伤的？"

"贝尼西特？"缇卡瞪着伊赛，"就是……"

伊赛点了点头。

奇西退到一间牢房的墙边，双手撑着玻璃。阿珂斯很想知道，姐姐此刻的感觉，是不是仿佛又回到了当年，在客厅里，眼睁睁地看着瓦什·库泽杀死了他们的父亲。他被绑架到枭狄之后第一次看到瓦什，就是那种感觉——就像淤积在身体中的一切都一下子散开了。现在，他已经不再有那样的感受了。

瓦什像往常一样空洞无谓。当你发觉他既不易怒也没什么内涵，从里到外都一样空空荡荡的时候，那真是很令人沮丧的。人们很容易将他视作纯粹的恶魔，但真相是，他不过是个听从主人命令的宠物。

父亲过世的一幕浮上了记忆的水面：他绽开的皮肤，鲜血流淌的浓重色彩，就像盘旋在上空的生命潮涌；那柄沾了血的刀子，曾在他们离开阿珂斯家的时候，在瓦什的裤子上粗粗擦拭。这个男人穿着擦得锃亮的枭狄盔甲，有一双金棕色的眼睛，却完全感觉不到疼痛，除非——除非——

除非阿珂斯碰到他。

他不想费心去和瓦什讲什么道理，那纯粹是浪费时间。阿珂斯向他走去，靴子踩着他们带进来的粗粝沙尘，剐蹭着玻璃铺就的地面。瓦什的眼神更加冷酷，尽管它们拥有柔和的淡褐色，但自他心底映射出的光，是冷的。

阿珂斯的心态，是猎物的心态。他想跑开，或者至少是拉开与瓦什之间的距离。但他强迫自己逼近，将两人之间的空间压缩变小。嘴巴张开着，鼻孔也撑大了，呼吸的氧气永远不够。

瓦什出手了——既然阿珂斯愿为猎物。阿珂斯向一旁跳开，但速度不够快，瓦什的刀尖刮过了他的盔甲。这金属相撞的声音令他微微皱眉，他转过身，再次直面瓦什。

他要让瓦什来几次近身进攻，让他神气骄傲起来。而神气骄傲意味着草率大意，草率大意意味着阿珂斯有了赢的可能。

瓦什的眼睛像是压实了的金属，他的双臂像是扭曲的绳索。他再次冲了过来，但是没有用刀劈向阿珂斯，而是用他没拿刀的手狠狠地揍了他一拳，把他掼向牢房的墙上。阿珂斯的头向后仰去，撞上了玻璃。他看见了血的颜色，看见了地面映着的天花板，闪闪发光。瓦什的手紧紧地抓着他，力气大得足以留下瘀青。

但这个距离也足够近了。阿珂斯趁着瓦什再次挥刀之前抓住了他，凝聚起全身的力量，把他那只拿着刀的手向后压。瓦什瞪大了眼睛，惊讶于他的触碰——也许是惊讶于疼痛的感觉。阿珂斯想用自己的前额去撞击瓦什的鼻子，不过被他甩向了旁边。

阿珂斯倒在地上，那些粗粝的沙尘沾在了胳膊上。他看见缇卡一手拉着伊赛，一手拉着奇西，躲到了一旁。这让他微微松了一口气，尽管脖子后面有湿漉漉的东西滴了下来，不知是汗还是血。他的头因为刚刚撞在墙上而一下一下地跳着痛。瓦什很强壮，而他则不然。

瓦什舔了舔嘴唇，再次向阿珂斯逼近。他一脚踢中阿珂斯的身体一侧，随后用靴子顶端狠踹他的下巴。阿珂斯仰面倒下，双手捂着脸，痛苦地呻吟着。剧痛让他无法思考，甚至连呼吸都不行。

瓦什大笑起来，他俯下身子，抓住阿珂斯的盔甲前端，把他拉起来，唾沫横飞地说：

“不管你死后要去哪儿，请给你老爸带个好儿。”

此刻，阿珂斯知道，机会来了。他一只手贴紧了瓦什的喉咙，甚至都没用力去抓握，就只是触碰而已。但这就是他的杀手锏。瓦什再次讶异地瞪大了眼睛，就和他刚才感觉到疼痛时的神情一样。他正弯着腰，露出了裤腰之上的一小片没有盔甲遮挡的皮肤。而就在他再次被迫有了痛感的时候，阿珂斯用左手挥刀向上，挑开盔甲，刺进了他的肚子。

瓦什惊恐地睁大了眼睛，阿珂斯都能看见他浅棕色虹膜外的一圈白色。随后他尖叫起来，惊声尖叫，眼睛里泛起泪水。他的血热热的，溅在了阿珂斯手上。他们仍然互相交缠着，阿珂斯的刀子插进他的血肉之中，他的双手抓在阿珂斯的两肩之上。他们脸对着脸，目光相交，一起倒在了地上。而瓦什发出了一声粗重的呜咽。

他们就这样一动不动地待了好一会儿。阿珂斯需要确认，瓦什是真的已经死了。

他想起了妈妈手中的那枚曾经属于爸爸的扣子，它的光泽渐渐地消逝在爸爸的手指之间……他抽回了自己的刀子。

他无数次地梦到过手刃瓦什的场景，完成这件事，成了他的一种必需，犹如身体里的第二重心跳。不过，在梦境里，他站在尸体旁，扬起刀剑，直指向天，让仇人的鲜血沿着胳膊流淌，仿佛那是小小的一束生命潮涌；在梦境里，他感受到了胜利的狂喜和复仇的舒畅，仿佛他终于能让父亲瞑目归去。

在梦境里，他没有靠着牢房的墙壁缩成一团，用手绢使劲儿地擦拭着双手。他抖得厉害，把那块小小的手绢掉落在折射着微光的地板上。

瓦什死了，他的身体看起来缩小了很多。他的眼睛仍然半睁着，嘴巴也半张着，露出了歪歪扭扭的牙齿。阿珂斯看着它，强自咽下了泛起来的胆汁——这会儿可不能吐。

欧力，他想着。于是他踉踉跄跄地朝大门走去，随后跑了起来。

第三十七章 希亚

利扎克把手从肚子上移开，汗珠从他的前额上沁了出来，洇湿了发际线。他的一贯尖刻锐利的眼神，此刻开始迷乱失焦。但随后他的嘴角耷拉下来，显现出一种出人意料的……脆弱。

“犯错误的人是你。”他用一种更高、更轻柔的声音说道。我认得这种声音，那是特有的、记忆中的声音——埃加的声音。他怎么可能既是利扎克又是埃加呢？两种记忆共用一个身体，在不同的时刻命令躯壳？“假之以他手。”他说。

他手？

四周的观众变了口风，没人再盯着利扎克看，所有的脑袋都转向了他刚刚站着的那个悬在半空的平台。此刻，站在那里的是埃加·凯雷赛特，他前面有个女孩，他正用刀子抵住她的喉咙。

我认得她。不仅是在全城播放的滚动新闻里看到过她被绑架的画面，而且就在前一天，我还见到过伊赛·贝尼西特说笑、吃饭。她是伊赛的翻版，欧力芙·贝尼西特，只不过脸上没有伤疤。

“啊，对了，这就是我等的那把好刀。”利扎克大笑着说道，他的声音又恢复了正常，“希亚，来见见欧力芙·贝尼西特，她可是荼威的首相。”

她的脖子上有一块紫色的瘀痕，前额上有一处深深的刀伤，但当我们的眼神远远地交会时，我觉得她的神情不像是一个怕死的人。她看起来像是早就知道即将发生的一切，并且打算挺直腰杆、平静淡定地面对。

利扎克是否知道，她不是真正的荼威首相？还是说，她已经自认了身份？无论怎样，都晚了。太晚了。

“欧力，”我用荼威语说道，然后又加上一句，“她要来找你。”

我不知道她有没有听见我的话，因为她仍然一动不动。

“荼威不过是我们枭狄的后院、操场，”利扎克说，“轻易就能长驱直入。他们的首相束手就擒，被我忠诚的侍从带了回来。要不了多久，首相也不是我们仅有的囊中之物了。这颗星球将全然属于我们！”

他这是在鼓动他的支持者。他们的吼声震耳欲聋，脸孔因为狂喜而扭曲。焦躁让我的潮涌阴翳盘绕纠缠，犹如绳索捆束着囚徒。我不禁绷紧了身子。

“你们有何感想，枭狄人？”利扎克说着，冲着人群仰起头，“荼威的首相是不是应该死在他们曾经属国的手里？”

欧力仍然看着我，一言不发，尽管有一个扩音器浮动在她旁边，近得几乎都要撞到埃加了——这个人的头脑中置换了我哥哥的恐惧。

人们突然齐刷刷地唱诵起来：

“死！”

“死！”

“死！”

利扎克伸展双臂，仿佛沐浴在这声音中一般。他慢慢地转身，诱导着，鼓动着，直到人们对欧力之死的渴望变成了一种触之可及的东西，沉甸甸地飘荡在空气之中。而后他扬起双手，让人群安静下来，咧开嘴笑了。

“我认为，决定她何时赴死的人，应该是希亚，”他说着，微微压低了声音，“如果我倒下——如果你不将解药交给我的话——她也会倒下。”

我虚弱地说：“没有解药。”

我是可以救她的。我可以告诉利扎克实情——我没跟任何人讲过的实情，就连阿珂斯也不知道，在他请求我为他的哥哥留一点儿希望的时候——这样就能为她争取一点儿时间。我张了张嘴，想看看真相会不会掠过我的麻木，自己跑出来。

如果我说出实情——如果我救了欧力——我们所有人都会被困在这座中央竞技场中，四周满坑满谷全都是利扎克的支持者，再无反抗成功的可能。

我的嘴巴干巴巴的，连咽一口唾沫都不能。不，要救欧力芙·贝尼西特，现在已经来不及了。我做不到。要救下欧力而免于牺牲所有人——包括荼威的真首相，这是我无法做到的。

利扎克开始摇摇晃晃起来，我走近他，抽出了武器，在他倒下来的那一瞬间，我伸出了刀子。他的重量压了下来，把我也坠倒在地。

§

在我们之上，埃加·凯雷赛特——鬈头发、大眼睛、瘦削憔悴——将一把潮涌之刃插进了欧力芙·贝尼西特的腹部。

狠拧了几下。

第三十八章　阿珂斯

欧力倒下去的时候，阿珂斯听见了一阵令人毛骨悚然的尖叫。利扎克侧倒在地，双臂交叉抱在身前，脑袋软软地搁在地上。希亚站了起来，手里拿着她的刀。她如愿以偿。她杀死了自己的哥哥，也扼杀了埃加恢复如常的最后希望。

周遭的一切陷入巨大的混乱和恐慌。伊赛在人群里横冲直撞，她紧咬牙关，狠揍猛击，用手抓刨出一条通往平台的路。阿珂斯翻过场地边的围栏，狂奔着横穿过决斗场，掠过希亚和利扎克，又翻过另一边的围栏，再次坠入人群之中。人们互相肘击、踢打、挤压，他的指尖不知沾上了谁的血，变得鲜红，而他全不在意。

在平台之上，欧力抓着埃加的胳膊，勉强撑起身子。她的嘴角流着血，费力地呼吸着。埃加弯着身子，扶着她的胳膊肘，两人一起歪倒在地上。阿珂斯看见欧力皱起了眉头，他不想这个时候冲过去插话。

“再见了，小埃。”她说。欧力的声音通过悬浮的扩音器传遍了整个竞技场。

阿珂斯低下身子，极力挤过最靠近平台的一批观众。孩子们的喊叫声从遥远的某处传来，一个女人哭喊着叫疼——她站不起来了，人们正从她身上踩踏迈过。

第三十八章
阿珂斯

当伊赛走近埃加和欧力时，她一把抓住阿珂斯的哥哥，怒吼着把他向后拽。有那么一瞬，她压在他身上，双手掐住了他的喉咙。而埃加却没有闪躲的意思，哪怕他就要被伊赛掐死了。

阿珂斯没有马上介入，他看着伊赛发泄。埃加杀死了欧力。也许他活该被掐死。

“伊赛，”阿珂斯哑着嗓子说，“住手。”

欧力正在找她的妹妹，双手直直地伸向半空。伊赛一看见这一幕就放开了埃加，扑到姐姐身旁。欧力紧紧地拉着伊赛的手，放在自己的胸前，目光交会，看着彼此。

随后她微微一笑，就这样去了。

阿珂斯终于挤过人群，来到了平台上。伊赛正俯身蜷伏在姐姐身边。欧力的黑色衣服浸透了鲜血，湿乎乎的。伊赛没有哭，也没有叫，更没有发抖。在她身后，埃加——不知道为什么——仍然直挺挺地躺着，双目紧闭。

一片黑影笼罩在他们头顶，那是起义军的飞艇，发出橙色、黄色、红色的光。驾驶飞艇的是扎尔和萨法，他们是来接应的。

在平台右边，缇卡已经在那里处理控制台了。她想要撬开屏幕，把它和其他设备分离开。可是她的手一直抖个不停，螺丝刀不听使唤，螺丝怎么拧也拧不开。最后还是阿珂斯把刀子硬插进屏幕和设备之间，用力把它们拆开了。缇卡点点头，把手伸了进去。

一道白光伴着噼噼啪啪的声音，力障碍区解除了。起义军的摆渡艇慢慢下降，尽可能低地悬停而不撞到看台。艇底的舱门打开了，悬梯也抛了下来。

“伊赛！”阿珂斯喊道，“我们必须离开！”

伊赛看了他一眼，神色怨毒。她用两只手托起欧力的胳膊，把她往飞艇那里拉。阿珂斯走过去想帮忙抬起欧力的腿，可伊赛厉声说道："放下！"于是他只好向后退了几步。这时，奇西赶到了平台上，伊赛对她的态度还算平和，两人一起把欧力抬上了飞艇。

阿珂斯转向埃加。刚才伊赛拳脚相向的时候，他一动不动，而此刻弟弟摇晃着他的肩膀时，他也毫无反应。阿珂斯把手指压在哥哥的喉咙上，想看看他是不是还活着——他没死，脉搏有力，呼吸平稳。

"阿珂斯！"希亚的声音从底下的决斗场地传来。她仍然站在利扎克旁边，手里拿着刀子。

"快走！"阿珂斯吼道。她怎么还在那儿待着？把尸体丢给食腐的恶鸟和诺亚维克家族的支持者不就行了吗？

"不！"希亚睁大了眼睛，急切地说，"我不能走！"

她举起了她的刀子。阿珂斯刚才一直没有细看——他所注意到的就只是利扎克软绵绵的身子，还有站在一边、手持武器的希亚。但是当她举起刀子示意的时候，他突然间意识到，那刀锋干干净净——她根本没把刀刺进利扎克的身体。那他怎么倒下去了？

阿珂斯想起了巡游飞艇的咖啡馆里，苏扎喝下那碗汤的样子，想起了竞技场大门外那个软绵绵的士兵。事情是明摆着的：希亚只是给利扎克下了药。

尽管他知道希亚不只是"利扎克的鞭子"或"利扎克的刽子手"，尽管他见过她身上很多美好的部分——在最可怕的环境里渐渐变得强大，犹如在极寒的休眠期里绽放的缄语花——尽管如此，他也从未想过还有这种可能：

希亚饶了利扎克一命——为了他。

第三十九章 希亚

起义军的飞艇舱门在我们身后关闭。在松开利扎克身上的绳子之前，我摸了摸他的脉搏。虚弱，不过很平稳，一如意料之中。按照他失去意识倒下的时间，还有阿珂斯的安眠药剂的效力来估计，他还得好一阵子才会醒过来。我没有刺中他，但那么多人的眼睛都一眨不眨地盯着呢，我颇费了一番心思才以假乱真。

在决斗挑战之后的混乱余波里，雅玛·扎伊维斯一晃就不见了。我希望还能有机会向她表示感谢，不过，她并没有毒杀利扎克。她以为那瓶药能杀死利扎克，就像我告诉她的那样。也许她不会对我的谢意报以什么好话，而当她发觉自己被骗了，也可能会比从前更恨我。

伊赛和奇西伏在欧力尸身的两侧，阿珂斯站在他姐姐身后。当她想向后伸手寻求他的帮助时，他已经伸出手拉住了她。姐弟两人手指交握，阿珂斯的天赋赐礼让奇西的眼泪得以恣意流淌。

“生命潮涌流动在我们每个人身心内外，无论生死。唯愿它指引欧力芙·贝尼西特抵达安宁喜乐之地。”奇西低声沉吟，握住了伊赛染着鲜血的双手。“愿活着的人感受到它的抚慰，力求以合宜的言行，配称它为我们指定的生命之路。”

伊赛的头发黏糊糊、湿漉漉的，沾着鼻涕眼泪，黏在嘴边。奇西把她的头发拨开，捋到她的耳后。我能感觉到奇西的天赋赐礼是那样温暖厚重，让我也冷静了下来。

“唯愿如此。”伊赛最终说道，结束了哀悼。我还从没有听过荼威的祈祷词，不过我知道他们谈及的是生命潮涌本身，而不像某些枭狄宗派那样，总是言称所谓的教派领袖。枭狄的祈祷词总是罗列出长篇大论的既成事实，而不提请求和期待，而我喜欢的恰恰是荼威祈祷词中的迟疑和犹豫，它暗示着祈祷者也不知道他们的话语能不能有所回应。

伊赛站了起来，双手垂放在身体一侧。飞艇突然重重地颠了一下，所有人都东倒西歪。我倒不担心有人会飞越沃阿城上空来追击我们，因为根本没人去下这个命令。

“你知道，”伊赛看着阿珂斯说，“你*早就知道*，他被利扎克洗脑了，他很危险——”她指了指埃加。他仍然一动不动、毫无知觉地躺在金属地板上。“你从一开始就知道。”她说。

“我没想到他竟然会——”阿珂斯顿了顿，“他待她就像姐妹一样——”

“现在你还敢跟我说这种话。”伊赛的手握成拳头，关节都发白了。“她是*我的*姐姐。她不属于他，也不属于你，不属于其他任何人！”

我专注地听着他们的对话，没注意到缇卡正跪在利扎克旁边，用手摸着他的喉咙，然后伸进盔甲里，试探他胸前的起伏。

“希亚，”缇卡低声说，“他为什么还活着？”

所有人——伊赛、奇西、阿珂斯——全都转向缇卡，他们之间的紧张气氛戛然而止。伊赛看了看利扎克，又看了看我。我立刻全身紧绷——她行动讲话的方式暗藏着某种威胁，仿佛她是某种蜷缩起来、伺机进攻的动物。

第三十九章
希 亚

“埃加恢复正常的唯一希望就是利扎克，”我尽可能冷静地说，“我只是暂时饶他一命。一旦埃加恢复记忆，我就会立刻把他的心脏挖出来，绝不手软。”

“埃加。”伊赛笑了，疯狂地笑了，她看着舱顶说道，“你给利扎克下的毒，只是让他睡了一觉……当我姐姐的生命受到威胁时，你竟然还是不跟利扎克说实话？”

她走向我，踩过利扎克的手指。

“让叛国者复原的渺茫希望，让首相的姐姐免于一死，”她低声且平静地说，“你竟然选择了前者。”

“如果我把实情告诉利扎克，我们全都会被扣在竞技场里，等不到接应也毫无逃脱的可能，而他仍然会杀死你姐姐。”我说，“我只是选择了让多数人活下来的那条路。”

“胡说八道！”伊赛逼近我的脸，“你选择的是阿珂斯。别装得一副高尚模样了！”

“好吧，”我平静地说，“在阿珂斯和你之间，我选了他。对此我没什么可抱歉的。”

这并不是全部的真相，但这话也不是假话。如果她就是单纯地恨我，那就随便她好了，我并不会有什么不自在。一直以来我就遭人憎恨，荼威人更甚。

伊赛点了点头。

“伊赛……”奇西开口了。但伊赛已经转身离开，走进飞艇上的厨房，关上了门。

奇西用手背蹭了蹭脸颊。

“我简直无法相信。瓦什都死了，可利扎克还活着。”缇卡说。

瓦什死了？我看向阿珂斯，但他躲开了我的目光。

“给我一个不杀利扎克的理由，诺亚维克，”缇卡转向我，“如果你的理由和凯雷赛特有关，我一定揍得你满地找牙。”

“如果你杀了他，无论起义军之后有何计划，我都不会提供任何协助。”我干巴巴地说道，看也不看她一眼，“如果你帮我留他一命，我便会帮你们征服枭狄。”

“是吗？你能提供什么样的协助？具体点儿？”

“哦，我也不知道，缇卡，”我终于看着她，不客气地说，“昨天，起义军还窝在沃阿城的一幢公寓里毫无头绪，而现在，因为我，你们旁边是失去意识的利扎克·诺亚维克，背后是乱成一团的沃阿城。我认为这足以证实我协助起义军的能力，你说呢？”

她咬着嘴巴愣了几秒钟，随后说道：“甲板下面有个带重型门的储物仓，我可以把他关在那里面，免得他突然醒来伤人。”不过她又摇了摇头说，“你知道，战争在所难免了。你真不该激怒她，这下把整个国家都卷了进来。”

我的喉咙缩紧了。

“你明白，就算我杀了利扎克，我也救不了欧力，”我说，“我们都会被抓的。”

“我明白，”缇卡叹了口气说，“但我看伊赛·贝尼西特根本不相信你这话。”

“我会跟她谈谈。”奇西说，“我会让她看清楚的。此时此刻她只是想找人发泄罢了。”

她脱下自己的外套，露在外面的胳膊上起了一层鸡皮疙瘩。她把衣服盖在欧力身上，阿珂斯帮她把外套褶边塞在欧力的肩膀下面和腰下面，这样她的伤口就不会露出来了。奇西还用手指理了理欧力的头发。

随后他们便离开了，奇西到厨房去，阿珂斯到内舱去，步履沉重，双手颤抖。

我则转向缇卡。

“把我哥哥关起来吧。”

§

缇卡和我把利扎克和埃加拖进了那个储藏室。我又翻出了些安眠药，给埃加灌了下去。我不太清楚他到底怎么了——他还是毫无知觉，毫无反应——但如果他醒来的时候还是那个杀死欧力的变态男孩，我可一点儿也不想跟他扯上关系。

然后我就到了导航台那里。萨法·凯雷赛特坐在艇长的位置，双手放在操纵杆上。扎尔在旁边，正通过屏幕联系约尔克——他在利扎克倒下之后便赶回家去，要把他的妈妈接走。我在阿珂斯妈妈旁边找了个空位坐下。我们正飞行在贴近大气层顶端的高度，几乎要越过这层将我们和太空隔绝开来的蓝色屏障了。

“我们要去哪儿？”我问。

“到行星轨道上去，直到决定下一步的计划，”萨法说，“我们显然不能回枭狄了，荼威也不再安全。”

“您知道埃加到底怎么了吗？”我说，“他还是毫无知觉。”

“不，”萨法说，“还不清楚。”

她闭上了眼睛。我很想知道，对她来说，未来是不是某种可以研究分析的东西，就像恒星一样。有些人可以掌控自己的天赋赐礼，而有些人则只是单纯地听命于它。我一直都想知道，在这一切发生以前就想知道，海萨的神谕者，是其中哪一种呢。

“我觉得您早就知道我们会失败，”我轻声说道，“您告诉阿珂斯您的幻象是层叠重合的，欧力在地牢的同时，我和利扎克在决斗场。但您知道事情不会那样发展，对吗？”我停了一下，又说，“您知道阿珂斯会碰到瓦什。您想让他别无选择地杀死他，手刃那个谋杀了您丈夫的人。”

萨法按了一下自动巡航地图，上面的颜色反转了——黑色的地方是广阔的太空，白色的地方是我们行进的路线——她向后靠在椅背上，双手放在腿上。我以为她就要回答我的问题了，不过她就那样待了好一会儿，什么话也没说，显然是不打算回答了。我没有继续催她讲话。我妈妈也是个倔强的人，我知道什么时候应该放弃追问。

所以当她开口的时候，我着实有些惊讶。

“必须有人为我丈夫复仇，”她说，“有朝一日，阿珂斯会明白的。”

“不，他不会，”我说，“他明白的只是他被自己的妈妈操控，去做他最憎恶的事情。”

“或许吧。”她说。

漫无边际的黑色太空包裹着我们，犹如一件裹尸布，在这虚无空茫的慰藉之下，我觉得更平静了。这是另一种全然不同的星际巡游，离开的是过去，而非仅仅离开我们称之为“家”的那个地方。在这样的高度，枭狄和苿威之间的边界不那么容易看清了，而我甚至觉得安全感又回来了。

“我要去看一下阿珂斯。”我说。

我还没站起来，她的手就握住了我的胳膊。她靠得很近，近得我都能看见她深色眼珠里暖棕色的虹膜。她疼得缩了一下，却没有松开手。

“谢谢你，”她说，“我能确信，为了我儿子选择仁慈，而不是杀死你哥哥复仇，这对你来说非常不容易。”

我耸了耸肩，不太自在。“将我从自己的噩梦中解脱出来，却把阿珂斯推进他的噩梦里，我没办法那么做。”我说，“而且，我自己就能解决不少噩梦。”

第四十章　阿珂斯

枭狄人把阿珂斯和埃加从他们的家里绑架，拖着他们越过了极羽边境；阿珂斯挣脱手铐，偷了卡麦伏·拉迪克斯的刀，然后用这把刀杀死了他；他们狠狠地揍了阿珂斯一顿，打得他几乎走不了路，然后把凯雷赛特兄弟二人带到了沃阿城，进献给利扎克·诺亚维克。这个悬崖峭壁之下的国家，尘土飞扬，狂风肆虐，街巷杂乱，他们就要死在这里了，或是有更糟的未来等在前方。这里的一切都是吵闹喧杂和拥挤不堪的，和家里没有一点儿相像的地方。

他们走在那条短短的通道里，往诺亚维克庄园的大门那里去。那个时候，埃加曾低声说道："我怕极了。"

父亲被谋杀，自己被绑架，这些让埃加彻底崩溃，犹如敲破一个鸡蛋。他整个人都湿漉漉的，眼睛里总是含着泪水。但阿珂斯和他正相反。

没有人能让阿珂斯崩溃。

"我答应过老爸，带你离开这儿，"他对埃加说，"所以我会尽力做到的，明白吗？你会离开这儿的，这是我对你的承诺。"

他把胳膊搭在哥哥的肩膀上，让他紧紧地挨着自己，两个人肩并肩地往前走。

现在他们确实离开那里了，却不是肩并肩地离开——阿珂斯不得不拖着埃加。

第四十章 阿珂斯

§

内舱里又小又潮湿，不过这里配有一个水池，已经足够阿珂斯用来略作休整了。他脱光上衣，只穿着裤子。衬衫已经脏得要命，洗不出来了。他把水调到自己能承受的最热的一档，用肥皂在手上搓出泡沫，然后把头扎进了水池，咸水灌进了他的嘴里。他擦洗着胳膊和双手，刮掉指甲缝里干掉的血迹，然后彻底放松。

他借着水流的掩护啜泣起来，半是恐惧半是轻松。他任由水花四溅，任由自己的嘴巴里发出沉重而怪异的声音，任由热热的水让疼痛的肌肉抖个不停。

希亚走进来的时候，他还没有完全站直。他用腋窝架着自己靠在水池边上，胳膊无力地抱着头。她叫着他的名字，他勉强站起来，看着水池上方那面破镜子里映出了她的身影，与她视线相交。水顺着他的脖子和背流下来，洇湿了他的裤腰。他关掉了水龙头。

她仰起头，把头发拨到一侧。她的眼睛，黑得如同太空的眼睛，看着他的时候便露出了柔和的神色。潮涌阴翳浮动在她的双臂上下，攀上了她的锁骨——就连它们也疲惫无力。

“瓦什？”她说。

他点了点头。

在这一瞬间，他实在庆幸她就说了这么一个词，而没说什么别的话。她没说“你终于解脱了”，或是“这是你必须做的事”，甚至最简单的“没事的”。希亚是没有耐心说那些话的。她直指最不堪、最艰难、最确凿的真实，一次又一次，就像一个决意要撞碎自己骨头的女孩，只因为她知道那样之后的痊愈会带来更强更韧。

“来吧，”她只是说，“得给你找几件干净衣服。”

她看起来很疲惫，但那种疲惫只是人们在劳作了整整一天之后会有的样子。这也是她不为人知的一面——因为她一直活得艰辛，所以当困难降临时，她比其他人都要坚定。也许有时候这并不是什么好事。

他拉起了堵住下水口的塞子，红色的水便渐渐流淌消失，一伊兹一伊兹地。他拧干搭在水池边的毛巾，当他转向她的时候，她的潮涌阴翳突然乱糟糟地舞动起来，缠绕着她的双臂和胸膛。她瑟缩了一下，但这和以前不一样了，它们不再那么强烈难忍了。在疼痛和自己之间，希亚找到了一丝空间。

他跟着她离开内舱，沿着狭窄的通道找到了杂物壁橱。这里堆满了各种织物——床单、毛巾，在最底下有几件备用的衣服。他拽出一件大号衬衫，穿着干净衣服的感觉真好。

这时，希亚已经往导航台那儿去了，这时候飞艇已经设置好要飞行的行星轨道，所以没人守在那儿。在舱门旁边，他的妈妈和缇卡正用一张白布单把欧力的尸体包起来。厨房的门仍然关着，他的姐姐和伊赛还在里面。

他和希亚肩并肩站在瞭望窗旁边。她一向对这样的景象着迷：巨大而虚空。他不太受得了这种景象，但他确实喜欢闪烁的恒星，远处行星发出的微光，以及暗紫红色的生命潮涌。

“我很喜欢一首枭狄诗歌。”她用清晰的荼威语说道。在他们一起生活的那些日子里，他已经听她讲过不少荼威词句。她此时此刻的用语，却别有意味——他们全然平等，这是以前所不曾有过的。为了他和她之间的这种平等，她差点儿送了命。

他咀嚼着这念头，不禁皱起了眉头。人们在痛苦之中的所作所为，往往能够最贴切地描绘出他们的真实模样。而希亚，无时无刻不被疼痛困扰，为了将他救出枭狄几近放弃自己的生命。他绝不会忘了这些。

“要翻译是有些困难，”她继续说道，“不过粗略地翻译过来，其中有一句是‘沉重忧伤的心知晓正义已来临’。”

“你的发音很赞。”他说。

“我喜欢念出这些单词时的感觉，”她摸了摸自己的喉咙，“那能让我想到你。”

阿珂斯拉起她放在脖子上的手，与她十指交握。潮涌阴翳消散了，她棕色的皮肤暗淡下来，但她的眼睛像往常一样警觉。也许他也能爱上宇宙的巨大虚空，如果把它想象成她的眼睛——柔软的黑色，带着一丝温暖。

“‘正义已来临’，”他重复道，“那只是看待这些事情的一种方式吧，我想。”

“是我的方式，”她说，“不过看你的神情，我猜你选择的是背负愧疚、自我嫌恶的那种方式。”

“我想杀死他，”他说，“我憎恨想做这种事的自己。”

他再次颤抖起来，盯着自己的双手——上面布满了源自击打攻防的裂痕和伤口，就像瓦什的一样。

希亚等了一会儿才回答他。

“生命中什么才是对的，这很难分得一清二楚，”她说，“我们只是做那些我们能够做到的事，但我们真正需要的是仁慈善意。你知道这是谁教给我的吗？”她咧开嘴笑了。“是你。”

他不太确定自己是怎样教过她仁慈和善意的，但他知道对她来说，这些需要付出代价。对埃加的仁慈，暂时留利扎克一命的仁慈，都意味着她不得不继续忍受最痛苦的疼痛，意味着她最终得迫于伊赛的愤怒和起义军的厌恶而拱手让出胜利。但她看起来仍旧泰然自若，坚定不移。没有人像希亚·诺亚维克这样，知道如何承受他人的恨意。有些时候她甚至鼓动人们恨她，但他不在乎这些。他理解她：她只是简单地希望人们离她远一点儿。

“怎么了？”她说。

“我喜欢你，你知道。”他说。

“我知道。”

“不，我的意思是，我喜欢你本来的样子，不需要你做任何改变。”他笑了，“我从来没有把你当作恶魔或是武器，或是——你怎么称呼自己来着？锈蚀的——”

她替他脱口而出：钉子。她的指尖冰凉，小心地抚摩着他身上的伤痕和瘀青，像是要让它们愈合一样。她身上的气息闻起来像是解忧森地叶子和缄语花，像是盐渍果子，像是家的气味。

他握住了她的双手，热切地渴望她的皮肤。他们变得大胆起来，手指扣着手指，在头发中缠绕，在衬衫下游弋，探寻着没有人触碰过的柔软地带：她腰上的曲线，他下颌的底面。他们的身体极力贴近，胯骨抵着腹部，膝盖压着大腿……

“喂！”缇卡从飞艇另一边大声嚷嚷，“这儿不是私人空间，你们俩！”

希亚猛地转过身子，怒目而视。

他知道她的感觉。他想要更多。他想要一切的一切。

第四十一章 希亚

这艘飞艇上有一段楼梯可通往下层内舱，我哥哥就锁在其中的一个储藏室里。门是用结实坚硬的金属铸造的，但在每扇门的上方，靠近低矮天花板的地方，都有一个通风口，好让飞艇内部的空气得以流通。我慢慢地走近他所在的那间储藏室，伸出一根手指，划过平滑的墙壁。飞艇颠簸的时候，我头顶上的灯就跟着一起闪动。

通风口的高度刚好与人的眼睛位置齐平，我可以看到里面。我原以为利扎克还是软绵绵地躺在地上，旁边放着氧气瓶或溶剂瓶，但是并没有。一开始我根本就没看见他，我吸了口气，惊恐万状地想叫人来帮忙。但随后他就走进了我的视野，身上像是被通风口的扇叶割成了一条一条似的。

尽管如此，我还是能看见他的眼睛，仍然处于失焦状态，但充满了轻蔑。

“你比我想象中的还要懦弱。”他低声咆哮道。

“从墙壁的这一边看进去还是挺有意思的，”我说，“小心点儿，否则我会如你想象中一样残酷无情的。”

我举起一只手，让烟雾般的潮涌阴翳舒展开来。墨汁般浓黑的蜿蜒阴翳，包裹着我的手指，就像缠绕着的发丝。我用指甲轻轻地刮着通风口，惊讶于此时此地要伤他有多么容易。根本没有人会来阻止我，只要打开门就行。

“谁干的？”利扎克说，“谁给我下的药？”

“我告诉过你了，”我说，“是我干的。”

利扎克摇了摇头。“不对。自从你参与的那次暗杀发生之后，我就把我的冰花制剂锁起来了。”他几乎是带着几分笑意，继续说道，“所谓‘锁起来’，我指的是基因锁，只能由诺亚维克家族的血液来开启。”他顿了一下，说，“而我们都知道，这种锁，你是打不开的。”

我的嘴巴开始发干，透过窄窄的通风口瞪着他。他一定是看过那次暗杀行动的安保录像了，他知道我没能打开他卧室的门。可是他看起来对此毫不惊讶。

“你这是什么意思？”我冷冷地说。

“我们的身体里流淌的不是同一种血，”他故意把每个字都咬得非常清楚，“你不是诺亚维克家族的人。不然你以为我为什么开始换用基因锁？因为我知道，只有一个人能打开这些锁，那就是——我。”

在暗杀行动之前，我确实从来没有试着去打开那些锁，因为我一直尽可能地与利扎克保持距离。但就算是我试过，他也一定另有一套天衣无缝的谎言好说。他一向如此，满口瞎话。

“如果我不是诺亚维克家族的人，我是谁？”我尖刻地问。

“我怎么知道？”他大笑起来，“告诉你这些的时候还能看着你的脸，我可真高兴。感情用事、反复无常的希亚，你什么时候才能学会控制自己的反应？”

“我也正想对你说同样的话。你的微笑可是越来越让人难以信服了，小扎。”

“小扎，”他又笑了起来，“你自以为赢得了胜利，其实并没有。有些事是我没跟你说过——且把你的真实身世放在一边。”

第四十一章
希亚

我的心里已经乱成一团了，但我还是极力一动不动地站着，看着他笑起来的嘴唇和眼角挤出的纹路。我在他脸上搜寻着证据，证实我和他同宗同源的证据，但是没有。我们的外貌并不相像，但这本身没什么可奇怪的——兄弟姐妹之间，有的像爸爸，有的像妈妈，甚至有时候还会像远房亲戚，被长久遗忘的基因就此重新显现。他要么是在说真话，要么就是在愚弄我，但不管怎样，我都不会再把情绪写在脸上。

“这种绝望崩溃，”我低声说，“可不该出现在你身上，利扎克。这几乎都有些不雅了。”

我伸出手，用指尖抚平了通风口的扇叶。

但我还是听见了他的话。“我们的父亲……”他顿了顿，纠正了刚刚的用词，“拉兹迈·诺亚维克，还活着。”

第四十二章　阿珂斯

他透过观测窗看着外面黑色的天空。左侧有一片白色的长带，那就是荼威，覆盖着皑皑白雪和厚重的浓云。难怪枭狄人会用“尤里克”这个词来命名这颗行星，它的意思是，虚空无着。从这样的高度向下看，值得一提的确实也只有无边无垠的空旷虚无了。

奇西递给他一杯茶，黄绿色的，根据颜色判断，是鼓舞勇气的混合饮料。这种饮料他总是调得不太好，因为他大部分的时间都专注于缄语花，专注于让人们昏昏入睡，或让他们的疼痛麻木。这杯茶喝起来味道平淡无奇——有一股新鲜草茎的苦涩，嚼起来很清新——不过他确实感觉更坚定了些。

“伊赛怎么样了？”他问奇西。

“伊赛……”奇西皱了皱眉，“我觉得她听懂我的话了，但这是在撇开悲痛的前提下。我们还得再看看。”

阿珂斯也觉得他们得再看看，但到底想要看到什么，他不太确定。在舱门边，伊赛瞪着希亚的时候，脸上明明白白地有着恨意——她姐姐的尸身就在她背后放着。仅是和奇西的一次谈话，还不足以抹去那样的恨意，不论她们之间有多少温暖和善。

“我会一直劝她。”奇西说。

“我的孩子都拥有一种特质，”他们的妈妈走上台阶，来到导航台旁边，“他们都很执着。也许有人会说他们是痴心妄想。”

她说这话的时候微微笑着。他们的妈妈就是这样，褒扬别人的时候也怪怪的。他很想知道，当他们在她的操控之下晚了一步到达地下监狱的时候，她是不是也寄希望于他的“痴心妄想的执着”。也许她的确没有把埃加计算在内——他也是神谕者，有自己的手腕，就这样打乱了她的计划。这些事情，阿珂斯永远都不会知道。

“埃加醒了吗？”他问妈妈。

“倒是醒了，”萨法叹了口气，“但到目前为止都只是毫无意识地睁着眼睛，看起来也不像是能听到我的话。我不知道欧力对他做了什么，那时候她……好吧，算了。”

阿珂斯想起了埃加和欧力在竞技场平台上的样子，他们紧紧地拉着彼此，欧力说出那句“再见”的方式，仿佛要离开的人是埃加，而不是她。随后埃加就不省人事了，而在此之前他只是被欧力触碰过。欧力的触碰，有什么特别之处吗？阿珂斯从没有问过她。

萨法说：“我们必须多花些时间，看看是不是能通过利扎克帮他恢复记忆。我想希亚也许会有些主意。”

“但愿吧。”奇西有些消沉地说。

阿珂斯啜了一口奇西调制的茶，觉得稍稍松了口气。不管怎么说，埃加离开了枭狄，奇西和妈妈都还活着。所有闯入他家、杀死他们父亲的人都已经死了，这让他感到一种平和。他们都变成了他胳膊上的一道道刻痕——等他抽出空来，还要再添上瓦什的那道。

飞艇掉转方向，视野中的荼威渐渐缩小，太空渐渐舒展扩大，幽深黑暗，无边无垠，但恒星斑斑点点，遥远的行星半明半昧——如果没记错的话，那应该是佐德。不过他也不太确定，毕竟他又不是专家学者。

最终打破这静谧的是伊赛，她从厨房里出来了，看起来比几小时前要好一些：头发拢到脑后扎紧，穿了件衬衫，换下了那些沾血的衣服；双手很干净，就连指甲缝里也是。她双臂环抱胸前，双脚开立，站在导航台边上。

“萨法，”她说，“驶离轨道，设定自动巡航，到议会总部去。”

萨法坐在艇长位子上——看似无所谓地核对方向，实则紧张地绷紧了全身——“为什么要去那儿？”

“因为他们需要看到，亲眼看到，我还活着。”伊赛冷冷地看着她，在心里盘算了一下，“他们将提供牢房，关押利扎克和埃加，直到我做出如何处置他俩的决定。”

“伊赛……”阿珂斯张了张嘴。但已经没什么可说的了，该说的都说了。

“不要考验我的耐心，你会发现它是有限的。”伊赛又变成了彻头彻尾的首相。那个摸着他的头、告诉他“你永远是荼威人”的女孩已经不见了。“埃加是荼威公民，他将享有公民待遇，和你们其他人一样。不过，阿珂斯，你也许更愿意声明自己的枭狄公民身份，和诺亚维克小姐一样。”

他不是枭狄公民，但他知道这时候最好别跟她争辩。她还在悲伤难过呢。

“不，”阿珂斯说，“不愿意。”

“很好。自动导航设定好了吗？”

萨法已经将导航屏幕竖了起来，那上面浮现出几个绿色的字母，散落在坐标上。她向后靠在椅子上：“是的，我们将在几小时之内飞抵。”

“在抵达之前，你要确保利扎克·诺亚维克和埃加处于控制中，”

伊赛对阿珂斯说，“我没兴趣听到有关他们的不利消息，懂吗？”

他点了点头。

“很好。我在厨房里，降落之前请向我汇报，萨法。”

没等任何人回答，她就又离开了。阿珂斯觉得她的步子震得地面直颤。

“每一种未来里都有战争，”他的妈妈突然说道，“生命潮涌将我们带到那里去，角力的人变了，可结果还是一样。”

奇西拉起妈妈的手，又拉起了阿珂斯的：“但我们现在在一起。”

萨法勉强在困惑的神情里挤出一丝微笑：“是啊，我们现在在一起。”

现在——在呼吸之间，他可以确定，“现在”确实别有深意。姐姐将头靠在他的肩上，妈妈正在对他笑，他甚至能听见风中的极羽草拂过他家窗子的声音。但他还是一点儿也笑不出来。

飞艇转了个弯，离茶威越来越远。他看见前方的生命潮涌，正如雾气蒙蒙的脉冲一样，向着星系中铺展，犹如一条小径。它将所有行星联结起来，尽管看上去平静，每个人却都能在血脉之中感觉到它的吟唱和流淌。枭狄人甚至认为，是生命潮涌给了他们语言，那是他们唯一知晓的声腔音调，他们对此颇有一套理论说辞。阿珂斯自己就是旁证。

不过他所感受到的——听到的——仍然只有静谧。

他用胳膊环抱着姐姐的肩膀，看见了那上面的杀戮刻痕。也许它们的确是记录“失去”的刻痕，就像希亚所说，但是此刻和家人在一起，他另有领悟：失而复得，是可能的。